2016 中国杂文年选

向继东 编选

南方出版传媒
花城出版社
中国·广州

图书在版编目（ＣＩＰ）数据

2016中国杂文年选 / 向继东编选. -- 广州 ：花城
出版社，2017.1（2021.4重印）
（花城年选系列）
ISBN 978-7-5360-8225-0

Ⅰ．①2… Ⅱ．①向… Ⅲ．①杂文集－中国－当代
Ⅳ．①I267.1

中国版本图书馆CIP数据核字(2016)第297497号

丛书篆刻：朱　涛
封 面 图：雪竹文禽图

出 版 人：肖延兵
责任编辑：欧阳蔚　蔡　安　李珊珊
技术编辑：薛伟民　凌春梅
封面设计：庄海萌

书　　名　2016 中国杂文年选
　　　　　2016 ZHONGGUO ZAWEN NIANXUAN
出版发行　花城出版社
　　　　　（广州市环市东路水荫路 11 号）
经　　销　全国新华书店
印　　刷　北京一鑫印务有限责任公司
　　　　　（北京市顺义区北务镇政府西 200 米）
开　　本　787 毫米×1092 毫米　16 开
印　　张　18.5　1 插页
字　　数　300,000 字
版　　次　2017 年 1 月第 1 版　2021 年 4 月第 3 次印刷
定　　价　39.00 元

如发现印装质量问题，请直接与印刷厂联系调换。
购书热线：020－37604658　37602954
花城出版社网站：http://www.fcph.com.cn

目录 contents

向继东　　　序 / 001

辑一

刘效仁　　　拿什么拯救我们的论文 / 001

阮　直　　　可杀 10 头牛办婚事的"细则" / 003

刘兴雨　　　谁让我们陷入两难境地 / 005

徐迅雷　　　第 100 只"老虎" / 007

刘吉同　　　县大院里的"官一代" / 010

齐世明　　　"论文大国"与抄袭学 / 012

陆春祥　　　驴的悲剧及其他 / 014

王重旭　　　"芝麻"为什么开不开门 / 017

孙贵颂　　　狼的另一面 / 020

禹　宏　　　合葬 / 023

吴　非　　　混世哲学在败坏劳动品质 / 026

廖保平　　　爱国青年打爱国青年，国怎么想 / 028

郑少遽　　　无方可治众生痴 / 031

刘效仁　"贪官里的贱种" / 033

柳士同　"江湖"就那么难舍? / 035

侯国平　别让忌妒的种子发芽 / 037

许家祥　另一种蓝天白云 / 040

林永芳　别拿"报复社会"做恶行的挡箭牌 / 042

马长军　谁来拯救高考工厂里的"浮士德"? / 045

徐迅雷　救灾一景何其相似乃尔 / 047

辑二

沈　栖　德国人缘何再版《我的奋斗》 / 051

宋志坚　三分之一的"真话" / 054

叶匡政　"危言"与"言孙" / 057

洪巧俊　大理裸拍与网红之死(外一题) / 059

宋志坚　两面邹忌 / 062

徐　强　说"猴" / 065

王　晖　偶　得(三则) / 067

刘诚龙　可怜可恨说王婆 / 071

杨建业　有这样两所中学 / 074

刘　齐　漫话电影(二题) / 077

董联军　色是头上一把刀(外一题) / 081

孙贵颂　狗不需要穿马甲 / 084

姚　宏　官监与民监 / 086

周东江　癌变故事(外一题) / 088

聂鑫森　"课孙"与"老年漂" / 091

张林华　这次第,怎一个冷漠可概括? / 093

刘诚龙　　　伪作满天飞 / 096

茅家梁　　　斧正及其他 / 099

高　昌　　　华而不实，耻也！ / 101

张桂辉　　　雅贿与雅媚 / 103

赵　犇　　　复仇的故事（外二题） / 105

符　号　　　"脱离关系"的话题 / 108

金　新　　　说"天价" / 111

辑三

叶匡政　　　慢生活的哲学 / 113

张心阳　　　非为主义　只为良心 / 116

沈　栖　　　台湾流行"第六伦" / 118

赵宗彪　　　尊严的重量 / 120

安立志　　　为什么要给领导画好"护身圈" / 123

孙贵颂　　　文人四慎 / 126

马长军　　　请撕掉"留守儿童"这个标签 / 129

茅家梁　　　在脸面上"打草稿" / 132

王国华　　　头羊（外一题） / 134

符　号　　　活力在"活" / 138

汪　强　　　说"难得糊涂"便是糊涂 / 140

韩三洲　　　《红旗谱》与《金瓶梅》 / 142

张　鸣　　　"苏联的今天就是我们的明天" / 145

于文岗　　　沉默是病 / 148

朱大路　　　让周瑜开心 / 150

赵健雄　　　娜拉走后的挪威（外一题） / 152

阮　直　　行军蚁"死亡漩涡"的启示 / 155

游宇明　　"看守"大学的人去哪了 / 157

彭伟栋　　朱贵推举林冲上梁山背后 / 159

张桂辉　　灵魂"加减法" / 162

辑四

唐浩明　　曾国藩为什么不做皇帝 / 165

安立志　　李鸿章在炫耀什么 / 168

乐　朋　　《常识》的风光和潘恩的落泊 / 171

黄　波　　《史记》《汉书》"富豪榜"透露的信息 / 174

刘吉同　　许绍"抗旨"随想 / 176

邢小群　　柳青的晚年 / 178

鲁建文　　《雷雨》首演在日本 / 181

冯　磊　　私有的性（外一题） / 184

姚　宏　　大树底下少乘凉 / 187

夏　昕　　白乌鸦与黑乌鸦 / 189

游宇明　　细节中的甲午战争 / 191

刘　柠　　日本知识界对"文革"的反应 / 193

张　鸣　　马屁的尺度 / 197

鲁建文　　胡适的一枚"止酒戒" / 200

裴毅然　　夏衍与猫 / 203

鄢烈山　　拿破仑：小丑或者伟人 / 205

唐宝民　　托尔斯泰：我不能沉默！ / 207

马亚丽　　戈培尔与希特勒之比较 / 209

李新宇　　蔡锷与袁世凯 / 212

周　彪　　唐太宗的"彀" / 215

鄢烈山　　晚明李贽的铁粉 / 217

黄　波　　商鞅打开了潘多拉魔盒 / 220

理　钊　　古代贪腐的层级 / 222

魏邦良　　真相难寻 / 225

谢　泳　　与胡适研究相关的一些事 / 228

李　乔　　拍案读史 / 231

辑五

靳树鹏　　六十年未读《金瓶梅》 / 237

陈四益　　读一部"后现代"小说 / 242

胡文辉　　取消死刑为什么是错的 / 247

邵　建　　顾准思想的局限 / 252

理　钊　　尊重与容忍他人才有自己 / 258

乐　朋　　曾国藩之臭与香（外一题） / 261

王春南　　重读《鲁迅全集》 / 266

理　钊　　试论古人的"亡国"之叹 / 270

柳士同　　如何构建和守住道德底线 / 272

侯志川　　科学家和政治家是不同的"家" / 275

张林华　　"清流党"有几成亡国之责 / 278

汪　强　　坚定的爱老婆主义者（外二题） / 281

序

向继东

好几年前，我曾戏言"告别杂文时代"，当时有人担心，没有了杂文可咋办？其实，也不是说告别就能告别的。这些年来，我们仍然生活在杂文时代。虽然难免陷于表达的困境，好杂文不多，但杂文人坚守的身影还是不难发现的。

似乎可以断言：鲁迅的时代永远过去了，在可以预见的将来也不会出现第二个鲁迅。杂文何去何从，常有人探讨。有个杂文界的朋友主张要"学好理论"，"加强自我修炼"，杂文要"正能量"，要"永远向太阳"……我觉得这是值得商榷的。杂文向来不是生长在庙堂的，就其本质，决定了它的在野性。否则，那还叫杂文吗？如果真有那么一天，杂文家都加入了合唱团，杂文也就没有了。

编杂文年选多年来，我一直秉持大杂文的路数，无论其写法和篇幅如何，只要言之有理，尊重常识，自圆其说，我都会拿来。但要说明一点，最后选本所呈现的状态，往往不是编选者能够控制的。

我比较喜欢有自己独见的文章。其观点或材料，也许见仁见智，有不同看法，但我们不能回避它所提出的问题。顾准是20世纪下半叶中国难得的思想家，我曾受其影响。其著作常置案头，间或拿来翻读，觉得受益不少。这里收录的《顾准思想的局限》，我犹豫再三，最后还是收了进来。我想，无论伟人或名家，只要把他当作人去审视，不当作神去膜拜，也许我们会得到一个新的视角，看到被忽视的另一面——当然也可能是片面的，但这不要紧，无损于本来的他，因为其存在是客观的。

今年杂文界的一大损失，就是著名杂文家朱铁志兄走了。他正年富力强，却在6月的一个夜晚和家人和朋友不辞而别。其生前好友说，他自缢的原因可能是抑郁症或者理念与现实的冲撞。

我与铁志兄是见过一面的。大约是 2005 年，我客串《随笔》杂志出差北京，约了他和张心阳等兄小聚。感到他人特别好，十足的谦谦君子，平和近人，全然没有大机关"居高临下"的那种架子。我编杂文十年了，每年都向他索稿，他都给了稿，一般都是两三篇。他发来稿件时总会捎上几句："……遵嘱奉上拙文几则，供兄选择。如果不合要求，千万别迁就。我很清楚，自己写得并不怎么样。"他早年那些文章写得很有灵气，也写得多，后来身份上去了，文章却写得少了。我也理解他的难处，在他那样的位置，也只能那样了。我偶尔给他电话，说到当下的种种，我们不禁感叹唏嘘。我希望他利用自己的方便把真实的民意传达上去，他在电话那头轻轻笑了……

编这本年选时，我在网上搜他的文章，但一时没能找到合适的。关于铁志兄，我也许还会写到他，这里先写上几句，也是为了对他的纪念。

是为序。

2016 年 12 月 11 日于羊城

辑一

拿什么拯救我们的论文

刘效仁

近年来，从教授博导到普通学生，媒体曝光的论文造假事件呈高发态势。可是你知道吗，论文造假的背后早已形成了一个庞大的产业链，记者历经两个多月调查，"潜伏"进多家论文造假公司，日前揭开这个产业链触目惊心的黑幕。(2016 年 07 月 12 日新华网)

不入虎穴，焉得虎子。真得要感谢央视记者身入虎穴，使公众识得庐山真面目。我们原以为，枪手们总是散兵游勇，皮包公司，远未想到今非昔比，不只鸟枪换炮组团结盟，且摇身一变成了实体公司，"比先前阔多了"。据广州名匠文化传播有限公司的郑经理介绍，该公司的论文生产线就由五个核心部门组成——竞价部、企划部、顾问部、财务部、创作部，五部门环环相扣，互相配合，流水线作业。每个业务员基本上都加了三四百个研究生群，500多业务员几乎渗透进了我国大多数高校的研究生群，堪称一网打尽。

关键更在于，"目前整个论文造假行业正在处于高速增长期，现在业务员一天内接到几十单的情况也屡见不鲜。一个不大的公司去年共完成了 4688.5 单（单笔交易在 500 元以下的算 0.5 单），相当于一天就能接十几单业务。今年仅一月份就已完成 1395.5 单。究竟每年赚取了多少黑心钱，恐怕没有人能说得清楚。但可以肯定，在全民创新创业的时代大背景下，在大树诚信、敬业等核心价值观的主流舆情下，论文造假行业闷声发大财，"高速增长"，委实是极大的讽刺。

当然，关键在于有旺盛的市场需求。除了普通的职评论文千把元可以搞定，硕士论文价码五千到一万元左右，博士论文一篇大概五六万元，难度大一些的比如医学类的论文则要更贵，一篇硕士论文要价大概一万七左右。东北一高校在读博士生定制的论文，全文 12 万字，全款高达 7 万元，买家已支付 2 万多元的订金，也是蛮拼的。

可博士显非一个人在战斗。一家公司内部文件显示，客户名单中涉及超过 500 所高校的学生。其中 11 份进度表中涉及约 300 篇硕士论文，意味着至少 300 个在读硕士研究生已经付钱买了论文骗取学位。全国究竟有多少硕博生因此骗取了学位，真的不好说。

不能不说学子们的品格出了问题，未能学会独立思考，学会自尊自重，反倒学会了投机取巧，弄虚作假，瞒天过海。当这些不合格的"产品"流入社会之后，又将对整个风气产生多少恶劣的影响，恐怕无论怎样估计都算不上过高。

显然，高等教育也出了致命的偏差。只知教书而忘记育人，甚至连教书的职分都没有尽到。否则，硕博生们何以连基本的写作能力、连起码的创新能力都不具备？问题更在于，如此购买的论文竟然轻易地骗过了教授们的眼目，一路通过答辩，顺利拿到了进入上流社会的敲门砖？

论文水准高低评估的学术标准在哪里，其真伪的甄别手段又在哪儿？仅仅靠"检测软件"？可悲的是，当"我今天晚餐吃了番茄炒蛋"变成"西红柿炒鸡蛋作为我的晚饭"，软件检测其重复率为 0，摇身变成了 100% 纯原创论文。更让人质疑，不只是理当审慎严格把关的教授们未能"放出眼光"，甚或因种种利益纠葛被蒙上了一双慧眼，或者主动缴械投降，遂让一篇篇低劣论文登堂入室，成了学位桂冠上的耀眼光环。

论文造假公司固然可恨，理应受到惩处，但论文造假事件的真正元凶与既得利益者，那些买假论文的人，拿着假论文骗职称、骗学位、骗荣誉的人，更应受到惩治。可拿什么拯救教育的尊严，拯救学子的灵魂，拯救学者的良心，仍是一个问题。

（原载《检察日报》2016 年 7 月 22 日）

可杀10头牛办婚事的"细则"

阮　直

　　俗话说，会说的不如会听的，你说得实在、还是说得虚假，是说得狡猾、还是说得含糊，别人一听就明白，其中多少是含金，多少是忽悠，多少是猫腻，不用你再解释了。

　　就说这四川凉山州金阳县出台《关于遏制婚丧事宜高额礼金和铺张浪费之风的实施细则（试行）》文件吧，咋看都不是在执行中央的"八项规定"。这个县想用10条刚性的规定，来遏制本县婚丧嫁娶时的高额礼金和铺张浪费之风，可我看完之后却被逗乐了。比如：婚嫁礼金总额不超过6万元；婚嫁宴席只能办理一次，宴请亲朋不超过69桌；婚嫁中送亲接亲车不得超过6辆；丧葬中亲属一方奔丧车辆不得超过5辆，杀牛数量原则控制在5头以内，最高不能超过10头……包括普通群众都得遵照执行。

　　那么，参照金阳县的这个"细则"，本老汉也为自己所管的几名员工制定一个《文明职工守则》：要流氓只能要一次，撒谎一年不能超过6次，给领导送礼一次800元为上限，请领导吃饭只能在农家乐或大排档，凡安排在星级酒店的领导要一概拒绝。

　　不要以为这是本老汉在开玩笑，杀牛可以杀10头，婚宴可以摆69桌，不可再摆第二轮，礼金可以收6万。制定如此"细则"这不是为自己今后钻"八项规定"空子留活口吗？就是放在"十八大"之前也是过分的吧。

　　当然，我们理解凉山地区的民俗、民风，可是，既然是为领导干部、公务员制定的反"铺张浪费""细则"，就不能淡化、忽略中央的"八项规定"，那是刚性的。在中国大陆哪级党组织，哪级人民政府，都不能另搞一套。否则的话，都有特殊性。少数民族有民俗，汉民族乡下有传统，富裕地区生活标准高，哪个地区都能找到自己的独特性，要是都搞出一套本县的"婚丧嫁娶细则"来，中央的规定就给中央委员自己执行了。

更为让人不可理解的是，金阳县还以为本县的百姓是县政府的臣民呢，他们让"普通群众都得遵照执行"这个细则。看来他们是权威惯了，还不知道自己都该干些什么。本老汉在此提醒他们一句：作为政府，"法无授权不可为"，作为百姓"法无禁止即可为"。

这个"细则"表面上看是限制全县的领导、干部、职员借婚丧嫁娶大操大办，大敛钱财，可仔细一读，它还是允许大家"小敛钱财"。大流氓是流氓，小流氓就不是流氓吗？限速 60 公里的地段，我们不能再制定一个 65 公里之内的细则吧。

从古至今，中国都是一个以"县治"为核心的行政体系，不符合国家法律与规则的地方细则，县一级没少制定，诸如成立"馒头办"，为卖馒头的商户制定"细则"，其实就是要垄断市场。但为干部自己制定的"细则"就留足了"钻空子"的活口，为大家日后行个方便，可这事儿如今是不能瞒天过海的了。

这样的细则是背离了组织原则与百姓心愿的，不仅会受到上级的批评，普通百姓也没人理睬这个"细则"，这个"活口儿"还是自己早点儿堵上为好！

（原载《讽刺与幽默》2016 年 2 月 5 日）

谁让我们陷入两难境地

刘兴雨

人们常常陷入一种两难境地，左也不是右也不是，进也不是退也不是，要说折磨人恐怕没有比这更折磨人的。就像一些热恋时被感情烧糊涂的女性，总爱撒娇地问热恋的对象，如果你妈和我同时落水，你先救谁？

难怪哈姆莱特总是念叨生存还是毁灭这是个问题。

那么，是谁让我们陷入了这种两难境地呢？

人所以两难，是因为选择哪一个结果都会让自己留下遗憾，选择哪一个结果都会给别人造成有意无意的伤害。有些人喜欢快刀斩乱麻，绝不这也舍不得那也舍不得，但有些事并不是一把快刀就能解决的。就像选择工作，一个是自己喜欢干的但挣得少，一个是自己不喜欢的但收入高，为了钱多就得委屈自己的志趣，为了自己的志趣就得忍受清贫。有了工作，有人处处给你掣肘，你还不得不干，欲干不能欲罢不忍，也是两难。姑娘选择对象，一个有钱但人品不大好，一个人品好但钱不多，这可能就让姑娘为难，选哪一个都会让她蒙受损失。相反也是一样，让小伙选姑娘，一个长得俊，但既不温柔又不贤惠，一个既温柔又贤惠，但长得不理想，选哪一个都会心有不甘，也会心有不舍。

这么看，似乎是我们自己让自己陷入了两难境地。是自己的犹豫、自己的目标不清。可看得多了，又不免怀疑这个结论。

我的一个朋友，他的名字在户口登记时被无意中写错，办身份证时他要恢复过来，可办证的人说什么也不同意。当然，他能说出一大堆依据。即使是他们登记时弄错的，你也没有改正的权利。

这还只是个人的名字的问题，只关乎一个人的利益。有的时候，有些人就让许多人陷入两难境地。听说，一个小区人们都交了买房款，可到了入住的时间就是不能入住。一打听明白了，原来好多房子都是一户卖给两家，人们去找开发商，开发商却揣着钱跑路了。

人们被逼无奈集体上访，可也不知谁规定的不许集体上访，到法院涉及房地产拆迁之类的事又不受理，有权力的部门还动用警力把上访者抓了起来。上边不给解决问题，下边集体上访又不准，逼得人跳井的心都有。如此看来，使人陷入两难境地的就不是自己了，而是不以百姓之心为心的人们或有关部门。

鲁迅先生说过一个故事，说爷俩牵一头毛驴上街，一开始父亲心疼孩子，让孩子骑在毛驴上，有人见到就说这个孩子真不懂事，让他爸在地上走，他骑毛驴，小孩一听，下了驴，让老父亲骑上，可有人见到又批评当爹的忍心让孩子走。爷俩没招，就都骑在毛驴身上，还是有人嘲笑，太虐待牲口了。两人实在没法，只好抬着毛驴回家。人们只把它当笑话来说，绝不相信现实中会有这样的事情发生。

可现在媒体就遇到了类似的尴尬。老人跌倒有人救助却被人家讹上，这是多么令人上火又令人痛苦的事情。记者将此事披露出来，引发了人心的地震。一时间议论风起，人们莫衷一是。报道者认为，不能让好人流血又流泪，应该声讨不义的人，哪怕是老人。反对者觉得，这么一弄，以后谁还敢见义勇为。双方相持不下，公说公有理婆说婆有理，颇有些让人难以适从。也就是说，人们的不同看法不同观念，也会导致人陷入两难境地。

不管怎样为难，最后也得做出选择，选择的原则无非是，两利相权取其重，两害相权取其轻。这也就可以理解孟子在鱼与熊掌不可得兼的时候，舍鱼而取熊掌。其实，有时连利害的轻重都难以权衡。就像周国平讲的一个故事，一对母子同时落入洪水之中，农民救起了妻子，孩子却淹死了。事后人们议论，救妻子对，孩子可以再生。有人说妻子可以另娶，孩子却不能死而复活。作者问那个农民怎样想的。那个农民说，洪水袭来，妻子就在我身边，我救完她，孩子已被洪水冲走了。

由此可见，许多选择也是出于无奈，人们只能顺其自然。

当然，在有些大是大非面前不能含含糊糊。20多年前，有些人大搞反和平演变，对以经济建设为中心不提不念，邓小平来了个南方谈话，认定主要祸害还是"左"，"不改革就死路一条"。一下子拨正了航向。这种眼光和魄力真让人追怀不已。

（原载《中国检察日报》4月29日）

第100只"老虎"

徐迅雷

2016年2月4日这天，两条有关监督执纪、反腐打虎的新闻，给人深刻印象：一是四川省原省委副书记、省长魏宏因为严重违纪，遭到撤职和"断崖式"降级，被降为副厅级非领导职务。魏宏对党不忠诚、不老实，严重违反政治纪律、组织纪律，对抗组织审查，"违纪行为性质恶劣、情节严重"，但还是"同志"。另一个是，当过内蒙古自治区公安厅厅长、政府副主席、政协副主席的赵黎平，涉嫌故意杀人，已被提起公诉；《新京报》这天报道说，有律师分析称"赵黎平被判处死刑的可能性很大"。

赵黎平，汉族，1951年8月出生，辽宁建平人，1976年9月加入中国共产党，1969年4月参加工作，1985年内蒙古广播电视大学中文专业毕业，中国人民公安大学在职研究生班毕业，研究生学历，副总警监警衔……他是十八大以来被宣布调查的第100只"老虎"——这"百虎图"搁一块儿肯定是很壮观的。而且，赵黎平一案还是1949年中华人民共和国成立以来首例省部级官员亲手杀人案。

这个当过公安厅厅长的赵黎平，私藏枪支弹药，有预谋地对被害人下手开枪，而对方是一名与他"关系较为亲密的女性"，两人相识多年，是情人关系。赵黎平在内蒙古赤峰市"痛下杀手"时的情形令人惊悚：第一次开枪后，对方没被打死，逃命过程中拨通了110，万分惊恐中告诉接线民警是原公安厅长赵黎平要杀她；而赵黎平飞驰奥迪车，追赶上，再次开枪，当即将对方杀死，尸体装进后备厢，拉走抛尸灭迹。不知道，让他去抓毒贩之类的，他有这么能干否？

赵黎平在警界任职四十余年，其行为的主观恶性极为恶劣。都说有权不能任性，可是在赵黎平那里，他还"任"两种"性"：一是对女人以"性"取乐，有报道说他还不止一个情妇；二是一旦双方发生冲突，他就任性地取人性命。看来权力任性的表现形式也是多样化的，玩情妇是一种，杀情妇也是一种——最极端、最疯狂的一种。为了遏止这种权力任性，今后官员向组织的财产申报、重大事项的报告，得把"有情人"给列入，因为这真是重大事项啊，搞不好还会弄出人命，这不是重大事项那什么是重大事项？

赵黎平杀人案发生在 2015 年 3 月 20 日，此前在"3·20"案件通报会上，有关方面认为，"案件是赵黎平蓄谋已久、精心策划实施的，对内蒙古公安机关形象产生了颠覆性的破坏，造成了极其恶劣的社会影响"；与会者"一致认为赵黎平是公安系统的败类"。可是，在"败类"没有"败露"的时候，你能否想到，他赵黎平竟然还是一个作家！我也是在查阅有关赵黎平资料的时候，才知晓这个"背景"。

在中国作家网"中国作协会员辞典"下，至今还挂有他赵黎平的大名。赵黎平 1998 年加入中国作协，是"内蒙古公安文联主席，全国公安文联理事"；出版有长篇小说《大司马传奇》，散文《俄罗斯散记》，诗集《大漠孤烟》，文选《中国谋略家箴言》，电视剧剧本《王陵疑案》等。啊哈，还是个多面手。最没想到的是，他竟然还是一个作家里的杂文家，他的杂文集《大梦谁先觉》获得 1995 年全国"五个一"工程最佳图书提名奖、内蒙古"五个一"工程图书奖。

我孤陋寡闻，尽管写作杂文二十年，好歹也出版过十多本杂文、评论集子，咋就没有听说过赵黎平这个"杂文家"呢！不知道这《大梦谁先觉》是嘛玩意，还能得"五个一"工程奖，恐怕是因为他是高官才得的吧。不知道他在这本书中是如何"针砭时弊，激浊扬清"的。上孔夫子旧书网查询，竟有好几本不同作者写的书用的是这同样的书名，他赵黎平著的仅有一本出售，售书摊出自内蒙古，定价"飙升"至 80 元，原来是"物以稀为贵"了哈。

《大梦谁先觉》这个书名倒是不错，只不过赵黎平为官为文的"大梦"一直做着，直到这回亲手杀了人，这梦才算是"觉醒"了。他这个杂文界的败类，可是弄过"中国谋略家箴言"的，他学到的最大"谋略"，竟然是亲自动手，开枪把情妇给谋杀了！他何止是公安系统的败类、杂文界的败类，他不是共产党员队伍里的败类、国家行政系统中高级领导干部的败类么？很标准的，可以上反腐防腐的教材，可以拍成廉政教育纪录片什么的。

然而，这个败类在败露之前，他不正是咱们党政领导干部中"文武双全"的中坚么？

"作为一个省部级官员，亲手用枪打死人，这个事件十分特殊和罕见，具有事发型的典型效应，这也或将成为其会被判处极刑的一个考量因素。"律师分析说，"同时，除了涉嫌故意杀人，赵黎平还涉嫌职务犯罪，一旦查明，法院会对赵黎平数罪并罚，合并执行，但如果是判处赵黎平死刑，不论其他罪名的刑罚怎样，都将对其执行死刑。"

这第100只"老虎"，头顶副部级高官的光环、肩扛副总警监警衔、身披作家的外衣、腰插私藏的手枪，面上满嘴倡廉，背后满腹盗娼，简直比"国妖"还国妖。那么，究竟是什么样的"厚黑学"造就了他，难道不值得有关方面深刻反省、深长思之吗？

这个赵黎平，如果仅仅是毙了就毙了，那咱们真是该死。

（原载《杂文选刊》2016年3月上）

县大院里的"官一代"

刘吉同

　　鄙人于上世纪 80 年代末进入县大院，当时的那些"县太爷"，如今已垂垂老矣，有的甚至已呜呼哀哉了。眼下，他们的子女都挑起了"大梁"，官大的已至县处级，不咋样的也是本邑的副镇长。没见过多大世面的我，眼中的"官二代"也就是尔等了。

　　聊聊我眼中的"官一代"——今日那些"官二代"的父辈，并不是一件没有意思的事。

　　多出身草根。当年的那些"官一代"，来源于多个渠道。一是"文革"前的大学生。1983 年中央提出"干部知识化"时，这些人已在基层滚打一二十年了，赶上了末班车，于是很顺利地走上了领导岗位，成了"县太爷"。这些老牌大学生多来自普通之家，也有的来自地富家庭乃至本人曾当过"右派"。二是当年从贫下中农里挑选出的"佼佼者"，比如"学毛著积极分子""优秀生产队长""铁姑娘队"等等。这些人身上有较浓的泥土味但多没有学历，不过后来"与时俱进"都弄了张文凭，摇身一变也"知识化"了，从而进了班子。三是"工农兵大学生"和恢复高考后的前两届大学生。这些人生逢其时，走出校门不久便做了官。他们的出身多很卑微，"高考"前最体面的职业，恐怕就是民办教师了。总之，"官一代"的父辈不是"李刚"，他们没有什么靠山，之所以能成为"县太爷"，与 80 年代公平选人的环境关系很大。

　　为儿女经营的意识很强。当这些人官帽加额、手掌权力时，有的便开始经营自己妻儿的前程了。第一步是"农转非"，很多家庭的户口本就是那个时候由绿变红的。这事在当时可谓"鱼跳龙门"。第二步是安排工作。计划经济时代，"官二代"进的多是商业、供销、物资部门；市场经济来了，则都一股脑儿涌进了"公检法"和财税、人事、监察等部门，以后又开始往组织部、共青团系统里钻，好占领做官的"制高点"。第三步是谋求官帽。在一个县，凭借"好大一棵树"的庇荫，一家族人中有五六个科级官员以至形成权力"互联网"的，并不是什么稀罕事。

"官一代"的官职是"官二代"的参照。某县曾发生了一件"有趣"的事：两位"官二代"甲与乙同时提拔的副科级，两年后乙超越甲成了正科，任某局的"一把手"。而恰恰甲的老爹比乙的老爹资格老，于是，甲的老爹便去找"管官的官"理论，说乙凭什么超过甲？我当县委常委、常务副县长时，乙他爹才是个乡党委书记。这一闹还真管用，为了平衡，不久甲也成了正科。通常讲，昔日的书记、县长的公子千金，若于本县内高于昔日的副县级的子女，大家都会认为"理所当然"，反之就有些不合"情理"了。

上述"官一代"的所为说明了什么？其一，脑子里有着浓厚的封建遗存。他们活在当代，之前也很普通，既非天才，也非功臣，更没有王侯之尊。但是，在其灵魂深处，仍存世袭思想，老爹做官掌权，也得让儿子做官掌权，而且这种思想目前仍有一定的普遍性。其二，自私和特权思想作祟。就像大家挤公交车，当自己没有挤上去的时候，总是痛恨那些靠歪门邪道上去的人，渴望能有一个对人人公平的"挤车规则"。然而，等他们挤上车之后，则立场变了，特别讨厌公平，因为照那样做自己的"鸡犬"就上不了车。于是，便想方设法破坏"规则"、掏空"规则"，使"规则"有名无实，乃至制定新的有利于自己的"规则"。上世纪90年代，有的县就有个"内部规定"，每个县级领导干部，其子女可享受一个副科级指标。以后这个口子越开越大，市级领导的子女都成了县级，县级领导的子女都成了科级，成了寻常事。

人都有自私的一面，趋利是人的本性。可这样的本性若进了公权领域，就会带来无尽的祸害，必须坚决遏制。但是，出自本性的东西，靠道德的说教是很难奏效的，只能靠铁的规则——这样的规则，能充分体现民意，杜绝某些特权者塞进的私货，每一个字都浸透着公平。

（原载《杂文月刊》2016年第5期）

"论文大国"与抄袭学

齐世明

学子少闲月，五月人倍忙。"临（毕业）门"的莘莘学子，要赶论文，找"下家"（工作单位），真叫一个"倍儿忙"！

正好说说"赶论文"。近日，传媒连续曝光数起论文抄袭事件，如《山东大学一硕士论文疑似大面积抄袭，连文末"致谢"都不放过》《长沙学院宣传部长被曝抄袭，人大副教授指其"盗取"论文抢发》等，个中情形实在令人一震，也不能不引发笔者之议。

中国早有"论文大国"之名。2014 年即有数据透露，中国每年产出的学术论文已达数百万篇，中国国际论文和科技期刊数量均居世界第二。论文也雄踞"世界老二"，可贺么？与之相伴孪生的"大面积抄袭"问题，不能不让人"独坐幽怨里，拍案复长啸"。

或为评职称，或为课题费，或为完成既定指标，或为考核体现"政绩"，或为浅近的名利，或为"临（毕业）门一脚"，毕业"胜利大逃亡"……越来越强劲的市场需求，催生了一批又一批"枪手"，也日臻"系列"地形成了各种"抄袭学"。

笔者静观默察复搜索枯肠，"大胆发现"抄袭作为一种文化世相——病相，当下可分三种"时态"、三个层次：

低端的可称"大众"，仍如我辈读小学时描仿影，亦步亦趋，直至一字不爽——眼下有"百度"亦有形形色色的"搜"，一"度"一"搜"，岂不是"全盘搞定"？君可闻？闹得各地纸媒的副刊几乎都不上网，据说是被真作者追究抄袭追究怕了，打不起"官司"。另一重灾区是时评，谁也不敢发"陌生面孔"的文字。

中层的就算是个中"高段位"吧，已经辗转腾挪，上天入地，从我处裁一段"凤头"导语，从你文切下一块"猪肚"内容，从他篇再续一下"豹尾"……你纵然生就火眼金睛，哪有"读'网'破万'家'"的功夫，又如何追究其责？

前些天，一全国名牌大学研究生回家，与笔者谈到其导师写论文的"名言"：抄一个人的文章那是抄袭，同时抄袭几个人的文章那叫科学研究。循此"名言"自不难理解，中国学术论文发表量居世界老二，如何被称"论文工厂"，又有多少论文抄袭的丑剧在上演？多少欧美权威刊物揭你抄袭之丑、愤而撤稿的"警号"在鸣响……

高端的"凤毛麟角"，一目十行，已摄取了你大作之"精气神"，敷衍成篇成剧，成"自行设计、自己名牌"，可"独家"、可头题、可"开 XX 先河"、可成"填补全国空白"。甚至于你的"遗珠之憾"，他居然可以"晴雯补裘"，倒把你弄得一愣一愣的，内心先已怯了二分……

抄袭作为一种文化现象，是自古既存，于今为烈的。不过，其"新技术、新发展"，让古人闻之也会拍案惊奇：

最新一种是作者冒充专家邮箱，"打造"虚假同行评议。众皆惊悉，近几个月有百余篇中国论文遭英、德等国欧洲名刊撤稿，为何？同行评议是学术刊物普遍采取的论文评审制度。有些国人借此"以售其奸"，既登场比赛，又冒充裁判：用自己注册的邮箱地址冒充专家邮箱，评审时论文实际上是返回到投稿者手里。投稿人冒充评审人将好评发至出版方，操纵评审。

抄袭种种，竟被奉为成功学新科目！这让人油然想到那可怕且令人警醒的"国人思维定式"：一提到办事，就想到关系；一提到论文，就想到抄袭；一提到打假，就想到假打……

而"学术四害"（作假多，署名滥，抄袭猛，剽窃快）之说，更令笔者不能不痛指，而今动辄"数典忘祖"，不过民族基因谁也"忘"不掉，你精神的 DNA 无法逃避，它始终畅流在你的血管里，不好意思，抄袭——"文偷"也成了传承的基因之一，衍生为现时社会一种病态。什么病态？笔者以为，是可与"一脱而红""一夜暴富"合为"三部曲"的不劳而获综合征，"学术"一点儿讲，是寄生症，说白了，就是"文偷病"。不过这病态，在时下更具传染性质，其威远胜"非典"，足以警醒国人，以引来医疗。

（原载《讽刺与幽默》2016 年 6 月 10 日、9 月 9 日）

驴的悲剧及其他

陆春祥

山西，省城外有晋祠，这里，人烟稠密，商贾云集。

此地有酒馆，所烹驴肉最香美，远近闻名，来酒馆喝酒的人，日以千计，大家都叫"鲈香馆"，借"鲈"为"驴"也。

这驴肉是怎么做出来的呢？

用草驴一头，养得极肥，先醉以酒，满身拍打。再将驴脚捆在四根桩上，驴背上用一根横木穿过，将驴头和尾捆结实，驴便不能动弹了。然后用沸腾的开水，浇遍驴身，将毛刮尽，再用快刀割肉，吃多少割多少，客人如果要吃驴的前后腿，或者背脊肉，或者头尾肉，或者肚子里的下水，随便点。

往往客人下箸时，驴都还没有咽气，一直在挣扎。

这个馆，一直开了十多年。

一直到乾隆辛丑年，长白巴公延三做山西首长，听说这样的事后，立即命令地方官查处，从业的十余人，都按谋财害命论罪，店老板斩首，其余的都充军，政府刻石碑，永远禁止。

上面的情节，出自清代作家钱泳的笔记《履园丛话》卷十七，《报应·残忍》。

驴的悲剧，在古代中国大地继续上演。

我们将镜头转向陕西。陕西有"汤驴"，驴肉当特产送人，据说味道极佳美。那，"汤驴"又怎么制作呢？

先用厚厚的木板铺地上，要稍高出地面一些，再用钉子将木板逐一钉牢固，然后，在木板上凿四个洞，洞的大小，要和驴四个蹄一样。做完这一切，就将驴子拉上板，驴蹄踩在木板洞中，驴身转动不得。接下来，屠夫要做的是，站在高处，将滚烫的开水，从驴头开始浇，一直浇到尾，遍体淋漓，无论驴怎么挣扎，木板像铁板一样坚固，不一会儿，驴毛全部脱尽，全身雪白，再看驴，早已气绝，驴肉也已烫熟。

接下来，屠夫将驴从木板上解下，开膛，剖去肠脏，分割其肉，割成大大小小的块状，挂在有风的地方，风干。

吃货们，还嫌此时的驴肉太松，就将肉用芦箧上下夹好，放在四通八达的大道上，任车马往来践踏，久之才将肉收回。

这样做出来的驴肉，珍贵异常，不是重要筵席不轻易上，陕西本地也极贵重，将它当作重要特产馈赠。

清朝初年，扈申忠巡按陕西，得知"汤驴"一事，严厉加以禁止。如有犯者，处以重法。此后，这种吃法才慢慢止息。

描述"汤驴"的作者，也是清代作家，叫宋荦，他的《在园杂志》卷四中，不仅写了驴，还写了铁脚、鹅掌、炮鳖，状也极惨烈。

铁脚。天津卫有小鸟，生着一双黑爪，人们叫它"铁脚"。用来烹炒作为下酒物，味鲜爽口。

看人们怎么拔毛的：这种鸟群居生活，群飞时，用网罗之，一网可得好多只。将鸟抓到后，地上掘一个坑，用火烧红，将鸟从网中倒入坑，用东西盖严实，铁脚们在坑里乱飞相触，热气交加，互相扑打，鸟毛很快脱落。

鹅掌。明朝太监极喜欢吃鹅掌，但嫌鹅掌不够肥，怎么解决这个问题呢？他们先用砖头砌一个火坑，砖烧得通红，然后，将鹅赶到火坑里，砖烫，鹅站不脚，只有在火坑里不断地跳来跳去，跳就是逃命，一身血脉，都集中到掌上，越跳得快，掌越肥厚，不久，鹅受烫不过，就死掉了。

我家附近有中国刀剪博物馆。有次，进去参观了一下，一圈下来，什么也没记住，只在一把标有"猴脑剪"的展柜前停下了脚步。

该剪其实也没有什么特别之处，形体并不大，中等显小，只是刀口部位略尖而已，如果没有文字说明，绝对不会想到它是专门用来取猴脑的。而剪刀的历史已经有百来年了，但并没标明产地。

所有的都不重要，重要的是它曾经作为一种普通产品而生产，重要的是许多地方曾经有活吃猴脑这道菜（我在一本清末法国人写的书里读到过中国人活吃猴脑的细节）。

冰冷的猴脑剪，没有任何表情，静静地躺在大运河畔的博物馆里。

例子不举了，有好些看得人心惊肉跳。

只要不是素食主义者，或者职业限制，人都得吃肉，但活吃驴肉，活吃鹅掌，活吃铁脚，活吃鳖，一系列的活吃，真让人毛骨悚然。

为什么要活吃？图的只是鲜活，血是鲜的，肉是活的。

那大批涌到"鲈香馆"的食客，将"汤驴"当作宝贝，冲的就是驴肉的鲜活，柔，嫩，滑，鲜，他们视挣扎的驴而不见，只顾饱口腹之欲。

而酒醉的驴子，一刀一刀割着，生不如死。被木板绑着的驴子，开水从头烫到尾，生不如死。

动物保护主义者，痛斥这种惨无人道的吃法。宋荦，也在文字里谴责和怜悯："其死甚于一刀，恸楚为何如耶？""适于口，忍于心矣""吾不知其是何心也"！

现代，餐馆里还有家常菜：醉虾，用白酒将虾灌醉，各种调料放进，食客将箸伸进虾盆里，那虾间或还要跳动几下，不管它如何跳，食客们却是一边咂味着，一边吐出虾壳，还不忘赞美醉虾的味道。

鲈香馆，汤驴，谋大量钱财，害活驴性命。清朝这样的判法，绝对尊重生命。

哀驴，就是一面历史折射镜。

吃得奢侈，往往是道德上的作死，无论古今。

（原载《解放日报》2016 年 8 月 4 日）

"芝麻"为什么开不开门

王重旭

"阿里巴巴与四十大盗"的故事之所以让人喜欢，就是那句"芝麻开门"的咒语太灵验了，不仅强盗念它大门可开，就是阿里巴巴这样的穷小子念它，大门也开。算了，这老掉牙的故事，就别去讲它了。

一天，翻捡旧书，偶见一文，题目是《机关门和地狱门哪个更难进》，忽觉眼前一亮，好题目。

作者讲，现在机关都有武警把门，好难进。有一次他进某机关开会，在大门口被拦住，他"自我感觉长得还算人模狗样的，不太像个上访者，也不像个农民工，更不像个坏人，可是不知为什么，把门的却对我十分照顾"，无论如何也不让他进。

我也碰上过这样的尴尬事。

我有一个同学在省里某机关工作，在大学我俩是好朋友，每次打电话他都说："到省里一定过来，咱们聚一聚。"我这个人不愿见领导，尤其咱是小地方的，人家挺忙的，不要添麻烦。但同学实在热情，况且确实多年未见，盛情难却。

那回真的到省里了。我到了他机关门口，门口武警把门，威风凛凛，远远地心里就怯了起来，硬着头皮想对警卫说，我要找某某。还没等我靠前，警卫手指着我，厉声喝道："退回去。"

我一下子呆住了，我并没有做什么，只是想向他说明一下情况，求得他的帮助，而且很有礼貌。

我战战兢兢地赶紧退后，半天才缓过神来。这时出入大门的同志见我不像坏人，便告诉我："你要找谁，给他打电话，他下来接你。"

本想突然出现在同学面前，给他个惊喜。可现在做不到了，只好打电话。我说："老同学，我来到你机关的大门口，可是警卫大喝一声，吓得我心脏病差点犯了。不给你添麻烦了，给你打个电话，我就回去了。"

同学知道是我，非常高兴，哪里肯让我走，说："别呀，都到门口了。没办法，机关就这么规定的，你等着，我这就去接你。"

于是我就在门口等着，过了老半天同学来了，大老远就跑过来，和我拥抱，并抱歉地说："刚出门，就碰上一位同志要签个文件，让你久等了。走。"说罢，拽我就往大门里进。没想到，警卫依然大喝一声："站住。"我的同学急忙解释："我就是刚才出来的，你看到了，出来接个同学，我是某某办公室的。"警卫依然让人生畏："证件。"

同学忙说："下来接同学，忘带了。"警卫说："不能进，退后。"

同学一脸的尴尬，忙打电话，对办公室说："我在大门口，没带证件，你下来接我一下。"

办公室的人一会儿来了，远远地站在门里，对警卫说："那位是我们的主任，我下来接他的。"警卫毫无表示。同学说："走吧。"

我已兴致全无，对同学说："我还是别上去了，在这里看看你就行了。"

从此，我虽然常到省城，却再也没到这位同学那儿去。

《机关门和地狱门哪个更难进》的作者和我不在一省，但发生的事情却很相似，这说明此类事情不是个别现象。不过，那位作者为了表示对这种现象的不满，列举西方一些政府部门如何可以随便参观，如何可以随意进出，甚至可以前去吃饭等等来对照。其实，有些事情，咱和西方之间是没有可比性的，因为国家制度不一样，人的素质不一样，服务的对象不一样。

有人说，资产阶级政府都让人民进，人民政府为什么不让人民进？这就有些不说理了。资产阶级政府为资产阶级服务，资产阶级人少，所以政府闲着没事干；我们是人民政府，人民那么多，所以政府每天都忙得不可开交，有时连星期天都不能休息。再说，中国人那么多，大家都进去闲逛，还让人家办公不？尤其像有些退休的老同志，以为自己当年做了多少贡献，常来机关，这屋坐坐，那屋唠唠，就已经够影响工作的了。再让那么多的老百姓进来，岂不成了大市场了。

再说了，要历史地看警卫的事情。人民政府刚刚成立的时候，美蒋特务对新生政权心怀仇恨，常常计划暗杀我们的革命干部，你不加强保卫，什么人都可以进来，就会让敌特也混进来。一旦我们的领导干部被敌人暗杀，损失就不可挽回了。现在西方接收难民，表面看办了好事，可是恐怖分子也混了进去，结果暴恐事件频发。所以，保卫必须加强。虽然这样表面看，离人民远了点，但是领导干部可以全身心地投入到为人民服务的工作之中，算一下，还是蛮合算的。

有人说，现在已经建国 60 多年了，已经没有敌特了，还这么严格，有必要吗？有必要，这根弦不能松。改革开放以来，社会矛盾逐渐加大，有事没事来上访的人，对社会心怀不满的人，精神失常的人，不防行吗？那些把门的武警战士不过是在履行自己的职责罢了，又何必责怪于他呢？

于是我想起小学课本中《列宁与卫兵》的故事，好在不长，不妨全文照录。

十月革命刚刚胜利，一天早晨，朝阳透过薄雾，把金色的光辉洒在高大的斯莫尔尼宫上。

人民委员会就设在斯莫尔尼宫，在门前站岗的是新战士洛班诺夫。班长叮嘱他说："洛班诺夫同志，你今天第一次站岗。到这里来的人很多，你的任务是检查他们的通行证。列宁同志要来这里开会，你千万不能让坏人混进来！"

"是，班长同志。"洛班诺夫行了个军礼，"我以革命的名义保证，一定为列宁同志站好岗！"

太阳越升越高，到斯莫尔尼宫开会和办事的人真多，有工人，有士兵，有农民，还有学生。洛班诺夫认真地检查了他们的通行证。

人民委员会主席列宁来了。他一边走，一边在考虑什么问题。

"同志，您的通行证？"洛班诺夫拦住了他。

"噢，通行证，我就拿。"列宁急忙把手伸进衣兜里拿通行证。

一位来开会的同志看到洛班诺夫拦住了列宁查通行证，就生气地嚷起来："放行吧，放行吧！他是列宁！""对不起。"洛班诺夫严肃地说，"我没有见过列宁。没有通行证，谁也不能进！"

列宁把通行证交给洛班诺夫。洛班诺夫接过来一看，果然是列宁同志，他非常不安，举手行礼说："列宁同志，请原谅，我耽误了你的时间。"

列宁握住这位年轻战士的手，高兴地说："你做得很对，小伙子！你对工作很负责任。谢谢！"

他又回过头来对旁边那位同志说："你不该责备他。我们就需要这样认真负责的好战士。革命纪律是每个人都应该遵守的，我也不能例外。"

（原载《杂文选刊》2016 年第 7 期）

狼的另一面

孙贵颂

　　有位作家说过，人什么时候变成狼，这个世界就太平了。我联系到狼的一些表现，觉得此言很有道理。

　　讲几个故事吧。

　　一个发生在西藏。一个星期天，几位解放军战士闲来无事，请假去野地里采摘雪莲。行前，做了充分准备，水壶、干粮、药品，一应俱全。哪知转悠了一上午，也没发现雪莲的影子。几个人很是扫兴。正准备返回，仿佛是来提神助兴似的，一只小狼出现了。这只小狼的腿不知为何受了伤，走起路来一瘸一拐。小狼也发现了他们，想跑，但心有余而力不足。几位军人没想到竟然逮到了一只狼，也算不虚此行。然而当他们发现小狼受伤之后，恻隐之心油然而生，当即拿出随身携带的急救包，为小狼细心地包扎。刚把这个不够专业的活干完，远远地就跑来一只老狼。不用说，它是来找孩子的。几位军人刹那间没了主意，烧香引鬼，救小狼竟然把老狼给招来了。大家都知道，老狼看见孩子在别人手里，一定会拼命的。军人虽然不怕死，但也不免惴惴然。无计可施之时，他们赶紧将小狼放了。然后若无其事地赶路。老狼将自己的孩子收到身边，并未立即投入战斗，而是不紧不慢地尾随着他们。几位军人想，老狼肯定是在选择下手的时机，反正我们有好几个人，对付一只狼不在话下。于是就保持着高度警惕，做好了与狼进行恶战的准备。然而老狼迟迟不动手，一直与他们保持不远不近的距离，弄得几位更加忐忑不安。当走到一个悬崖峭壁的时候，他们发现了一朵硕大的雪莲。军人们是为寻找雪莲出来的，但这时却没有一点要去摘那朵雪莲的心思——老狼在后面盯着呢！况且，那雪莲长的地方太陡峭，根本上不去。正想着，只见那只老狼一个飞跃，众人还没缓过神来，老狼已经将那雪莲叼在了嘴里！

　　老狼将雪莲往地上一放，带着孩子往回走了。

都说狼是凶残的。然而我从这只老狼的身上，分明看到了狼其实也有善良的心地。我们常把有良心、有善心说成是"人性"，好像这种东西只有自称为"高级动物"的人才配承担似的。岂不知，世间的大多数动物，都有一种向善之心，报恩之心。只不过我们人类不去注意，不去研究罢了，反而把这种共有的"动物性"强夺过来——反正动物们也不会和人类辩论，摇身一变就成了人类独有的美德。看看狼吧，它们比我们人类逊色多少呢？

另一个故事发生在"文革"期间东北的一个知青点。那时生活很艰苦，一年到头吃不到肉。知青们就养猪，等到过年杀了吃肉。有一次，一头老母猪竟然下了十三头猪崽，把大家都乐坏了。他们盘算着，养到过年的时候，好好改善一下生活。于是，饲养员精心侍弄着小猪们。

大约过了一个月，不知怎么回事，小猪一天晚上少一只，一天晚上少一只，一连三四天，天天如此。一时间弄得大家好紧张。一位出身猎户的知青说，这肯定是被狼叼去了。饲养员忙问："怎么办？"猎人知青道："看我的！"

第二天，猎人知青扛起从家里带来的猎枪，饲养员与另外一人各抄起一把铁锹，就上山了。走不多远，果然发现了一个狼窝，里面有四五只狼崽子，而老狼却不在。两位拿铁锹的问："是满门抄斩，还是弄几只回去？"猎人命令逮两只小狼回去。

到了晚上，三人抱着狼崽子，爬上了猪圈顶。不大一会儿，老狼来了，停在猪圈的前面，十分凄惨地嚎着。猎人朝天空放了一枪，老狼不叫了。猎人开始喊话："老狼听着，你的孩子现在我的手里，你如想得到孩子，从今往后，不准再来偷我们的猪，赶快带着小崽子离开这里，如果再被我看见，格杀勿论！"那两人觉得好笑："老狼听得懂么？"猎人说："听得懂。"说完，命令将小狼放了。

从此之后，知青点的猪，一只也没少过。

狼肯定是听不懂人话的。狼不是人。但狼有它们的行事规则。它叼走小猪，是一种生存所需。狼其实不贪婪。它是以自己的肚皮饿饱为标准，绝不多吃多占。草原上的羊与狼生活在一起，狼只有等到饿了的时候，才去杀死一只羊，饱餐一顿后，便停止攻击。它们不像某些人类，贪得无厌，比如贪官。地球上有贪官，但没有贪狼。当狼知道人类不准它杀害他们养的猪时，也就很知趣地躲开，不再与人纠缠。

最后一个故事，是被誉为"沂蒙母亲"的王换于的亲身经历。1941 年，王换于做地下交通员，有一次在山里遇见一只小狗，看它可怜，就抱回家里养了起来。万万没有想到，这只狗长大后，却"变"成了一只狼。左邻右舍都劝她不要养了。王换于只好把小狼带进山里放生了。一年后的一个夜晚，王换于在跑交通回家的路上，困得实在走不动了，就靠在一棵大树上睡着了。半夜里，她被阵阵狼嚎声惊醒，发现身边围着几只狼！王换于吓得不知所措。正在这时，一个黑影从她身边闪过，勇敢地扑向那几只狼，一阵打斗过后，那些狼逃走了，只有一只留下来，轻轻走到王换于的身边。王换于这才看清楚，正是她放生的那只小狼。小狼守在她身边，直到天亮才离开。

就是这位王换于老人，在战争年代，办战时托儿所，掩护过一大批抗日干部，抢救过一大批八路军伤病员，捐助、掩藏了许多抗日物资。她对于中国革命，对于许多高级干部，均有养育之恩、再生之恩、舍命相救之恩、毁家纾难之恩、保护绝密档案之恩。然而，解放以后，相当长的一段时间，却没有一个人前去看望这位"沂蒙红嫂"……

我们人类，常常站在自身的立场上，对狼患有先天的偏见，一说到狼，不是"狼心狗肺"，就是"狼子野心"，而其实，狼很懂得知恩图报。而我们人类中的某些部分、某些时间，说实在的，其所作所为，还真不如狼呢。

（原载香港《文汇报》2016 年 8 月 10 日）

合　葬

禹　宏

　　又是清明。我带着家人来到父亲的墓前，为父亲烧上一炷香，献上一壶酒后，妻子将手中的鲜花轻轻地放在父亲墓旁的另一座墓碑前。那里，安眠着我永远年轻的哥哥和他的女友丁军。

　　父亲走的时候，他老人家在病榻上对我交代后事说："湖南老家太远，我就不回去了，同你哥哥一起就安在武汉。哦，还有丁军这个伢，怎么这样想不开，会走那条路，唉……"

　　丁军是我哥禹劲的女朋友。他俩是在下乡插队时好上的，后来恢复高考，我哥考入了大学，丁军则进应城石膏矿当了一名工人。当时，有不少"天之骄子"遗弃"糟糠之妻"的事儿发生，也曾有人认为他俩长不了，但是地域的阻隔，"地位"的不同，并没有终止两人的爱情。可是，多年的苦恋，却没有使这对有情人终成眷属。1981年2月3日（大年二十九），身为武汉地质学院（现中国地质大学）21782班三年级学生，未满23岁的哥哥因意外事故离世。出事前他帮母亲打扫完扬尘后，还在刺骨的冷水中用手洗了三大木盆衣物。

　　意外身亡之所以会使亲人们痛苦异常，除却它来得太突然，还在于只要是有些微的错过都可以避免意外，因而悲恸时又添加了种种啮心般的后悔与自责。加上哥哥是那么优秀，"头羊"般地带出了我家满门三位大学生，一直是弟妹们的学习榜样。他多年的学海奋发就这么灰飞烟灭，当时我在深感生命之无常之脆弱时，也深深地陷入了灰心与绝望。

　　哥哥的突然离去给了我家致命的一击，母亲无法接受这个残酷的事实，卧床不起；两个妹妹更是不知所措。我们一家沉浸在无尽的悲痛之中。而这时，丁军表现出超乎寻常的坚强，她安静地出现在我们家里，不善言辞的她开始改口喊爸爸妈妈，虽然叫得并不多；身材娇小的她几乎每次来都要浆洗一大堆的被单等大件衣物——那时可还没有洗衣机……我想，哥哥走后，我妈没疯，我爸没倒，很大程度上多亏了丁军那柔弱双肩的支撑。大家相互搀扶着，艰难地行走在阴霾不散的日子里。

哥哥去后，丁军在顽强地前行，她努力自修，当上了小学教师。哥哥离开三年后，母亲便小心翼翼地开始劝说丁军开始新的生活，因为只有她正常地生活了，做父母的才能心安。过了几个月，听说她交了男朋友。一年后，听说她准备结婚，母亲也为她准备起了嫁妆。然而，不久噩耗从天而降，丁军自杀了！

陪母亲去送她，才知道她要走的一些原因。她的遗书大意是：自我哥离世后，四年多的时间她不知道是怎样熬过来的。四年来，她不曾有过一天的快乐，总是觉得天是阴沉沉的天，地是灰蒙蒙的地，若不是担心四位父母伤心，弟妹们再受打击，她早就随我哥而去了……后来为了使父母宽心，她交上了男朋友，还领了结婚证，但是自领证后她才发现自己错了，而且是"大错特错"。她对不起我哥！对不起自己！"我实在是熬不下去了，请原谅我的不孝，请忘记曾有丁军这么一个人……"

她走了。

或许她找寻到了解脱，但是她忘了她的生命不仅仅属于自己，还属于许多关心爱护她的人。她的离去使本来就跟跄而行的两个家庭又遭受了沉重的一击。

在责怪她糊涂时也曾想责怪她自私，但对她又不忍有一丝半点的怪罪。

丁军的死在当时曾轰动一时，人们为她惋惜，因她感慨。不少人想到应把她与我哥葬在一起，以圆一个当代梁山伯与祝英台的故事。

然而，丁军之死也使丁家与男友家出现了不小的矛盾。尽管从感情上我也很希望哥哥能和丁军葬在一起，但是为防矛盾激化，我自认为"理智"地阻止了一这愿望的实现，这也成了我多年来一个沉甸甸的心债。父亲临终前又提到丁军，显然在暗示某些东西。但是与丁家已多年没有联系，也不知丁军现在葬身何处，是否还可以旧话重提。

父亲走后的第二天，几经周折，终于同丁军的弟弟联系上了。我告诉他明日上山，我们想在墓碑上以"女儿"的名义留下丁军的名字，不知他父母和他同不同意。她弟弟在电话中有些哽咽："谢谢你们十几年了还记得我姐姐，我们同意，我和爸爸妈妈都会赶过来送伯伯。"

第二天一早，当丁军的父母与母亲握手时，三个老人都老泪纵横。大家明白是已去的父亲安排了这次相逢，了却了这十几年来的牵挂。

丁军的弟弟已是一个成功的企业家，但他也有一个难安的心结："二姐走后，多年没有安葬，她没成家，又是自杀的，按老家的习俗进不了祖坟。但是应入土为安，我们两年前才……才安葬她，不过只能葬在祖坟的旁边，小小的一个坟，孤零零的……”说到这里，年近四十的汉子满目泪光。

告别仪式后，我们在青山秀水的扁担山公墓南特三区买了两个合葬墓，让哥姐与一直记挂着他们的父亲相伴。

一位送葬的作家听罢这段故事，很是动容，因此在哥姐合葬墓的大理石墓盖上，出现了作家敬题的 16 个字：“生时苦恋，死后相随；情动天地，人神共泣。”

1999 年 8 月 4 日是一个合适的日子。

这天凌晨两点，丁家“启墓”，孤寂的丁军在胞弟的陪伴下披星戴月赶往武汉，去会那个曾给她幸福、快乐，又使她灰暗、痛苦的人。虽然他俩不可能有真正意义上的相会，但是活着的人都觉得他俩就要相会，而且是被相思煎熬了 18 年的重逢，所以均小心翼翼地为他俩安排这神圣的一刻。

八点整，微型收录机传出了小提琴曲《梁祝》凄婉而又优美的旋律，在清新晨风的抚慰下，两个永远定格在青春年华的纯洁灵魂终于并排地放在了一起。两个骨灰盒相聚的那一刻，我感受到了一股沁入心脾的纯净、宽慰及崇高，当然还有裹含其间的深深的痛惜。

墓地肃穆，静无一声，大家好像生怕打扰他俩的相见，又似乎想听见他俩重逢的问候。然而，静默了不一会儿，亲友们的抽泣声还是忍不住地奔涌而出……

（原载 2015 年 12 月凯迪社区）

混世哲学在败坏劳动品质

吴 非

江边步行道有一段被两米高的挡板封住，只能绕行。封堵的挡板上有两块温馨的提示语："眼睛容不下一粒砂土，安全来不得半点马虎。幸福是棵树，安全是沃土。安全人人抓，幸福千万家。""宁走千步远，不走一步险。小心无大碍，粗心铸大错。生产再忙，安全不忘。劳动创造财富，安全带来幸福。"——每走过这里，都会想到"有关方面"的责任心，他们把人们的安危放在心上，不惜这样絮絮叨叨，没完没了。然而，三四个月过去，这个安全提示牌仍然堵在路上，也让我好奇，想看看究竟有何不安全。

这一看，瞠目结舌——挡板后的路面，裂出一条十米长的大缝，看样子是地基坍塌所致。这条代表了施工质量的大裂缝被"安全提示"温馨地遮盖起来，就算尽到责任了，除非哪天塌成一个大洞，酿成大祸，才会再有新闻。

这条步行道启用时，报纸宣传过，电视报道过，官员谈克服困难，市民感激"办实事"。现在，远看，平整美观；一场雨后，地面会出现一些大镜子，一块块的积水告诉人们：这条路不平。时间不长，多处地砖松动，七零八落，有几处护栏玻璃崩裂。我相信，这会儿大家都不去想什么了，习惯了。

附近的人行道，地砖高低不平，走起来一路响，不得不小心翼翼。刚修通没几年的路，怎么会成这样？深一脚浅一脚地在路上走，不得不叹息。有到处竖警示牌的精力，为什么不在施工时精细一些？比如，为什么要抢工期？哪有一两天就能夯实路面的？有人说，路修得松垮一些，未必没有远见：地下的各种管道，常有要更换的，路修得太结实，届时挖路就要费大事。听他这么一说，情有可原，但问题就变得更复杂，让人不敢往下想。

就说这个地下管道，也是触目惊心。前几年搞雨污分流，亲眼见到宿舍楼边挖出的塑胶管道，严重老化，一碰就碎，民工没挖出整根的管子，基本是碎片。也就是说：二十五年前建房时埋下的管子质量很差。我吃惊的是工程队换新管时，因为挖坑深度不够，工头竟然下令把塑胶管道平削去一两厘米，然后直接糊水泥，敷衍了事。居民抗议，怎么可以这样？民工笑，怎么啦，不是一直这么糊的么，领导让我们做的，有本事你找领导去？谁理你？我猜，他们内心想的是，再过二十五年开挖时，谁知道是我们干的？

我不否认工头和民工的苦衷和"经验"，有可能费用层层盘剥，所剩无几，但把这样的管道埋在地下，难道真的一点也不愧疚吗？我也想到，主事人未必不知道质量存在问题，但本质相同的心理是：我即使埋下百年不烂的管道，也没有人能知道是我们做的；反之亦然。

对着坎坷的人行道和那些堂而皇之竖着的遮羞牌，我有许多感想。我不信这些人造不好一条步行路，我也不信那些民工真的不会埋管子，我不信中国造不出品质优良的电饭煲和马桶盖，当然，我也不信每年那些造成群死群伤的灾祸不可避免。我不相信这些就是我们的"国情"。质量问题，体现劳动素质，体现社会文明度和文化特征，未必因为科技落后，也未必是物资匮乏财力限制，而是认真与否。金钱至上的腐败风气和得过且过的混世哲学在败坏劳动品质，其危险并不在于能否造出永世长存的建筑和经久耐用的生活用具，而在于劳动者对个人的创造能否保持尊严。

我们的传统文化中究竟有没有对"认真"的褒扬？有的是，找出的言论和故事能编出几大本；同样，也能毫不费力地找出大批嘲笑认真的言论和段子，在专制主义风行的社会，消极的处世态度有浓厚的群众基础。

我们有能力把产品做得精致牢固，我们有能力生产出安全的食品，我们有能力把地扫得干净一些，我们过马路时一定等绿灯，只要我们真正地遵守规则，不只想着"利"。——很抱歉，我不小心，习惯地说了很多"我们"，其实，我只能说"我"。无论如何，我要认真直率地说出自己的看法，对自己的思考负责。

（原载《新民晚报》2016年6月22日）

爱国青年打爱国青年，国怎么想

廖保平

想必很多人还记得，7 月 17 日上午，河北唐山乐亭县有部分民众围堵肯德基店，并打出横幅"你吃的是美国的肯德基，丢的是咱老祖宗的脸"。

就在这个事件背后，一个叫赵大龙的青年人，觉得这样的行为有些无理取闹，"简直给乐亭丢脸"，于是去阻止这些非理性爱国的行为，朝他们骂了不少脏话，还录了视频发到网上，结果乐亭抵制肯德基事件的最先发起者看到了，非常气愤，叫了三四个人把赵大龙约出来，打得他鼻青脸肿，报警求助。

南海虽是多事之秋，但中美、中日还没有开战（似乎也不可能开战），爱国青年们就已开撕了。

赵大龙脏话骂人，虽说没有指名道姓，但非常不妥，而三四个爱国青年将赵大龙痛扁一顿，则把爱国青年的脸丢到南海去了。当那一记老拳打出去的时候，已经走到爱国的反面了，因为他们只懂得爱国，不懂得爱人，却不知道爱国的本质是爱人——人都不爱，还爱什么国呢。

国家是什么？是由无数国民构成的集合体，没有国民，国将不国。一如我们谈论一个人，就必然要谈到人是由不同的肌体器官组织构成一样。他有独特的性格爱好，离开这些来谈一个人，就是一个"抽象的人"，就是一个概念而已，它不是张三也不是李四，它只是一个符号。

爱一个人是很具体的，这种爱是很具体的。你不能说你爱你的妻子，但不爱她的身体。她的身体的某个器官发生病变了，需要及时治疗，你不闻不问，而你的解释是：我爱她这个"人"，对她的身体爱不爱无关紧要，那么疾病就会夺去她的生命，夺去她这个"人"，你爱这个"人"也就无从爱起了，此所谓人之不存，爱将焉附。

道理不是很简单吗？国家并不是什么"空中楼阁"，它无非是由处于特定法律和政治关系中的个人组成的实体。你爱国，就同时爱她的国民，甚至要爱她的国民甚于爱国。不爱国民的爱国，那是空爱、假爱；只有把爱人看得比爱国重要的人，才是真正的爱国者。

我觉得，判断一个人爱不爱国，不在于他是不是抵制洋货，不在于他喊出多么漂亮的口号，就看他在爱人这个问题上表现如何，这是判断一个人是否爱国的试金石。爱人就是真爱国，不爱人就是假爱国。

可是，我们看到太多只爱国、不爱国民的人，你叫他爱国容易，叫他爱人就很难。你叫他爱国，他愿意赴汤蹈火在所不惜，你叫他爱人，他袖手旁观麻木不仁。

试问，你赴汤蹈火地爱国，最终是为什么？还不是要让国民生活幸福？面对一个同样爱这个国家的同胞，他难道不也是需要你爱的一分子吗？你竟然老拳相对，真是情何以堪。换个角度看，爱国青年打爱国青年，国怎么想？

孟子说，民为贵，社稷次之。毛泽东也说，人是第一可宝贵的。相对于社稷国家，都是肯定人的第一位。在人与国家的关系，应该像印度民族的圣雄甘地所说的那样："我首先是一个人，其次才是印度人。"我首先是一个人，然后才是中国人。因此，回归到爱国的正途，即爱国者必先爱人，真的爱国者必然是爱人的。

赵大龙再怎么骂了脏话，也有其不可侵犯的人身权利，爱国青年只见一点见解不同，就将其痛打一顿，他们心里只有国，而无人，已经离开了爱国的最基本前提。

我说这个话的意思是，如果你是一个真正的爱国者，你更应该爱人，你是爱人的，你就能够去理解人性，真正的爱应该包含在理解人性基础上对整个人类的爱。人性的价值是人类最基本的价值，爱国与爱民族是从爱人的人性中抽象出来的。任何违背人性的爱都是值得怀疑的，极易走向爱的反面、人性的对立。

离开这个前提，所谓的爱，只是一种崇拜，即便算为爱，也是狭隘的爱。

不懂得尊重生命是人性最大的缺失，将爱人的理解具化起来，我认为至为重要的，是面对生命的态度。佛祖与魔鬼的区别，或许也正在于此罢。

还记得2009年4月份，美国纽约州发生枪击案，13人死亡，多人被劫持。这显然是一个悲剧。美国总统奥巴马、副总统拜登和纽约州州长帕特森先后发表声明，谴责这一暴力事件，并对遇难者表示哀悼，对遇害者家属和案发地居民表示慰问。

可是，我很遗憾地看到，在某网站上，80%的中国网友对这篇报道表现出了幸灾乐祸，有的说"事实证明，中国不允许私自带枪是正确的"，有的说

"全国人民放假三天，庆祝一下"，有的发帖：河南安阳发来贺电！

这样的事件又何止此一例。

生活中，很多人一面在说人心不古，世道浇漓，道德滑坡，人无真情；一面又在扼杀人们对生命的敬意，践踏人性的尊严。这些人是道德的挽救者，还是将道德使劲地往深渊里推？

更为可怕的是，他们自己没有看见生命，也不容许别人看见生命！所以他们会对同胞大打出手，还以为自己是在爱国。他们忘了，哪怕是维护对一个犯罪生命的敬意，也是在维护自己生命的尊严，也就是维护一个国家的尊严。

首先，爱国不只是要求别人去爱国（要求不动别人就说别人是汉奸），而是捍卫人的权利，督使国家爱人民，让国家扮演它应有的角色——为全体国民谋幸福，而不是为权势阶层谋幸福。判断一个人是不是真正爱国，就看他爱不爱人，爱不爱自己的同胞，用什么方式去爱。

最后，爱人，并不只是爱他人，还包括了爱自己。如何爱自己？如若这还要来教，那真是不可救药了。不过为了不引起误会，我要强调一点，我说爱国要爱自己，这是一个前提，但如果有人太爱自己，爱自己爱到为了个人利益的达成，不惜损害所有人的利益，那么就会变成"人民公敌"，会遭到人们的反对。

这正如人要爱国，不能爱到不爱人，不能对弱小的生命无动于衷，也不能用爱国的高尚旗帜来作践他人的合法权益。只不过，太爱自己，能够有机会损害所有人的利益的人，是贪官污吏；而打着爱国的旗号作践他人权益的，往往又是平常之人，比如愤青之类。

我时常觉得，关于爱国与爱人的常识，"五四"那一代的知识分子已经讲透讲绝，其中，"五四"一代知识分子的代表人物傅斯年对爱国与爱人就有过清醒的论述，他认为爱国是一种本能，是对民族文化、历史的一种认同感。

但是，他同时认为，"爱国有时不够，还须爱人。爱国有时失于空洞，虽然并不一定如此。至于爱人，却是步步着实，天天可行的……克服自私心，克服自己的利害心，便可走上爱人的大路。只要立志走上这个人道的大路，无论一个人的资质怎么样，每个人都有做到释迦牟尼或耶稣基督或林肯或国父孙中山先生的机会，至少分到他们的精神。"（《傅斯年全集》第5卷，湖南教育出版社2003年版，第126页）我很荣幸地引用他的话来结束这篇文章，希望能分享到他的精神。

（原载《新京报》2016年7月22日）

无方可治众生痴

郑少逵

　　"有药能医龙虎病，无方可治众生痴"是南怀瑾在《小言黄帝内经》里说的一副对联。上联说的是唐代大医药家孙思邈的故事。传说他医术非常好，连老虎、龙王有了病，都知道自己跑来找他看。下联是说，疾病只是体内平衡失调的一种外在表现，只要改善了体内环境，外在的疾病就会遁形。

　　也是的。现在，人类针对各种疾病的技术和疗法日新月异，可谓"道高一尺"，而疾病却还是如雨后春笋般层出不穷，诡异刁钻，"魔高一丈"，让人徒叹奈何！

　　其实，这其中也有一个原因，那就是因为人尚有一个最难治的病——"痴"。

　　这"痴"，简单说就是心病，就是精神上的不和谐，就是内心的疑神疑鬼。现代社会，生产力——"人们征服自然、改造自然的能力"——大大提高了，人们的物质生活大大改善了，生活方式也就大不相同了。可是，要说进步了多少幸福了多少，那是值得探讨和反思的。这些年，人们意识到"征服自然"的不妥，要"合理利用自然"才对，可那也是在恶果显现时引起警觉的，且悔改的诚意也似乎有限，实际行动上还是在不知不觉地"征服自然"，"自然"自然就不客气了！而人们物质生活的改善引发生活方式变化，也不见得就顺应自然遵循自然规律，甚至于背道而驰，精神上不见得长进了多少，还可能是内心更不和谐了——得心病了！如此，何求幸福指数的提升？如此，何求人身的不病？如此，何求疾病不"魔高一丈"？

　　季羡林说过："一个人活在世界上，必须处理好三个关系：第一，人与大自然的关系；第二，人与人的关系，包括家庭关系在内；第三，个人心中思想与感情矛盾与平衡的关系。这三个关系，如果能处理得好，生活就能愉快；否则，生活就有苦恼。"人与人，及人自己的思想情感都要和谐，人才能幸福愉快，否则就痛苦。世界卫生组织为人定了这样的健康标准："健康是指身体上、精神上和社会上处于完全的安康状态，而不仅仅是没有疾病或虚弱。"《黄帝内经》也提到："故智者之养生也，必顺四时而适寒暑，和喜怒而安居处，节阴阳而调刚柔，如是则僻邪不至，长生久视。"可见，人如果不能认识和顺应自然，内心的和谐出了问题，就不健康，身心就会痛苦。

元代医家罗天益也曾说过："心乱则百病生，心静则百病息。"是的，魔由心生，妖由人兴。一个人，倘若心中之魔不除，内心不清，情志不展，焉能不病？

钟南山也曾在一个讲座上谈到，不良情绪损害健康。他认为，疾病的一半是心理疾病。一切对人不利的影响因素中，最能使人短命夭亡的莫过于不良的情绪和恶劣的心境，如忧虑、惧怕、怯懦、嫉妒和憎恨等。这些情绪就会造成紧张，对人的身体危害很大。他还从专业的角度进行解释：科学家发现，每一个人血液里有白细胞九十多亿，其中五十亿是特别能战斗的抗癌细胞，人体一天可生成三千个癌细胞，多数人身上并未生成真正的癌，是因为癌细胞刚出现并被及时杀灭。NK（natural killer cell）细胞的作用就是杀灭肿瘤的细胞，一有肿瘤细胞出现，就有五个NK细胞围它，钻进去将肿瘤细胞杀死。当情绪处于低潮时，而且经常是很内向、很抑郁，NK细胞分泌系统功能被抑制，从而降低了它们的杀伤作用。

遗憾的是，现代人心"痴"的多，而医者偏偏不治也不能治世人的心"痴"。正如清代医家程文囿所说："古之神圣之医能疗人之心，预使不至于有疾，今之医者，惟知疗人之疾而不知疗人之心，是犹舍本求末，不澄其源而塞其流。"许多人，有一点不舒服，就要依赖所谓先进的医学科技手段，拼命地检查。殊不知，现代医学界认为医生的责任、医学的发展，似乎就是要针对疾病施展各种诊断手段和应用各种仪器，其目的似乎是要千方百计找出患者身上的毛病来。如此"周瑜打黄盖——一方愿打，一方愿挨"，在找病治病的过程中，不免破坏了体内环境的和谐，没病找出病，小病治成大病，旧病将愈新病又来，情何以堪！

五柳诗曰："纵浪大化中，不喜亦不惧。应尽便须尽，无复独多虑。"顺其自然吧，有病就治治，但不必慌乱痴迷。因为"无方可治众生痴"，"天作孽，犹可违；自作孽，不可活"。

（原载《大公报》2015年11月5日）

"贪官里的贱种"

刘效仁

　　湖南省衡阳县政协原党组书记、主席彭应龙也太贪了。任职期间，违规公款报销个人费用114万余元、收受贿赂180余万元、贪污公款130余万元。媒体称他钻进钱眼，大到棺材木、家具、电器，小到孙女的奶粉、纸尿裤，甚至一双袜子，"衣食住行"样样都在公家报销。用调查组人员的话说贪婪耸人听闻，毫无下限。虽是信奉菩萨的"香客"，但未能保住平安。目前，已被双开移送司法机关。（2016年4月4日华商报）

　　在一些贪官聚敛动辄过亿的行情下，彭应龙堪称虾贪，恐只有小巫见大巫的份。但从小处着眼，聚沙成塔的功夫，虽说确让大贪们叹为观止，却更可能被轻贱与不屑。有网友称其为"贪官里的贱种"，"估计连贪官们都羞与为伍"。真的，对于彭的"贪婪"，我几乎找不到词汇可以形容。所谓"贪官里的贱种"实乃"绝妙好词"，描写彭毫无底线，自轻自贱的丑恶嘴脸恰如其分，入骨三分。

　　当然，"吃喝嫖赌"全报销之"贪官里的贱种"，彭不是第一个，也可能不是最后一个。曾被称为"报销王"的云南省栗坡县原县委书记、文山州民政局原局长赵仕永，大到万元以上的彩电、冰箱、皮包、手表，小到几元的洗漱品、袜子等，都变着方法用公款报销，创下贪官中的报销之最。可脸皮最厚，最敢报销的则是原广东汕尾副市长马红妹莫属，连买包卫生巾都要叮嘱男工作人员"记住，别忘了开发票"。面对检察官的审问还无耻且无畏振振有词地辩驳："我是人民的公仆，吃的、用的，都应该是公家的，我花人民一点钱算什么?!"这一情节，记得曾雷倒过许许多多的中国人。

　　更可鄙的，如此"贱"得有理，"贱"得理直气壮，甚至"贱"出了有中国特色的"公仆论"。估计彭应龙也早把"公家"当成了自己的家了。虽然没有最贱，但只有更贱。马红妹报销女性用品毕竟是自身的生理需要，可彭应龙的纸尿裤却是为孙子辈买的。敢情，彭太把自己当公仆了。一人成了公仆，祖孙都得享受公款消费的特权？如此财迷心窍，利令智昏，真得不知今夕是何年，直把杭州作汴州了。

这些官儿贪婪到这个份儿上，早就异化成了公款消费账单上的蛀虫，一种爬行动物。别提什么政治信仰组织纪律权力意识，连起码的公私观是非观美丑观都付之阙如！据介绍，在群众路线、"三严三实"教育中，彭的学习心得、对照检查材料、整改材料都由下属代劳，甚至连"三严三实"的具体内容都不知道。就难怪不分是非黑白，也就难怪以丑为荣以贪为美，毫无羞耻之心了。至于成了信奉菩萨的"香客"，亦成了政治无底线官德无底线的佐证。

对此，除了深感讶异，深表震惊，自然也不能不感叹，在反腐机构十分健全，公款报销程序规范，审计部门年年审计的国中，纸尿裤、卫生巾、美容费等（江苏省姜堰市纪委书记栾立平在一家四星级酒店的消费账单上，除酒吧、桑拿等，竟包含35元的"震动安全套"1只），这些纯属私人使用乃至隐私的物品，其费用何以竟能堂而皇之地在单位报销？究竟有多少机构在其中助纣为虐，面对权力"绕着走"？有多少人唯权力马首是瞻，主动缴了审查把关的械儿，成了纸尿裤、卫生巾的帮闲与帮凶？抑或又有多少人借为纸尿裤、卫生巾报销开绿灯之机上下其手，揩了公家的油儿？值得职能部门彻查，顺道儿揪出背后的黑手。

（原载《湖北日报》2016 年 4 月 5 日）

"江湖"就那么难舍？

柳士同

去年年末，电影《老炮儿》上映，据说反响不错，至少在豆瓣网上一开始分值就突破了8，之后还曾一路呈上升趋势。不过，批评的贬斥的言论也不少，有些意见还是切中肯綮的。笔者因朋友的推荐，也在网上看了两遍，说实话，看完后感觉不怎么样。除了那辆限量版的法拉利和谭小飞那份"酷毙"的头发和装束，真让人感觉有点恍若隔世，而且隔着不知多少世！

记得影片尚未公演，就有一些关于"大院子弟"和"胡同串子"的议论流传。这两拨人虽同为"文革"时期的产物，但其生长的土壤却有着悠久的传统文化积淀。这一传统文化不是别的，就是我们经常挂在嘴边的"江湖"。在对这部影片的赞扬声中，就有不少是在肯定老炮儿的"江湖义气"的，并由此而从内心惋惜江湖的式微。说起"中国特色"，"江湖"不能不说是人类文明史上的独一无二，且延续了数千年直到现在。在其他语种中几乎找不到"江湖"这个概念，英语就怎么也找不出能够准确翻译"江湖"的词语来。曾有美国学者试图以"Under world"对译，可未能取得共识；因为江湖并不等同于"地下社会"，它虽也不乏秘密结社，可绝大部分，就连近似于黑社会的青洪帮，不也公然活动在"地上"吗？若说成"准社会""次社会"，那就越发言不及义了。后来又有人直译成"Rivers and lakes"，可此"江湖"并非彼"江"和"湖"呀！没办法最后只好音译成"Jianghu"。也许正是这种独特及其数千年的传承，才使得国人明明生活在当代了，依旧对它恋恋不舍情有独钟，仿佛若要反抗强暴伸张正义，就不能不依仗江湖似的。

殊不知"江湖文化"历来和"庙堂文化"就是既对立又统一，也可以说是相辅相成的；否则，江湖怎么可能存在数千年而不衰，直到今天仍有人来讴歌呢？啸聚"水浒"的一百单八将，最后不是都跟着"呼保义"宋江投靠朝廷了吗？"大院"在"文革"中遭到冲击后，其"子弟"不也跑到"江湖"上跟"胡同串子"争地盘？而老炮儿至今当宝贝似的藏着将校呢大衣和日本军刀，不能不说是他潜意识里对庙堂的景仰与向往。无论江湖文化还是庙堂文化，无不奉"忠孝仁义"为圭臬，而"忠"永远是摆在第一位的。也就是说，孝也好义也好，都得服从于"忠"。"忠义"二字在江湖上从来都是密不可分的，即便是胡同串子也得听老大的呀！梁山好汉不都是听宋老大的么？大家一起跟着老大接受朝廷的招安，最后一个个都不得善终，莫非这就是讲"江湖义气"的结果。如今，我们已经生活在21世纪了，还这么整天把"江湖义气""江湖规矩"挂在嘴边，真有点让人不知今夕何夕了。老炮儿最后不是也没有信守不报警的承诺吗？尽管他自欺欺人地辩解"这不是报警是举报"，但毕竟是违背了"江湖规矩"。而从另一方面看，倘若他真的认为举报没错，应该"依法办事"，那岂不正说明了单靠"江湖规矩"，是惩治不了谭家的贪腐之罪的？人不能没有血性，却不能一身戾气。弱者被逼无奈铤而走险的做法，固然值得同情却实在不宜提倡。盗亦有道与盗没有道，不过是五十步笑百步，性质并无多大区别。我们不能因为如今世风日下道德沦丧，便把希望寄托在重振江湖上。说到底，"江湖义气""江湖规矩"均无法见容于现代文明。

笔者虽然于数年前就写过一篇《告别江湖才是正道》，但未曾想到国人对江湖至今还这么难以割舍。莫非这也是一种怀旧，处境困厄时便不由得想起了江湖的行侠仗义？以致老炮儿的儿子张晓波最后如愿开了个酒吧，挂的招牌居然还取名为"聚义厅"！他是以为他又回到了他老爸的江湖呢，还是索性穿越千年上了"水泊梁山"？"江湖"是个伸张正义的地方吗？如果依凭江湖正义就能够得到伸张，那数千年来的专制社会何以就那么难以实现转型呢？从人类社会的发展进程来看，人与人的关系，是不能靠所谓的江湖义气来维系的。人与人之间也好，公民和政府之间也好，只有建立起一种公平合理的契约关系，厘清各自的责任、权利和义务，社会才可能实现和谐与稳定；也只有在一个契约社会里，各级政府才能在法治的制约下正常运作，每个公民的自由和权利才能得到切实的保障。

（原载《青岛早报》2016年4月19日）

别让忌妒的种子发芽

侯国平

余小曼是厂里的大美女，因为长得好，所以嫁得也好，找个老公是机修车间主任。她也从车间操作工调到厂办公室当了打字员，成了坐办公室的人。

时光流逝，大美女已经徐娘半老，但风韵犹存，每日涂脂抹粉，还有不少的回头率。这余小曼自以为长得好就觉得很了不起，认为自己有资本骄傲，走起路来，头昂得高高的，除了领导，谁也不搭理。她整天褒贬这个，嫌弃那个，不是张三的嘴太大了，就是李四的腿太短了。言下之意，就她是个樱桃小口，修长腿的大美女。

你别说，余小曼的日子过得还不赖，住进了三室二厅的大房子，120平方米，有一个如花似玉的女儿，学习上进，考上了省重点大学，毕业后分配到市三中当了教师。这一下余小曼更骄傲了，把眼睛长到了头上，谁都看不起，谁都不放在眼里，尤其是家属院里那些工人住的小房子，儿女又找不到工作，到南方打工。特别是门卫值班室的李师傅，一家四口挤一套小房子，儿子在厂里当工人，连媳妇也不好找，日子过得苦巴巴，看见他们，余小曼优越感便油然而生，人比人就是幸福得很。

这种优越感近来受到了严重冲击，余小曼的丈夫拈花惹草包了个小三被被她发现了。余小曼很是不理解，就问丈夫，我难道长得不漂亮吗？丈夫说你长得很漂亮，但是一天到晚大鱼大肉也让人腻歪，也想吃点萝卜、白菜。余小曼一听这话，气得头发倒竖，立马就和丈夫离了婚。

屋漏偏逢连阴雨，余小曼女儿婚姻也亮起了红灯，虽经极力劝和，但最终女儿还是离婚了，带着八岁的外孙女回到了娘家。这一个家里乱套了，由过去的二人居变成了三个女人的世界。余小曼觉得邻居看她眼光有点变了。虽然她还是昂头挺胸走路，谁也不搭理，邻居们照例也不主动搭理她。但她只要看见邻居们在一块说话就以为在议论她。还有那个看门的吴师傅，竟然悄悄问她，有啥要帮忙的，只要说声，都是邻居。这让余小曼的自尊心受到了伤害。高傲了一辈子，老了老了，却成了被人可怜的对象，她受不得这个，日思夜想，吃不好饭，睡不好觉。于是，就卖了房子，跑了几十里外的新城区买了房子，一家人搬离了这个住了几十年的老小区。

生活中，有些人总是看不上这个，瞧不起那个，就不知三十年河东，三十年河西，风水轮流转，谁也不会天天好运，凤凰也有不如鸡的时候。如果你总是抱着优越感不放手，到头来就会有无尽的烦恼。

光明小区有一个女强人叫杨霞，年轻时在石油公司上班，年年都先进。有一年因为住了几天医院，没评上先进，就不依不饶，找了科长，又找经理，最后又去找局长。领导最后答应给她补评一个三八红旗手才拉倒。由于争强好胜惯了，退休后在小区里也要事事比别人强，跳广场舞，她要站在前排，虽然跳得一般化，家属区里选楼长，别人都不愿意当，她第一个报了名。社区评选五好居民，她差一票没评上，气得躺床上睡了一天，埋怨有人不识金镶玉，隔着门缝看扁人。

这些都还罢了，尤其叫杨霞心里难平的是，她对门的邻居陈师傅。那个和他同在一个单位上班的老工人，老实巴交，石碾也压不出一个屁来，认字又不多，光知道埋头苦干活，一回先进也评不上。陈师傅见了杨霞，不笑不说话，比见了领导还谦卑。但杨霞还不满意，见了陈师傅总是忌妒羡慕恨，为啥？为的是陈师傅有一个五岁的孙子叫小宝，聪明活泼！嘴也甜，见面总喊她奶奶。杨霞自己也有一个五岁的孙子叫小军，出生时难产，得了脑瘫，奶奶也喊不囵囵，走路歪歪咧咧，总是发烧感冒，老往医院跑，这叫杨霞愁死了，再看看邻居家的小宝，她就觉得老天太不公平，忌妒的种子就在心里种下了。

忌妒是颗可怕的种子，只要在心田里长出芽来，就会开一朵邪恶的花。只许自己比别人好，容不得别人比自己强。看见别人在有些方面比自己强了，就会心生怨恨，这仇恨的火焰一旦燃烧起来，就会伤害别人，最终也害了自己。

杨霞被这忌妒的怨火烧烤着，终于失去了理智，从天使变成了魔鬼。一天中午，她看见邻居家的小宝，蹦蹦跳跳回到家，就以给棒棒糖吃为诱饵，把小宝骗到了家中，接着就向小宝伸出了罪恶之手，把个五岁的孩子活活掐死了。当案件水落石出时，杨霞面对警察痛哭流涕，追悔莫及。她说，两家没有什么冤仇，平日相处还好，她之所以要害死小宝，就是因为他比自己的孙子活泼可爱。杨霞的话叫众人大吃一惊，忌妒竟然让一个奶奶杀死了别人家的孙子。

见贤思齐的人永远都在向善的路上，妒火中烧的人用毁灭他人的方式来满足自己，最终也害了自己，走上了一条不归路。

（原载《陇南日报》2016 年 8 月 2 日）

另一种蓝天白云

许家祥

　　"蓝蓝的天上白云飘,白云下面马儿跑……"多么醉人的美景!可近年来,随着雾霾增多,一到冬天,当"风局长""雨局长"不给力时,美景就成为记忆,灰蒙蒙的天上没云飘,地面上见不到"马儿跑"。

　　好在"东方不亮西方亮",现实中蓝天白云少了,另一种蓝天白云出现了。

　　比如报纸上的蓝天白云。2015 年 11 月以来,东北、京津冀等先后多次发生大面积空气污染,南京、武汉、长沙等地也多次出现重污染。可多数报纸上的天空没有霾,除了 2016 年 1 月上旬《人民日报》有一张雾霾照外,其他报纸照片多是蓝天白云。2016 年 1 月 4 日,长沙重度污染,高楼大厦若隐若现,是个"草船借箭"的天气。幸运的是,我们在《长沙晚报》头版显著位置看到了蓝天白云,一幅大照片上,白云在蓝天飘荡,地面是整齐的楼房和碧绿的江水,真呀么真漂亮!照片还加了大绿框,配发了文字报道,醒目的标题是:长沙清霾行动成效明显,258 天空气优良;副标题是:"长沙蓝"频频刷爆朋友圈。

　　比如电视上的蓝天白云。我喜欢看电视新闻和天气预报,最近我发现,当现实中的蓝天白云成为奢望时,电视台就会播出"蓝天白云工程巡礼""清霾系列报道","巡礼"和"报道"中的天上晴空万里,看起来心旷神怡。尤其是新闻之后的天气预报,每个城市的背景都是"山青青,水碧碧,高山流水韵依依"。

　　比如工作报告中的蓝天白云。近年来雾霾增多后,人大会上的政府工作报告,年终的党委、政府工作总结中的蓝天白云也相应增多,其中有清霾行动的重大意义、有治理环境的战略举措、有取得的伟大成就,有美好前景展望,还有"还我蓝天白云"的响亮口号,真的是满纸绿色,"报告风来满眼春"。

可问题在于，当我们放下报纸、关掉电视、走出报告厅，置身于"茫茫雾都"之中时，难免疑惑：现实中的天空怎么不一样？

于是，权威人士发声了：第一，公众看到的灰色天空，是雾不是霾，雾的主要成分是水蒸气，对人体危害不大，不必大惊小怪；二是肉眼的感觉有误差，没有仪器监测准确，就像你感到头晕，以为是血压高，用血压计测量后并不高，那就是其他原因，或是你的主观感受有偏差；三是要分清局部与全局的关系，你看到的天空是局部，大部分天空是蓝的，不能用局部否定全局；四是不排除别有用心者造谣惑众，诋毁环境治理成果……

按照权威说法，看不到蓝天白云，主要是我们的肉眼和感觉出了偏差，现实中蓝天白云是无处不在的。

可我还是疑惑，难道公众的眼睛都出现了偏差？难道灰色雾霾和南京那样的"彩色雾霾"也是蓝天白云？可以肯定的是，一些读者可能与我有同感，在公众场合时常能听到这样的对话："哪里还有蓝天白云？"有的答："XP桌面"；有的答："PS动画"；有的答："梦中"。

据报道，新闻媒体中的蓝天白云多是在内蒙古金银滩拍的，那里的天，蓝得醉人；那里的云，白得可心；那里的山，美得如画；就连草原的空气也甜得让人心怡。

我向往金银滩的蓝天白云，我觉得，无论现实中的蓝天白云还是新闻媒体或工作报告中的蓝天白云，都是相互联系、互为因果的：因为现实中蓝天白云少了，所以新闻媒体或工作报告中的蓝天白云便多了；反过来，正因为新闻媒体或工作报告中的蓝天白云越来越多，所以现实中的蓝天白云就越来越少。

（原载《检察日报》2016年5月13日）

别拿"报复社会"做恶行的挡箭牌

林永芳

  一个"习惯闷头穿村而过的年轻男子",因采石场被关停,便策划了"9·30"广西柳城爆炸案。于是乎,"匹夫之怒,血溅五步",五步之后,天下发怵——医院、商场、民居,爆炸声此起彼伏,县城各处犹如沦陷区,原本像你我一样按部就班过着寻常日子的无辜百姓顿时陷入恐慌(10月3日北京青年报)。比爆炸更可怕的是,事发之后,照例有人抛出"报复社会"四个字来为作恶者提供道义资源,就像当年的系列校园恶性杀童案、公交爆炸案等类似罪行发生之后一样。

  可,什么叫"报复社会"?所谓"报复",本义是人家有错在先、对不起你,甚至亏待了你,然后你愤而以彼之道还施彼身,这才叫作"报复"。《圣经·旧约·申命记》第19篇中,摩西发布法令:"要以命偿命,以眼还眼,以牙还牙,以手还手,以脚还脚",号召信众对于不法侵害予以还击。"谁伤害了我,我就要惩罚谁",这种朴素的报复观其实不独基督教,而是全人类共同的心理反应,它的确可以有效地震慑施害者;可"报复社会"四个字,却给人一种错觉:"整个社会都对不起我、亏待了我",从而把上述朴素报复观置换成了"你敢打我,我就杀他",而这个被杀的"他",其实和打人的"你"、被打的"我"都没有任何关系,因而也就失去了对施害者的惩戒和震慑作用。

  很显然,"报复社会"四字是个病句,它掩盖了真正的权与责、罪与罚的关系,从而为一系列逻辑错乱的恶行披上了"道义正确"的伪面纱,一次次充当了作恶者的帮凶而不自知。更可怕的是,说得多了,便成了一个习惯性词汇,以致每有类似血案发生,总有人顺口抛出这四个字来,仿佛果真整个社会都欠凶手的、每个社会成员都活该挨刀。可事实上,"社会"是由无数立场不同、行为各异的人组成的,即使"对不起",也只是其中极少数特定的人

"对不起"他；至于其他绝大部分成员，很可能自己本身也在受压迫受委屈，凭什么让他们为自己没做过的事担责并付出血与命的代价呢？

有人为此类作恶者开脱说，那是因为施害者太过强大而他太过弱小，根本就"够不着"那些本该担责的人，所以只好"就近"伤害"够得着"的无辜人众以寻求心理平衡。这是多么可怕的逻辑！冤有头债有主，谁亏待了你就找谁讨公道去，岂能说，我对付不了那只咬了我一口的虎狼，可我又气愤难平，所以就拿羔羊泄愤？设想一下，假如哪天你的邻居在社会上被流氓打了，或者在单位被领导批了，他不去找流氓拼命，不去找领导说理，反而回来在你家里点燃一个炸药包以"寻求心理平衡"，你还会觉得他"值得同情"或"可以理解"吗？一个社会，倘若人人都以对方戒备森严无法靠近为由，不敢去找始作俑的强者讨公道，转而将自己的愤怒或挫败感倾泻到其他弱者或无辜路人身上，那么，最终岂不是把所谓的"社会不公"演变成弱者之间的自相残杀？这样的种群，何须什么外敌入侵，自己就会在自相残杀中很快把自己给灭绝了。

而对此类作恶者报以同情的另一个"理论依据"是，这个社会没有人是无辜的，虽然你们貌似没有直接施害于他，可当他受到冤屈不公之时你们保持沉默，没有为他拍案而起，所以有朝一日遭到不分青红皂白的屠杀也不过是报应。这种扯淡逻辑，经不起最简单的追问：你身边有那么多委屈不公，你又做了些什么？当你的老板批评你的同事、扣发他的奖金时，你是不是每次都赶紧放下手中的活计，去调查清楚到底谁是谁非，然后拔刀相助，替你同事出头，向老板宣战？当老虎吃人时，你是不是明知自己宝剑不在手、打不过老虎，还会挺身冲上去挡在被吃者面前？……如果人人都必须担负起做大侠的义务，还要专门机构干什么；如果人人都必须以做大侠为第一要务，大家还怎么谋生，谁来养活这满社会的大侠们？这不是道德捆绑式的强盗逻辑，又是什么？

有人说，使用"报复社会"这个词，只是对人性的思考，与律法上的惩戒并不冲突；它并非对凶手的理解与同情，而是在追根溯源、冷静反思，探索这病态社会、扭曲人性的疗救之道。可问题是，如果没有对犯罪者的严厉谴责和追责作前提，任何反思与挖掘都会走入歧途、让社会"病"得更重。因为，它会给更多潜在的作恶者以一种心理暗示，形成一种美化凶手、鼓励犯罪的舆论氛围：我这么做是有原因的，人们会理解我！……

对"报复社会"之类伪概念的纵容，其实就是让无辜的弱者为一些肆意妄为的"强者"买单，为另一些既无能力复仇、又无能力控制自己情绪的懦夫买单。区区一个似是而非、漏洞百出的"报复社会"，就能引来一次次各执一词的互相攻讦、意见分裂；换言之，随便设置一个语言迷障就能弄晕一大片。这样的思维能力，怎好意思以"独立思考""拒绝洗脑"自诩。一个社会，居然一次次在道义上给这种变态逻辑以同情理解乃至力挺，这是要自食其果、自取灭亡的前奏吗？

（原载《杂文月刊》2016 年 1 月上）

谁来拯救高考工厂里的"浮士德"？

马长军

　　大别山深处的毛坦厂中学创造了应试教育的神话。有人说，这里是如炼狱般的高考工厂，也有人说这是乡村教育的一次成功逆袭。而对这所学校的未来，校长和老师都充满了危机感。"进入此门，只为高考""苦战百日、笑傲高考""活一分钟战斗六十秒、拼一百天誓上好大学"，这样的高考励志标语在毛坦厂中学随处可见，与教学楼前跳动的高考倒计时屏相呼应，初夏清新的空气中，仿佛一下子有了硝烟味。（《半月谈》6月4日）

　　诸如毛坦厂中学之类的很多县镇中学最拿手的无非就是给学生大量布置作业，靠死记硬背强化学生对死知识的记忆，简直就是把学生的脑子当成可以存贮一切的电脑了，只要把考试卷上的内容看作"关键词"，马上就能搜索到相应的答案。这样的答题方式很少需要通过思考，只能用来应付僵化的考试，面对生活现实恐怕就不大管用了。毕竟，学习"掌握知识"的最终目的绝对不是考试，而是提高个人素养以及应用于生活。

　　应试教育实质就是把学生的大脑像电脑一样工具化。电脑本来就是受人控制的工具，无论它的功能多么强大，也离不开人的操纵。把人的大脑如此改造，只供考试专用，彻头彻尾就是人类大脑的退化，是智慧的堕落。一旦人的大脑被视作一个存贮器，只能存贮那些过去的某种程度上可以认为是死的不具新意的知识，人就完全成了"知识"的奴隶，知识不再为人服务，人却完全被知识左右。人的价值、知识的价值何从体现？

　　鼠目寸光在这里表现格外突出，许多校长和教师深深地知道自己现在做的事情是违反教育规律的，可他们还是违背着良心拿着少年去"拼"。而短视的家长其实完全被短视的学校牵住了鼻子，那些中学正是利用家长望子成龙心切，大打"成绩"牌，在家长唯唯诺诺地配合下，以"学习"的名义囚禁了天真少年的身体，也禁锢了少年的思想和灵魂。还不具完全的明辨是非能力的少年如同"浮士德",就这样被家长交给了"摩菲斯特"。踩着学生舍却一切拼来的分数爬上去的最终是学校的成绩——当然就是官员的政绩还有教师的荣誉,少年灰暗的青春岁月铸就了学校眩目的"辉煌"。这样的学校里那样的官员和教师难道不是奴役少年灵魂的恶魔吗?那些懵懂的家长则是一群被蛊惑的帮凶!这样的学校只能用"地狱""集中营"来形容。

被逼着不得不苦学死读也好,受误导心甘情愿埋头应试也罢,学生只顾眼前时刻准备"考大学"。考上大学之后呢?还要工作,还要生活。要是他们不能从应试的习惯摆脱出来,即使高考还能捞得高分——我只能说"即使"他们还能捞高分,接下来恐怕就不那么好应付了:他们能根据自己的兴趣爱好恰当地选择专业吗?整天都在不停地往脑袋里塞着各种各样的试题,恨不得把电脑塞进去,可曾有时间想一下自己的兴趣何在?他们已经不会甚至根本就没有属于自己的思想了!那些欲借少年成绩抬高身价的学校以及还在梦想中陶醉的家长哪里能容许少年的小脑袋留一点空间给自己!我甚至怀疑,这些可怜的少年很可能就不知道自己还会有什么兴趣。没有兴趣,连个性都差不多被泯没了,早已没有了创新的欲望,未来又如何能在纷繁复杂的社会立于人生不败之地?他们一旦走出"高考工厂",就发现自己找不到方向,心灵也可能有点"与世隔绝"了,面对未来迷茫而彷徨。

谁能拯救这些少年"浮士德"?

(摘自"荆楚网"2016 年 6 月 5 日)

救灾一景何其相似乃尔

徐迅雷

　　干部去救灾，不能被人背；被人背一背，后果很悲催；被人扶一扶，可能丢职务。我特地编这么几句顺口溜式的话，供干部记取并参考。

　　浙江泰顺县教育局，一个名叫包序威的干部，因为"救灾揽扶照"被免职了。包序威是教育局计财科科长，教师出身，当过校长。让他成为"网红"的"揽扶照"是这样一个画面——两个穿白色衬衫的人，架着一个身穿格子衬衫的男人前进，周围是淤泥和水。澎湃新闻网报道说，受第14号台风"莫兰蒂"影响，浙江最南端的泰顺县普降暴雨、大暴雨，受灾严重。16日上午，泰顺县教育局党委紧急开会，部署救灾工作；穿了球鞋与会的包序威，会后马上跟领导去受灾现场；途遇一片较大的水洼地时，恰遇保险公司人员在现场定损，他们中有两人扶了包序威一把，"其实就借力抬了一把，大概四五秒，没想到被拍了"。照片上了网，立马引起轩然大波，网友讽之"出淤泥而不染"。还有网友说："别说是块淤泥地，就算是个臭水坑，只要达不到淹死人的地步，你完全可以大踏步地走过去，果断拒绝别人的揽扶。""因对救灾造成较大负面影响"，教育局党委立即召开紧急会议，决定免去其科长职务。

　　过去有"火线提干"，现在有"水线免职"，这都是"非常态"。如果不是咔嚓一张照片就上网的互联网时代，这样的事估计就没事。网络舆情，有着强大的倒逼功能。也难怪包序威对媒体回应说：我很冤。

　　然则，"很冤"吗，那可不见得。现在是一个舆论场迁移到互联网上的时代，更是一个狠抓干部作风的时代，你在干群关系、工作作风上一个不小心，那可是会"一失足成千古恨"的；这样的事已经有前车之鉴，"殷鉴不远"你不记取，这不能怪别人。

　　2013年台风"菲特"到来时，浙江余姚市遭遇大水。在余姚的三七镇，一位镇里的中层干部在下乡视察台风重灾户时，遇到一片积水地，也不管三七二十一，让60多岁村支书背进并背出灾民家。照片被拍后也上了网，这位姓王的镇城建办主任，立马被"火线免职"。央视评论员白岩松在《新闻1+1》里毫不客气地批评："这属于'鞋没进水，脑子进水'！"而且说，"当地的快速反应体现了执行力，也反映出不管你是哪个级别的干部，只要脱离群众都是零容忍"。

这两个"救灾一景"，何其相似乃尔！与包科长一样，这位王主任也在事后喊"冤"。他认为他跟村支书平常关系好，是村支书主动提出背他而不是他主动提出要人家来背，而鞋子也不是什么高档鞋；这包科长呢，也认为与几位抬扶他一把的人平常熟识，他们也是主动上前来扶的……两人都说明自己是"与群众关系打成一片"的，"体现团结互助"，并无其他想法与杂念。但问题是，那个小小的一背一扶的动作，完全发生在错误的时间、错误的地点；在这错误的时间、错误的地点发生这样错误的事，正所谓"特殊环境、特殊场合做出了不当行为、产生了不良影响，在一定程度上损害了党员干部形象"。

革命时代有草鞋，执政时期没雨靴。2014年6月20日，江西贵溪市白田乡兰田村3名小学生因为暴雨意外落水，1人获救，2人失踪。救援现场有干部"怕弄湿自己的名牌皮鞋"，叫同事背其蹚过水坑。这个官员职位高一点，是市政府办公室副主任王军华，背他的是其下属（干事）。照片上网曝光当晚，贵溪市委就紧急召开常委会，研究决定对王军华予以免职。王军华同样很委屈，认为都是"朋友式的相处"。好吧，今后是不是要明文规定：官位在上的朋友不得让职位在下的朋友背其蹚过水。这样该记牢了吧？

心中装着群众，就永远不会趴在群众的背上。试想，你如果是焦裕禄、孔繁森，你在那样的时间、那样的地点，你会让平常与你打成一片的群众背你吗？一定不会啊，是不是。反过来，如果你在那个时刻背了平常与你打成一片的群众，那会是如何的情景？那么么感人、动人、让人铭记！背者与被背者、扶者与被扶者，同样是人，你背人家一下、扶群众一把，难道就不可以？无论你穿什么鞋，让鞋子进水算什么天大的事？双脚不粘泥，是因为心中粘了泥。

值得称道的是，杭州一位居委会主任，可真是在积水中背了大妈过马路的。2015年7月21日，因暴雨积水严重，江干区水湘社区居委会主任周建强，穿着一双布鞋上街巡查，看到7个六七十岁的大妈听完健康讲座出来站在门口，就主动一一去背她们过了积水的马路。周主任水电工出身，48岁了，是这里的老居民。《都市快报》记者去采访他，他有点难为情："反正我鞋子已经湿了，就背她们过去了，都是我应该做的，哪里晓得会传到网上去。"本色发言毫不渲染，让人钦佩，应该为他竖起大拇哥！

（原载《凤凰博报》2016 年 9 月 19 日）

辑二

德国人缘何再版《我的奋斗》

沈　栖

世人皆知，《我的奋斗》是"世界魔王"阿道夫·希特勒所著，它是一本法西斯主义的代表作，被称为"世界上最危险的书"。

史书上是这么记载的：1923年11月，希特勒因为一次失败的政变被关进了巴伐利亚监狱。经他口述，由两个忠实的追随者——鲁道夫·赫斯和埃米尔·莫里斯混合了希特勒自传及其对政治理论、种族和外交政策等问题的看法而成。原书名《四年半来对谎言、愚蠢和怯懦的斗争》，分上下两卷。1925年7月在慕尼黑出版时，纳粹党出版商马克思·阿曼建议易书名为《我的奋斗》。希特勒独裁期间，《我的奋斗》成为德国每家每户都必须拥有的"圣经"，学校和公共机构拿它作奖品和礼品，1936年始，还鼓励婚姻注册员给每对新婚夫妇送一本。据统计：到1945年，该书共卖出800万册，约1/5的德国人曾通读过它。它还被译成18种语言，销量逾1200万册。战后，这本书被禁止在西德出版和销售。

随着反法西斯战争的胜利，希特勒早被钉在了历史耻辱柱上，《我的奋斗》也被扔进了历史垃圾堆。然而，在经过了整整 70 年后，2016 年 1 月 8 日，德国再版的《我的奋斗》面世。它的"回归"引发的争议自不待言。虽说它的再版在国内有惊诧、有质疑、有担忧，尤其是犹太人群多有强烈不满，但赞同、认可、支持者毕竟占了上风。其实，早在 1959 年，西德首位总统奥多尔·豪斯就曾建议再版《我的奋斗》，其理由是"把它作为一部警世宣言"，但最终，西德政界否定了他的建议。而今，经过了 56 年和 10 任总统，豪斯的愿望竟成了现实。

再版《我的奋斗》能作为"一部警世宣言"么？对此，德国著名文化历史学家斯文·菲利克斯·克利尔霍夫做出了颇为典型且精辟的诠释："《我的奋斗》被视为禁忌才是最大的问题。很多德国人都知道这部书的名字，而不知道它的内容，因此，很多人对纳粹思想的来源并没有清晰的了解。允许年轻一代接触这些文字，而不是让它继续处于非法出版物的阴影下，更能提高年轻人对纳粹病毒的抵抗力"。很显然，德国人再版《我的奋斗》是作为第三帝国的遗产来对待，来研究，来批判的。

值得一提的是，这回德国人再版的《我的奋斗》是注释本（德国政府认定出版《我的奋斗》原版属于违法）。据德国《世界报》报道：巴伐利亚州的慕尼黑当代史研究所 5 名德国历史学家经过 3 年时间，在 800 多页的"希特勒原著"中附添了 3700 条注释，新版本达 2000 页。这些注释除了对原书错误语法的修订和逻辑混乱的梳理外，大量的标注使希特勒的言论去神秘化和被解码，有效厘清其历史背景，进而清除其蛊惑人心的魔力，让今人看清"希特勒是怎样在谎言中掺杂部分真相，最终达到宣传纳粹思想的目的"，它"完全不同于那种在二手书店里随处可见、'不负责任'、不加批评的出版物"。《我的奋斗》再版研究团队领头人克里斯蒂安·哈特曼在接受《纽约时报》采访时如此说。

国际社会业已形成一个共识，即：德国是一个最伟大的文明遗存和最深重的罪行记录并存的国度，它在"二战"后经历了深刻检讨和虔诚悔罪后，重新崛起，重新融入"世界大家庭"。德国政府在 2010 年上海世博会上展出别有深意的"绊脚石"（至今仍然成千上万地埋在当年遇难犹太人旧址地面上，露出半截的铜块，上面写着死者的姓名及其生卒年月），它是明明白白地向世人昭示：德国人绝不会忘记那段不堪回首的历史，而反思罪恶、铭记教训、悔过自新则自然形成了德国人的一种"绊脚石心态"。

《希特勒传记》作者伊恩·克肖曾对德国《明星》周刊说："德国不需要

惧怕希特勒的论著会给社会带来威胁，因为这个国家有成熟的民主制度，更有健康的国民心态。"现如今，德国人再版《我的奋斗》，似为这种"绊脚石心态"又平添了一个例证。

（原载《杂文月刊》2016 年第 2 期）

三分之一的 "真话"

宋志坚

据如皋商务网近日披露，湖北省副省长曹广晶发表《一城一策去库存，确保房地产市场健康平稳发展》一文，认为 "过去我们担心房地产价格上涨，今天更应该担心房地产价格下跌。泡沫一旦破裂，银行贷款的重要基础垮了，后果很严重，甚至会引发金融危机，这比单个企业甚至单个行业的危机要严重得多"，这段话引发 "广大网友猛批"，有媒体（什么媒体该网没有说）认为，"这位官员只是讲了一句真话，不应该对讲真话如此反感，即便它不像假话那么好听"。对此，我也想讲一点也会有人感到不是 "那么好听" 的心里话。至于是不是 "真话"，不妨由人评头品足。

从某种意义上说，曹副省长说的确实是一句真话，"泡沫一旦破裂"，"后果" 确实 "很严重"，"甚至会引发金融危机" 也绝非危言耸听。然而，"广大网友" 为何 "猛批"，却也值得反思，难道真如 "有媒体" 所说，只是因为真话 "不像假话那么好听"？

曹副省长说到 "泡沫一旦破裂"，说明他承认 "泡沫" 已经形成。然而，这种 "泡沫" 如何形成，也正是需要他讲真话的大问题，他却是避而不谈。恰恰相反，谈的只是 "房地产行业的繁荣、房地产价格的上涨，大大增加财政收入，为城市建设提供大量资金。这些年城市面貌日新月异，基础设施大为改善，就是经营城市的结果，客观讲是房地产行业的贡献"，既然如此，那么，这种 "泡沫" 也就可以略而不谈，这是九个指头与一个指头之间的关系嘛！然而，"房地产价格的上涨"，毕竟不是那么轻松的一句话就可以交代过去的，那是飙升，那是疯涨，形成那种飙升与疯涨的氛围，恐怕就有不少人为的因素，包括 "囤地"，包括 "炒作"，包括官商勾结，包括权钱交易；在那种飙升与疯涨中，"大大增加" 的恐怕也不仅是 "财政收入"。在 "财政收入" 与一些人的别的什么收入 "大大增加" 的同时，却是工薪阶层广大民众的有限收入大大缩水，他们偏偏就是商品房的"刚需"阶层。

　　房地产的"泡沫"既已形成，应当如何直面相对，也是对当权者的考验，更是需要他们对老百姓讲真话的大问题。只要是"泡沫"，就没有一直"泡沫"下去的理由，更没有一直不会"破灭"的可能。如何"破灭"倒是大有讲究。我记得中央领导人在全国经济工作会议上说到去库存的时候，曾说过"要鼓励房地产开发企业顺应市场规律调整营销策略，适当降低商品住房价格"，我也看到近年来保障房的建设，棚户区的改造，开拓"一带一路"以及开辟"高铁"国际市场的动向，这正是使房地产业逐步降温，使与房地产业相关的钢铁工业与建材工作逐步转型的有效措施，也是让房地产"泡沫"瘪下去的一种妥当方式，这是一种主动而又谨慎的"破灭"方式，或可称为"软着陆"。然而，曹副省长却说"今天更应该担心房地产价格下跌"，这与"适当降低商品住房价格"的中央精神并不一致。曹副省长浓墨重彩地强调"房地产价格下跌"以及"泡沫一旦破裂"的严重后果，即"银行贷款的重要基础垮了"，"甚至会引发金融危机"，按照曹副省长的意思，对于"房地产价格"的"大堤"应当"严防死守"，绝不能让它出现任何空隙；对于房地产的"泡沫"应当精心守护，绝不让它"破灭"。这种心态或许也是不少地方政府官员的共同心态。这番话是在今年以来，"北京、上海、广州、深圳等地房地产涨势迅猛"的大背景之下说的，其实，这些地区"房地产涨势迅猛"，正是因为房地产商看准了某些地方政府官员的这种心态，而曹副省长的这番话，以及曹副省长们的这种心态，则又有可能加剧推进这种势头。如此恶性循环，将使房地产的"泡沫"越来越大，以致挟持整个国家的经济，绑架全体国民的利益，这种后果确实不堪设想。我读过曹副省长的原文，他知道房地产"泡沫"的破灭"国外有深刻教训"，包括"美国的次贷危机，最初的标的物就是房地产"，包括"日本上世纪 90 年代房地产泡沫的遭遇"，那么，我们难道还不应当接受此类教训吗？曹副省长说，"泡沫吹过了总是要破裂的"，这话有点毛病，应当说，"泡沫总是要破裂的"，难道还有没被"吹过了"的"泡沫"，难道还要将这种没被"吹过了"的"泡沫"继续保护下去？

　　综上所述，关于房地产"泡沫"的真话，应当包括三个方面，一是形成"泡沫"的原因，二是"泡沫一旦破裂"的风险，三是一味呵护"泡沫"的后果。曹副省长最多只是就第二方面讲了一点真话，却有意无意地回避或掩饰了其他两个方面的真相。"有媒体"所谓的"真话"，最多也只能说是三分之一的"真话"。

　　房地产的"一业独大"，房地产价格的飙升疯涨，不仅拉大贫富差距，加速两极分化，而且还会撕裂社会。对于曹副省长的这番并不完整的真话，既有"广大网友猛批"，亦"有媒体"力挺，而且说得比曹副省长更为高调极端。其实，在房地产的"泡沫"问题说，最需要说的只有一句真话，房子是给人住的，一旦成为所谓"投资者"赚钱的筹码，就难免有"泡沫"出现。

不久前读到一篇说日本房地产"泡沫"破裂的文章，此文作者上个世纪80年代在日本留学时，日本房价疯涨快到巅峰，留日学生打工挣钱既多且快而又不影响学业的莫过于替雇主排队买房。排一整夜队，净挣2万日元，那时汇率相当于2000元人民币。有识之士指出，"日本的房价绝对属于泡沫，肯定有一天会掉下来的"，但是更多人认为不可能降。20多年后，曾经雇他们排队买房的老板就因为房地产"泡沫"的破灭而破产，企业没有了，雇人抢购的那些房子都不值钱了，1亿日元买的房子的残值，还不到千万日元，顶不上50万元人民币。

"有媒体"却既无视"房子是给人住的"的基本常识，也无视这种"深刻教训"。甚至说"仅从'让人人买得起房子'的视角来考虑房价该涨该跌，是很愚蠢的——真正的低收入者到时候连吃饭都有问题，怎么可能还买得起房子?"中央只说"适当降低商品住房价格"，并没有"仅从'让人人买得起房子'的视角来考虑房价该涨该跌"，可见"有媒体"的神经何其过敏! 按照他们的逻辑，"低收入者"即使"连吃饭都有问题"，又与别人何干?"高收入者"即使把整座城市买下来，你又奈他何?

（原载 2016 年《杂文月刊》9 月上）

"危言"与"言孙"

叶匡政

《论语》中有句话："邦有道，危言危行；邦无道，危行言孙"。这里的"危"是严厉、正直的意思，这里的"孙"是谦顺、谨慎之意。所谓"危行"指的是不随波逐流的高洁品行，"危言"则是指正直的言论和真话，而"言孙"意为言论应当变得谦顺。这句话的大致意思是：当国家有一个好制度时，人们要讲真话，行为正直；而当国家制度变得不好时，人们仍须行为正直，但言语须谨慎。

无论有道无道，行为正直都是必须的。孔子的这句话，常被一些人拿来作为批评儒家的证据，他们认为"言孙"就是不敢说话。这其实是误读。严格说来，"危言"只有说给那些想听的人才能发挥效用，所以"言孙"并不是指怯懦，而是实现"危行"的前提。在孔子看来，只有在一个好的制度下，人们才会自由表达，愿意自由表达，其实是衡量制度好坏的一个重要标准。

《国语》有专门的故事，来说明让民众自由表达的重要。周厉王暴虐无道，民众都指责他的暴政，于是召公对厉王说："民众忍受不了这样的暴政了！"厉王大怒，找来了一群巫师，专门监视那些议论朝政的人。一旦有报告，厉王就把那些议论者杀掉。最后民众没人敢说话了，熟人在路上遇见了，也只敢以眼神示意。周厉王高兴地告诉召公："我已成功制止了民众的议论了，人们不敢说什么了。"

于是召公说了以下名言："是障之也。防民之口，甚于防川。川壅而溃，伤人必多，民亦如之。是故为川者决之使导，为民者宣之使言。"这句话的大致意思是：这是阻止人们的言论呵。禁止民众之口的危害，比堵塞河川的水还要危险，河川水被堵塞会决口奔流，伤人一定很多，禁止人们讲话也会这样。因此，善于治水的人要排除水道壅塞使它畅通，善于管理人民的人，要引导他们敢于讲话。召公又说：民众用嘴发表意见，政事的好坏就自然表现出来了。民众心中有思虑，自然会在口中表达，怎么能加以堵塞呢？如果堵住了百姓的嘴，还有人会关心政事吗？

这是两千多年前召公对周厉王的谏言，周厉王因施政暴虐，熟人在路上遇到都不敢打招呼，只能用眼神交流。周厉王不听劝告，三年后发生了"国人暴动"，把周厉王赶出了镐京。这是两千多年前人们就明白的道理，今天看来，仍不过时。

当年的人都能认知到，公众舆论是这个世界上的法庭，所以它会没日没夜地讨论它认为重要的事情。敬畏舆论会使权力学会小心谨慎，却也因此变得安全稳妥。不像今天有些舆论工程师，只期望把那些自发的独立言论，都包装成能制造认同的官方话语，如同包装商品一样。让所有的头脑被一种思想定型，改变人们对于现实的认知，才是这些工程师期望达到的目的。在他们看来，公众舆论是不值得信任的，似乎总是代表了谬误，而很少有真理，透露的也总是负面信息。

正是这种对公众舆论的偏见，导致了某些官员对此类事件总是用"堵"的战术，好像只要把这些言论删除了隐藏了，就天下太平了，其实这些言论仍然在人们心中。等到人们真的认为只能秘密传播这些言论时，对于整个社会来说，才是一种真正的危险。

（原载《深圳特区报》2016 年 8 月 23 日）

大理裸拍与网红之死（外一题）

洪巧俊

　　5月25日，一对情侣在大理人民路拍摄的裸照在网上热传；两人在街上多个建筑物或人文景点旁，不但全裸身体，摆出的部分造型和动作甚至夸张出位。7月21日，大理洱海海舌公园又有女子在拍摄裸照。涉事女子回应称：系艺术创作和个人行为。但网友认为，不能打着艺术的幌子在公共场合进行裸体拍摄，因为这涉及公序良俗。对于洱海和大理而言，这是一种玷污。

　　在公共场合进行裸体拍摄，并不是个人行为，而是伤风败俗。那对夫妇拍了裸照还要放在网上，不知是不是想当网红想疯了。

　　"网红"的出现，与网民的审美、审丑、娱乐、刺激、偷窥、臆想以及看客等心理相契合是息息相关的。比如干露露，在我们这样的土壤中还活得潇洒与有滋有味，这个土壤对低级趣味的东西似乎很宽松，就如笑贫不笑娼一样。百度知道曾推出中国网红大数据报告，并发布了"中国网红十年排行榜"，安妮宝贝以1233万关注量荣登榜首，紧随其后的是芙蓉姐姐，关注量达到1116万，而郭美美也名列在其中。

　　在上周末，备受争议的巴基斯坦女模特兼演员、"网红"卡迪尔·巴洛赫惨死在家人之手，引起国外舆论一片哗然。当地警方称，此案是一起典型的"荣誉处决"，杀害巴洛赫的凶手正是她的弟弟、25岁的瓦西姆。瓦西姆对她上传到互联网上的"大尺度"图像内容表达不满，并坚决要求她"退出模特界"。由于双方僵持不下，瓦西姆对姐姐痛下杀手并逃窜。

　　如果在巴基斯坦，凤姐、郭美美、干露露是没有市场的，在公共场合拍摄裸照那一定是必死无疑。在巴基斯坦，时常发生女性因为各种原因，包括拒绝包办婚姻、被强奸、提出离婚、与他人通奸、打扮时髦"举止轻浮"等，被她们的亲属认为有辱"传统道德"或"家风"，因而被以"挽回家族荣誉"的名义处死。

这是一种极端，把生命当儿戏，也许他们把道德看得比生命还重要。但这种"荣誉之死"只针对女性，比如女人被强奸，强奸的不处死，处死的是受害的女性，这显然是在歧视女性，是落后的表现。

如果在中国，像巴洛赫这样的"网红"是不可能死的，她的家人因有这样的"网红"，而感到骄傲，谁会把"摇钱树"处死？这就是国情不一，风俗不同，审美丑之差异，道德观之差异带来的不同结果。

记得高居网红榜第一名的 papi 酱有句名言："不平胸何以平天下，不贫穷怎么当网红"，但是红了之后哪能再会贫穷？不仅获得了千万级别的投资，在最近的视频直播中更有超过 1 亿人收看。为了红，各出奇招，有蹭着"国民老公"王思聪的热度的，有不断换脸给网友耳目一新感觉的。

巴洛赫仅仅是大胆地拍了一些轻浮的图片，并不过分，在中国用裸露走红的不知有多少，干露露就是"露"红的、兽兽是"兽"红的，还有不少是"脱"红的。"网红"成了赚钱的大热门，这让多少年轻人趋之若鹜，渴望成"红"。

应该说，芙蓉姐姐最早靠着夸张的个人形象引起了网络上的关注，最后摇身一变成了瘦身励志的榜样。2015 年，被认为自杀的网红鼻祖沉珂突然出现，又勾起了那些非主流、哥特风、颓废的画风回忆。凤姐凭借出位言论让众人哗然，而后在新媒体时代又靠着多年积累的人气成了媒体的写手，开始在微博上玩起了自黑。而"网红"少女组合 sunshine 则是以审丑的趣味出现在大众面前，让人忍不住直呼"我洗洗头也可以出道当网红了"！

当在天堂的巴洛赫，看到中国的那些女性网红如此轻浮，还敢在公共场合全脱，并拍照片放在网上，情以何堪，难道不会羡慕嫉妒恨地说：我咋就不生在中国？

莆田系与祖师爷西门庆

魏则西事件调查结果就这样浮出水面。调查组公布的调查结果，相对而言还是比较客观的，也指出了相应的关键问题，但板子似乎打得太轻。问题是这种板子的打法，能不能有效，今天打了几板，伤疤好了，再不痛了，以后会不会忘了伤疤忘了痛呢？说到底，还是作恶成本太低廉。

由打板子我想起了一个人，追溯起来，他应是莆田系的祖师爷，他也是个江湖游医，狗皮膏药应该是他创举发明出来的，他不但骗钱，还骗色，他的名字叫西门庆。

要不是他勾引何千户的娘子，何千户发现，被县长叫人打了二十大板，只是发布虚假信息和医疗广告误导患者和公众，骗骗钱是不用吃官司的，县长问西门庆，听说你行医赚了不少钱？西门庆摸着被打肿的屁股，当然懂县长的意思，他悄悄地对县长说，你叫人通知"西门系"总经理来见我。

总经理来了，从提包拿出了一张五千两银子的支票给董事长西门庆，西门庆偷偷地塞给了县长。

西门庆从衙门出来后，继续当他的"西门系"董事长，不过胆子更大了，因为县长是他最强有力的靠山，于是他照样勾引女人，经营着医院，如果不是碰到武松，他就依然作恶多端。

其实武大郎不是潘金莲与西门庆毒死的，小说是在塑造女人心毒如蝎的形象。潘金莲虽然是鲜花插在牛粪上，但鲜花没有牛粪是生存不了的，这一点潘金莲是很清楚的，毕竟武大郎勤劳持家，赚钱养家，还主动干家务，在封建时代这样的男人是不多的。

事实是武大郎中暑，去了"西门系"的医院，没想到好好的一个人进了医院反而死了，潘金莲于是带领亲戚到医院去闹，用今天的流行语就叫"医闹"，没想到这一闹，才知道这"吃人"的医院原来是她情夫西门庆开的。

潘金莲权衡利弊，觉得丈夫死了，闹也不会回生，再闹情夫西门庆就下不了台，于是拿了赔偿就回家了。但武松咽不下这口气，首先他去找县长申冤，说"西门系"都是骗子医院，坑害百姓。没想到县长会这样说："武松，你也是个领导干部，讲话不能信口开河，要有事实依据，你哥武大郎出了医疗事故，人死了，你悲痛的心情可以理解，但不能对"西门系"就有偏见，一个医院哪能不死人？也不可能不出医疗事故，你吃饭就不会掉一粒饭？"

武松丧气地出了县衙门，又听到说武大郎去医院治病，是潘金莲与西门庆设好的局，武大郎死在医院就不是害命，而是医疗事故。

武松想到县长那个狗官，他就来气了。这一气怒从胆边生，武松就把潘金莲和西门庆杀了。但调查的结论是潘金莲毒死丈夫，与"西门系"无关。"西门系"的创始人西门庆虽然死了，但"西门系"仍活着，还活得潇洒。

魏则西的死，揭开了百度和医院的疮痍，在这个作恶的利益链条中，莆田系是最恶劣的，与他们的祖师爷西门庆有的一比。莆田系喜欢建寺造庙，但却不供祖师爷西门庆，只因西门庆名声不好，但骨子里却是信仰西门庆的。

（原载《潮州日报》2016 年 5 月 15 日、7 月 24 日）

两面邹忌

宋志坚

我读中学的时候，《邹忌讽齐王纳谏》已被纳入语文课本，故从中学时代起，邹忌其人就给我留下极深的印象：不但敢于进谏，而且善于进谏。从"臣之妻私臣，臣之妾畏臣，臣之客欲有求于臣，皆以美于徐公"，说到"宫妇左右莫不私王，朝廷之臣莫不畏王，四境之内莫不有求于王"，从而指出"王之蔽甚矣"，让齐威王为之称"善"并下令："群臣吏民能面刺寡人之过者，受上赏；上书谏寡人者，受中赏；能谤讥于市朝，闻寡人之耳者，受下赏"，致使"群臣进谏，门庭若市"。这篇短文，是从《战国策》中节选的。邹忌之谏也因了这篇短文，在当代广为传颂。这个邹忌，真诚、睿智，十分阳光。

同在《战国策》中，也记载着邹忌设局陷害田忌之事。因为嫉恨田忌战功卓著，便与公孙闬合计派人"操十金"冒充田忌之人前去占卜，问"三战三胜"的田忌"欲行大事"即谋王篡位是否可行，能否成功。又密使人"执"此"卜者"为人证，坐实田忌企图谋反，使田忌百口难辩，"不能自明"。这个邹忌，狭隘、下作，非常阴暗。

两个邹忌很难融为一体，读过《邹忌讽齐王纳谏》而只知邹忌之谏的人更是难以设想，如此阴险、卑鄙之事，竟然也会是那个真诚、睿智的邹忌之所为。百度百科评介邹忌，在肯定其"劝说齐威王奖励群臣吏民进谏，主张革新政治，修订法律，选拔人才，奖励贤臣，处罚奸吏"，赞赏邹忌"大度、颇有君子风范"之后，也只是轻飘飘地提了一句"因担心相位不稳而置田忌于死地"。然其因妒忌而设局陷害田忌，终究不能与"大度"以及"君子风范"相称，也与"奖励贤臣，处罚奸吏"相悖，恰恰相反，倒正是"奸吏"之所为，造成的恶果，也绝不仅仅是害了田忌。

历史就这样无情地记载，并向后人展示着一个两面邹忌。

两面邹忌与"两面派"不同。"两面派"当面一套，背后一套，但邹忌"讽齐王纳谏"，当面与背后应该都是一致的。他既不会在群臣背后叫齐王不要纳谏，也不会在齐王背后叫群臣不要进谏；两面邹忌也与"伪君子"有别。"伪君子"口是心非，言行不一，但邹忌"讽齐王纳谏"，嘴上说的，与他心里想的，实际做的，均无出入。以邹忌"讽齐王纳谏"来掩饰他之设局陷害田忌固然不当，以设局陷害田忌来否定他之"讽齐王纳谏"，同样不妥。邹忌设局害田忌之时，当的才是两面派与伪君子，才是现在说的那种"表里不一、言行不一，台上台下两个形象，人前人后两种表现"的两面人，要不他也难以一时得逞。

与两面邹忌相似的，起码还有两面李斯，他上《谏逐客书》时，何其大义凛然，他要秦王嬴政广纳人才，何其理足词胜，他因妒嫉而置韩非于死地，却又何其龌龊、卑劣！

人性之善恶，并存于一体，善恶博弈，此起彼落。这种博弈也叫"内心挣扎"。人性之善"起"时就有善行；人性之恶"起"时就有恶行。这种善与恶的博弈，也可以体现为事业心与名利心的较量，哪一种"心"占上风，就会有与哪一种"心"相应的行为出现。这种两面现象，人们通常以"人会发展变化"去诠释，其实，也不妨从"人性"的层面去剖析。

主张"性善"说的孟子，曾有人性的"四端"之说，叫作"恻隐之心，仁之端也；羞恶之心，义之端也；辞让之心，礼之端也；是非之心，智之端也"。邹忌"讽齐王纳谏"，至少"羞恶之心"与"是非之心"是明显的。他以"患得患失"为羞耻，方才有此大义；他能明辨"王之蔽甚"之是非，方才有此睿智。那个时候，他考虑得更多的是如何利国利民，支配他之言行的，更多的是他的事业心。他敢于向君王进谏，本身就是立德；他对齐王说的那一番千古流传的话，本身就是立言；因为他的进谏，而使齐王称"善"纳谏，而使"群臣进谏，门庭若市"，而使齐国国力渐强，"赵、韩、魏闻之，皆朝于齐"，则更是立功——如此立德、立功、立言三者并"立"，在客观上，也为他带来诸多名利。

主张"性恶"说的荀子，曾有人性的"三好"之论，叫作"好利、好妒（疾恶）、好色（声色）"。邹忌设局陷害田忌，就是因为"好妒"（即妒田忌之功）与"好利"（即好权位之利），因为齐将田忌屡屡立功而担心自己相位不保，明摆着是名利心在起着作用。至于是否"好色"，暂且不论。他行此事之时，全然失去了恻隐之心、羞恶之心、辞让之心、是非之心，仁义礼智，一概都顾不上了。他的门客公孙闬为他打的是如意算盘：让田忌率兵攻打魏国，"胜，则是君之谋也，君可以有功；战不胜，田忌不进，战而不死，曲挠而诛"。没有想到田忌三战三胜，邹忌自以为加大了对他的相位之威胁，遂有设局陷害之举。人最难看清的是自己，此所谓"旁观者清，当局者迷"；人最难战胜的也是自己，尤其是利欲熏心之时，极易使人失去理智，丧尽天良。"旁观者"的作用，在"当局者迷"之时也不可小觑。

人有君子小人之分，天使魔鬼之别，并非天生而然。世硕（孔门弟子）说的"人性有善有恶"，近于孔子的"性相近"；世硕说的"举人之善性，养而致之则善长；性恶，养而致之则恶长"，类乎孔子的"习相远"。这种"养"和"习"，往往在人的内心挣扎善恶博弈之时体现出来，善多胜恶者，人称君子，或曰天使；恶多胜善者，人称小人，或曰魔鬼。

"多胜"不等于"全胜"，故被称为君子者，有时也可能会有小人之行；被称为天使者，有时也可能会有魔鬼之举，反之亦然。

如此知人，或许会多一分客观真实；如此知己，或许会多一分自我戒惕。

（原载《解放日报》2016 年 6 月 26 日）

说"猴"

徐　强

1. 说字："猴"是形声字。许慎《说文解字》云："猴，从犬，侯声。"本义指灵长目哺乳动物猴子。汤可敬《说文解字今释》转引朱骏声《通训定声》说："一名母猴，声转曰沐猴，曰猕猴，其大者曰玃，其愚者曰禺，其静者曰蝯，亦作猨，作猿。"由此可见，"母猴"起初的含义就是猴子的通称，而非特指雌性的猴子。"沐猴""猕猴"都是从"母猴"的读音转化而来的。

2. 说词：沐猴而冠。据《史记·项羽本纪》，项羽攻入秦都咸阳之后，大肆屠城，焚烧宫室，席卷财物、美女东去。有人向他建议说："关中阻山河四塞，地肥饶，可都以霸。"项羽眼见秦朝宫殿被自己一把大火烧得稀巴烂，又一心想着回江东老家显摆，因此拒绝了这一建议："富贵不归故乡，如衣锦夜行，谁知之者！"发达了不回老家炫耀一下，好比穿着漂亮的衣服走夜路，鬼都不知道——进言者听闻项羽有这样的想法，觉得非常可笑，于是讽刺说："人言楚人沐猴而冠耳，果然。"所谓"沐猴而冠"，就是猴子戴帽子，虽然有人的模样，却没有人的智商。这是一个贬义词，形容人目光短浅、智力低下，含有极度轻蔑的意思。项羽听到这话，当然恼火得吐血，"烹说者"，就是把好心向他进言的那个家伙丢到锅里煮了。不过这个残暴的行为，恰好证明了他的确是沐猴而冠。刘邦虽然虚伪，却很有自制能力。谋士范增曾经提醒项羽说："沛公（刘邦）居山东时，贪于货财，好美姬。今入关，财物无所取，妇女无所幸，此其志不在小。"一个向来贪钱又好色的人，突然间把坏毛病全部隐藏起来了，可见其野心不小，而且意志坚定。反观项羽，则事事率性而为，自恃本领高强，不知敬畏为何物，听不进半句金玉良言，要说玩政治，实在比刘邦差得太远了。楚汉之争，楚必败而汉必胜，并非偶然，早就在双方领导人的综合素养上决出了高下。

3. 说诗：在中国文艺作品中，最为光辉灿烂的猴子形象，莫过于齐天大圣孙悟空。由于《西游记》的广为流传，法力超群、疾恶如仇的美猴王，成为家喻户晓、人人喜爱的英雄人物，自然也是诗人笔下时常歌咏的对象。1961年10月，郭沫若在北京民族文化宫观看浙江绍兴剧团演出《孙悟空三打白骨精》，作七律云："人妖颠倒是非淆，对敌慈悲对友刁。咒念金箍闻万遍，精逃白骨累三遭。千刀当剐唐僧肉，一拔何亏大圣毛。教育及时堪赞赏，猪犹智慧胜愚曹。"毛泽东读了这首诗后，有感而发，也作了一首七律以和："一从大地起风雷，便有精生白骨堆。僧是愚氓犹可训，妖为鬼蜮必成灾。金猴奋起千钧棒，玉宇澄清万里埃。今日欢呼孙大圣，只缘妖雾又重来。"有论者认为，郭诗"千刀当剐唐僧肉，一拔何亏大圣毛"，是说正当唐僧要遭受妖精千刀万剐之刑的时候，孙悟空不计前嫌，回来救了师傅一命。但毛泽东别出新意，从阶级斗争的高度，指出郭沫若把是非不分的唐僧推向敌人一边，必须"杀千刀"才能解恨，无疑是将内部矛盾当成了敌我矛盾，不利于团结。唐僧虽然糊涂，毕竟还是自己人，只有那些兴风作浪的妖精，才是真正的敌人，才必须"金猴奋起千钧棒，玉宇澄清万里埃"。革命领袖高屋建瓴，自然非同凡响，难就难在谁是"犹可训"的自己人、谁是"必成灾"的敌人，有时候并不那么泾渭分明，于是，把自己人当成敌人来无情打击、把敌人当成自己人来热情款待的情况便时有发生，演绎出人世间一幕幕悲欢离合、千回百转的剧情。

4. 说典：宋人庞元英《谈薮》说，曹咏因为巴结宰相秦桧，当了大官，威风得很，围着他溜须拍马的人像蚂蚁一样多。只有他的内兄厉德新不买他的账，不愿意讨好他。曹咏非常不高兴，吩咐地方官吏处处刁难厉德新，但厉德新始终不屈不挠，不改初衷。等到秦桧死后，曹咏失去了靠山，被贬到地方任职，收到厉德新寄来的一封信，打开一看，是一篇赋，题为《树倒猢狲散》。所谓"猢狲"，就是猴子。大树枝繁叶茂、巍峨挺拔的时候，猴子把它当作靠山；一旦大树枯萎凋零、轰然倒塌，猴子便失去了庇护所，只能惶惶然若丧家之犬，四散逃命。世界上任何靠山都不是永远可靠的，都有随时崩塌的危险，一个人只有自己把自己当作靠山，坚忍不拔，顽强拼搏，才有可能安身立命，屹立不倒。

（原载"豫城网"2016年1月31日）

偶 得（三则）

王 晖

还元汤

在中医领域，以人之粪便入药，原是富有渊源的。

皇皇药典如《本草纲目》，对这些取诸人类粪便或以此为主料制成的药物之性味、采制、功效和主治疾病等，均有详细记载。但方家开药方时，用到此类药，考虑病家的心理感受，多以隐语指称。如：常用来治疗寒热头痛、劳伤咳血、产后血瘀、跌打损伤的人尿，被称为"还元汤""轮回酒"。在竹筒中塞入甘草末，两端用竹、木封固，冬季投入粪缸中，立春取出，悬风处阴干，破竹取甘草末，晒干，称作"人中黄"，中医用其主治热病发狂、中毒、恶疮等症。

英国学者李约瑟将从童尿中提炼出的大名鼎鼎中药——秋石，列为中国古代科技二十六项发明之一。明朝嘉靖皇帝沉湎采阴补阳、提炼仙丹，据《明史·佞幸传》记载，无锡进士顾可学厚贿当朝权臣严嵩，自言能从童男童女尿中提炼秋石，服之可以长寿。嘉靖闻听严嵩奏呈，派钦差至顾家赏赐。顾可学赴京谢恩，又被嘉靖屡封高官。显然，顾可学获得厚赏，全赖秋石之功。这也是以人类便溺为原料制成的药物，进入中国"第一家庭"的确凿记录。

至于此类药在民间的运用，我则亲眼见过。小学同桌的学友，有次在学校与人争殴，背部被猛击一拳，回家后感觉疼痛。其祖母闻之，就用茶盅接了其尚在吃奶的小弟弟一些小便，令这位同学饮下。当时，我和几位同学正在其家玩耍，看后觉得十分神奇，以致随后很长一段时间，每当这位同学与我们发生口角，嘲笑其喝尿便成为我们攻击并打败他的有力武器。

估计在现代人看来，取自身粪便入药，多少有点怪诞。而一些文艺家创作时，却偏嗜搜求此类"重口味"素材作内容，来增加作品趣味，赢取读者或观众注意。莫泊桑总结小说成功结尾的秘诀，是"给读者一记耳光"。大约，这些文艺家便是循此经验，剑走偏锋，以求出奇制胜吧。自然，其中亦有运用得好的。那年腊月，皖省普降大雪，从新加坡回国的女儿想看黄山雪景，陪其坐旅游大巴去天寒地冻的皖南。途中，看了车内 VCD 播放的《狄仁杰之神都龙王》。此片为香港徐克执导，讲述年方而立的狄仁杰初到洛阳大理寺任职，便遭遇震惊朝野的"龙王袭水军案"。追查中，获悉城内皇族大臣日常饮用的"钦定皇贡"雀舌茶，被觊觎中土的东岛国匪贼下了蛊毒，面临毁家灭族危险。狄仁杰遂寻方祛毒，所得解蛊良术，竟是大饮童子尿。屏幕上于是出现如下两组滑稽镜头：这厢是无数太监男童列队饮水逼尿；那厢是至尊天子、阖朝皇族、文武大臣手捧满盛便液的玉碗，颦眉蹙颊地吞饮……

呵，利用童尿治病，原为中医神功妙术。而徐克巧借惯常专享特供的冠冕豪族，乐极生悲，竟依赖吞饮童尿来挽救性命的特写镜头，于嘲讽中表述众生平等的朴素民主思想，则显现了艺术家的苦心孤诣。

象棋中毒

观欧美电影，有时看到反映人物花生过敏或花粉过敏的场面，总被这样的镜头深深吸引。每人都是一个独立世界，人体存在差异，对各种物质的感受自然不同。影片制作者敏锐关注到这一点，并将它客观展现出来，行为本身充满了对人类个体差异的尊重，对罕见疾病患者的关怀，委实值得褒扬。

世间，有人对某些事物的感受，主观上确实更敏感些。我外出吃饭，由于纯心理因素，有时会出现腹泻。早年写散文《紫河车》，杜撰过一个词语："心理性腹泻"。并对此词语做了解释："我可能是心理性腹泻，只要吃过感到不洁或有点疑惑的食品后，总是不可避免地很快发作。""刘郎不敢题'糕'字，空负诗家一代豪。"据说，被称作"诗豪"的刘禹锡写诗时，准备用一个"糕"字，但想到"五经"中无此字，遂弃"糕"不用。后人因此写了上述诗句，讥讽他作诗气魄与"诗豪"名头不符。我写《紫河车》时，也有着和刘禹锡同样的谨慎，记得这篇文章在《安徽文学》发表前，我还就"心理性腹泻"提法准确与否，专门打电话咨询省内一位著名的医疗专家。至今，依然记得这位对文学也十分喜爱的前辈医生，在电话那头先是不厌其烦地为我的生造词语成立寻找理论与事实依据，最终，他和蔼地说："此词语在医学术语中确实不存在，但在文学作品里却不妨运用。"是他的鼓励，使我坚定了保留这个生造词语的信心。后来，我一直留心从生活中搜集此类病例，有次，和几位朋友结伴外出旅行，其中一位当过兵的朋友上车甫落座，便服黄连素。问是否在治腹泻，回答却是："我在预防腹泻。只要外出，我总先服黄连素。不然，准腹泻。"——瞧，这不是典型的"心理性腹泻"症状吗？

还有些疾病出现，粗看似是出于主观感受，探源溯流，则会发现不然。读过奥地利作家斯·茨威格的小说《象棋的故事》吗？在那艘从纽约开往布宜诺斯艾利斯的远洋客轮上，无意中加入吸烟室内的旅客对弈，出手即战胜当时世界象棋冠军的B博士，曾被纳粹盖世太保长期孤身拘禁。其间，他为排解寂寞，日复一日地在脑中自己与自己持续进行象棋对弈，最终导致神经急性错乱。清醒时，他将自己这种精神过分紧张的病兆，归结为一个词语："象棋中毒"。无疑，医学上迄今为止也没有出现过这个术语，但探究小说中叙述的B博士发病原委，我们却无法否认"象棋中毒"的概括精练与表述传神。当然，剖析此例极富个性病症肇因，肯定应从社会角度考虑，这是不言而喻的。

彼时的小康标准

北大教授魏荒弩在《栎斋余墨·关于两首民谣》中，记录了一则山西民谣《四香》："猪的骨头，羊的腿，黎明觉，小姨子的嘴。"读来饶有趣味。

据魏荒弩回忆，这则民谣是他从报纸上采集的，可能流行于晋南一带。至于流行的约略时间段，他没有说明。但我们由这则民谣中体现的民众追求标准观之，估计它的流行时间总在一九四九年之前，至迟也该是上世纪70年代末开始的改革开放之前吧。

说这则民谣有趣，就在于它以极节俭的文字，扼要而直率地道出了晋南一带普通群众心中认为值得追求的四种美好东西，即所谓"四香"。它的涵盖面丰富，包括：一、口腹之欲——"猪的骨头""羊的腿"；二、男女之欲——"小姨子的嘴"（在乡语民谣中提及的"小姨子"，似乎未必如日常称谓中所专指的"妻子的妹妹"，而是以某男的口吻来称呼与其关系昵近的某女）；三、休闲欲——"黎明觉"。从创作手法上看，聪颖的民间创作者不仅在结构文字时特别留心做到语句错落有致，还注意在二、四两句的尾字押了韵，这就让人读来抑扬顿挫，朗朗上口，收到易诵易记的效果。

民谣是民俗事象和民众心声的载体。通过这则民谣，我们能够清晰地感受到彼时群众对"四香"心心念念希冀获得的那般渴求之情，用一句毫不夸张的话说，这不就是彼时晋南社会民众心目中的小康标准吗？

"老婆、儿子、热炕头"的标准，固然比"楼上、楼下，电灯、电话"的标准低得多，但由低标准向高标准的攀升过程，是需要几代人乃至几十代人坚韧不拔的努力。后人回观这一艰难的跋涉、爬坡过程，间或，也许会感到前辈当初确立的奋斗目标实在不够宏伟；但心平气静之时，依然会对前辈的行为标准充满理性而宽容的认知；对前辈们的每一步艰难、扎实的迈进，则必然产生由衷的敬佩。我们今天的文明，不就是这样日积月累得来的吗？

正因为如此，我们有必要记住，在晋南文明发展史上曾有这样一个坐标，那就是："猪的骨头，羊的腿，黎明觉，小姨子的嘴。"别嗤笑它的标准不高，它确实是彼时晋南人精神向往与行为追求的一种美丽境界。

（原载《安徽工人日报》2016 年 3 月至 6 月）

可怜可恨说王婆

刘诚龙

　　《金瓶梅》里，谁是第一恶人，这个不用投票，定然是西门庆；谁是恶二号？这个若搞投票，票数怕是分散的，估计女性投潘某，男士是不会投阿莲的；若我来投，我要投王婆，这个老妖婆，拉皮条，设毒局，诲淫诲盗，甚坏事不干？

　　可怜之人，必有可恨之处；可恨之人呢，必有可怜之处。王婆这个老妖怪，36岁守寡，专事贪贿说风情，自个有无风流韵事？难考；而其生活艰难，却是真的。她开了家茶馆，生意惨淡，"我家卖茶，叫着鬼打更。三年前六月初三下雪的那一日，卖了一泡茶，直到如今不发市"。开家茶馆，三年来只卖一泡茶？王婆的话，锣打鬼，鬼打锣，嘴巴打得狗屎烂，谁信谁傻瓜蛋。

　　不过王婆居清河县底层，这个无疑问。《金梅瓶》虽有市井小说之誉，表现的却是富翁家至少是中产阶级之生活，西门庆不说了，李瓶儿，孟玉楼，嫁西门庆之前，生活都不差；潘金莲棚户区出身，却因姿色，也算改变过命运（先前之张大户家，家境蛮不错）；应伯爵之流插科打诨，跟着西门庆混，生活在清河县不算中上，算中等水准吧。

　　王婆与韩道国者流，才是真市井。生活缺乏基本保障，王婆就业第三产业，开的那茶馆，还真不赚钱；王婆干的来钱的事，大概就是当媒婆。王婆是媒婆吗？说来也不是，她干过几桩未婚男女相亲事？多给有妇之夫与有夫之妇拉皮条。她也算不上鸨母，并没开青楼，以王婆之才智，开一家青楼，当老板娘，生意肯定兴隆，而她没开，不是不想开，估计是开不起——她缺乏启动资金。

　　王婆拉皮条看上去牛皮哄哄，实际上是惨淡经营。西门庆居心要来收服潘金莲，找王婆做中介，摸出一两银子，"干娘，权且收了，做茶钱。"答应事成之后，"我便送十两银子与你做棺材板。"一两抵价人民币三四百，价格算高是不？王婆这价码说来很低。明朝冯梦龙所著《蒋兴哥重会珍珠衫》里，有个王婆似人物叫薛婆，她给陈大郎拉皮条王三巧，陈出手便是一百两白银，还加"黄灿灿的两锭金子"，这还是预付款。待陈王成就好事，"又将一百两银子谢了婆子"，女方王三巧也打发了"三十多两银子东西送那婆子"。同样干这茧子事，收入有差距，源自事情难易程度有别，比如，潘金莲本是"淫妇"，王三巧却是"良家妇女"；王婆跟潘金莲先前熟悉，薛婆跟王三巧此前没交往。除此外，《金瓶梅》所叙者宋朝事，冯梦龙所记者明朝事，宋转元至明，物价自然跌了。

王婆干这茧子事，是有大危险的。做正宗媒婆，那是做好事，纵或将南方独眼龙说成神枪手而凑成为如花美眷，除非是挨骂几句；王婆拉皮条，是将人家婆娘拉去卖，让人家男人晓得了，至少会打折腿的。西门庆将皮条费叫作给王婆"送棺材板"，王婆也笑着应了。这是玩笑，不过也是半开玩笑半认真的。一语成谶，王婆还真是死在这事上。

王婆这活，貌似轻松，其实危险，按危险要价，王婆所得还真不高。何故？王婆活着不易，只要能来钱，来者皆不拒（以王婆生存状态，她没资格择价而从）。推算来，王婆应算是婆婆了。早岁死了老公，儿子王潮跟人外去做生意，多少年没回来，是死是活，都不晓得。大宋不曾有低保，若有低保，王婆是符合条件的。然则大宋有安济坊之类保障机构，有法规定，凡户数上千之城寨镇市，都要建立安济坊，病人、残疾人与 60 岁以上之孤寡老人，都应接入其中。王婆是年龄没到，还是政府遗忘？这个无考。王婆生活艰难，是肯定的。她什么生意都做，什么生意都敢做；什么生意做起来，虽然放刁，要价都不高，"便是积年通殷勤，做媒婆，做牙婆，又会收小的，也会抱腰，又善放刁"。

王婆生活没保障，这让她活得没尊严；她自己呢，以其智商言，应该活得蛮好的，却也是没廉耻地活着。《金瓶梅》里，撇开德商，单讲情商，西门庆算一个；抛开德商，单论智商，谁最高？真亮瞎你眼，王婆最高，没有之一："开言欺陆贾，出口胜隋何，只凭说六国唇枪，全仗话三齐舌剑。只鸾孤凤，霎时间交伏成双；寡妇鳏男，一席话搬唆摆对……玉皇殿上侍香金童，把背拖来；王母宫中传言玉女，拦腰抱住；略施奸计，使阿罗汉抱住比丘尼；才用机关，交李天王搂定鬼子母……"有王婆在，那些搞传销的，干洗脑活计的，哪还有甚生意可做？

王婆本事不止在嘴皮子，其理论根底相当深厚，非一般深厚；对人性幽微处之洞察，相当深刻，非一般之深刻。王婆对男人泡妞总结出来的理论，一套一套的，很成系统，比学院派来得更精彩，比实践派来得更生动。王婆所概括的"潘驴邓小闲"五字诀，总结得多好，多通俗，多精准。性学家李银河著书无数，有几个字让人记住的？学界记住一些（常有"人大资料复印"啥的），民间记住了没？王婆却有本领，能建构理论，且能把理论化繁为简，化深为浅，让学者与市民都挂嘴边。

别以为王婆只有"潘驴邓小闲"之理论建构，她实际操作水平也甚是了得。五字理论外，她还有"捱光（偷情）十步曲"，一步一步，环环相扣，"他（潘金莲）若欢天喜地，说，'我替你做'，不要我叫裁缝，这光便有一分了。我便请他来做，就替我缝，这光便二分……"王婆烛照幽深人性，比X光都来得透。这个王婆，是落入涸藩中的李清照哪——罪过，以王婆之涸浊，来比李清照之清纯，罪过，罪过。而设若王婆当性学家呢？她写部《王婆性经》未必输与素女。才气比素女，市井当王婆；可追洋伊德（弗洛伊德），愧杀李银河。浪费人才啊，人生可奈何。

王婆本该活得蛮好的，职业可走高端，至少当女公知嘛，却是志没确立，路没走通；自己选错了职业，政府也没给她兜底纳入低保呀，老孤寡了，还在自求活路。哎哎，这个王婆啊：走高未高，低保未保，灰色生存，黑色人生。

（原载《羊城晚报》2016 年 8 月 14 日）

有这样两所中学

杨建业

在我们中国，有这样两所中学，虽异代不同时，但都是那个时代教育界的"圣之时者也"，全国响当当的名校。

一所，就是当今大名鼎鼎的河北衡水中学。一旦进入衡中，"朝为田舍郎，暮登天子堂"的概率极高。因此成为当今许多中国父母的向往。据报道，2013 年河北省高考几乎是衡水中学的独奏表演，不仅囊括了河北文理科状元，文理 600 分以上的考生也超过全省的五分之一。校门口的英才街上，当年考入北大清华的 104 名学生头像一字排开。至于考入港大、新加坡国立大学的77 名学生，在这里连露脸的资格都没有。如今的衡中，想进去参观学习，都要交 600 元的"门票费"。"这是我去过的地方里门票最贵的"。有外地老师如是说。

取得如此"骄人"的成绩，衡中靠的是什么呢？归纳起来，就是把资本家的"泰勒工作制"引入中学教育，用绩效量化的现代公司手段管理校园。对学生实行寄宿封闭化管理。于是在这里，学生每天早上 5 点半起床，一直到晚上 9 点 50 分入寝，时间表排得满满当当，"你看不到哪怕一分钟，是留给学生们自由支配的"。大搞题海战术，拼学生，拼老师，有些老师甚至体罚学生，采用棍棒教育，学生累得发昏，老师累得吐血。最终成功地把学生彻底变成一架高考机器。（见 2013.10.16《报刊文摘》）

如果时间倒流，我们会看到 110 年前，也有一所名校。这就是著名教育家张伯苓创建的南开中学。据叶笃飞先生回忆，当时的中国人只有家的观念，国的观念却很淡薄。于是，南开校方想方设法引导学生去认识中国，引导学生去实际接触国家。学校专门开有"社会调查"，老师带领学生在天津采访法院、监狱、救济院、报馆、工厂和农村，回来后人人都写调查报告；老师还带学生访问过山东曲阜孔庙，认识中国文化源流；还访问过泰山，拜访了隐居那里读书的抗日将军冯玉祥。早在 1927 年至 1928 年，老校长张伯苓为警醒国人，揭露日本对我国东北地区的侵略意图，在校内组织"东北研究会"，先后两次率领师生亲赴东三省，考察那里的自然资源、经济、人文、地理等方面情况，发表了许多调查报告，出版了一本研究专著，九一八事变前，就已唤醒了学生的爱国情怀，因此也引得日本侵略者极大恐惧和仇恨，1937 年日寇占领天津后，竟以炮轰、飞机炸、纵火等残暴手段，将南开校园夷为废墟。（见 2013.10.9《报刊文摘》）

其实，在那个内忧外患的时代，富有家国情怀的中学并非南开一家。甚至不只是中学，从小学开始，就有了这种教育。在龙山小学堂，老师讲到鸦片战争，朝廷如何腐败无能，无数将士英勇抗敌，但终因枪炮军舰不及英国而惨遭杀害，掩面痛哭。年幼的金庸和同学们也跟着哭泣。金庸说："这件事在我心中永远不忘。"也因此，后来金庸笔下的民族大义，澎湃如潮。（柏杨语）"我最深刻的记忆是，当老师在课堂上告诉大家，日本军队侵略中国国土、屠杀中国人民时，全班小孩随着老师的嘶哑声音，哭成一团。当时老师用'千钧一发'这个成语，形容中国的命运……我和小朋友们紧张得小身体都浑身淌汗，第一次为国家付出重重忧心"——柏杨也在他的回忆录中如是说。后来，金庸赴台与柏杨先生见了面，也见到了蒋纬国将军。金对蒋说：你一定要反台独。蒋答道：我无时无刻不在反台独。因为蒋纬国也有这样受教育的经历："记忆里，小学上史地课，授课的张老师每次一说到战争、割地、赔款就捶胸顿足，常常我们所有同学也跟着哭，跟着愤愤不平！"（见 2016.7.15《报刊文摘》）

如今，要像使衡水中学成为像南开那样的范儿，几近痴人说梦。什么样的时代，就有什么样的学校。像衡中这样的"高考工厂"，也是因应了当今的应试教育而生。是时代的产物。也可能是不得已而为之的产物。可是，在这样的学校里，人的成长、人格的养成又在哪里呢？没有健全的人格和德智体美的全面发展，又怎么可能出现一流的大家人物呢？故而，尽管国家的教育部部长已经换了好几茬，但"钱学森之问"仍然无解。我们看到的反倒是，教育资源更加失衡，应试教育愈演愈烈，且关口前移，连小学生都在每晚十一二点拼奥数奥语，备战小升初，争上类似于衡中的"名校"——我们还能看到教育的希望吗？

再反观南开中学，注重培养学生的人文情怀、修身养性，从不刻意搞什么应试教育，反倒英才辈出。从开国总理周恩来，到后面十多位总理、副总理、人大常委会副委员长和全国政协副主席级人物，再到 56 位中外著名院士，哪一位不是历史天空上璀璨的星辰？不仅是中学，就是那时的小学教育也成果斐然。像金庸、柏杨、蒋纬国等，也都是在历史上留下了自己痕迹的人物。

民国何以称盛世？从综合的角度看，民国的确不是什么盛世。但民国的某些教育家所办的学校，却一枝独秀，成为后世的教育标杆，也是不争的事实。它启示着当今的人们，教育行政化是教育的万恶之源。教育行政化一日不除，钱学森之问就一日无解，万世不除，则万世无解。永远无解。如此而已，岂有他哉！

（原载《湘声报》2016 年 9 月 16 日）

漫话电影（二题）

刘　齐

黑白老电影杂议

有几部黑白老电影，比如《平原游击队》《南征北战》和《铁道卫士》，我小时常看，至今印象深刻。这些早期电影比较朴素，故事发生年代尚不遥远，一应服装道具、街景建筑取之现成，接近原生态。日本卡车、美国吉普、城门楼子、市井老屋尚未废弃或拆除，要啥有啥，犯不上伪造。不像现在一些影视，古楼不古，闹市不闹，三五人物于空旷街区走来走去，一辆圆咕隆咚的黑轿车开进开出，好人坐了坏人坐，各剧组总不让它得闲。这还算对历史有礼貌。一些导演混不吝，巨手一挥，鬼子就坐上解放牌卡车，国军就驾驶了北京牌吉普。老片子少有此类穿帮镜头。《平原游击队》里，葛存壮先生演的汉奸，别的不说，单那一身滑爽的老式黑胶绸行头，就让我们相信，汉奸穿的就是这种服装。该片1955年拍摄，葛先生一头黑发，还是二十多岁的小伙子，公子葛优两年以后才能出生。

早期电影还有一些场面，耐人寻味。比如特务，按说他们是剥削阶级，理应好逸恶劳，饭来张口，衣来伸手。可是《铁道卫士》里，那个海外派遣的特务头子马小飞，居然自己在脸盆里洗衣物，看得我一愣一愣的。马小飞喝酒吃鸡我理解，人特务就该这样，可他为啥还要劳动？诚然，孤身潜回大陆，使唤丫头一时难觅，但也不必特意让他这么演，掐掉不就结了？八个样板戏，一堆反动派，你见哪个干活了？

这几部老资格的故事片，还在不同程度上引领或促进了中国电影一些模式的产生，即使算不上鼻祖，至少也是源头之一。双方交战，敌人一片片倒下，好人则半天不死一个，而且总闹"革命化"情绪——领导不让打主攻，想不通；不让参加志愿军，不高兴，总之都是积极性难以高涨憋出来的"正面"问题。为了衬托上级高明，特设低智商同志，令其隔三岔五做出观众都觉其傻的判断，以此推动情节向着观众心知肚明的方向发展。话语上也设有标准句型。正面角色爱说："敌人再狡猾，也逃不出如来佛的手心。"（后来的编剧这样填词：狐狸再狡猾，也斗不过好猎手）。反派则向小喽啰如此许愿："事成之后送你去南朝鲜"。晚几代的反派几乎将此句型用滥，差别只是将诱饵换成香港或欧美。

另有一类毛病，属于打造不精的粗糙型问题，比如《铁道卫士》里，护路民兵表决心："我们保证，连一个蛤蟆也不让它爬到铁路上去。"时值影片设定的寒季，敌我皆穿棉衣，蛤蟆也在冬眠，无意试探人类庄严的承诺。当时我们不少小孩都看出这个破绽，优越感随之而来。

侦察或捕人的场面也糙。公安人员闯入陌生房间时，好莱坞那种双手护持一把手枪，背靠背，半蹲，四处乱瞄的姿态尚未发明传入，几个公安只是单手拎枪，随随便便就进屋，就面对危机四伏的黑暗死角。而且大量吸烟，作案人拼命吸，吸完留下烟头让你有迹可循。破案人也拼命吸，吸完马上产生灵感，找到线索。21世纪的影视可能担心青少年学坏，轻易不露抽烟镜头。电视剧《少帅》尤甚，十几号几十号兵匪大老爷们儿，开会也好，闲聊也好，一律轻柔地嗑瓜子，就差跷莲花指了。

枪击方式也糙，一声枪响一股烟，人就玩完。《南征北战》里，张军长痛斥部下："一个团守一个车站你都守不住，怎么指挥的？"把左轮手枪搁桌上，示意其自裁："快执行吧。"部下哀求："我曾为领袖立过战功，我曾为领袖立过战功。"张不耐烦，亲手开枪，只见一股烟窜至对方腹股沟，位置不致命倒也罢了，好歹整个创口吧？不整，就那么草草完蛋，要多省事有多省事。可叹我们这些早期小孩，兴致勃勃接受种种简陋的假死，丝毫预料不到几十年后，效果将大为改观，需要挨枪者被枪一打一个洞，血溅得满墙满地都是，比真的还像真的。

粗糙归粗糙，我们仍旧喜欢，电影是那个年代的稀罕之物，备受人们珍惜。

罗马不是一天建成的，中国的电影也不是一步就跨到今天的。看看老片子，再看看新片子，两相对照，妙趣无穷。

（原载《南方周末》2016年9月15日）

小儿观影爱趣言

幼时看电影，特别留神某些人物的对话，过目不忘，入耳生根。《平原游击队》里那个笑嘻嘻的游击队员老侯，是我重点关注对象。游击队在县城捉了汉奸，队长李向阳说："老侯，开导开导他们。"身穿对襟大布衫子、长相诙谐的老侯，就用驳壳枪一拨汉奸的手："站好站好，我给你们上堂政治课（演到这里我暗自感叹，不光好人上政治课，坏人也得上）。国际形势是这样的（心说一个小县城的土汉奸，你也配听"国际形势"），伟大的苏联红军（可惜后来变"修"了），已经开始大反攻了，希特拉（老侯不会说希特勒，发音不准，游击队到底不是正规军）就要垮台啊。"汉奸赶忙点头如捣蒜："要垮台、要垮台。"老侯："国内形势呢，我们八路军就要反攻，日本鬼子是兔子尾巴长不了啦。"汉奸又"捣蒜"："长不了、长不了。"这部片子我看过多遍，每逢演到这里，影院里总是笑声一片，小孩子笑得尤甚。

老勤爷说话又是一路风格。他给游击队送吃的，李向阳跟他客气："老乡这么困难……"老勤爷不"客气"："你八岁那年爬上枣树偷吃你老勤爷的枣，吃得你肚子疼，可现在倒装起假来了。"这种餐饮方面的"装假"，是苦难中国一种常见的善意欺瞒（富国人民衣食无忧，不爱这么做），一旦遇到更加善意的揭露，其结果则是皆大欢喜。

面对恶人，老勤爷会换上另一种口气。汉奸骂他："你是人不是人？"老勤爷说："那谁知道，我把祖宗三代都忘了。"汉奸脸上挂不住，怒骂："你这个老杂种！"老勤爷更怒："你这个狗杂种，老天爷白给你披一张人皮了！"汉奸："我崩了你！"老爷子亮出胸膛："来吧小子，这儿打，你打死我这六十多岁的人，你看你有多能耐！"鬼子中队长松井见状竖起大拇指："老头，你是中国人的这个。"见老勤爷没给好脸色，就问："皇军不好吗？"老勤爷笑说："皇军好啊，皇军给中国人造福气来了，不杀人，不放火，不抢粮食，你看这多好啊！"这种跟坏人正话反说的讽刺方式，令我们这些小孩大为赞赏，出了影院举一反三，不分青红皂白，逮谁泡谁。

《铁道卫士》有段对话也有意思。治保主任赵师傅，就是《英雄儿女》里演王成他爸的那个老头，装成旅客，坐在特务马小飞身旁，指着报纸上的新闻对马说："反革命分子消灭一个少一个"。马特务："要不天下就大乱了。"赵师傅："乱是乱不了，麻烦。"各弹各曲，机锋彰显。

好人说话好玩，坏人说话也好玩。《南征北战》里，国军中将张军长沮丧地说：我们这一着棋输得太冤枉，美国顾问团又要说我们无能。这时他的少将参谋长说了句全国小孩耳熟能详、不断模仿的妙语："不是我们无能，是共军太狡猾了。"此话技术含量和风趣指数甚高，见过会说话的，没见过这么会说话的，敌我双方，银幕内外，方方面面听了都舒服。

相比之下，好人里边那个戴翻毛帽子的师政委，说起话来虽然字正腔圆，尾音还有点磁性，就因为总讲大道理，跟两三个战士聊天也像做大报告似的，有点儿"装"，我们就比较烦。奇怪的是，他的搭档，那位由陈戈先生扮演的解放军师长，尽管也没少讲道理，有一次还跳上坦克大讲特讲，感觉上却比听政委讲话自然。师长的神态放松而亲切，那一口"川普"，亦即四川椒盐普通话，也给他帮忙不少。

上述这些人物，在影片中都不是主角，那时也不懂什么是主角，什么是配角，只是凭兴趣出发，谁说的话有意思，谁在我心目中就占据了主要地位。

对不起了，各位主角，恕我那时愚鲁，买椟还珠，不知道心疼"珠子"。

（原载《辽沈晚报》2016 年 9 月 7 日）

色是头上一把刀（外一题）

董联军

　　捞钱和好色是贪官的两大特性，十贪九色，是老百姓对当今贪官的精辟总结。权力是贪官的春药，美色是官场腐败流通的纪念币。一批批落马贪官，诠释了"色是头上一把刀"的至理名言。

　　乱花渐欲迷人眼，好色便能失马蹄。钱权交易，种类繁多。官场上一些干爹、表妹之类，是托词。如河北原省委常委、秘书长景春华，其"表妹"系情妇。此"表妹"妖娆多姿，春色诱人，让景春华心旌摇荡，于是乎钱权交易，水到渠成。这位"表妹"在廊坊有一间土地整理公司，专门倒卖工业用地指标，如此，"表妹"非常有钱，也很风光。景春华究竟有几个好"表妹"？每个"表妹"都干什么？落叶知秋也。反腐从好色者入手，十拿九稳。

　　有些贪官，色胆包天，明目张胆。荆门市原市委书记焦俊贤，竟指使有关人员弄虚作假，伪造党员、国家干部身份，把三陪小姐提拔为开发区文化新闻广播电视局副局长。

　　也有贪官，利令智昏。内蒙古原公安厅长赵黎平光天化日之下持枪追杀情妇；济南市人大常委会原主任段义和炸杀情妇，血肉横飞，惨不忍睹。权色交易，结局着实悲惨。

　　色是头上一把刀，非但亡人，也可亡国。商纣王与宠妃妲己，唐玄宗与杨贵妃，吴三桂与陈圆圆……

　　大盗窃国。权力越大，窃之越甚。周永康好色之徒，民间有"百鸡王"之谓，权色交易，令人发指。貌似谨慎稳重的令计划被指控"与多名女性通奸，进行权色交易"。刘志军好色，声名远扬。丁书苗从一个卖鸡蛋的村妇，成为亿万富婆，其成功秘诀：用钱砸住刘志军，用"性贿赂"套住刘志军。

　　小盗窃钩。一些基层单位，权色交易，仿佛集市买卖。人事提拔安排，色字当头潜规则；也有掩耳盗铃，言称工作默契，实吃"窝边草"，弄得单位家庭鸡飞狗跳；也有利用手中权力，暗中权色交易，置职工群众的切身利益而不顾；也有在位是蛀虫，不在其位挖空心思变成寄生虫，依仗"色柄"，恩威兼施，暗里发财。于是"性"成了"我的地盘我做主"、流通吃香的纪念币。于是礼义廉耻早抛到九霄云外，欲海无边，走向不归路。

色还是手中"炸药包"。被称为"三湘第一女巨贪"的蒋艳萍只有初中文化，然天生姿色，不失时机地向权势官员发射"肉弹"，她从一个仓库保管员升到副厅级，创造了官场奇迹。辽宁鞍山市国税局原局长刘光明，从一名普通税管员当上市国税局局长，一路发迹，不凭光明正大，全靠暗"睡"。升职靠"屁股"，发家靠"屁股"，为摆平自己的腐败问题也靠"屁股"。不惜重金，花 500 万元去整容，光臀部整形费高达 50 万元，被戏称鞍山"最美丽的屁股"。然而，风流总被雨打风吹去，终究难逃牢狱之灾。

万恶淫为首，百善孝为先。若色字当头，恶念丛生，必欲火烧身，粉身碎骨。把权力关进制度的笼子，让"权力的春药"上锁。依法治国，权为民用，阳光公开。心无邪念，远离"干爹""表妹"颠倒乱梦，还百姓风清气正的好日子。

（原载《联谊报》2016 年 6 月 18 日）

廉政在于家书吗？

反对形式主义关键是干实事做实功，不搞花拳绣腿。如某单位写廉政家书，想营造家属助廉之氛围，无可非议。然"家书"尽是普通群众无病呻吟录倡廉之句，喊"安贫乐道，不腐不贪"之语，却不见最需要"廉政家书"的领导，其家属助廉肺腑之言与锦囊妙策！那么这种领导事不关己高高挂起的"廉文化"，反而会"南辕北辙"滑向形式主义另一深渊。

对普通群众而言，谁不希望风清气正、光明正大？谁不对"以权谋私、权钱交易、权色交易"深恶痛绝？谁愿意成为"潜规则"的受害者？"家属助廉"前提是"有廉可助"，而普通群众连腐败的机会也没有，惟有被"鱼肉"之份，让其表演"亲情护廉"节目，无疑是一种隔靴搔痒形式主义的变迁！

水至清则无鱼。谁喜欢浑水摸鱼？"硕鼠"在哪里？如何对人、财、物等重点领域实施阳光工程，让"硕鼠"无处藏身？故对"阳光工程"和"阳光决策"遮遮掩掩，避重就轻的单位，想通过"家属助廉"发生奇迹；无异于缘木求鱼。如"阳光工程"做得好的单位：凡 10 万元及以上采购入库清单，均在单位网或公开栏公示，单位大情小事，职工第一时间了解到。这种阳光制度和做法，比起华而不实的"廉政家书"强百倍！

好家书如《曾国藩家书》等，毫不亚于"廉政家书"。曾公教子，一曰：不谋做官发财，只求读书明理。二曰：杜绝奢侈懒惰，培养勤俭谦劳精神。然有些腐败分子，精神世界一片混沌。只知酒色财气，不学无术，专搞歪门邪道。马向东《赌术精选》《赌术实战108招》书不离身，结果输掉整个人生。胡建学精心研究《麻衣相法》《相术大全》，却误入歧途，身败名裂；一位"相学大师"说他有副总理之命，只缺一座桥，于是他绞尽脑汁，让国道改线跨越水库而修桥……结果桥未成，人倒了。

心中装百姓，廉洁自然成，如狄仁杰、包拯、海瑞、焦裕禄、孔繁森、任长霞……心存贪欲，家书无济。纵观反腐史，"廉政家书"也是精神的自慰！多少贪官在庄严的"廉政承诺书"签下大名，照样知法犯法。有些还是表演廉政"双簧"高手。成克杰曾说：想到广西还有700万人没脱贫，我这个当主席的是觉也睡不好呀！

让人民监督，把权力装进制度笼子，是防止形式主义变迁的一条光明大道。"人之将死，其言也善。"胡长清言：我当上副省长后，天马行空，来去自由。假如新闻媒体能像美国记者曝光克林顿那样，敢于报道我的绯闻，我不至于落到死刑的地步。听取肺腑言，悲剧莫重演！

（原载《绍兴日报》2016年8月8日）

狗不需要穿马甲

孙贵颂

冬天到了。天气冷了。

每天早晚，人们出来遛弯或锻炼，都增添了御寒的服装。有一部分人在遛弯的同时，还兼顾着遛狗——也或许，遛狗的同时顺便也遛一下自己。有一部分狗的身上，让主人给套上了可体、漂亮的马甲，显得人模狗样的。

然而，当我看到那些穿着衣服的狗时，却在想，它们真的需要如此穿着打扮么？

据说狗是从灰狼驯化而来。虽然它与人类共同生活了上万年甚至几万年，但狼的某些特性与本色却难以改变，比如身体里的汗腺不是非常发达，不会像人一样通过出汗来调节体温。因此狗非常怕热，只要觉得有一点热，就会张开嘴，伸出舌头，大口大口地喘气，顺便大量地流口水，通过这种蒸发唾液的方式来散发热量，降低体温。但狗却不太怕冷。它是皮毛动物，御寒能力强，除了那些毛长得又薄又短的犬种以外，一般来说，不需要专门添置衣物。它们身上所长的毛，可不是聋子的耳朵，只用来摆设。

所以，那些给狗狗——对于宠物来说，在称呼上就像称小孩子叫"宝宝"一样，一定要是重复音节，这样才显得亲切。单唤一个"狗"字，是不热情的——穿衣戴帽的狗主人，纯粹是自作多情，画蛇添足。记得前几年南京就曾有报道，一名姓高的女士担心自己的宠物狗抵御不了寒冷天气，专门去买了马甲要给小狗穿上。面对主人这份爱心，小狗却不领情，先是疯狂地吠叫，后来便翻脸不认人，将女主人的手咬出了血。你说这事是埋怨狗还是责怪人？

人对于狗是如此。对于同类，亦是如此。

小孩子在蹒跚学步时，摔跤是避免不了的。经常看到一些家长，在孩子倒下的一瞬间，立刻惊慌失措地跑向前去，将孩子扶起来，一边哄着惊魂未定的宝宝，一边训斥那块土地或石头："谁叫你把俺家的宝宝给摔着了!?"有的还对着地上拍几巴掌、踩上几脚。大人这样的行为，委实可笑。宝宝摔跟头，与土地或石头何干？其实，小孩子摔倒了，根本不需要大人去救急，他自己肯定会爬起来。儿子小的时候，我与妻子在他摔倒之时，基本不去拉他，都是自己摔倒自己起来。时间一长，儿子在倒地的瞬间，就会自己喊一声："起!"然后迅速站起来。孩子不需要大人帮助，老人跌倒才需要人搀扶。

还有官员。前些年，常见一些官员，坐车有人给开车门，开会有人给拎皮包，喝水有人给端茶杯，走路有人给打伞。好像他们长在身上的那两只手，没有或者失去了功能似的。其实这些都是手下的工作人员伺候得过了头。官员怎么会连开个车门、拎个皮包都不会了呢？你看人家的一些外国元首，上了地铁连个让座的都没有，买个汉堡包还得排队，遇上下雨天，夫妻两个共撑一把伞，丈夫为了表关心献爱心，还将伞尽量往太太那边靠，把自己淋个半湿，不也活得挺滋润、挺开心么。

什么东西都不能过度。将狗宠过了头不行。弄得不好，会来个"狗咬吕洞宾，不识好人心"；把孩子宠过了头，也不行，溺爱娇惯，无异于给他们挖掘温柔的陷阱。从小不经过摔打锻炼，长大后就会弱不禁风，出现问题还会找客观理由，将责任往别人身上推；而将官员宠过了头，更不行。下级将官员当成爹妈、老爷一样地恭敬着、服务着，就会使他们变得专横跋扈，颐指气使，盛气凌人，作威作福。这对于推动民主进步和发展，半点好处也没有。

狗不需要穿马甲。这是常识，可惜许多人或者不知道，或者忘记了。

（原载《杂文月刊》2016 年第 2 期·上）

官监与民监

姚 宏

　　大清监狱长啥样？估计知之者不多。一来，监狱不对外开放，不能免费参观；二来，若不是吃饱撑着，谁也不会没事往那里头凑。

　　对于大清监狱，桐城派文学家方苞最有发言权。方苞曾为戴名世的《南山集》作序，没想到，几年之后，《南山集》被定性为"利用文学反大清"的典型。戴名世被凌迟处死，方苞进了刑部大狱，蹲了两年笼子。出狱后，他整理第一手资料，创作了脍炙人口的《狱中杂记》。

　　据方苞描述，狱中"矢溺皆闭其中，与饮食之气相薄"。"生人与死者并踵顶而卧，无可旋避"，"只要牵连入狱，无论有罪无罪、罪轻罪重，狱吏、狱卒皆百般折磨，使其在不堪忍受时不得不送钱送物，以获优待或者取保在外。"

　　读了《狱中杂记》，有的人两腿战栗，庆幸自己安分守己，不用到监狱去"体验生活"；有的人呢，则拍手称快，因为里头还关着犯官呢！那些个犯官，平时吃好的、穿好的、玩好的，如今受尽折磨，生不如死，想想都心里痛快。

　　只不过，事实很遗憾地宣告，持后一种想法的人，手掌白拍了，心里白痛快了！原来，刑部狱舍分两种，一为民监，一为官监。犯官也是官，不论何时，无论何地，绝不能与民混为一谈。即便进了笼子，也要住官监。方苞，穷书生一个，和"官"搭不上半丝关系，进了牢房，当然只能去"阴湿凶秽，甚于豕牢"的民监。

　　那么，方苞没资格体验的官监，是啥模样？"其最上者，客厅、书室、寝室及厨皆备，无异大逆旅也"。淮军将领龚照屿，甲午之役打了败仗，下了刑部大狱，在官监过着幸福生活，照样吃好的、穿好的、玩好的。家中侍妾八人，轮流至狱中侍寝。战场上，面对敌人，龚将军胆小如鼠；官监里，对待侍妾，龚将军气贯长虹。他坚信，婆娘三天不打，上房揭瓦，两天不骂，提拎甩褂。三天两头，将侍妾们打得鬼哭狼嚎。狱囚每闻妇人哭号声，辄动色相告，曰：龚大人生气，打姨太太了。

民监是恐怖与黑暗之所，官监是快活逍遥之地。同样是监牢，差别咋就这么大呢？此等规矩源自《大清律》吗？非也；是刑部定的吗？亦非也。若要弄清官监、民监差别的出处，得从狱卒们的屁股说起。

至少在雍正前期，官监、民监差别是不大的。不管是做官的，还是做工的，到了监狱，都是做孙子的。在狱卒眼里，来者都是羊，统统是挨宰的小绵羊。

一次，工部侍郎李恭直触怒龙颜，被丢进监狱。狱卒当他是病猫，天天勒索，日日侮辱，玩得不亦乐乎。哪知狱卒的威风还未耍尽，李恭直无罪释放，调任刑部郎中，分管监狱。现世报，来得快。李恭直上任后，每天必往监狱检查，每日必杖十余人。小事轻打，打得哭爹喊娘，屁股开花；大事重责，往死里打，直接打咽气。

打没有白挨，狱卒们琢磨出一个道理，不能再干狗眼看人低的蠢事，要干就干狗眼看"官高"的聪明事。无论啥官，不管犯啥事，只要进了监狱，一律当大爷看待，小心伺候。若有打赏，曲膝谢赏，口称大人高升。一来二去，二者关系和谐了，狱卒闷声发财，犯官闷声享福，各得其所，其乐融融。为使犯官有"宾至如归"之感，狱卒将部分监房装修改造，遂有官监、民监之分。

官监和民监的天壤之别，有关部门咋就不管一管，统一标准，官民一致呢？其实他们早就知道了，只是假装看不见，不愿管。得罪民的事，想干就干；得罪官的事，千万别干。最关键的是，万一自己哪天进去了，也能过一过安逸的日子。

时人常感叹，大清若不积累那么多问题，最终积重难返，还不至于走上绝路。为什么明摆着的问题解决不了，从官监和民监的区别之中，似乎可以看出一丝端倪。

（原载《百家讲坛》红版 2016 年第 10 期）

癌变故事（外一题）

周东江

　　一提癌症，人人心怀恐惧，因为它属不治之症。但是，人的求生欲是如此强烈，尽管知道它是不治之症，治愈比中大奖还难，但还是愿意倾家荡产去买这个大彩票。其实，世界上比它惨烈的事件多的是，车祸、凶杀、战争、污染、传染……但是，很多人都不太当回事，唯有癌症令人焦虑。

　　其实，癌症是可以防范的，关键看你的生活习惯、生活环境以及心态。

　　人体细胞就像一个庞大的社会，什么样的组织、什么样的人都有，有一心帮助穷人、难民、患者的慈善组织，也有为害一方、无恶不作的黑社会组织；有乐于助人、乐善好施的好人，也有偷盗抢劫、打砸抢杀的坏人。只不过，在好的社会里，健康的向善的社会组织和成员占绝大多数，极少数黑恶势力处于被打压殆尽的状态；在坏的社会里，黑恶势力处于失控状态乃至反过来控制社会、割据称霸一方——相对于人体来讲，这就属于晚期癌症了。

　　就像人性里有善念和恶念之分一样，每个人的身体里也都潜藏有癌基因和抑癌基因。当一个人受善念引导时，他是旷达、快乐、平静、健康、向上的，此时恶念处于受压抑状态。人体也一样，当健康的细胞和基因受到鼓舞和扶持时（比方注意养生之道），癌基因会受到抑制，此时你的身体状态表现为健康。如果癌基因受到鼓舞和扶持，比方饮食起居不规律，吸烟酗酒，摄入"三毒"——毒食、毒水、毒气，久而久之就会发生基因突变。

　　正常的人，体内发生基因突变后，首先是细胞内部启动修复机制，如果无法修复，细胞就会启动凋亡（自杀）机制，如果这个机制也不工作，就处于癌变的前奏阶段了。此时人体还有最后一道屏障——免疫机制。当免疫系统发现细胞出现异常时会发动攻击，消灭绝大部分的癌变细胞。但是由于不同的人在不同的阶段，免疫系统有强有弱，因此会有少数伪装得好的癌变细胞逃脱免疫系统的监控和追杀，存活下来，变为癌细胞，并且不断扩张。如果在早期癌细胞较少的情况下进行"外科手术"式的打击，可能还有的救；要是癌细胞越来越多，用"外科手术"已经无法剿灭，这时候只有听天由命了。

如果把人比作社会细胞的话，上面这段话就变成以下故事：

当一个社会细胞（人）受癌基因（恶念）引导时，他会出现程度不同的失控状态，不该要的要了，不该拿的拿了，不该偷的偷了，不该抢的抢了……如果他启动内部修复机制（及时忏悔及时收手）还有得救；如果无法自控，他还可以启动凋亡（以死谢罪）机制；如果这个机制也不工作，处于完全失控状态，这个社会细胞（人）基本上就无可救药了。这时候就需要最后一道屏障——社会免疫系统（司法）进行监视和消灭。如果这套系统再失灵，放过癌细胞，却对健康细胞进行绞杀，换句话说，该抓的没抓，不该抓的反倒被抓了。好人越来越少，坏人越来越多，癌细胞不仅获得存活空间，还得以迅速扩张，控制整个人体（社会），这时再进行"外科手术"式的打击，恐怕难以奏效了。

谁都不愿意走到这一步，包括个人，包括社会。怎样才能不得癌症，其实大家都懂，包括个人，包括社会。

安全距离

在小区里散步，常看到麻雀在离人两三米的地方旁若无人地蹦来蹦去，这让我很不舒服。在我的记忆中，麻雀一见到人影，应该在几十米外就一哄而散，根本不能让人靠近，必须保持在鸟枪、弹弓的射程之外。无论是随着季节迁徙的候鸟，还是麻雀这种不随季节迁徙的留鸟，都应该与可怕的人类保持安全距离，这是野生鸟类的基本常识。从什么时候开始，麻雀对人类的警觉消失了？连人对同类的警觉还没有消失呢！

无独有偶，人类对凶猛动物也渐渐失去警觉，包括我自己。无意间翻到一张十几年前的照片，我大模大样地搂着老虎，冲着镜头微笑。给谁看谁都认为我是和假老虎合影，只有我自己知道，那是货真价实老虎，是在泰国拍的。换到今天我绝对不敢再凑近老虎，而且今天的我对昨天的我百思不得其解——老虎不发威，你真当它是病猫啊？

最近在视频里看到一个比我胆儿还大的主儿，也是在泰国拍摄的，一个中国女游客，看到一个玩蟒人身上盘着一条小蟒，她竟然鬼使神差地去吻那个蟒头，结果来了场激情"蛇吻"——那蟒突然张开大口，将女游客鼻子不是鼻子、脸不是脸地一口咬住。

动物凶猛，人类绝不能与之零距离相处，否则就有可能发生不测。对于麻雀之类弱小动物而言，人类同样凶猛，也绝不可零距离接触。

常言物以类聚人以群分，是有相当道理的。在动物世界，食草类动物你就乖乖自我画圈，跟你的同类待着去，千万别跟食肉动物扯不清道不明。如果你自以为进了童话世界，与食肉动物和谐相处，那就大错特错了。作为食草动物，要永远记住一个真理：在食肉动物跟前，你只有逃跑的权利和拼命的权利，没有申辩的权利。同类物种可以讲和谐，但羊绝不能跟老虎讲和谐；老虎倒可以给羊普及它的"和谐观"：我吃你时，你要保持情绪稳定。

有一个成语叫"狐假虎威"，其实讲的是狐狸在危急时刻成功自救的励志故事，但后人多理解为仗势欺人。由于理解性错误，故事里成功自救的聪明狐狸消失不见了，现实中不自量力的愚蠢狐狸却层出不穷，自以为攀上某个老虎，自己也成了猛兽，在老虎后面亦步亦趋，形影不离，实在是可笑复可悲。

在所有的动物中，我比较欣赏候鸟，超然物外，与世无争，一看气候不对，赶紧拍翅膀走人，哪儿舒服哪儿待着去。最同情留鸟，尤其是麻雀，当年作为四害之一，险遭人类灭绝。这亡族灭种之恨才过去几十年，就又好了伤疤忘了痛，又开始在人类眼前蹦蹦跳跳，这让人类情何以堪！

还有一种天性中与人类亲近的候鸟，就是被刘禹锡入诗的"旧时王谢堂前燕，飞入寻常百姓家"，在人类居所内毫不设防、大模大样地筑窝。你可知千百年来，人类是付出多大的努力，拼命告诫自己这是益鸟，这才抑制住捕杀的冲动，让你们存活到今天？很难想象当初你们是付出多大的代价，才让人类产生了那么一点点美好情怀。

所谓距离产生美，我理解是安全距离才产生美。无论是人与人之间、动物与动物之间，还是人与动物之间，这句话都适用。

（原载《今晚报·副刊》2016 年 1 月 4 日）

"课孙"与"老年漂"

聂鑫森

与我年纪上下差不多的友人，先后皆息影林泉、颐养天年了。心无形役，有宽裕的时间去读书、看报、养花、打牌、唱歌、跳舞、搞收藏。但含饴弄孙，恐怕仍是一件要事。这个"弄"，不仅仅是逗弄、嬉戏的意思，还包含领着孩子到公园游玩，到展览馆看各种展出，通俗地讲励志成才的故事，教认字、读书……还有许多更为重要的内容。一位老友告诉我："当年为子女忙，没有为孙忙这么累，这么小心翼翼！"

天津友人寄来新出版的《星桥诗存》，一口气读完，此中就有写课孙之诗多首，如《诫诸孙》《示鸣驹鸣骅鸣骧诸孙》《观女孙宝篆习字》《观鸣驺孙抄诗稿》，等等。从中透出的怡然之情，令人为之心动。作者苏之銮（1858—1933），字星桥，"世居津南葛沽，出身殷实之家，为乡里硕儒。"（曲振明前言）吴裕成在序中称："他是走完科举文人的入仕之途，值逢辛亥革命，折头而返，重归故里的布衣诗人。"苏之銮课孙无非是教诲他们要成为一个有用的人，"欲求有益劳先任，若到无成悔已迟"；诫示他们要和睦相处、共同精进，"兄弟怡怡处一堂，应知最忌是参商"；鼓励他们多读书、练好字、不废吟诵，"但期他日解为书""惟有吟诗乐未休"。这种对孙辈的督教，做爷爷的既认真又快乐，没有什么心理压力，一切都自自然然、从从容容。出身农家的齐白石，在《戏题斋壁，示子如、移孙》中写道："窗纸三年暗似漆，门前深雪不曾知。扫除一室空无物，只许儿孙听读诗。"

眼下的爷爷、奶奶就没有这样潇洒了，教孙立德修身、尚学崇文之外，首重的是百分之百的安全。这当然没有错，但老人的责任就太大了。

我所住的社区门前，有一个幼儿园；再往前，则是一所小学。早晨七点来钟，爷爷、奶奶（或是外公、外婆），一人牵着孩子的手，一人为孩子提书包，一直要送到大门内，才敢转身。下午是五点钟放学，四点来钟老人们已在门口等候了。他们告诉我，儿子、儿媳（或是女儿、女婿）一再叮嘱，路上有车辆，怕孩子乱跑出交通事故；现在常有孩子被人拐走的事发生，不能不加倍小心；而子女们必须按点上、下班，只能委托老人代劳。

眼下培养孩子，有一句话最为警策动人："决不能输在起跑线上！"孩子要脱颖而出，首先要挑教育质量上乘的学校去读书。于是，本地孩子小学毕业了，家长千方百计送其去省城读初中，而后再念高中。孩子当然可以在学校寄宿，但年轻夫妇担心生活条件不甚满意，乃在学校周边租房，请老人们去陪读，为孩子做饭、洗衣，负责接送，只有寒暑假才能回到厮守过几十年的城市。

我一位老友，孙子在省城读初中、高中，先后陪了六年，直到孙子考上北京一所大学，他才长长地嘘了一口气。他说："我们两个老人，在省城没有什么故旧，一门心思就是陪读。老妻买菜、做饭、洗衣，我去接送孙子。晚上呢，陪孙子做作业、复习功课，他睡了，我们才放心去休息。儿子、儿媳打电话来问情况，还得事无巨细地汇报。都说这是一种快乐，其苦其累无以言表啊。"

早些日子，读到报纸上的一则新闻《城市里的"老年漂"》，感慨良多。"有这样一群老年人，大多年过半百，本应在家乡安享晚年，却要离开生活已久的故土，来到陌生的城市落脚。他们来往于家和幼儿园之间；生活的重心就是一家人的衣食住行……他们来自全国各地，有一个共同的称呼：'老年漂'。"儿女和孙辈在哪儿，老人们就得跟到哪儿，为年轻夫妇搞好后勤工作，为孙辈当好侍读的"书'翁'"。老人有两个子女的，又分别在两个地方供职，老夫老妻还不得不劳燕分飞，各去履行神圣的课孙任务。"老年漂"，家在异乡漂泊里，"无边丝雨细如愁"。

（原载《今晚报》2016 年 6 月 3 日）

这次第，怎一个冷漠可概括？

张林华

这是刚爆出来的社会新闻：某大学一名行将毕业的大学生涉嫌弑母，而后畏罪潜逃，警方悬赏通缉。这个事件经媒体报道公之于世后，如片石入河，在社会上一时激起小小水花，很快即波澜不惊，只有案件公布的一个细节颇引人注目，刺激到人的神经：经查实，凶案发生在去年夏天，犯罪嫌疑人畏罪潜逃，而受害者的尸体直到今年2月才被发现，始终无人报警。如此说来，两个大活人失踪了半年多，却没有一个身边人对此有所反应。为此，北京大学心理学博士李松蔚在《南方人物周刊》第466期上著文表达义愤："不是找不到，而是根本就没人想找！"

李博士何以这么武断？恰是因为这个事件发生得不可思议，按常理推想似乎完全不应该。

确实很难想象，一对有着稳定社会关系的母子，可以突然在这个喧嚣世界里无端蒸发，居然一丝痕迹不留。事实上本来可以，也完全应该在有多种可能的情形下，尽早地发现失踪情况：比如作为大四学生，就没人关心他毕业论文的写作，或者找工作的情况吗？比如作为一名家庭妇女，就没人关心她好久没见她健身买菜，或者参加社区活动吗？比如作为亲朋好友，就没人注意到这对母子半年里音信全无，甚至春节拜年短信都不回的失常情形吗？——然而事实是，整整半年，一对母子突然无声无息，谁也没觉得不对劲。实在可悲！我因此理解李博士的由衷义愤和痛楚，也一定程度地认可这是现实社会冷漠人情的某种体现。

只是愤懑之余，我深感有必要强调，客观上这就是一次偶发事件，而且还事发蹊跷，不易辨识：犯罪嫌疑人心思缜密，事情做得滴水不漏，无人生疑：他不仅伪造了一封受害者的辞职信，先辞掉工作，又用手机短信和QQ通知亲戚朋友，声称自己已出国，甚至为此还特意借来一大笔钱。这样完备的烟幕弹，确实是足以将寻常市民的警惕神经完全砸晕的。

厘清并强调这一点绝不是可有可无的。因为我担心的是完全可能产生的一叶障目的非良性后果。即使是出于义愤和警醒社会的主观善意，也要十分注意理性思辨与分寸把握，防止滥情偏激，否则，很容易会客观诱导某些涉世未深或单纯善良的平民，成为这一恶性事件的后续牺牲者，以偶发事件来代替普遍现象，以致对社会悲观绝望，以致拉黑、甚至仇恨这个社会，仇恨身边的人，那就真贻害无穷。

我之坚持说事情恐怕没那么简单，其实还有另一层考虑。契科夫说过这样的话："冷漠无情，就是灵魂的瘫痪，就是过早的死亡"。我不相信我们这个社会的多数群体，真已经麻木到了这个程度。再回到案件说事，我设想，如果意识到了失踪的疑窦，绝大多数人是会千方百计地寻找的，我对此深信不疑。在我看来，"没人想找"和"没人想到要找"是两码事。"没人想找"等于说是"谁都不想找"，这就是主观拒绝，不愿意找，所以是冷漠；"没人想到要找"，虽也是责任缺位，并非出自客观原因，但就其性质而言，还不是主观故意。这种集体性的缺意识，至多是淡漠，是一定程度的麻木。淡漠与冷漠可是两回事。冷漠比较主观些，刻意些；淡漠偏于本性的自然流露，冷漠的人一般是因有了一些深刻的经历，淡漠就不一定，或者生来如些。这不是抠字眼玩文字游戏，而实在是事关整个社会的公信度与价值评判导向，表述严谨一些是题中应有之义。

"没人想找"性质当然很严重，"没人想到要找"也绝对不是小问题。要检讨的重点正是在这里：在社会的某个个体成员特殊情形下急需关注关心的时候，为什么偏偏会出现社会人的"集体无意识"？我们这个朗朗乾坤里的社会群体与每个个体，无不需要担当反思之责。

就社会人个体而言，缺的是关心的自觉意识。社会人要反思对别人是否少了那么一点关心，不是视别人的关心为当然，就是视别人的善意关怀为打扰，而反感、而拒绝。"如果别人不想让我们介入他的个人生活，那么，我们就应该尊重他，这是社会进步的标志。"类似的网络言论是有一定的民意代表性的。然而这个观点很需要甄别与警惕，因为在我看来，它很容易成为拒不关心他人的可能的、冠冕堂皇的挡箭牌。需要尊重隐私，难道与应该主动关心他人互相矛盾吗？毕竟关于隐私权受保护前者是法律层面的要求，而后者应该主动关心他人，则完全是情感与道德层面的事。不同层面的需求，有联系却不相矛盾。

就社会群体而言，则要研究关爱机制缺失问题。说机制出了问题，本来是最容易被敷衍搪塞的一个理由，理直气壮，冠冕堂皇，却通常大而无当，无从落实，无需揽责，更无从追责。学校与单位、社区与街道，机构设置不可谓不健全，人员配置不可谓不完整，临到紧要关头，惟缺了那么一点同情心，少了那么一点责任心，其后果必然是，会多了那么一点关心关爱的盲区，直至沦陷区，这无疑更可悲可怕。

（原载《联谊报》2016 年 4 月 23 日）

伪作满天飞

刘诚龙

"平林漠漠烟如织，寒山一带伤心碧。暝色入高楼，有人楼上愁。玉阶空伫立，宿鸟归飞急。何处是归程？长亭连短亭。"这首《菩萨蛮》在诗歌史上是蛮有名的，与此齐名的，还有另外一首，叫《忆秦娥》："秦娥梦断秦楼月。秦楼月，年年柳色，灞陵伤别。乐游原上清秋节，咸阳古道音尘绝。音尘绝，西风残照，汉家陵阙。"两词齐名当时，驰名后世，词选家与词论家更出高论，如《唐宋诸贤绝妙词选》，谓之是"百代词典之祖"。

这两词，作者谁？都署名李白。不过后人献疑。唐诗宋词，李白是唐人呢，不是宋人，他擅长的是诗，何时作起词来了？文章或是个人创作，天才之人，睡得懵里懵懂，突然起来，作出一篇神奇之作，或是可能的；文体之作呢，须是积累，前人探索，渐成范式，文体毕（完成了体例建设），四海一（五湖四海之人，都来弄这文体），高峰兀，大家出。李白盛唐人，离晚唐还远着呢，词尚未从诗中变体，他何以一作词，便上词作高峰？

胡应麟是明朝文学批评家，曾著《诗薮》，考证说这两词绝非李白作品，唐朝诗集里，没这两词；李白个人集里，也找不到《菩萨蛮》与《忆秦娥》，两词李白说，出在宋朝僧文莹《湘山野录》卷上说的："此词不知何人写在鼎州沧水驿楼，复不知何人所撰。魏道辅泰见而爱之。后至长沙，得古集于子宣（曾布）内翰家，乃知李白所作。"

孤证何证？此词传唱二三百年，一直皆是无名氏，唐朝消亡那么多年，突然有人说，这是李白所著。证据靠得住么？《湘山野录》野啊，所叙多有野狐禅，所论不免齐人野语，声名不太佳。只是文史之事，一有一说，便常是假作真来真作假，无为有处有还无。奈何？"笑矣乎，笑矣乎。君不见曲如钩，古人知尔封公侯。君不见直如弦，古人知尔死道边。张仪所以只掉三寸舌，苏秦所以不垦二顷田。笑矣乎，笑矣乎。君不见沧浪老人歌一曲，还道沧浪濯吾足……"这首古体诗，据说也是李白所著。苏轼却说：假的。此诗与《悲歌行》自苏轼定为伪作以来，后人多从之；从之者，多大家呢，"自苏轼以来，胡震亨、朱谏、沈德潜等诸家，众口一辞，均以《笑歌行》《悲歌行》二诗为伪作。其所据者，略谓二诗'言无伦次，情多反复，忿语切切，欲心逐逐（朱语）'，而无谪仙'深远宕逸之神'（沈语）云云"（安旗、薛天纬《李白年谱》）。

将无名氏有名氏之杰作与烂作，托名大家，古已有之，于斯为盛。央视白岩松，自作文固多多，挂名的也多多，一溜溜白岩松语录，都是白岩松说的？"有时候，觉得自己其实一无所有，仿佛被世界抛弃；有时候，明明自己身边很多朋友，却依然觉得孤单；有时候，走过熟悉的街角，看到熟悉的背影，突然就想起一个人的脸；有时候，突然想哭，却难过得哭不出来；有时候，夜深人静的时候，突然觉得寂寞深入骨髓；有时候，突然找不到自己，把自己丢了。"这是白岩松语录？白岩松还在啊，满世界跑啊，有人便拿这段励志体，让白氏验证，老白蛮老实的："没说过。我没这么文艺青年。"

名人一出名，众美归焉，看看，好话好诗好词好文章，不用你费心巴力费脑筋，便都挂其名下了。不过，有点让人费解：自己刮肚搜肠，冥思苦想，挤数日牙膏而挤出的玩意，为何又白白送人呢？

《菩萨蛮》与《忆秦娥》，托名李白，意在何为？若是真伪作，那也是一份纯心态：大作成，自以为是杰作，奈何自个名气不行，不得流布，托以名家，便广为传唱——真作家意在作品让人知，舍此外，还真无复他想。

屠呦呦获了诺贝尔奖，朋友圈里立刻疯传其获奖感言，谓是《感谢青蒿，感谢四个人》，在近2000字的诺奖"致辞"里，以一连串的排比句描述了屠呦呦的品格；稿子中重点感谢了屠呦呦的父亲等四个人，语言煽情，十分励志："一岁一枯荣的青蒿，生，就生出希望；死，就死出价值。"

朋友圈里常有伪作刷屏，爱之，则激情满怀，编造轶事佳话，不怕其高顶破天；恨之，则无中生有编排丑事，不怕其底线突破。读者信吗？很多读者是信的，歌德派的，只要歌德，他什么都信，反之，他不信；丑诋派的，只要是骂某某的，他马上疯转；没脑筋的呢，始终没脑筋，他啥都信……名家不还健在？要证实要证伪，也是蛮容易的；作伪者，不怕，证伪或证实了，谁管他？白岩松明明知道，很多语录托他名，他不过一声笑；屠呦呦之"获奖感言"出来，也没见她来辩诬。名人干事业去了，哪有心思天天来网上"名言打假"？这让作伪者大喜，胆子越发大了（没有什么造伪，是他不敢的），步子越发快了（屠呦呦获奖当日，他当日就编假了），他存心想的，不怕现在穿帮，就想把历史搞混。

"文字九篇，老子弟子，与孔子并时，而称周平王问，似依托者也"，还有"《杂黄帝》五十八篇。六国时贤者所作。《力牧》二十二篇。六国时所作，托之力牧"。《神农二十篇》，也是伪作，"六国时，诸子集而急农业，道耕农事，托之神农"；《四库全书》云："盖宋以来，兵家之书，多托于亮；明以来，术数之书，多托名于刘基"，闹得历史多不可信了，张之洞云："一分真伪，则古书去其半。"

　　古人多伪作，意在传播，仅在传播，心地或单纯；今人伪作，意在商业买卖，意在人物誉毁，其心穷斯滥矣，其行下三滥矣。

（原载《黑龙江日报》2016 年 1 月 16 日）

斧正及其他

茅家梁

在领导班子中开展批评与自我批评，是党保持先进性、纯洁性，增强战斗力、凝聚力和"免疫力"的必要手段。在旨在促进团结、提神醒脑的思想交锋中，批评者应该"运斤成风"，而被批评者应该"立不失容"，就像传说中的"匠石"与"郢人"。

《庄子》里说，"郢人"在鼻尖上有白粉涂上的苍蝇翅膀似的薄薄一层，"匠石"挥动锋利的斧子，眼疾手快，顺着"郢人"的鼻尖削下，只听得空中"呼"的一声，"污点"就完全被消灭了，"郢人"的鼻子丝毫不受损伤。后人认为，这叫作"斧正"。

除却"斧正"有惊无险的表演成分，抛开"运斤成风"原来比喻手法纯熟、技术高超的意思，留给人们以最深刻印象的，自然是一方胸有成竹"削"得准确、到位，而另一方不闪不避"立不失容"，双方配合默契，互相之间存在绝对的信任。

据说，当年春秋时宋国的宋元君得知此事，感到很惊奇，想亲眼看看。托人找到"匠石"，说"尝试为寡人为之"，"匠石"婉言拒绝。也许他斟酌过："运斤成风"失去了必要的条件，是一定要搞砸的；对象没有从容不迫、敢于迎接"斧正"的态度，"吾无与言之矣"；缺乏应有的信任，很可能一出手，就是程咬金"三斧头"之后的败招。

我猜测，"匠石"的婉拒也有一种可能是出于成本或其他考虑，"运斤成风"既然是形成规模的"去污"表演，要让观众体会到"震撼力"，高潮前的铺垫肯定是不可缺乏的——烘托声势而不苟言笑的"跑龙套"总得先转一转，而且多多益善。现实中，同志之间认真地一"抹"，少了许多程式，同样有"去污"作用。省力省时也不伤感情，唯一的缺憾就是没有隆重的"运斤成风"那样的排场罢了。两种形式，各有各的用处。

很长时间以来，"运斤成风"的"去污"活动寥若晨星，同志之间认真而有效的一"抹"也不见了，批判与自我批评成了摆设。多少像京剧《蒋干盗书》里那个自以为得计的画个白鼻梁的丑角式的人物，倒比英俊的"周郎"吃香许多。反正没有多少好汉会像"匠石"一般抢抡思想交锋的锐器了，"斧形"虽存，却锈迹斑斑，"钝化"严重。

机理上的"钝化"，是使金属表面转化为不易被氧化的状态。而思想上的"钝化"恰恰相反，只能加快消灭活力的速度，被腐蚀的灵魂碎片无安身之处。

现在有些人信奉的"工作关系"，要么一团和气，要么一世冤家。互相之间毫无信任可言，其余的大多数"哼哼哈哈"，正是鲁迅先生批判过的——"仿佛有些关心，却又并不恳切"《且介亭杂文病后杂谈》）。用笼统的"君子之交"这四个字来搪塞，来对付所有的质疑，并不确切。

有句话谓，"齁（hōu）齁惊邻，而睡者不闻，垢污满背，而负者不见"——直到被惊扰的邻家寻上门来，才连声道歉的"睡者"有几分可爱；一进澡堂子，就玉体横陈，把全部托付给人家的"负者"，是并不懒惰的聪明人。这般信任，换来了搓澡工的不遗余力。能见到自己始终不打照面的污垢，这种心情是复杂的。机敏的人们很自然要联系到公正、客观的批评所带来的益处了。不吝展示的是知错就改的勇气，得到的也将会是自己的进步和群众的信任。

倘若在这里，还讲城府摆矜持，还羞羞答答，怕这怕那，便恰似荒野上牛马走过所留足迹中的积水——不晒自涸，浅薄得很，愚蠢得惊人。自视甚高，不给予足够的信任，双方是无法合作的，只好由你让背上的污垢变成坚硬的盔甲。

（原载《上海金融报》2016 年 3 月 4 日）

华而不实，耻也！

高　昌

　　古人有言："华而不实，耻也。"从事文化工作的人，更要坚持实事求是的精神，力戒浮躁，静下心来，埋头耕耘，谦虚大度，抱朴守素，不为浮名所累，不受虚名所惑。

　　近段时间以来，梅葆玖、李世济、陈忠实、郭颂、杨绛等文化名人相继辞世，引起世人诸多怀念和感叹，也再次引起坊间对文艺界"大师级"人物的热切呼唤。梅葆玖先生一生致力于梅派艺术的传承和发展，在京剧界举足轻重。可是当有人称他为大师的时候，他却说："我不是大师，我父亲才是。"梅葆玖先生这种清醒的"大师"观，令人尊重。

　　记得季羡林先生生前在婉拒了"国学大师"等大帽子之后说过："身上的泡沫洗掉了，露出了真面目，皆大欢喜。"真正的大家是不惧怕洗掉"身上的泡沫"的。而与之相反，文化界却也有另外的某些人，对"大师"等"大头"帽子情有独钟，甚至痴迷其中。放眼当今文化界，各种名目的大帽子林林总总，确实是蔚然大观：书画大师、语言大师、国学大师……其中，甚至还能区分出金奖大师、银奖大师、铜奖大师，或者什么国际级大师、全国级大师、省级大师……这些"大师"的发行量越来越大，订数似乎也越来越多。如此浮躁的"大头"帽子纷飞不绝现象，令人喷饭之余，更有深深的忧虑。

　　除了"大师"，各种名目的协会、学会在当下文化界似乎也是层出不穷，大行其道。仅就书画而言，在民政部曝光的各种山寨协会中，就不乏中国书画家交流协会、华人国际书画名家协会、中国国家书法家协会、中国国家美术家协会、中国国际书法家协会、中国美术协会等各类"国字头"甚至"国际化"的吓人名头。

　　书画家之间以结社雅集等方式进行的切磋交流，当然是有益的，但近年来各类戴着"大头"帽子的山寨协会、学会的活动则变了味道，充满铜臭和

辑二　101

酸气，混淆了名实关系，败坏了文化风尚。考诸艺术精神、创作品位、个人品德等方面，似乎都留下了很多的疑问或者空缺。一些所谓大师和所谓学会、协会组织，在炒作和策划之下登高一呼，似乎也有"应者云集"的表面喧哗。但是，浮云或许遮望眼，终究坚冰怕太阳。洗净那些"身上的泡沫"之后，恐怕就会露出皮袍之下的各种"小"来了。

唐代诗人刘禹锡在《陋室铭》的开头写道："山不在高，有仙则名；水不在深，有龙则灵。"有仙，"名"才实；有龙，"灵"才显。只有名实相副，才会实至名归。在人才队伍的建设中，文化领军人才具有特殊的感召地位和标志意义。一个杰出的文化人物，往往能够推动一个重大的艺术飞跃，乃至改变一个地区、一个时代的文化生态。但是，大师的产生需要优秀作品的累积，需要德艺双馨的公众认同，也需要一定的环境因素和时代机遇。我们不能按照主观愿望制造大师，不能按照长官意志去分配大师名号，更不能花钱购买大师名号。我们的文化工作者对自己进行高标准的严格要求的同时，树立写出好作品、完成大课题、成为文化大师的雄心壮志，当然是应该得到鼓励的。但前提是要深入生活、扎根人民，要不断学习、开阔视野，要积累经验、提高素质，要加强修养，要德艺双馨，要用自己有温度、有道德、有筋骨的作品来为人民放歌，为时代立言。

当然，红花还要绿叶扶。不能成为红花，做一片输送氧气净化空气的绿叶也是很有意义的事情。印度诗人泰戈尔说："花的事业是甜美的，果的事业是尊贵的，让我们来做叶的事业吧，因为叶总是谦逊地垂着安详的绿荫。"老戏剧工作者们都熟悉"一棵菜"精神这个老词。每一位从事文化工作的人，不一定都能成为大师，却都能够成为一片绿叶，为我们的春天增加一抹烂漫的亮色。

希望文化界多一些筚路蓝缕的真实开拓，少一些华而不实的"大头"帽子；多一些实事求是的真诚批评，少一些言不由衷的廉价赞美；多一些脚踏实地的勇敢实践，少一些装腔作势的高谈阔论。

那些"大头"帽子，且慢戴罢！

（原载《中国文化报》2016 年 6 月 3 日）

雅贿与雅媚

张桂辉

　　雅贿是相对俗贿而言的。亦即行贿者不是直接给某个官员送真金白银、香车豪宅、有价证券，而是送名家字画、珍奇古玩、周鼎宋瓷等。

　　雅贿现象，古已有之。著名作家、历史学者吴思在《潜规则》中写道：清朝末年，京城中"雅贿"之风极盛，当时北京琉璃厂多数古玩店已沦为行贿受贿者的掮客——官员们把自家文物放在古玩店由其代售，送礼者出大价钱买来返送给官员。双方不提一个钱字，大把大把的真金白银，便源源不断地通过古玩店流进官员的腰包。

　　时代不同了，雅贿不曾绝。沈阳市原市长慕绥新嗜好古董字画，于是，有人就慷慨解囊、投其所好。慕接受了各类雅贿之后，便投桃报李、论功行赏——按照古董价值的高低，回报对方以不同职级的官职。至于赖昌星，所以能把百余号党政干部、执法人员拉下水，手段之一，就是雅贿。他曾说过，"不怕领导讲原则，就怕领导没爱好"。原厦门海关副关长接培勇，开始看不起没文化的赖昌星，并与之保持距离。赖并不气馁。当他弄清接培勇喜欢书法后，请来国内一些知名书法家住进厦门他的红楼，借机邀请接与这些名家见面；之后，赖出重金购买了国内9位知名画家联合创作的《牡丹图》送给接；进而又请接培勇为远华牌香烟题写烟名……在赖昌星"渐进式"雅贿下，接与赖没了距离不说，还主动为其走私大开方便之门。

　　雅贿，说白了，就是用另类财富去换取公权力，乃赤裸裸的利益交换。其性质和危害，与其他贿赂并无本质区别。只是，雅贿需要本钱。雅媚——用语言或文字贿赂——则不然。

　　雅媚同样历史悠久。大诗人李白，也曾有过雅媚的"记录"。开元二十二年（734），身在襄阳的李白，给韩荆州——时任荆州长史兼襄州刺史的韩朝宗——呈上《与韩荆州书》。开篇便说，"我听说天下谈士聚在一起议论道：

'人生不用封为万户侯，只愿结识一下韩荆州。'人们怎么敬仰爱慕到这等程度！皆因您有周公那样的作风，躬行吐哺握发之事，故而使海内的豪杰俊士都投奔于您的门下。"为了得到韩朝宗的赏识与重用，接下来李白还有更"来神"的溢美性表述："您的著作堪与神明相比，您的德行感动天地；文章与自然造化同功，学问穷极天道人事……"而大贪官和珅的媚术，就更是了得了。否则，和珅家族怎么可能达到与皇家多宗联姻，并结成"铁"一般关系的目的。

雅媚之奇效，妖怪都知晓。清人沈起凤在《狐媚》中，描绘了一只工于雅媚的狐狸精：宁生是个生性狷介的书生，喜独自在多狐的废园里读书。朋友劝他离开。他答曰：狐所挟以媚人者二：贪淫者，媚以色；贪财者，媚以金。我两无所好，惟好架上书。媚术虽工，遇我无效。不想，入夜果有狐至。面对"两不贪"的宁生，那狐狸引经据典，卖弄自己的文史知识。宁生听得入神，居然敬慕不已。于是两人共坐读书。后来，狐巧借"男女构精，万物化生"挑逗，一点点攻破宁生的防线，彼此关系由共坐升级为共寝。再后来，宁生神疲气殆、缠绵床褥。朋友奉劝道：以色媚人，色衰则爱弛；以金媚人，金尽则交绝。只有择其所好以投之的媚术，才防不胜防啊。宁生听罢，恍然大悟。无奈悔之晚矣。半载之后，命归黄泉。

随着高层反腐力度的不断加大，金钱、美色之类的俗贿，有所收敛了；字画、古玩之类的雅贿，也更隐蔽了；唯有不显山不露水的雅媚，依然大行其道。乍看起来，雅媚不违纪、不犯法，实则如同一只潜伏在身边、悄然在出击的"黠猱"。正如古人所云，"媚上以布利者，臣之常情，主之所患"。我以为，不警惕、不防范，雅媚对领导干部产生的"慢性杀伤"，丝毫不比大大小小、形形色色的"糖衣炮弹"弱。

（原载《中老年时报》2016 年 4 月 5 日）

复仇的故事(外二题)

赵　犇

　　卧薪尝胆的最后，勾践灭掉吴国，然后做了太平皇帝。

　　赵氏孤儿的终了，遗孤杀掉屠岸贾，光耀门庭，继承爵位。

　　复仇者取得胜利，而且功成名就——这是我们习惯的故事结尾——简单，明确，清晰，善有善报恶有恶报。既是社会理想的体现，也是劳苦大众喜闻乐见的寄托……

　　等等，这是不是有点理想主义了？

　　所以我试着扯出另外一个剧本，舞台背景在日本，讲的同样是复仇：主君浅野内匠头因受辱而被迫切腹，家臣大石内藏助等义士四十七人苦苦等待两年，终于手刃仇敌，将首级放在泉岳寺主君的坟前——故事到这里应该结束了，但我以为最精彩的，却是后头：众人事毕，静静前往官府投案，被判切腹——功成，然而身死。

　　并非快意恩仇的武侠小说，也绝对不是横刀立马的壮阔故事。复仇这种东西，本来就是在世俗的忠诚与个人的忠诚之间寻求平衡的走钢丝。既难以通往幸福之境，大概也不意味着解脱。事成，不过是某一段过去被画上了句号。事败，也不过结束漫长又无奈的煎熬。何况成功者们，在心中的执拗被填平之后，还须继续面对社会规则的约束。游离在体系之外的复仇行为，终归需要付出代价。

　　既然如此，也就不妨多看一眼异国的那个故事。个人死亡不仅是复仇的结束，也是当事者对于其所处的时代与社会，所能做出的最完美的交代吧。

遗　　忘

　　又看了一次关于老山的节目，屏幕上麻栗坡满山遍野的坟茔，我突然不知道说什么好，有一种很怅然的感觉。

那些人的墓碑，水泥的鸽子衔着橄榄枝，五角星有红油漆新涂上去的痕迹，除此之外，什么都没有，没有来祭拜的队伍，没有来清扫的农人，没有灯光的照耀……和那场最后消失的战争一样，除掉这堆黄土，什么都不剩下。

主持人说着那个英雄的名字，他的年龄，他的故事，但有什么意义呢？和很多年以前去往缅甸的知青一样，当时代变化需要新的言辞时，无论发生过的一切如何惨烈如何美丽，都毫无价值。被抛弃掉的，除了历史，还有存在本身。

这个国家也许一直活在选择性的遗忘里面：对于别人的过去也对于自己的过去。虽然早就有人说历史其实不过是婊子，可当它发生在身边，你又可以捕捉到蛛丝马迹，便很难坦然地面对。不愿去想象，也不敢去想象，在数目字的背后，其实都是个人的人生，个人的生活。

某个在海外的友人，提到大洋彼端的国度从来都把为了她献身的躯体埋葬到一起。不留在异国，不分散开去，按着过去的连队，从前的伙伴紧紧排列在那里。大理石的墓碑上没有什么装饰，除掉名字和时间，就只有岁月的痕迹。无论政权更替，颜色变化，乃至流言纷飞，安睡的人总是受着最高礼遇。因为失去的，是唯一的、无法挽回的东西。

这其实好过莫斯科广场上橘红色火焰，也远远凌驾于某块汉白玉的石头之上。因为都是个体组成的过去，鲜血凝聚的曾经。发生的会被淡忘，功过是非也仅仅化作谈资，但偶尔被擦拭的名字，把一切从文字里唤回，转为每个人都能够理解，能够感受的实体。

教科书里讨论过谁创造了历史，答案简单而唯一：人民。可惜，在不同地方，不同的华表或者纪念碑之下，除了偶尔几个上过报纸的名字，就只留下冰冷的定义，干脆或模糊的计数，还有名为春游的扫墓。

那些来游玩的孩子会知道么？这是个问题。

末了，电视上那个老兵洒了半壶酒，把剩下的敲碎了，燃起鞭炮。清脆的响声在空无一人的山谷中回荡，没有鸟雀的呼应，没有风声鹤唳，连哭声与呜咽都不剩下。观众被告知这墓园修了 10 年，还有 936 个不一样的人长眠于此。村庄紧靠国境线，贫穷而缺乏劳动力，公路因为那场战争而修建，如今永远没有客车。你如果想来，大概要耗费很久很久的时间。

我看着阴阳相隔的思念，不知道说什么好。

《血染的风采》没人唱了，再过几年，还有孩子知道它的名字么？

无心的影像

小时候家母为我拍照片，用的是又大又麻烦的 120 相机，12 张一卷，半张都多不出来。待到我上小学，就改用装了 135 胶卷的海鸥 205，多半可以小心翼翼地从 36 张的名义规格外再偷出那么一两张。然而不管怎样，最后都要送去照相馆冲洗放大才可以看到结果，所以每次拿回照片都带着一份格外的欣喜。

往后，数码相机渐渐追上了胶片，连手机都装着摄像头，于是家里的老相机都放进抽屉里闲置，日用的就是装着 CCD 的东西了。不需要等待结果，按下快门就能够确认，觉得不安心再多照一张，反正不用心疼胶片。本来略带神圣感的一切，就变得稀松平常了。虽然我一直觉得行动电话上那个小到可怜的镜头实在没什么质量，但是照样不少人用，厂家也迷恋于堆砌看起来越来越夸张的规格书。的确，有总比没有好。

全民摄影的浪潮就这样来了……

现在随随便便去西湖边上走一圈，满眼都是长枪短炮外加色彩鲜艳的卡片机。看架势，如果没人说明，还真像都是吃这碗饭的。也难怪摄影师们会有种被剥夺了特权的失落感。再加上本来就是数据文件，没有底片扫描来扫描去的麻烦，结果论坛上图片泛滥，口水横飞，想避都避不开。

不过也怪，看来看去都是大光圈拍的糖水照或者千篇一律万年不变的青山衬绿水，想要找到有点新意有点想法的东西着实困难。与十年前胶片强弩之末的时刻作比，不仅丝毫没有长进，而且渐生怠意。

我从来就不是银盐摄影的原教旨主义者，对于数码相机也绝无抗拒之意。但是，毫无成本毫无担当的记录手段，真的不是什么好事。过去，每一次快门都意味着一次选择，一种无可挽回更无需挽回的决定。我们用心来记录看到的影像，用不可逆的化学反应来记录我们的心，其中，也许暗含宗教式的神圣，而更多的，一定是对于生活的虔诚。

电子工业的发展打破了一切，可以无限重复无限尝试的方法，让记录回归为记录，抽离掉思想，剥除了看法。影像仅仅为影像，没有了灵魂，空留下华丽。这其实是一种悲哀，一种痛苦，一种浮躁。

请静下心，安安静静地看着取景器，放弃画面，遗忘构图，试着去捕捉经过脑子思考后所见到的东西。

（原载《联谊报》2016 年 5 月 15 日）

"脱离关系"的话题

符　号

　　血缘关系，亲情脉连；生前注定，天规使然。DNA 的问世，更使这种天然的既成事实无法回避、否认、更改、割断。

　　然而纷扰的尘世中，无论古今，偏偏要不时酿出些"脱离"、"断绝"、"斩断父子关系"一类的故事来。真真假假，虚虚实实，喜喜悲悲，曲曲弯弯。或慷慨激昂，或被迫无奈；或撕心裂肺，或匪夷所思；或无可挽回，或峰回路转。有如变幻莫测的万花筒，让人眼花缭乱，让人思忖咀嚼一阵子，甚而至于探究到人伦的病灶，社会的取向，思想的印痕，时代的脉络。

　　《水浒传》里宋江，杀阎婆惜后逃到家中避祸。宋太公早去官府告了忤逆，正式向官方申请和宋江脱离父子关系。待到朱仝带人来庄园拿宋太公是问，太公出示文书，正是逃避干系牵连的"护身符"。

　　"我自横刀向天笑，去留肝胆两昆仑。"谭嗣同，戊戌变法中早做好了杀身成仁的准备，想到远在千里之外的湖北做巡抚的老父谭继洵将受牵连，情急中便取出往日家父寄来的七封书信，烧去信纸留下信封，摹拟老父亲的口吻、笔迹，给自己写下了训斥自己不忠不孝固执变法的"罪行"，作为脱离父子关系的凭证。谭继洵老先生借此逃脱了杀身之祸，仅被革职回浏阳老家——"谣风遍万国九州，无非是骂；昭雪在千秋百世，不得而知。"老父哭子殉难的挽联，透出了父子间的心灵呼应。

　　诗人徐志摩的父亲徐申甫，不容于"新儿媳"陆小曼，一气之下宣布断绝父子关系，停止供粮，并将银行业务及财产交由儿子的原配夫人张幼仪管理。而待到儿子英年触山而逝，灵堂中最动人的挽联，却是已宣布脱离父子关系的父亲徐申甫所撰，让人浮想联翩。

　　1927 年蒋介石发动 4·12 反革命政变，在苏联念书的蒋经国公开登报声明："蒋介石曾经是我的父亲和革命的朋友。他已经走向反革命阵营，现在他是我的敌人了。"一纸公开宣布脱离父子关系的声明被塔斯社译成多种文字；1936年《真理报》发表他致母亲的信，说"对这样的父亲不但没有什么敬爱之念，对这样的人物我恨不能杀戮他、消灭他！"。虽然若干年之后，蒋经国"澄清"那是王明代拟的"草稿"，在僵持4天后才违心签字，但白纸黑字岂能改变历史？至于回国之后，在父亲长期精心调教下，爹走子趋，父唱儿和，正为"脱离"二字做了最好的历史注脚。

其实酷烈的政治运动中，以"脱离关系"为主题的"人间剧"是层出不穷的。1949年胡适赴美，翌年大陆展开"批判胡适思想"运动，留在大陆的次子胡思杜即发表文章批判其父，也公开声明与胡适"脱离父子关系"。岂知知子莫若父，胡适说，那篇文章一定是别人逼迫思杜写的。却不料，公开宣布与父亲脱离父子关系的这位公子，却于1957年9月，因承受不了精神重负，自杀于唐山。

1936年上海博物馆的创办人、复旦大学教授杨宽，晚年纵使熬过"文革"中"不成人形"的批斗，却遭受了日后成为科学院研究员、院长、教授的三个儿子采取打砸抢等暴力手段，盗走存折、电视机、收音机、两千多册重要贵重图书，多次钉门寻衅闹事，将"阶级斗争"引入到了家庭。乃早先被关入牛棚后儿子媳妇不给父母好脸色的恶变。杨宽教授晚年只好宣布"脱离父子关系"，是"晚年丧子"的另一种表现。《自传》中杨宽毫不讳言此段家庭痛史，为后世却留下了一份令人瞠目结舌的档案。

作家老鬼写有《母亲杨沫》一书，书中提到1979年在北大念书，因对批《苦恋》等的看法的不同与父母发生争论，父母亲则再次断绝了彼此间的父子、母子关系。4月8日在给北大中文系的信中，就儿子与外国记者接触一事谴责之后，要求学校对儿子严加管教，"如仍固执己见，可以给以必要的处分"。其间由于班主任赵老师的及时沟通、竭力保护，才得以幸免。老鬼当时悲愤地想：如果儿子是卖国贼贪污犯杀人凶手强奸犯，母亲确应该积极揭发检举不护犊子。而仅仅因为孩子跟法新社记者说了说知识青年和下层百姓在"四人帮"时期的苦难，因为观点的不同，就写信表态划清界限，怕自己受到牵连，这是母亲应该做的吗？形势紧张时刻，母亲理应站出来保护自己的孩子，哪有主动表态批判声讨从背后捅孩子一刀呢？老鬼认为杨沫的行为玷污了母亲的称号……

鲁迅的孙子周令飞，16岁参军并在部队入党。1982年赴台湾同台湾女子结婚。消息传出无异于引爆了一颗"原子弹"。周海婴在《鲁迅与我七十年》中写道："台北，这是什么地方啊，岂是你可以去得的吗？你为了去那个地方，竟然连光荣的共产党员称号也不要了，你何以对得起党，何以对得起国家，何以对得起爱你抚育你的奶奶和父母，你还是伟大鲁迅的孙子啊！"海婴的主管，部长吴某以组织的名义命令周海婴写一份同令飞脱离父子关系的声明，海婴把领导准备好的"脱离父子关系"的草稿抄了一遍，违心地签上了自己的名字——所幸事后声明并未公布，他在所在单位阅读文件的资格被剥夺、全国人大主席团成员资格被取消，令飞母亲马新云的教学资格被取消，直到 1986 年才恢复正常——当亲缘与某些政治、经济乃至意识形态相纠合，就演化成光怪陆离的多棱镜，照出大千的形形色色。

雕塑家钱绍武说："文革"时期，我父亲因为出身问题遭受了一些冲击。有一天，母亲对我说，你主动和我们脱离父子、母子关系吧，我和你爸爸要到乡下当专政对象。为了确保你的将来，咱们脱离父子母子关系吧！如果我真的被揪出来了，你也能留在北京继续读书……

被学者朱学勤称为"在思想的隧道中单兵掘进"的经济学家、思想家顾准，1969 年被发配到河南息县监督劳动，为不连累子女，即用那支记录过无数思想火花的笔签具了脱离父子、父女关系的两份声明。直到临终，五个子女竟没有一个前来同他做人生的最后告别。二十出头的幼子说："在对党的事业的热爱和对顾准的憎恨之间是不可能存在什么一般的父子感情的……在这种情况下，我们采取了断绝关系的措施，我至今认为是正确的，我丝毫也不认为是过分。"——直到顾准平反昭雪之后，已成为知名教授、研究员的五位子女才抱在一起由兄长揽下歉责："请求世人不要责怪我的弟妹。"

其实子女的"脱离"，大多出于迫不得已的无奈选择，与其作"相濡以沫"的"涸辙之鲋"，还不如"相忘于江海"，各自突围，正是家庭或者家族集体性惩罚中的一种挣脱与畸变。

社会文明前行至今，父子间的血缘其实不是一纸协议书所能够了断的。在曾经痛批"母爱"、狂销"狼奶"的情势下，所谓"亲不亲，阶级分"，人间的亲情底线的沦丧与异化，"大义"之过头，正是非常岁月中的人伦畸变。

至于到得改革开放年代，体衰的父亲不堪儿子吸毒欲脱离父子关系，研究生嫌家穷欲解除父子关系，乃是"脱离"系列中的新形态或曰余情，这里就暂且不议了。

（原载《齐鲁晚报》2016 年 1 月 7 日）

说 "天价"

金 新

青岛市乐凌路善德烧烤店 38 元一只 "天价大虾"，在国庆长假期间着实热闹了一阵子，连央视都连续报道得不亦乐乎，致使涉事商家被罚 9 万元而关门大 "吉"。

笔者对此实在没多少兴趣，盖因之前羊年暑假新疆之行所见所闻深刻领悟到 "干净的屁股并不多"。

新疆各旅游点，一盘酸辣土豆丝少则 42 元，多则 48 元。这难道不是 "天价土豆"？

有人说，善德烧烤店老板无 "善德"；窃以为 "无商不奸"，只是 "奸" 而恰到好处便是不是 "善德" 的 "善德"。

"性价比" 是商品的价值与价格之比，是反映物品的可买程度的一种计量方式。

产品的 "性价比" 应该建立在相同的性能基础上，也就是说："如果没有一个相同的性能作为比较基础，得出的性价比是没有意义的。"

不过，特殊语境下，有时比一比也未尝不可。

青岛的海捕大虾市价每斤起码 80 元，一斤估计 20 只，每只成本 4 元。所谓 "天价大虾" 是成本的 9.5 倍。

新疆的土豆市价充其量 2 元一斤，一盘酸辣土豆丝的成本（连调味）不会超过 3 元。售价 42 元或 48 元，则分别是成本的 14 倍或 16 倍，当系名副其实的 "天价土豆"。

问题是，人们往往并不认为新疆的酸辣土豆丝存在 "天价"。

记得 2008 年去澳洲，发现华人餐馆的老板十分精明，客人吃中餐喝酒，53 度飞天茅台酒 150 澳币，56 度红星二锅头 44 澳币。国内前者市价每瓶 580 元人民币，按当时的汇率计算，翻了 2 倍不到；后者 6.9 元人民币，翻了近 50 倍。于是乎，不少国内同胞喝着近 50 倍价格的低档酒谈笑风生，好像赚了天大的便宜。

青岛的"天价大虾"与新疆的"天价土豆"分而观之，客观上均为名副其实之"天价"；而合而视之，相对而言，青岛的"天价大虾"竟然还算经济实惠。

要是青岛大虾亦涨个 14 倍或 16 倍，那还得了！

其实，旅游斩客在中国这片缺乏德先生与赛先生的神奇土地上可谓常态，这回倒霉的青岛不幸中了一个头彩。

中国的房价指数从 2003 年至 2013 年究竟上涨了多少？

就一线城市而言，北京翻了 7 倍，上海翻了 4.43 倍，广州翻了 5.1 倍，深圳翻了 3.65 倍……

这是官方数据，个人感觉有点不同。

就杭州这样的二线城市来看，由于"经营城市"而实行土地财政，1993 年西湖边东山弄的房子 900 元一平米，眼下业已涨为 40 000 元，实足翻了 44 倍还多。

在一个弱势群体收入涨幅不可能赶上房价的时代，澳洲华人餐馆老板精明的"基数高少翻倍，基数低多翻倍"之经商"诀窍"，值得国内权力者深度思考，尽管不外奸商之"奸计"，委实属于不是办法的办法。

"州官放火"与"百姓点灯"是一个超越时空的永恒话题。

中国新闻网 2007 年 7 月 4 日曾有一条消息吸人眼球："兰州物价部门近日在'掂量'了'牛大碗'的轻重厚实后首次限定：凡兰州市普通级牛肉面馆，大碗牛肉面售价不得超过 2.5 元，小碗与大碗差价为 0.2 元，违规者将严厉查处。"此文一出，立马引得舆论一片哗然。最刻薄者为："管不了商品房，盯上了牛肉面。"这话颇具煽动性。你在微利经营的情形之下限价牛肉面，为什么不在暴利销售的情况下限价商品房？

"选择性执法"，是法制实践中客观存在的一种现象，关于它的定义有褒贬各异的两种版本："其一是指执法主体对不同的管辖客体，刻意采取区别对待、有违执法公正的问题；其二是指国家根据情势变化，试图获得灵活性和实效性，而在执法上做出的调整。"

有"正能量"，就必然会有"负能量"，而"选择性执法"在时间和空间上的疏漏所产生的"破窗效应"正在成为滋生腐败抑或犯罪甚至"腐蚀"国民性的温床。

权力者不使自己成为第一扇"破窗"的前提，是让"天价大虾"这面镜子 360 度全方位旋转，不仅要照到"天价土豆"，更要照到"天价住宅"及其"孔雀开屏美丽极了"背后露出的"屁眼"！

（原载《联谊报》2015 年 12 月 19 日）

辑三

慢生活的哲学

叶匡政

慢才是活着，在快速的现代世界，我想很多人感受到其中的真理。当人们像杂技艺人般，看到手中抛甩的小球越来越多、越来越快时，所有人都明白，终有失手崩溃的那一刻。然而又不敢停止，害怕停下就被社会抛弃。他们每时每刻，都被各种计划、约定和责任填满，在疲于奔命中，眼看生命与自己擦肩而过，真正的幸福和快乐却渐行渐远。于是，开始有人提倡一种慢生活。

慢生活，首先要有对现代性的反思。速度和效率，是现代性最迷人的陷阱，它使人们不再思考现代性的困境。现代是一种单一的时间概念，它认为时间向着未来永远前行，意味着人与传统的彻底决裂。在现代性中，人成为衡量一切的尺度和主体，正是对存在的这种理解，驱使着人们对自然和世界的无限扩张，并认为人类是支配一切的力量。它不仅抛弃了宗教中神和天道的尺度，也抛弃了自然的尺度、历史和文化的尺度。效率被视为现代性最大的贡献，它意味着没有终点和极致，人可以无限提高效率。于是我们的生活充斥着越来越多的按钮等着我们去按，越来越多的信息等着我们去看。现代性的困境在于，人一方面人成为决定一切存在的中心，一方面又在追求速度和效率的活动中，慢慢地远离自身的人性和生命的价值。

人们对慢生活虽有理念，但如果缺乏哲学支持，实行起来仍会感到自相矛盾。慢生活，意味着要发现一种简单哲学，来简化我们的生活。人到底需要多少东西，生活才能快乐和幸福呢？只有不断反问这个问题，人才能摆脱物的控制，否则脑中只会被占有、购买和消费等观念塞满。人只有从一切人造物中解放出来，才能真正解放自己的精神和心灵。像耶稣所说："你们看那天上的飞鸟，也不种，也不收，也不积蓄在仓里，你们的天父尚且养活它。你们不比飞鸟贵重得多吗？""你想野地里的百合花怎么长起来；它也不劳苦，也不纺线。然而我告诉你们，就是所罗门极荣华的时候，他所穿戴的，还不如这花一朵呢！"耶稣的这些话语，就是教人们要摆脱物役。

慢生活，意味着相信一种清贫哲学。这种哲学希望通过精神的积极作用，主动选择一种清贫的生活方式。中国传统文化中有大量这种思想。孔子说"君子食无求饱，居无求安""君子忧道不忧贫"，倡导的就是一种贫穷哲学。他把颜回立为君子的榜样，告知人们只有在清穷、淡泊时，才能感受到灵魂快乐。颜回"一箪食，一瓢饮，在陋巷"，"回也不改其乐"，这是因为他懂得放弃就是获得。这种清贫哲学，把贫穷视为一种美，视为一种高度清净的自由状态，是一种积极的生活选择，所以孔子说"君子固穷""贫而乐"。即便在穷困中，也不会被贫穷所困，而是感受到灵魂摆脱各种束缚后，所获得的一种解放，如孔子说的"饭疏食饮水，曲肱而枕之，乐亦在其中矣"。这种清贫哲学，还需要有对财富的反思。孔子说："不义而富且贵，于我如浮云"，反思的是财富的合法性问题。而孟子说的"为富不仁矣，为仁不富矣"、《大学》说"仁者以财发身，不仁者以身发财"，反思的则是财富与心灵的关系，对财富的欲望太多，肯定会遮蔽心灵对世界的发现和对善的追求。因为人会执着于财富的保值和增值之中。

慢生活，更重要的是要发现一种荒原哲学和山水哲学。当孔子说"知者乐水，仁者乐山"，他并不在意山水的经济价值，看重的是它们野性之美。山水、荒原、大海，本身就能让人的灵魂得以净化，让人们对自然和生命有一种敬畏之感。这种哲学意味着，把荒原视为一切生命的源泉，不管它多么任意、盲目和野性，它都具有人类所无法想象和创造的完整性与自主性。人只有常置身在荒原和山水之间，才能让人真正学会谦卑，打消灵魂中某些妄念，体会到慢生活的真谛。荒原和山水，对人的心灵本身，就有一种引导的力量。不仅能激发我们的思想，也能让我们懂得人类真实的处境。荒原哲学，意味着对现代性真正的反思，不是把人看作万物的尺度，而是把大自然看作人的尺度。儒家所谓"万物并育而不相害"，强调的就是人与物的价值平等观，把人格平等观扩展到了所有生命乃至一切事物。这种思想为传统中国人节俭的生活观提供了深厚的哲学基础。所谓的慢生活，就是在山水和荒原间，体验生命的孤独或宁静。它即是对自然和生命的敬畏，也是对自然和生命的一种审美。

　　只有当一个人对大自然有了敬畏、热爱和想象时，他才能体会到大自然的体肤、血脉、情感与自己是相通的。他会发现生命并不是一场竞赛，而像一条河流一样，快与慢、清洁与污浊都是生命唯一的形态，不会再有第二条相同的河流了。我记得《论语》描绘过孔子的"燕居"状态，那就是一种慢生活。当人如大自然中的树木一样，心情平静时像大树枝干般舒展挺拔，心情愉快时像小树嫩枝般轻盈妙婉，才是慢生活的理想状态。

（原载《深圳特区报》2016 年 8 月 2 日）

非为主义 只为良心

张心阳

我一直疑惑，以往那些叛逆的人、那些与权力较劲的人，那些揪住一件事就是要与权力死磕的人，都是为了追求某种主义、奉信某种制度？事实证明，这或多或少有一些臆想和拔高的成分，事情其实没有那么复杂，他们有的也并没有那么崇高，往往不过只为对得住不该泯灭的良心。

宋佑硕，韩国电影《辩护人》中的男主角，就属于这样的人。

他出身贫寒，曾经穷困潦倒到因付不起小吃店老板娘的饭钱而逃单，住在低矮破旧的房子靠学猫叫来驱鼠。后来他做了房地产律师，在政府推行个人固定资产注册政策时赚了一把钱，随后又做税务律师，赚得更多。他仅有高中文化，在律师行业里混向来都低人一头，也从不敢奢求太高的人生目标，他只想把钱赚够，把当年贫寒带给他的耻辱洗雪一净。他甚至漠视政治，鄙视那些为反专制反独裁而上街游行示威的学生，认为企图以此改变世界不过是"做梦"。

然而，正在他住着豪宅、玩着赛艇，做着当一名奥运会赛艇运动员的美梦时，一件事摆到他跟前：当年他吃饭逃单的那家小店老板娘的儿子镇宇，因为聚集阅读"禁书"、涉嫌违反《国家安全法》而被当作赤色分子逮捕。

毕竟有一饭之恩，他放弃了可以赚一大笔钱的生意，主动当起镇宇的律师，为寻找镇宇的下落而四处奔波；在了解到镇宇屈打成招后，又为寻找刑讯逼供的证据冒死明察暗访。他通宵达旦地阅读那些被官方认定的禁书和不曾涉猎的相关法律。他终于忍无可忍了，法庭之上，他慷慨陈词，咆哮公堂，怒不可遏地痛斥法律的荒谬和司法的黑暗。他的辩护尽管没能颠覆法庭的最终判决，但已使人们从事实与理论的缝隙中看到了正义和现代文明的曙光。

纵观宋佑硕为此案辩护的前前后后，没让人觉得他有多么伟岸，更无法看出他尊崇和奉信什么主义什么制度，他更多的只是出于良心，出于对一个幼稚青年无辜被捕而引发的良心，出于对司法部门滥用公刑致人体无完肤而引发的良心，出于对以人之思想定罪的荒谬而引发的良心。他觉得必须对这一切邪恶说"不"。即使是鸡蛋碰石头，也必须去碰，毕竟"岩石再坚硬也是死的，鸡蛋再脆弱也是有生命的"。

他原本也是排斥赤色分子的，但是，出于良心，他已不分赤色白色，也不分什么主义不主义，他只要公平，只要公道，只要良知。他绝不能容忍未来"自己的孩子们生活在这样荒唐的时代"。他甚至不在乎为赤色分子辩护是不是一个错误，但主义、权力、国家机器必须为良心让路。饶过野蛮，饶过邪恶，饶过荒唐，饶过无耻，都是对良心的侮辱和亵渎。

良心是圣洁的本能，良心是最基本的价值判断标准，也是人的一切社会行为准则。正如卢梭所言，良心，"是你在妥妥当当地引导着一个虽然是蒙昧无知然而是聪明和自由的人，是你在不差不错地判断善恶，使人形同上帝！是你使人的天性善良和行为合乎道德"。

事实不能不让人承认，权力与良心有时是会发生矛盾、冲撞和对立的。当人们的正当利益诉求不能实现而有人提供帮助的时候，当公众的权利被侵害而有人呼唤正义的时候，当宪法法律被践踏而有人舍身求法的时候，当历史罪恶的真相被掩盖而有人揭示真相的时候，当制度体制造成不公而有人质疑制度体制的时候，当腐败成为权力者的习惯而有人挑战这种权力的时候，当那些掌握着法规制定权的人连资格都不确定而有人提出质疑的时候，当那些因为维护正义反而被限制其人身自由而有人讨还公道的时候……我们不要轻易地认为他们一定是为了什么主义，也不要轻易地认为其背后有什么政治力量指使，更不要肆意划定他们就是敌对势力。可以肯定的是，他们往往就是出于良心——不能泯灭的良心。良心即正直、良心即激愤、良心即义举。良心是最大的力量源泉直至英勇无畏。正如宋佑硕，因为良心的驱使，宁愿"把自己安稳的人生一脚踹了"。假如良心会过渡到政治，那不是政治的劫难，恰恰是政治之幸，人民之幸。

这个世界不乏怀有政治野心的人，但更多的还是那些不能让野蛮和邪恶从良心上绕过的人。当权力者判断一个人的行为与己不合时，尤其是与制度法规不合时，首先应当判断他是出于政治野心还是出于萌发的良心。这是一个基本的判断定律，也是来自良心的推导公式。我相信，那些不能尊重别人良心的人，自己肯定已丧失良心；没有良心的人是没有资格对别人的言行做出判断的——这是上帝的规制。

最后需要说明的是，电影《辩护人》的男主角宋佑硕的生活原型叫卢武铉，也就是本世纪初的大韩民国总统。

（原载《同舟共进》2016年第6期）

台湾流行"第六伦"

沈　栖

　　我曾两次观光台湾，一是上世纪末随上海新闻代表团访问，一是日前自费旅游，宝岛的主要城市几乎逛了遍，感到那里的伦理文化甚浓。在台北、花莲、高雄，那些"信义大道""仁爱路""大忠楼""明孝馆"等的命名，多少传递了这方面的信息。尤其是台湾流行"第六伦"的观念，又为伦理文化注入了新的血液。

　　众所周知，中国以伦理立国已有数千年的历史。在中华传统文化里，无论儒道墨法，都非常重视伦常，"五伦"乃是中国伦理文化的核心内容。"君臣有义，父子有亲，夫妇有别，长幼有序，朋友有信"，这是我国封建社会维系君臣、父子、夫妇、长幼、朋友五种基本的人际关系的道德操守，也是界定彼此相处互动的游戏规则。

　　上世纪80年代初，随着台湾经济的腾飞，作为思想文化之一的伦常观念也发生了变化。有位名叫李国鼎的学者（此人原先攻读物理，后来从事经济工作，对台湾的经济发展有重大贡献）认为：传统社会里，流动性较小，人际之间的相处，确实可以通过"五伦"而有效运作。一个人的生活里，就是由"五伦"延伸出去的人际网络，彼此揖让进退，各有所据。然而，现代社会里，特别是在都会区里，一个人接触互动的，主要都是"不知名的第三者"，诸如超市里的售货员、高速公路上相邻车道的驾驶员、同一电梯里短暂相处共乘的人，等等。这些人都不在传统"五伦"的网络上，"五伦"无从发挥其功能。于是，他提出：现代社会需要以"第六伦"即"诚"来处置群己关系。李国鼎提出"第六伦"之后，台湾还组建了由台湾大学校长孙震教授担任理事长的"群己伦理促进会"。如果说，"五伦"关系都是彼此相识的人情关系，那么，群己关系便是彼此不认识的非人情关系。而且，现代社会的组成，主要是基于非人情关系。李国鼎先生倡导的"第六伦"既揭示了传统文化的盲点，更是彰显出建设现代社会的要旨。

"第六伦"在台湾一经问世，它就显示出强大的生命力，其影响超越商界，渗透到了社会各个领域，日渐成为现代社会中改善人与人关系的行为准则。现代社会以信息传递迅捷、地域辐射广泛、人际交往多元为其特征。随着经济、政治、文化的变迁，在人与人的关系上也早已突破了以血缘和地缘为纽带的"五伦"关系。如何处理"来自五湖四海"的人际关系？如何应对日趋频繁的公共交往？"第六伦"——"诚"便成为人们应遵循的道德规范和行为准则。

"诚"作为文明的一大元素，似无国界，东西揆一。先说说咱先贤。《礼记·中庸》云："诚者，天之道也；诚之者，人之道也"，认为"诚"是天的根本属性，恰如南宋理学集大成者朱熹所说："诚者，真实无妄之谓，天理之本然也，君子之所守也"。再听听西哲的阐述。哈佛大学教授丹尼尔·戈尔曼在《情感智商》一书中将人的情感智商（EQ）概括为五个内容，"处理人际关系"列为其一。他所强调的"调控与他人相处的情绪反应技巧"中，就有"以诚相待"的"人际互动效能"一说。当代国际知名心理治疗专家维杰妮亚·萨蒂尔经过医学跟踪，积累了大量临床个案，悉心研究现代社会的人际沟通模式。他认为：现代社会的人际关系的要素，除了"控制和调整自我"之外，还得"诚待他人"和"尊重他人"。其实，"第六伦"——"诚"的前提便是尊重他人。尊重他人不外两方面的意涵：一是尊重他人的人格，使之不被羞辱，即不把人不当做人（马克思曾说专制制度的特征就是"把人不当做人"）；二是尊重他人的利益，使之不被损夺。很显然，"诚"，堪称现代社会人际关系的基石。

在社会科学里，"第六伦"的理念还有很大的探讨和提升空间，尤其是在民主社会建设的进程中，它乃是一个须臾不可或缺的元素。台湾和大陆同祖同宗同一个中华传统文化，大陆提出 24 字的社会主义核心价值观，将"诚信"列入公民个人层面的价值观范畴，可谓是海峡两岸在伦理文化上的一种呼应。这也许不算皮相之论罢。

（原载《杂文月刊》2016 年第 7 期）

尊严的重量

赵宗彪

　　尊严与自由一样，看不清，又摸不着。按照作家王小波的说法，尊严就是自己是被人看作人，还是当成东西。我以为，尊严，更多的，还是表现为自己的定位，就是你把自己怎么看。

　　看《史记》，我们会发现，我们的祖先，是那么讲尊严，那么看重自由，让我们所谓的现代人，在"生命高于一切"的口号下，反衬出人格的猥琐和苟且。

　　魏豹是魏国的落魄公子，在秦末的大乱中，以武力征战成为魏王。在楚汉争霸战中，倒向项羽一方。刘邦派了郦生去游说，希望他叛楚归汉弃暗投明。魏豹回答说："人生一世间，如白驹过隙耳。现在的汉王傲慢又无礼，对下属，不论是诸侯还是大臣，好像对待奴仆一样，没有起码的上下礼节，跟着他，虽然有金钱有美女有官职生活舒适，但是做人没有尊严，我不想见他。"一口回绝了。即使以后被刘邦军队战败被杀，亦不后悔。

　　田家是齐国的王室。在秦末的群雄战争中，田儋起兵称王，复齐国，拥有一支独立的武装力量。后来，田儋被秦将章邯所杀。田儋的从弟田横与兄田荣率其余众割据齐地抗秦。田荣死，田横立田荣之子田广为齐王，自为相国。如何争取或消灭这支武装，是有志统一全国的刘邦的重要目标。刘邦派了使者郦生来做工作，大概郦生这个人口才了得，所以，一再做这种摇唇鼓舌的事情。郦生上次游说魏豹劳而无功，这次还真是成功了，郦生说服齐国降汉，实现共赢。齐国君臣相信他的话，放下了武器。但是，韩信在蒯通的怂恿下，却背信弃义，乘齐国不备，发动突然袭击，消灭了齐国的军队。齐王和田横大怒，认为被郦生出卖了，理所当然地烹杀了郦生。没有了武装，谈判的资本也就失去，后来，齐王被韩信俘虏，齐相田横不愿投降，就自立为齐王，继续抵抗汉王。刘邦在彻底消灭了各地势力后，开始清算所有的欠账。田横知道自己不是汉军的对手，就率领手下的五百多人，离开大陆，逃避到了一个海岛上。

刘邦认为，这个田家，都是齐国的王室成员，是老贵族，很得民心，在齐国有着很大的号召力，如果他不归顺大汉，对于汉朝在齐地的统治将非常不利，是心腹之患。于是刘邦派出使者去岛上，赦免了田横的过错，并要他到首都见面。田横对汉使说：我将汉王的使者郦生烹杀了，听说郦生的弟弟郦商现在是汉将，很得力，我怕他报仇，所以不敢听从皇帝的召唤，只希望皇帝让我做一个平民百姓，一世都生活在这个小岛上就行了。

刘邦听了使者汇报，当然不同意，他立即专门给郦商下了一道诏书：齐王田横马上就要来见我，任何人敢动他一根毫毛，灭族！然后，刘邦让使者再带着这道诏书告诉田横：你放心地来吧。大的，我将封你为王，小的，至少也会封侯。不来，我将派兵来消灭。田横于是和两个侍从一起，坐着朝廷的专车，去洛阳见刘邦。

到了尸乡的政府驿站，离洛阳还有三十里，田横对汉使说："人臣见天子应当沐浴，以示尊重。"于是停留了下来。田横对两个侍从说："当年我和汉王刘邦都是南面称王道孤的人，现在，汉王当了天子，而我却要作为一个失败者向他北面称臣，这个耻辱于我已经够大了。以前我将郦生烹杀了，现在又要和郦生的弟弟并肩侍奉同一个主子，即使郦商畏惧皇帝的诏书不敢动我，我心中能无愧吗？皇帝想见我，不过是我的容貌罢了。现在皇帝在洛阳，我砍下头颅，快马跑三十里送去，估计容颜不会改变。"于是田横拔剑自杀，侍从将他的头颅捧给使者，使者遵命快马加鞭地送到刘邦面前。刘邦见了田横的头颅，感慨万端："这个田横，了不起。从布衣起家，三个兄弟相继为齐王，真正是个贤能之士。"不禁为之唏嘘落泪。于是封他的两个侍从为都尉，派了两千名士兵去挖墓，以王者的礼仪埋葬了田横。

葬礼既毕，两个都尉在田横的墓地边挖了两个小坑，一起自杀了，表示要跟从原主人。刘邦听到这个报告，非常震惊，觉得田横的人都如此了不起，心中更不放心。"听说他们还有五百人在海岛上呢。"于是，又派出使者去岛上，叫他们都来首都。岛上的人听到田横已死、侍从也死的消息，都不愿去做汉帝的臣民，全都在岛上自杀了。

这个岛，现在叫田横岛，总面积不到两平方公里，距青岛码头仅六十八公里。据说上面有不少纪念田横和五百士的建筑和雕塑。抗战时期的徐悲鸿，也曾以此为题材作过油画，名叫《田横五百士》，借以提振中国人的精神。这幅布面油画长349厘米，宽197厘米，1930年完成，画面选取了田横与五百壮士诀别的场面，画面宏大，气氛悲壮而凝重。在徐悲鸿的油画中，这一幅我最喜欢。

我们以前一直批评古人"刑不上大夫",这固然有法律面前并未人人平等的特权,但是,更多的,是我们的先人对那些社会的上层人物,有更高的对尊严的要求,即要求他们自己解决,而不要弄到法庭上接受审判,再拉到大街上行刑,这毕竟有失体面。所以,才有了"君子不食嗟来之食"的传统,才有了李广老将军宁可自杀也不肯去受"刀笔吏"侮辱的壮烈。在魏豹、田横和他的五百士、李广等人的心中,作为一个人,尊严当然比生命更重。这,也是人和动物的重要分野。

汉文帝刘恒在位的时候,他的舅舅薄昭酒后杀了皇帝的使者,这是不可宽恕的死罪。但是,薄昭的身份非常特殊,为了保护皇家的尊严,皇帝派了大臣们去舅舅家喝酒,并趁机劝他自杀。但这个老国舅脸皮厚,不愿意。皇帝只好又派这些大臣去舅舅家,但这次去不再是喝酒,而是穿着丧服去哭丧了。国舅没办法,只好自杀。

能够给人以尊严的时代,真的让人向往。所以,汉代以前的士大夫,多顶天立地的英雄,这,才堪称汉人。等到了君王可以随便将大臣在庙堂上脱了裤子打板子、官员们要靠不断地写检讨书自污自辱以自保和"不诣谀必死"的专制时代,我们再想要找一个有尊严的人,还真的要打灯笼了。

（原载《台州商人》2016 年第 2 期）

为什么要给领导画好"护身圈"

安立志

　　大公网报道，"官媒：像孙悟空那样为领导画好'护身圈'"。这条报道不仅见于环球网、大河网，人民日报微信也有报道。孙悟空确实为唐僧画过一次"护身圈"，详情参看《西游记》第五十回，孙悟空"即取金箍棒，幌了一幌，将那平地下周围画了一道圈子，请唐僧坐在中间；着八戒、沙僧侍立左右，把马与行李都放在近身。"并对唐僧道："老孙画的这圈，强似那铜墙铁壁。凭他甚么虎豹狼虫，妖魔鬼怪，俱莫敢近。但只不许你们走出圈外，只在中间稳坐，保你无虞；但若出了圈儿，定遭毒手。"

　　媒体关于"护身圈"的说法显然是比喻，也就是将唐僧比喻为领导，比喻为权力。在取经路上，唐僧不仅是师傅，也是领导；行者、八戒、沙僧不仅是徒弟，也是下属。在师傅与徒弟、领导与下属的关系上，前者总是指令的发出者，后者总是指令的服从者，前者总是正确的，不正确也正确。唐僧这个形象是精心塑造的，虽然肉眼凡胎、人妖不辨，但却是金蝉长老转世，称为"圣僧"、誉为"真身"，似乎天生就应受人尊崇、被人敬奉，甚至吃一块唐僧肉都能长生不老。这与传统文化对领导的定位异曲同工，领导不是"圣君贤臣"就是"天纵英明"，维护领导、服从领导，是天职，是本分，领导即使是混蛋、是白痴，也要维护，也要服从。郭沫若写诗"千刀当剐唐僧肉，一拔何亏大圣毛"，等于是挑剔师傅与领导的错误，等于是对师傅与领导的批评，毛泽东极不赞成，认为"僧是愚氓犹可训，妖为鬼蜮必成灾"，说是应答唱和，其实是对郭诗的批评，直接将师傅和领导的错误转为外因决定论。

　　媒体片面强调"护身圈"，显然隐含了权力天然正确的前提，不过也在暗示，权力也会面临危险和威胁，当然，这些危险和威胁只能来自外部。正是从这个意义上，领导（权力）也需要"护身圈"。不过，这种对领导（权力）片面维护、回避监督的论点，是与时代潮流背道而驰的，也是与总书记"把权力关进制度的笼子里"的论述南辕北辙。在我党的哲学中，向来强调内因是变化的根据，外因是变化的条件，外因通过内因才会发挥作用。大量官员蜕化变质的根本原因在于权力不受监督，潜藏人性深处的自私与惰性，导致了官员自身的腐败。习近平总书记就任之初就曾引用过一句古训，"物必自腐，而后虫生"，就是这个道理。

前提既错，一错百错。世界政治文明的发展，一再证明这个道理。权力如同美色和鸦片，不受制约的权力必然腐败。为了克制附着权杖的人性之恶，必须依靠制度来矫正。英国学者休谟曾经指出："在设计任何政府体制和确定该体制中的若干制约、监控机构时，必须把每个成员都设想为无赖之徒，并设想他的一切作为都是为了谋求私利，别无其他目标。"（《休谟政治论文选》，商务印书馆，2010年，第27页）美国建国之初，就把欧洲政治的文明成果变为现实，美国宪法之父麦迪逊指出："如果人都是天使，就不需要任何政府了。如果是天使统治人，就不需要对政府有任何外来的或内在的控制了。"（《联邦党人文集》，商务印书馆，1980年，第264页）为了防止权力的腐败，必须以权力制约权力。这已是人类政治文明的成功经验与历史趋势。

媒体之所以强调要为领导（权力）画好"护身圈"，正是从前述的政治前提出发的，这个前提与国人在漫长的历史岁月中形成的明君、贤相、青天的历史传统与文化意识有直接关系，一句话，对领导（权力）过于信赖与崇拜。美国第三任总统、《独立宣言》的作者杰斐逊认为："信赖在任何场所都是专制之父；自由的政府不是以信赖而是以猜疑为基础建立的。我们用制约性的宪法约束掌权者，这不是出自信赖，而是来自猜疑。……在权力问题上，不要再侈谈对人的信赖，而是要用宪法的锁链来约束他们不做坏事。我们的制度设计，就是为了这样一个目的，即即使不幸碰到一个坏蛋作我们的领袖，我们一样会过得好。"（《宪法的历史——比较宪法学新论》，社会科学文献出版社，2000年，第22页）

也许有人说，对于领导（权力）的监督，其主体是人民，秘书作为领导身边人员，并非同一性质。其实，在《西游记》故事中，"护身圈"的意义与媒体的报道并不一致。孙悟空为唐僧画的"护身圈"，是有形的，甚至整个取经队伍，从人员、马匹、禅杖、袈裟、钵盂，都是如来、观音事先为唐僧设定的"护身圈"。唐僧身边的"护身圈"由孙悟空来画定，这完全是文学虚构，不足为据。常识告诉人们，只有领导为下属画圈（包括规矩或章程）的治下，没有下属为领导画圈的犯上，领导不可能蜷缩在秘书画定的圈子里。在现实生活中，领导的"护身圈"，由谁画定，如何画定？完全是领导自身决定的事情。圈子关乎领导的政治生命甚至身家性命，必须由领导亲自设计、亲自施工，秘书的眼界与水平怎能保障领导政治生命的安全性？

官僚本位的体制，官官相护的现实，已经为各级官员构筑了严密而牢固的"护身圈"。官媒要求下属为领导画好"护身圈"，这样的马太效应，不仅有些多余，而且不切实际。这篇报道来自一位资深秘书长的秘诀与忠告。笔者不曾干过秘书，却也干过秘书长。就我所知，现在的领导到了一定层级，几乎人人都有"护身圈"。这种"护身圈"甚至可以分为核心层、紧密层、松散层、边缘层。构成其核心层的秘书则是重要角色。有人说，"跟领导干一次坏事，胜过给领导干十次好事"，此言不虚。从周永康一案可知，他的秘书们，并非都像孙悟空一样忠心耿耿、保驾护航，也并非都像沙和尚一样任劳任怨、勤勤恳恳，甚至远远超越猪八戒奸懒馋滑、搬弄是非的层次与水平。周永康的"秘书六人帮"，如郭永祥、李华林、沈定成、冀文林、余刚、谈红等人，在我国社会中，虽然已是高层领导，从其劣迹来看，无一不是周永康身边的家奴、走狗、打手、掮客、共犯之流，甚至充当行贿者、看门狗与皮条客，他们的作用与处境可用几则成语来形容，如为虎作伥、助纣为虐、狐假虎威、狗仗人势、攻守同盟、兔死狗烹。由这些人构成的"护身圈"，如同《红楼梦》里的"护官符"，一荣俱荣、一损俱损，"树倒猢狲散"而已。

（原载《检察日报》2016 年 5 月 27 日）

文人四慎

孙贵颂

"文人"的范围很广。这篇文章所说的文人，主要是指文学艺术工作者。

如今的文学艺术工作者，但凡喜欢舞文弄墨的，都注意包装和推销自己。这本无可指责。全球信息化的互联网时代，如果再效仿古人"好酒不怕巷子深"的那一套，恐怕就成"养在深闺无人识"了。现代社会的现代人，这个理不用教，几乎无师自通。文人都是精明人，更无需多说。

然而推销得注意分寸，得恰如其分。否则，搞得不好，就会弄巧成拙，得不偿失。

以下是文人们应当谨慎从事的四个方面。

一是慎说"著名"。现在只要是个写小说的，写诗的，跳舞的，唱歌的……总之与文学艺术沾上点腥气的，旁人介绍起来都会加上"著名"二字，介绍人本来是一种恭维，一种奉承，然而说者无心，听者有意，不但有意，而且惬意。尤其是作者本人，感到很受用，拿着个棒槌当针线。别人叫你"著名"倒也罢了，自个儿也当真"著名"起来。我就曾看到有位作家，在一篇校对稿上，亲自在他的名字前面加了"著名"二字，这就显得太自以为是、太不谦虚谨慎了。其实，许多人不知道，"著名"这个词，在开始并不是个多么美好的字眼，连褒义词都算不上，最多算作中性词。我曾在《老照片》一书中看到一幅照片，下面赫然写着："著名盗贼×××昨天被斩"。到了今天，文人要想"著名"，起码得有个条件。一般而论，要有名著或者名篇才算名副其实。文人的"著名"，其实着的不是人，而是作品。作品不著名，只是人著名，有啥用？这就像"有身份的人"与"有身份证的人"不是一回事一样。作为一个文人，别人加在你自己身上的头衔，首先得先自掂量掂量，我到底值不值那个"价"？值那个价，可以心安理得地接受；如果不值，就是掉价，趁早退货，别让它成为累赘。早几年，我所在的市搞过一次"百名文化名人"推荐活动。单位曾劝我也报名参加，"有枣无枣抢一杆子"。我一听就胆怯。在下连一个真正的文人还算不上，怎么敢去冒充"文化名人"！名人遍地花开，不缺我这棵白菜。于是婉言谢绝。

二是慎说"一级"。如今许多文学艺术工作者，在自我介绍或他人介绍时，都会加上"某某是国家一级演员""国家一级歌唱家""国家一级美术师"的前缀。其实这些都是天边外的事。这些个"头衔"，全是某些人自己扣到头上的。所谓"一级演员"，只是一个职称，是表演艺术领域的正高级职称，是对一个演员表演艺术水平的肯定，它最实在的用处是工资可以多发一些，然而从来没有所谓"国家一级""国家二级"之说。还有"国家一级作家"，这个东西的正式称谓，应当是"文学创作一级"，也是个职称。由申报者所属的厅、局、司级单位的评委会评定，经省、部级机关下设的专门机构核准，发给资格证，与"国家"没有瓜葛。可是不知哪位高人带头，叫成了"一级作家"甚至"国家一级作家"，从此群起响应。外人听来好像是"一级作家"就是文章一级了，就像果品公司收购水果，一等的价钱自然比二等、三等的要贵一些。其实内行人都知道，职称早已越过了技术或学术水平的层面，剥离出的，只是一个待遇的标签而已。

三是慎说"签约作家"。签约作家制度据说是舶来品。20世纪90年代后期，广西自治区率先"吃螃蟹"，开始搞签约作家制度。之后全国群起响应，一时如雨后春笋一般快速发展。我信息闭塞，不了解情况，但仅凭猜测，外国的签约制度，应当是出版商或公司与作家的合作关系，不会像咱们国家，却由政府买单。现在有些"签约作家"，有的是货真价实，由政府部门先将银子付给作者，让他（她）吃饱了肚子安心创作，写得好了另外再奖；而有些"签约作家"，其实是有些文摘类的杂志，为了方便从别的报纸杂志上选用稿件，与那些经常发表文章的作者签一个合同，声明本杂志在使用作者的稿件时无需提前与作者取得联系。这种做法，也算是"中国特色"。本来，在一些法治比较完善的国家或港台地区，杂志社要刊登作者的稿件，必须征得本人同意，否则就是侵权。如今杂志社这样一番动作，摘稿时就省去许多麻烦，避免产生纠纷。当然，杂志社是会付给作者稿酬的，双方皆大欢喜。如果后一种情况也算"签约"的话，至少是有点"夹生"。以我的理解，杂志社与作者的"签约"，最显著的标志应是"首发"。作者首先或者唯一的投稿地址，是签约的杂志。杂志社会给作者优厚的待遇。解放前与解放后的一段时间，许多报纸杂志与一些著名作家签约，都是文章还没发，稿费已经寄去了。这样"逼"着作者赶快并且首先给他们供稿。这与如今一些作者号称的"签约作家"，完全是两股道上跑的车。

四是慎说"专栏作家"。不少文人都号称是"专栏作家"。其实不是。所谓专栏作家，至少需要两个基本条件：其一是长期在报刊杂志某一固定栏目发表文章；其二是专栏作家的文章都是编辑提前约好的，就像种水稻一样，编辑将这块水田整好了，专门等您弄来秧苗往上插，甚至稿费都是事先讲好了的。现在纸媒对"专栏作家"的要求都比较高，一般都是地方文学界的名人，因此所付的报酬也比一般的作者优厚一些。在下不才，也曾在报纸上开过长到一二年、短在一二月的专栏。从前在南方某报开专栏时，每周必须在固定的时间给编辑将稿件发过去，如果编辑没有收到，就用BB机呼我，告我"请再发"，我就重新用另一邮箱再发一遍。这样，除了逢年过节，一年下来，发稿量近50篇，也是很忙人的。然而有的作者偶尔在报刊的某一栏目上发了一两篇稿件，就急急忙忙宣称是"专栏作家"，不知是真不明白这个道理，或者是揣着明白装糊涂。

　　以上这些，说到底，无非是一个"角色定位"问题。一个文人，太贬低自己当然不必要，否则很可能造成市场的贬值。"不促销，就报销"。我们没有苏东坡当年遭迁谪后那种"自喜渐不为人识"的开阔胸怀，没有陆放翁种田采菊时那种"人情愈薄喜身轻"的达观超脱，然而太膨胀、太自夸了也不好。《论语》有言："陈力就列，不能者止。"是奉劝那些想当官的人，你有那个才能，就去争那个位置，否则不如趁早拉倒。此话完全可以用来作为文人的镜鉴。毕竟最重要的是靠作品说话，而不是靠帽子发言。

（原载《大公报》2016年7月1日、2日）

请撕掉"留守儿童"这个标签

马长军

　　在北方一个村的留守儿童资助项目上，社会爱心人士带来很多新书包。校长对学生们说，你们谁是留守儿童，站起来。给你们发书包！没有一个学生站起来。那时，这些孩子一定在想，"我长这么大，还不知道自己还有个标签叫'留守儿童'"。这是中国儿童中心科研与信息部副部长朱晓宇，在农村留守儿童关爱模式研讨会暨"光彩爱心家园——乐和之家"试点项目总结会上讲的一个小故事。(《中国青年报》5月27日)

　　"留守儿童"多年来一再成为热点乃至焦点话题，一再受到舆论关注，"留守儿童"正在深刻地影响我们的社会，我们必须面对。

　　我个人作为教师一直在农村地区从事一线教育教学工作，整天都在跟"留守儿童"打交道，十几年前就开始关注这个问题。然而，也正是因为跟"留守儿童"亲密接触，使得我对这个词语越来越敏感，它的确比较明白地描述了我们社会长期存在的一个事实，可它也越来越明显地成为一个刺眼的标签，甚至已经成为一顶沉重的特殊帽子。无论学校教师还是村上的人们，更有政府方面，甚至包括媒体报道，在谈到那些孩子的时候，普遍在一定程度上都有标签化倾向，只要是涉及乡村孩子的问题，大家马上就会联系到他们的"留守儿童"身份。不可讳言，在一部分人眼里，"留守儿童"就等于"问题儿童"了。不客气地说，这就是把这一群体当作"问题"，有意无意就忽略了他们本来是一个个可爱的孩子。对于这些长年累月不能和父母朝夕相处的孩子而言，听到这个词，看到这个词，提起这个词，都会引起他们的不愉快。

　　坦率地说，有"问题"意识不是坏事，这对促进问题的解决是积极有益的，但就怕这种观念深入骨髓，看到孩子就想到"问题"，做出一副悲天悯人的姿态，不由得就高高在上起来。尤其是不少人总是"群体化"看待这些没有和父母经常一起生活的孩子，无法对个案就事论事进行分析，所谓的解决方案未免过于空洞，缺乏可操作性而沦为官腔套话。不妨温习一遍托尔斯泰在《安娜·卡列尼娜》中的第一句话："幸福的家庭都是一样的，不幸的家庭各有不同。""留守"固然有一定的共性，但每个孩子都有不同的家庭不同的处境。有些孩子没有父母陪伴也一样成长，还养成了独立生活的能力，他们需要"留守儿童"这个标签吗？

我接触到的很多孩子都不愿意听到别人说他们是"留守儿童"，有孩子就在作文中写道："听到别人说我是'留守儿童'，心里就觉得好像爸妈不要自己了一样，特别难受。"事实上我就经常听到不少人在提起这些孩子的时候，指责他们的爸妈"只顾挣钱，不管孩子"，人们也老是强调祖辈管不好孩子，这给很多孩子心里都留下了阴影，一些孩子就因此怨恨父母。可我们明明知道，他们的父母之所以抛家别舍丢下心肝宝贝，大多都实属无奈。

如果这些暂时不能和父母一起生活的孩子接受了"留守儿童"这一身份标签，也就等于承认自己和别的孩子不一样，也就是把自己另类化了。另一些孩子也往往容易借这一身份标签来看待别的同学，并不时加以嘲笑和歧视，甚至排斥。无形中，孩子与孩子之间就产生了隔膜，这愈发加重这些远离父母的孩子心理负担，使他们跟周围的人相处更不融洽。有些敏感的孩子就不愿意让别人知道父母外出的信息，也许这有必要成为一项隐私。

但目前我们的社会对此简直是不依不饶，农村学校每学期都要逐个统计"留守儿童"，一再提醒孩子们有这么一个身份，似乎也在提醒他们不要忘记父母远离身边这回事，他们会为这样的"关爱"而开心吗？可统计之后往往也就没了下文，所谓"关爱留守儿童"行动不过是宣传语言而已，很多学校都还特别建立了"留守儿童"档案，又起了什么作用？花架子的表演无非是想证明各个部门都很关心"留守儿童"，"留守儿童"就应该有感恩的表现，如此而已。这无疑是拿孩子们内心的隐痛当戏唱，哪个孩子能从这个标签上感受到爱的幸福？

很多地方还设立了所谓的"阳光留守儿童中心"之类机构，当地政府官员还会到场剪彩大加赞扬，好像孩子们当了"留守儿童"很光荣很幸福似的，可这些机构实质上不过是"拉虎皮扯大旗"的托教部而已，根本就是在做"留守儿童"生意。"留守儿童"标签成了一个赚钱的招牌，谁还在乎孩子小小的心灵里有些什么？为什么我们就不能以正常的眼光看待一个孩子，而非要给他头上贴一个标签？在家里他们是"留守儿童"，到城里他们又成了"外来务工者子弟"或者"农民工子弟"，走到哪里他们都被明显地区分开来，无论什么时候都会被异样的目光扫描。这样的身份这样的标签很可能化作无形的枷锁束缚他们，同时也束缚了这个社会的很多人不能平视这些孩子。

我们的意识里，真的以为每个孩子都是平等的吗？那就请撕掉孩子们身上的种种标签！

（摘自"荆楚网"2016年6月1日）

在脸面上"打草稿"

茅家梁

传说中的所谓"文不加点"的文章，那都是天才的作品，一般人由相当粗糙的腹稿，再用心思在纸上改动文字，涂涂抹抹，使它变得比较通畅，就已经是很不错了。倘若能表现作者本身爽朗之精神、勃发之英气，真该要大念"阿弥陀佛"了。

"打草稿"确实是个写作的好习惯，就怕"打"错了地方。

冯梦龙的《古今笑史》里说，北宋有个叫陈东的官员在苏州断案，判一个人流放之罪，"命黥其面，有'特刺配'字"。"专家"刚刺完，一个幕僚马上对长官附耳而言："凡言'特'者，罪不至是，而出于朝廷一时之旨，非有司所得行"。陈东不敢怠慢，立刻命令将"特刺"改成"准条"，"再黥之"。后来，有人向中书门下和枢密院推荐陈东，有关领导人马上回答——"此人不就是在别人脸上'打草稿'的那个家伙吗？"

有人说，陈东显然是个倒霉鬼，碰上了一个认真的、原则性很强的、记忆力超群的"组织部长"。实际上，干了更多、更恶劣的在人家脸上任意驰骋的勾当，却弹冠相庆的，大有人在，只是陈东比较著名而已。

"黥"这种刑罚，伤及皮肉甚至筋骨，施加于身体无法掩饰的明显部位，主要使人蒙受巨大的精神羞辱。执行"黥刑"的又有几个是通晓书法的？哪里做得到龙蛇飞舞，俏俊飘逸？标准的歪歪扭扭，字如墨猪，心狠手辣却附庸风雅。好不容易被糟蹋完毕，被判流放的缩回脑袋，淌着眼泪还惊魂未定，却又得忍受新的折磨。

我见过草原的人们给马烙印的场面——在一个特定的时间，他们把烧得通红的烙铁庄重地伸向小马的左后腿上方，看着它无奈地上下蹦跶、悲哀地仰天长嘶，人们还要不间断地诵读吉祥祝语。再有些"残忍"，也无非是一次，目的是"易于区别"。这总比"打草稿"的初衷高尚许多。在司法实践中，陈东这样的"草稿"，说起来轻巧，在把人不当人的地方，"打"起来，人家瞪大眼珠流尽了冷汗，还得表现虚伪的忏悔与亢奋，与执行刑罚的"书法家"，一起领受内心的激荡。

怪不得自古以来有见识的长官，最见不得在别人脸上"打草稿"，痛恨轻浮、草率，至于自己一贯"将错误进行到底"的作风，则另当别论。倘若我们很幸运"穿越"到古代去当人家的"听差"，多数肯定愿意去侍候不在人家脸上"打草稿"的"领导"，他们毕竟具有相对的"稳定性"，慎重、果断、刚毅，一言九鼎，决不朝令夕改。

而少数人可能会乐意在一些"滑头货"的掌心内翻翻筋斗，这般的陈东们，"滑"是"滑"了些，一旦很快发现发布的命令有悖于领导的意愿，而且有僭越权威的嫌疑，就毫不犹豫地改过来，比较识时务。在他们的手下，雷厉风行是要吃大亏的。"差役"执行起来，动作越慢越好，以此来等待老爷发现错误，等待新的变数。"等待"是喜欢"打草稿"的陈东们逼出来的。社会就往往在这种"打草稿"和"等待"中，扭曲了人道和慈善，把"广泛听取民意"的过程，一笔带过，缺乏根本的重视。

现在的有些人以为——陈东"打草稿"富于自我否定的勇气，刚刚出锅还热气腾腾的"规定"或"举措"，很快又被自己否定，因此，遭到诟病和闲言无疑是难免的。如此"勇气"，终于使人们明白了激励机制和惩罚机制在改变认知和行为方面有着多么重要的作用。无论哪一只猫，一旦被火炉烫过之后，再也不敢坐在火炉上了，尽管有时候炉底下灰烬冰冷。

现在经济建设中的"乱拆胡建"和其他方面的"翻烧饼"，跟陈东们在司法实践中的"打草稿"相比，"手笔"要大得多了，危害自然也严重许多了。我反对对官员实行异样的"反坐"，在别人的脸上"打草稿"，也不一定非得落个在自己脸上"打草稿"的下场。聪明的"猫"知道该咋样躲避"火炉"。

清代的陈恒庆写过一本《归里清潭》，其中说自己在某地当政，曾经命令手下在人家脸上施行"黥刑"，只是要求把那个"窃"写成了"窃"。笔画少了，意思没变，人家的痛苦却少了一些。夸赞自己仁义宽厚的回忆录，我读过不少，唯有这一则，记忆深刻，也不甚恶心。这大概主要是陈东的"打草稿"在前面客观上做了反衬、烘托与铺垫。

（原载《银川日报》2016 年月 3 月 23 日）

头羊（外一题）

王国华

　　为什么孙悟空、猪八戒、沙和尚愿意跟着唐僧走路？有人说他会念紧箍咒。但紧箍咒是给孙悟空一个人预备的，对二师兄和沙师弟没约束力。再者，唐僧也没因孙悟空要离开念过紧箍咒，只有吵架吵得不要不要的时候，才祭出这一招。三个怪兽确实对菩萨有过承诺，要跟着唐僧去取经，不过那也就是承诺而已，他们当年差不多都有过不讲诚信出尔反尔的记录，诚信并非他们安身立命的道德准绳。遵守不遵守的，谁奈他何？几个人时不时闹情绪闹辞职，最后还是乖乖跟着唐僧，所谓何来？最核心的原因就是唐僧有方向感。跋山涉水，历尽险阻，迎战妖魔鬼怪，流血流汗流鼻涕，坚定不移地告诉三个徒弟，咱们一路往西。就是往西，打死也往西。往西去干什么已经不重要了，重要的是他的坚持，他的不容置疑的小眼神儿。要能耐没能耐要钱财没钱财要什么没什么的这么一个肉唐僧，凭借他的方向感，获得了古往今来多少人的敬仰和称颂。你让孙悟空试试？他能耐再大，跟头翻得再远都不知道往哪里翻，老是想着回花果山当猴子王，能给他的弟兄们带来什么归属和归宿感？混吃等死而已。

　　这样我们就能明白，羊群中为什么要有头羊，也就是领头的那只羊。头羊走到哪里，群羊就跟到哪里。刨根问底，人这辈子实在没什么意义。人类的一生跟虫子的一生没什么区别，都是宇宙里的偶然。偶然出生，碰到各种偶然的事改变各种偶然的命运，最后一个偶然的机会死掉，这就完了。但这个过程中，人们要假装自己有意义，赋予其各种使命，让自己忙活起来走起来，正步走齐步走侧身走一二三四。朝哪里走？没人知道。反正就是随大溜喽。绝大多数人都在随大溜，带头的总是少之又少，凤毛麟角。那么，能找到方向的人，有方向感的人就成了大家的头羊。

　　但谁也没问过头羊怎么想的。他仗着胆子走，后面的人就放心大胆地跟，就认为他的方向是正确的。想来再差也差不到哪里。不外乎三种，一种是光明大道。阳光灿烂，鲜花盛开，蓝天白云之类，大家有吃有喝有情调幸福感爆棚。一种是半死不活，有阴有晴。再一种是死路一条，走着走着 duang 一声撞墙上或者呼拉一下子掉沟里了。掉沟就掉沟，人多势众的，要掉一起掉，有人陪着会削弱恐惧感。如果能爬出来从头走，还会陡生柳暗花明人生何其豪迈的幸运之情呢。三种可能之中，撞墙掉沟其实都在大家伙的潜意识中存在着，真碰上了，也不过是印证了他们的猜测。他们不会因此要把头羊打死，接下来还指着头羊继续带路呢。

不要说群羊是愚氓。很多所谓的高大上的人物，骨子里跟你差不多，他们也需要引领的。原先有位朋友，几年不见，忽然有一天给我打电话。我说你不是某某吗？他说："我不是某某，其实我是如来佛，隐藏了那么长时间没告诉你。"我以为他疯了，可后来听说他在北京混得着实不错。经常有高官显贵偷偷溜到他租住的豪宅里，听他讲人生大势，点拨其人生走向，然后收取常人想象不到的点拨费。我听得一愣一愣的，感觉自己真是鼠目寸光。

原来人家是只头羊，我小瞧人家啦。

（原载《杂文月刊》2016 年 4 月上）

禁忌是用来保命的

我是"吓大"毕业的。我们那一代，几乎都是被吓大的。

从记事起，脑子里装满了各种禁忌，这个不行，那个不行，这个必须，那个必须。大人们通过各种方式，在各种场合告诉我们各种禁忌。

比如，小孩不能踩门槛。农村的门槛是很高的，小孩子喜欢蹦蹦跳跳，尤其喜欢在有点小危险的地方搞点小刺激。但大人们说，踩门槛会受穷。一巴掌把小孩子从门槛上扒拉下来。那重重的一扒拉，实在是疼，让小孩子长了记性。从现在的角度看，那么高的门槛，不小心从上面掉下来可能会头破血流，摔掉牙齿。但大人们不讲这些"科学"，而是用一个貌似毫无关联的结论来吓唬你——受穷，是件多么可怕的事。

"小孩不能玩火，否则尿炕"。小孩都喜欢划火柴玩，一根接一根的，但尿炕太丢脸了，传出去让人家笑话，为避免尿炕，小孩们都不敢玩火了。

类似的禁忌，背后都有一个真实的原因，估计大人们自己也不知道，就那么凭着惯性，口口相传，一代代流传下来。

"年初一不能掏灰，不能扫地。煮饺子时不能乱说话"。小时候，每年初一都因为说话挨爷爷训斥，我只好拼命吃好东西，堵住自己的嘴。到现在则养成了初一禁言的习惯。因为不知道该说什么不该说什么，干脆什么都不说。

过年这一天的说道还不少呢。"不能拉风箱"，平时烧火做饭都要用风箱，但这一天风箱休息了，直接烧芝麻秆，寓意为芝麻开花节节高，而且必须由一家之主亲自煮饺子。

"不能把筷子插在饭碗里"。旧时给死人上祭品时才这样做。

"不能敲碗"。对做饭者不尊重。

"不能骑狗骑羊，否则小鸡鸡会烂掉"。畜生性情不稳，万一失控，会伤及自身。

"不能倚门框"。电视上的妓女们常常倚着门框说话，姿势十分不雅。在讲究行得正坐得端的国度，各种不雅的姿势都要杜绝。传统的太师椅，板板正正，硬硬邦邦，坐上去并不舒服，但可以让你整个人显得端庄、肃穆。端庄比舒服重要。

在我们河北农村，夏天吃凉面都要拌花椒油，老娘每次都提醒我："花椒要嚼碎，否则会划坏肠子。"当时听到这话确实害怕，赶紧把花椒嚼得碎碎的，还伸出舌头给老娘看。现在已经形成生活习惯，吃什么硬东西都嚼碎。

大人们对这些禁忌态度很认真，看我们不遵守，不仅仅是恐吓，有时候还佐以暴力。你吃饭不老实，跑到别人面前去夹菜，一筷子就抽过来了，好疼。原先在农村，"家里来了客人，孩子不能上桌"，这是基本的礼仪。估计是怕孩子打坏了盘子，或者胡乱夹菜，扰乱了气氛。现在的孩子都娇惯得不得了，满桌人围着一个孩子转，客人被迫搜肠刮肚找各种美好的词汇来夸赞那个把唾液沾到所有盘子上的小孩儿。

小时候禁忌多，也不理解其实际内涵，但还是坚持了下来，并将其变成生命的一部分。后来渐渐地明白，这些东西都是人类长期总结出来的"人之为人"的经验，也符合趋利避害的本能。

我的文友郑德林甚至给出这样一个结论：禁忌都是保命的。他举了《水浒传》中的一个例子。林冲闯入白虎堂，被高俅陷害治罪。但林冲作为八十万禁军教头，应该深知白虎堂是军事重地，相当于现代的警备司令部，任何人不经允许不得携带武器进入。那是一条红线。尽管是被陆虞侯和高俅联手陷害，起码林冲也没守规矩，他自己要负大部分责任。这就像不能闯红灯一样，一个好友告诉你，这边的交警都归我管，你随便闯红灯吧，他们不敢找你麻烦。结果你闯红灯出事，好友说的话不算了，你怎么办？还不是自己负责？每个小细节，小禁忌都有着如此重要的作用。门槛可以踩可以不踩，不踩肯定没事，踩一下也可能没事，也可能活活摔死，你说该踩还是不该踩？

时过境迁，有些禁忌不一定全部照搬。比如大年初一不能拉风箱，城市里连风箱都不用了，想拉都没有。但一些新的禁忌应该应运而生。比如我就教给自己的孩子以下禁忌和必须遵守的规则：小女孩不能吃太凉的东西；吃饭不能跷二郎腿，不能抖腿，不能唱歌；不能随便往地上坐；饭后一定要漱口；上车就系安全带，哪怕坐在最后一排。上大巴车也要系上，不能嫌麻烦；睡觉的时候不要整晚开空调；做事情要打提前量，留出多余的时间；写作业时不可以驼背……

都是鸡毛蒜皮的小事。这些小的细节，件件关乎身体，自然也关乎生命。只要记住，总会有好处。

（原载《羊城晚报》2016 年 1 月 7 日）

活力在"活"

符　号

　　"社会活力"的提出，乃中国眼下之必需。

　　大饥荒年代，陈云提出"开笼放雀"，救民于水火；"文革"浩劫后，万里们力挺小岗村"包产到户"，迎来"紫阳高照"的局面；胡耀邦们平反了数以千万计的冤假错案，举国振奋人心大快；三十年前由邓小平、任仲夷、习仲勋、吴南山、梁湘们开创的"拓荒牛"模式，带给全国"小渔村效应"……无不证明释放社会活力的巨力。

　　《说文》上解"活"，本义为流水声。流水之"魅"，在于她的活泼、活跃，活蹦乱跳、活色生香，活生生、活脱脱，与死板、死硬、死呆八板、死气沉沉，正好相对。唯有社会的"活"、民众的"活"，才有社会的活力、国家的活力、民族的活力。"千口"之舌，不光用来吃饭，还要用来发声。巴金《家》中高老太爷喝道"放屁！口是用来吃饭的"，这逻辑早该进历史博物馆。

　　当承载"资产阶级腐朽生活方式"的牛仔裤、迪斯科，连同"靡靡之音"邓丽君、《乡恋》"沉渣泛起"之时，出版界则由严济慈、杜润生、丁学良、王岐山、包遵信、邓朴方、汤一介们编纂出《走向未来丛书》《文化：中国与世界》《二十世纪文库》《中国文化书院文库》，一扫此前的"鸦雀无声""万马齐喑""千人一腔"，是真正的江海襟怀！

　　笔者之所以激赏《诗经·南风歌》"南风之薰兮，可以解吾民之愠兮；南风之时兮，可以阜吾民之财兮"诗句，就在于她提出了任何为政者都必须面对的"解愠""阜民"两大课题。百姓有"愠"，是重要的"舆情"。及时采集，予以重视，即寻到了改革的指向与动力。解百姓之"愠"，正是激发社会活力的着力点，也即是改革的出发点与归宿。不着力于"解"，老使力于"掩""压""禁""堵"，视"愠"为"敌对"，为境外、国外之"蛊惑"，也太低估了民众的觉悟，看轻了自己的力量，高估了"敌对势力"的能量了吧。不在广大民众的"阜"上下功夫，让少数特殊利益集团疯狂"阜财"敛财；如"周老虎"动用比军费还多的经费"维稳"，只能酿出更多的"愠""维"出更多更大的"非稳"。有人老说"门窗开了苍蝇会飞进来"，事实是咱们国土上的苍蝇、老虎，老往人家那儿飞、跑。

必须认定，无论经济、精神领域，"活"是全方位的。只承认经济范畴的"活"，漠视乃至惧怕意识形态上的"活"，乃缺乏理论自信、制度自信、维护既得利益者的病灶。社会活力，牵涉社会组织，相当于经济领域中的"民企"。让经济充满活力，须让民企"活"；让社会全方位充满活力，须让社会组织"活"起来。视"私有"为洪水猛兽，让"公有""官有"垄断畅行，乃是另一种形式的"国进民退""官进民退"。成天"群众，群众"地挂嘴上，乃是老不忘自己的身份、时时强化着这种身份的意识流露，是"官贵民轻""公贵私轻"意识的浸入骨髓。

十一届三中全会后，搞"自由市场""旅游开放""出国审批"、民办学校、私人医院……都曾经那么忧心忡忡，生怕会出大事；后来的事实表明，不都是好好的而且愈来愈好么？顶多是个"完善"的过程。民间固然不乏郭美美者流"挂羊头卖狗肉"钻政策空子，然而投此"鼠"可别伤了广大民众之"器"。民众岂能只是"被引导""被教育""被武装"的对象，也当是引导、教育、武装官员的师长。相互教育，彼此引导，这才是社会活力四射的根本。

（原载《三峡文化》2016 年第 2 期）

说"难得糊涂"便是糊涂

汪　强

明白人难免做糊涂事。郑板桥所做的最大糊涂事就是写了"难得糊涂",并在后边加注:"聪明难,糊涂尤难,由聪明而转入糊涂更难。"

糊涂真的难得吗?不,一点都不难得。一个人刚生下来,什么都不懂。虽然凭本能知道吃奶,但不知道为什么要吃奶,奶水里含有哪些成分,那个将他抱在怀里的女人为什么有奶水。吃着奶却对这一切无所知,当然就是糊涂。这个糊涂难得吗?谁说这糊涂难得?相反,倒是想让一个人变明白有些难。项羽是一个英雄吧?可一直到死,他也没弄明白自己失败的原因,说什么天要灭亡他。爱因斯坦提出相对论上百年了,可有多少人真正弄明白了相对论呢?明明是明白更难得,却说成糊涂更难得,这不是有点糊涂吗?

通常说来,说某种事物比较难得,不仅指得到它不容易,还意味着它是值得珍惜、值得赞赏的事物。我们可以说"难得他有这样的孝心",不可以说"难得他如此忤逆"。我们可以说"难得他如此勤奋",不可以说"难得他如此懒惰"。我们可以说"难得他能如此主持公道",不可以说"难得他不讲公道只看人情"。郑板桥说"难得糊涂",等于为"糊涂"翻案,本来人们应该远离糊涂,抛弃糊涂,而郑板桥却要人们亲近糊涂,这是不是做了一件糊涂事?

有人会说,郑板桥说的是装糊涂,不是真糊涂。是的,有些人特别真诚,又不善于表演,他们既不愿意装糊涂,也装不了糊涂。然而,更多的人装糊涂不那么难。在《皇帝的新装》里,那个老大臣明明什么都没有看到,却大声赞美两个骗子所织的布:"哎呀,美极了!真是美妙极了!""多么美的花纹!多么美的色彩!是的,我将要呈报皇上,我对于这布料非常满意。"如果由于错觉而赞美不存在的东西,那是糊涂。老大臣没有产生错觉,他是为了证明自己不愚蠢而赞美的,这是在故意装糊涂。除了他,其他大臣也装,皇帝也装，众多的老百姓也装，这么多人装糊涂，装糊涂难吗？同时，大家都装糊涂，致使皇帝什么都不穿就上了街，这不仅丢了皇帝的面子，也让国家的形象受损，假如有人说这样的集体糊涂很难得，适合吗？真正难得的应该是那个孩子说出了真话：皇帝身上没有衣服！

据说，"难得糊涂"是郑板桥偶遇糊涂老人而写的，是一时有所感触，并非深思熟虑的结果。如果承认题写"难得糊涂"是一件糊涂事，也就应该承认一个人做糊涂事不见得有多难。郑板桥不是在瞬间就做成了这事吗？

郑板桥题写"难得糊涂"是做了一件糊涂事，后人跟在后边说"难得糊涂"也往往同样糊涂。

郑板桥是名人，聪明人，但聪明人也有糊涂的时候，聪明一世者也可能糊涂一时。因此，对名人的话也不可迷信，名人说了一句糊涂话，你也跟在后边叫好，说它怎么深刻，怎样富有哲理，这也是一种糊涂。

假如你是个明白人，说"难得糊涂"也就罢了。可有些人常常糊涂，或真糊涂，或装糊涂，却也时不时地说"难得糊涂"，岂不糊涂？

有些人将"难得糊涂"的条幅挂在房间里，并不是因为他从这四个字中得到什么教益，而是为了显得自己有文化。这种想法本身就是糊涂的。名人的东西不是珠宝首饰，不是化妆品，一个人有没有文化，不是看他房间（办公室）的布置，而是要看他的言行举止。

人家已经足够糊涂了，可一些书法家还给人家写"难得糊涂"，这是什么意思？难道你要人家成为糊涂至极的糊涂虫？就算"难得糊涂"是上等补品，也得看人家需不需要补。本该补明白，你却补糊涂，这是不是有些糊涂？

最后，我想问郑板桥先生，假如你在地下有知，见到这许多人本来不糊涂，却想着变糊涂，本来是小糊涂，却想着变大糊涂，会为当年题写"难得糊涂"后悔吗？

郑板桥先生，当你看到因为有太多的人真糊涂或者装糊涂，社会进步受阻，正气难以弘扬，又会有何感想？会不会向天下人认个错，并说：糊涂不难得，真正难得的是明白。

郑板桥先生，假如你真的明白了明白比糊涂难得，明白了这个世界更需要明白，就请你给我题四个字："难得明白"。

（原载香港《大公报》2016 年 1 月 6 日）

《红旗谱》与《金瓶梅》

韩三洲

　　《红旗谱》与《金瓶梅》，中间隔着三四百年历史，原是互不搭界、风马牛不相及的两本书。前者是新文学史上脍炙人口的红色经典，大气磅礴，经久不衰；后者则是古典文学史上的"第一淫书"，至今仍是坊间的限制删节本，半遮半掩，难窥全璧。前不久，翻检旧书，无意中找出一本《红旗谱》作者梁斌（1914—1996）的自传体回忆录《一个小说家的自述》（中国青年出版社1991年版），匆匆读后，竟然发现这位令人钦敬的著名作家在书中几次提到《金瓶梅》，不仅对这部古典名著有着很高的评价，而且还直言不讳地提到这部小书是自己的主要创作源泉之一。

　　梁斌，不仅是广大读者所熟知的著名作家，同时也是一个老革命家。在他的人生历程中，有一则耀眼的趣闻，就是为写《红旗谱》而"三辞官"：第一次是辞《新武汉日报》社长之职；第二次是辞中央文学研究所机关支部书记之职；第三次是辞天津市副市长之位。每次辞官的初衷，只为了一句话：不写好《红旗谱》，无颜见江东父老！在历尽30年的殚思竭虑、笔耕不辍之后，梁斌终于完成了共计120万字的《红旗谱》三部曲长篇画卷，即《红旗谱》《播火记》《烽烟图》，在中国当代文学史上，留下了浓墨重彩的一章。

　　1954年冬，自称四十不惑的梁斌辞去了《新武汉日报》的职务，来到文学研究所，专门从事长篇小说《红旗谱》的构思与创作。一部小说的成功，关键在于人物与语言，书中的几百个人物原型，皆有出处。对于语言，梁斌则下决心摒弃新闻语言与翻译语言，而以群众语言为主，进一步加工提炼，要写得通俗，要让识字的人看得懂，不识字的人听得懂。作者借鉴则来自以山东话写成的《水浒传》，用北京官话写成的《红楼梦》，用俚语和地方语言写成的《西厢记》以及用山东市井语言写成的《金瓶梅》。自传中提到，在创作这部长篇小说之初，他人在北京，由于职务之便，从文学研究所图书馆

2016 中国杂文年选

借到了一般人难以看到的《金瓶梅》。初读这部书，用他自己的话来说，就是"不看则已，一看就把我吸引住了。历来都说《金瓶梅》是一部淫书，束之高阁，不叫人们看。到目前为止，只能在文学研究所看到此书。一读起《金瓶梅》，四壁皆空，就什么也不想了。此书人物刻画得栩栩如生，社会面概括得很宽阔，把明朝的商业资本社会很详细地概括出来。只看潘金莲一段话，语言成串，字字珠玑，写尽这一淫妇的恶毒心肠。"

梁斌说，他一边看着《金瓶梅》，一边想着自己的《红旗谱》，自称受益不浅。"在描写手法上，借鉴《三国演义》的群英会；在英雄人物的描写手法上，借鉴《水浒传》；在一般描写手法上，借鉴《红楼梦》《金瓶梅》。概括的社会生活面要大，要历历如画。"梁斌坦承在《红旗谱》的写作过程中，"确实在语言方面，在概括社会生活方面，在人物典型方面，受了《金瓶梅》的影响"。今天看来，《红旗谱》里面有些生动形象的语言，的确是有着"他山之玉"的借鉴，如伍老拔屡屡说的那句"出水才看两腿泥"，女主角说的"当年俺也长得跟花呀枝呀似的"，都可以从《金瓶梅》的人物对话中找到出处。

老早就听过一个流布很广的说法，没有《金瓶梅》，也就没有《红楼梦》。意思是曹雪芹借鉴了兰陵笑笑生的写作手法，才写出了自己的不朽巨著。后来，读了金冲及的《毛泽东传》，才知道这评价出于毛泽东之口，那是1961年12月20日，毛泽东在中共中央政治局常委和中央局第一书记会议上的讲话中，提到了这本书。毛泽东说："中国小说写社会历史的只有三部：《红楼梦》《聊斋志异》《金瓶梅》。你们看过《金瓶梅》没有？我推荐你们都看一看，这部书写了宋朝的真正社会历史，暴露了封建统治，揭露统治和被压迫的矛盾，也有一部分写得很细致。《金瓶梅》是《红楼梦》的祖宗，没有《金瓶梅》就写不出《红楼梦》。但是《金瓶梅》的作者是不尊重女性，《红楼梦》《聊斋志异》是尊重的。"

后来，也有不少专家指出，《金瓶梅》是中国第一部文人独立创作的长篇白话世情章回小说，假借宋代的水浒故事，成书约在明朝隆庆至万历年间，状写的是明代中叶社会的黑暗与腐败。这部书人物语言鲜活生动，市井气息浓郁淋漓，以至于晚明的大文豪袁宏道读后都为之惊叹道："《金瓶梅》从何得来？伏枕略观，云霞满纸，胜于枚生《七发》多矣。"这与几百年后的梁斌，都有着同样惊奇的读后感。

不过，即使到了红学与曹学已经泛滥几十年的今天，也没见有人查考出曹雪芹在何时何处是否读过《金瓶梅》并努力模仿借鉴之的点滴史实。但这部书对作家梁斌个人及其著作《红旗谱》的影响，却是实实在在、有据可查的。《一个小说家的自述》，写成于 80 年代，那时候的《金瓶梅》的出版发行仍处于半遮半掩、羞羞答答之中，一个大牌出版社出了一部《金瓶梅词话（洁本）》，在删去了两万多字后，仍标以"内部发行"，须得持有"中国作家协会会员证"才能购得一套。如果有人敢说自己创作是受了这部书的熏陶影响，怕会招致不少道学家的不满与白眼呢。但是，就是这部争议颇大被人目为"第一淫书"的古典名著，却为一部传世的红色经典增添了不少语言光彩；而能够毫无顾忌、能够直言自己的创作是受益于《金瓶梅》影响的，在灿若群星的现当代作家群里面，梁斌或许是第一人！

（原载《湘声报》2016 年 6 月 11 日）

"苏联的今天就是我们的明天"

张　鸣

　　20世纪的50年代初，是中苏关系的蜜月。一只脚刚刚跨入新中国的中国人，实心实意地学苏联，对中国人而言，苏联是榜样，是教师，更是高大威猛的兄长。那个时代的人，只要一提起苏联，往往后面都要加上"老大哥"三个字，即使在后来中苏交恶了很久以后，在这一代人的嘴里，仍然会不留神就冒出"苏联老大哥"的字样来。我这个中苏蜜月过后才出生的人，就是从父母嘴里才知道我们中国人还有过这么一位"大哥"。

　　那个时候，人们手里捧着的是苏联小说，荧幕上放着的是苏联电影，学校里教的是苏联教科书，如果是大学，还要配上一堆高大魁伟的俄国专家。翻开那个时代的中国报纸，头版头条，往往是苏联的伟人加上苏联的消息，人们嘴里自然是哼着"山楂树"和"卡秋莎"，连崇拜的英雄，也首推丹娘、卓娅和保尔·柯察金，而后才轮到我们的董存瑞和刘胡兰。

　　那是个学习的时代，中国人学过日本，学过德国、英国、法国和美国，但从来也没有如此虔诚，如此认真。虔诚到了老师变成了偶像，认真到了一丝也不敢走样的地步，就是人家错了也毫不犹豫地跟着错，对学习苏联的态度，是绝大的政治问题，别说嘴上的非议，就是私底下的腹诽都是罪过。苏联是我们中国人的未来，是中国人做了一百年的梦，而且是能够看得见摸得着的梦。

　　一批批不多的中国人去了苏联，多数不过是走马观花，他们看到了城市林立的高楼大厦，看到了工厂一排排的烟囱，还看到了耕田不用牛的集体农庄，当然，他们不可能看到那些不该看的东西。那些需要在苏联待较长时间的人也许可以看到阳光下阴暗的角落，即便如此他们也会自觉地将眼睛里的印象排除掉。那些大多数没有运气去苏联的中国人心目中的苏联也许更加美好，广播、电影、报纸画刊以及支书和工作队同志的嘴，为他们描绘了一个充满明媚阳光的伊甸园。从来没有哪个国家受到过中国老百姓如此的关注，几乎每个人只要有机会，都会拼命地盯住闪现在眼前的苏联印象，发一声由衷的叹息，然后在自己的脑袋里将这些枝节片断连缀成一幅很现代、很工业的人间仙境的图景。后来大跃进期间，中国人跟苏联较劲，打算一溜快跑比苏联人早一步进入共产主义（但不宣布，以示谦虚），所想象的"电灯电话，楼上楼下"的共产主义天堂蓝图，实际上多半是从苏联那里来的。

大人们的虔诚很快就传染给了孩子。我看到一幅这样的照片，一群小学生正在看有关苏联的画片，画片上最醒目的是穿制服的苏联工人和西装笔挺的领导人，在工人和领导人的下面，仿佛是一台隆隆开动着的联合收割机。贴画片的报刊栏的下面是一双双童稚的眼睛，孩子们粗糙的土布衣服被磨得发亮，一道道难看的衣褶和圆桶桶的样式，说明这些衣服是他们的母亲在昏暗的油灯下，一针一线缝出来的，布料也是这些母亲手中那吱吱呀呀的手摇纺车的产品。孩子们纯真的脸上写着仰慕和向往，向往是那么入神，甚至连有人在背后拍照都没有觉察（我相信，那张照片不像后来的作品一样，是摆好姿势的"演出"，因为背影最突出的孩子，左臂上还带着臂章，分明是个少先队的几道杠，可是却忘了戴红领巾，衣服也显得不太干净）。十有八九，孩子们向往的并不是画面上苏联人漂亮的衣服，而是那神奇的机械，和神气活现的工人和气派的工厂。其实，孩子们眼里有向往更有希望，因为他们都相信老师告诉他们的话："苏联的今天就是我们的未来"。

也许正因为举国上下都相信这句话，新中国的"学习时代"才会呈现出凯歌行进的风貌，社会主义革命驶入超车道抢行，而建设则一日千里。如果没有苏联集体农庄的示范，至少中国的农业合作化的阻力会大得多。参观过集体农庄的农业劳模们，个个都羡慕死了那天天喝牛奶吃面包，春种秋收甚至连挤奶都是机械化的农庄生活，只是打死他们也想不到，如果他们不留神走到另一个集体农庄，眼前就会是另一种样子。不少农民居然能自觉自愿地交出他们命根子一般的"三十亩地一头牛"，这种亲眼所见者的叙述，叠印上苏联画报上那广袤田野上拖拉机和联合收割机无疑是起了作用的。一位东北的合作化时期的老模范对我说过，当年他从苏联参观回来后，将那边的情景一描绘，村里没入社的农民都入了社。在合作化运动中，年轻人（包括孩子）表现出了异乎寻常的踊跃，按社会心理学的理论，越是年轻的人，就越容易对未来产生憧憬，那些展示苏联美好生活的图片，对年轻人的影响力之大，绝非今天的我们所能想象，照片上那些全神贯注的孩子，回到家里，在家长入社的问题上，应该是个坚定的促进者，那些不愿意入社的老顽固，在家里一般都会受到孩子们的"围攻"，直至他缴械投降而后已。

对于从那个时代过来的人来说，那是一段美好的时光，只有那么一点点运动（韦君宜语），大规模的人整人还没开始，而向苏联的学习又将人们的社会主义和共产主义理想抹上一道看得见的亮色，整个社会充盈了略带天真的向上的蓬勃朝气。照片中的小学生，现在已经年逾半百，到了喜欢回首往事的年纪了，无疑，那段睁大眼睛看苏联画片的时光，要算是他们整个生活史中的蜜月。

然而，中苏的蜜月连同很多中国人的蜜月都随着50年代的结束而结束了，个中的道理似乎理论家们也说不太清，中国人前所未有的、不太讨价还价强调中国特色的大学习也结束了，从中得出了什么经验教训，理论家们似乎也说不太清。学习的成果是显而易见的，废墟中的中国几年工夫就有了自己造的飞机和汽车，还学会了制订自己的五年计划，从来没弄过工业化的中国共产党人，很快就背会了苏联快速进行工业化的九阴真经，步子迈得比俄国人还要大，多少由于向苏联学习的缘故，中国人没有像后来柬埔寨的波尔布特那样，将整个国家开到农业社会主义的轨道上去。只是，为了这一切，中国人也付出了很多，一笔算也算不清的学费，眼下也许还在付。

（原载《湘声报》2016年8月26日）

沉默是病

于文岗

"沉默是金"作为一句朴素哲言，一种心理素质和处世之道，自有其无声胜有声的道理。但任何真理都是有条件的，某些条件下，沉默非但不是金，还是病。

一是个人的病。"见事莫说，问事不知"，坚决沉默，神经科诊断是大脑麻木呆滞，内科诊断为怯懦奴性综合征，骨科诊断属软骨病。据现行言语残疾分级：二级言语残疾须具有一定发音能力，语音清晰度在10％至30％，一级言语残疾也须能简单发音。沉默者显然比上述严重，诊断当属超一级言语残疾。这还不是病吗？

还有沉默致病的情况。人作为说话的动物，隐忍受憋沉默着，火气无以宣泄，久了易得病。官场职场、人情世故的种种不能说、不便说、不好说，致其追求"烂在肠子里"之境界，直到有一天身心崩溃。

二是社会的病。个别人沉默算不得社会病，而社会群体如果"集体沉默"，说明社会一定患了某种病症。为便于诊断，设置了四个模块，凡如下状况出现，而社会集体做沉默状，则可确诊患病。

模块A：恶症时犯，怨声哀叹，贪赃枉法，冤狱错案。面对呼格吉勒图冤案、赵作海冤案、浙江张氏叔侄案等等，作为还有点儿正义感的公民，若集体麻木犯呆、故作"沉默是金"，可诊断为社会有病。

模块B：贪官巨敛，金山银山；卖官鬻爵，一窝一串；一人得道，鸡犬升天。作为还有点法纪意识的公民，若无动于衷，集体装聋作哑演习"沉默是金"，也可诊断社会有病。

模块C：权钱交易，权色互换，包二奶养小三通奸加嫖娼。作为还有点儿礼义廉耻的公民，若还能集体大嘴紧闭不露齿缝坚持"沉默是金"，可诊断社会有病。

模块D：恶商强拆，乡霸胡来，校长性侵，城管打人，堪比"黑社会"的恶剧丑剧在眼皮子底下轮番上演，作为良心未泯的公民，若"看谁嘴闭得紧"比赛照常进行，将"沉默是金"进行到底，可诊断社会有病，且病得不轻。

在确保"沉默"情况下，上述模块若同时出现两个以上，则每多出现一个模块，病症增加一个加号，最多仨加号。

个人沉默导致社会沉默和压抑，继而又导致更多人得病。社会患病与个人患病相伴相行、相互影响和促进。

三是文化有病。先是秦皇"焚书坑儒"、汉武"罢黜百家"、明清"文字狱"为代表的数千年文化专制，把人们驯化得只会"吾皇英明""奴才该死"。影响深远的儒道释三大文化，无一不奉劝人们装聋作哑，"隐忍受憋"。渗透儒释道思想的古代蒙学教材《名贤集》，就很宣传"言多语失""是非只为多开口"等等，从小就教孩子闭嘴。明清两代道家启蒙书目《增广贤文》，更是告诫祸从口出："忍一句，息一怒，饶一着，退一步""忍得一时之气，免得百日之忧。近来学得乌龟法，得缩头时且缩头"。当今，许多"鸡汤文"和现代格言，教人"守嘴不惹祸，见人话少说""既憋得住尿，又憋得住话"，说明沉默文化还在发酵。

缄口不言究可哀。世上不存在"越沉默越压抑越创造性迸发"的逻辑。所以，明哲保身没有"民族复兴"，"沉默是金"没有"中国梦"。非但无梦，且会得病。试想，如果都玩"闭上嘴是最高修行"，还有正常社会舆论和道德谴责吗？还有社会公平正义吗？还有社会主义价值观吗？

"沉默是金"具体是个人的病，表面是社会的病，根本是文化的病，而最关键还在于社会管理者的指向。医治此病，需要及时下药，以免耽误治疗，酿成绝症。强力实施"全面依法治国"战略，全面落实宪法精神，切实做到"有法可依、有法必依、执法必严、违法必究"，不折不扣地践行社会主义核心价值观，是医治"沉默是金"之良药。当然，作为公民，面对社会不公不平不义，自当担负起宪法赋予的权责义务，该开口时就开口，为社会公平、正义、进步尽言尽责。

（原载《检察日报》2016 年 6 月 24 日）

让周瑜开心

朱大路

周瑜的子孙，对诸葛亮有点气。

2014 年秋天，我去江西资溪县，在深山老林，遇到一位姓周的年轻人，是周瑜第二个儿子周胤那一支传下来的子孙。他一脸自豪，向我赞扬了老祖宗周瑜，旋即又愤愤起来："历史把周瑜太贬了，把诸葛亮捧得太高了，好像诸葛亮是正义的，我们是邪义（原话如此）的。对周瑜被诸葛亮气死的说法，我很气。哪有这样的事？都是为了正统，搞出来的！"接着又说："我佩服曹操，他没有背景，却能成为枭雄！"——颇有点把曹操拉过来，搞"统一战线"的意思。

我发觉，深山老林不但出产山核桃，也出产历史话题。

这个世界上，事实在，良心在，假的就真不了，真的也假不了。对周瑜，同情的人不少，然而，发几句高分贝的议论，是省力的；拿出依据辨别真伪，就得靠本事了。

上海的盛巽昌先生，功夫十分了得，写了七百余则短文，质疑和补正《三国演义》。对"诸葛亮三气周瑜"，当然也不放过。

先说"一气"。周瑜久攻南郡不下，而诸葛亮运用兵符，教张飞袭取了荆州，教关羽袭取了襄阳。当周瑜得知诸葛亮是捉住了陈矫，才拿到兵符的，气得大叫一声，金疮迸裂。盛巽昌指出，《三国志·陈矫传》未记有陈矫参加南征荆州和守南郡事，陈矫未见被俘。"曹操病死于洛阳"，陈矫"因拥戴曹丕功，迁尚书令。此处作'兵部尚书'，误，盖魏晋时尚未有此官职。"

所以，"诸葛亮一气周瑜"，全是子虚乌有。

再说"二气"。刘备与孙夫人离开东吴，周瑜命手下全力追袭，被诸葛亮安排的关羽、黄忠等人打败。周瑜急急下船，岸上军士大叫："周郎妙计安天下，赔了夫人又折兵！"周瑜自忖没有面目见孙权，大叫一声，金疮迸裂，倒于船上。盛巽昌考证说，诸葛亮隔江斗智，不见于史传，其源出自元杂剧《刘玄德巧合良缘》。"其实，诸葛亮与周瑜仅在赤壁战前有所接触，战后双方再也未有来往，并未产生钩心斗角的行为。"

因此，"诸葛亮二气周瑜"，纯属凭空捏造。

再说"三气"。周瑜领兵来到荆州城下，见赵云占据城楼，又闻知诸葛亮安排的四路军马一齐杀到，便大叫一声，箭疮复裂，坠于马下。诸葛亮派人给周瑜送信，信中说："闻足下欲取西川，亮窃以为不可。益州民强地险，刘璋虽暗弱，足以自守……曹操失利于赤壁，志岂须臾忘报仇哉？今足下兴兵远征，倘操乘虚而至，江南齑粉矣。亮不忍坐视，特此告知，幸垂照鉴。"周瑜览毕，昏而复醒，仰天长叹道："既生瑜，何生亮！"连叫数声而亡。

盛巽昌识破猫腻。他指出："此处乃借用建安十六年（公元211年）刘备致孙权函。当时，孙权想与刘备会同攻伐巴蜀，刘备意向独吞，不答应，于是复信，'益州民富强，土地险阻，刘璋虽弱，足以自守……'（《献帝春秋》）此书被移植为诸葛亮与周瑜，其时周瑜已死去一年，应无关。"

故而，"诸葛亮三气周瑜"，实乃向壁虚构。

我的老朋友赵剑敏教授，也是埋头做学问的人，用多年精力，重新撰写三国历史，出版了十卷本《大三国》，替许多被歪曲的三国人物，说了公道话，自然也澄清了周瑜的死因。《大三国》第六卷里写道——

"其实，周瑜的箭伤并没痊愈，为了实现进军西南的计划，他瞒住了伤势，装得轻健，如正常人一般，从而瞒过了孙权，也瞒过了所有的人。舟船行到巴陵，因多时来的劳累，箭伤突然发作，带出了大病，以致一病不起，撒手而去了，留下了未竟之业，时年仅三十六岁。"

同时，还赞扬了周瑜，说他"性度恢廓，使得绝大多数人对他敬重且佩服"。就连倚老卖老、多次凌侮周瑜的程普，也认识到"周瑜始终不与计较，折节相待，委曲求全，大有蔺相如避让廉颇之风"，"与周公瑾交，若饮醇醪，不觉自醉"。

这样的形象，才符合历史。

周瑜的子孙，对诸葛亮有气，可以理解，但歪曲真相的责任，不在诸葛亮，而在后来的人。要紧的是，把气消掉，学盛巽昌，学赵剑敏，以扎实功夫，还历史以原貌，让九泉下的周瑜开心。

至于抬举曹操，虽然不符合周瑜当年的战略，但作为子孙，有言论自由。

（原载《检察日报》2015年12月11日）

娜拉走后的挪威(外一题)

赵健雄

　　许多年前,中国人通过鲁迅先生那篇演讲才得以知道与约摸地了解挪威这个遥远的北欧国家。而最早把易卜生介绍给国人的,其实是不懂外文的林纾,他误把剧本译成小说,连作者的国籍也弄错了。

　　更早些时候,清末的维新人士康有为下野后,曾去挪威旅游,看到的是一片美丽但贫穷的土地。

　　这么一个萌生了最早女权思想的偏远国家,何以在若干年后成了全世界最富裕而宜居的国家?这可能还得从易卜生说起。

　　《娜拉》一戏,鲁迅如此介绍其主要剧情:她"当初是满足地生活在所谓幸福的家庭里的,但是她竟觉悟了:自己是丈夫的傀儡,孩子们又是她的傀儡。她于是走了,只听得关门声,接着就是闭幕"。

　　于是鲁迅问:"娜拉要怎样才不走呢?或者说易卜生自己有解答,就是Die Frau vom Meer,《海的夫人》的。这女人是已经结婚的了,然而先前有一个爱人在海的彼岸,一日突然寻来,叫她一同去。她便告知她的丈夫,要和那外来人会面。临末,她的丈夫说,'现在放你完全自由。(走与不走)你能够自己选择,并且还要自己负责任'。于是什么事全都改变,她就不走了。这样看来,娜拉倘也得到这样的自由,或者也便可以安住。"

　　在易卜生或鲁迅看来,生活的自主比什么都重要。这正是萌生了现代社会的基础,即不依附于传统观念、组织与架构的个人主义。如此行为自然需要勇气,"因为如果是一匹小鸟,则笼子里固然不自由,而一出笼门,外面便又有鹰,有猫,以及别的什么东西之类",有时还得冒饿死的危险。

　　如今挪威的富裕当然与开发了北海油田有关,但在根底上,我以为还有娜拉精神在起作用。

　　一百多年来,挪威社会对娜拉的态度发生了许多变化。比较系统地得知这些信息，缘于迈平老兄的介绍，正是他请我来做此次北欧之旅。早先他出国，首先去的就是挪威，专门做易卜生戏剧研究。

上世纪 90 年代，对"娜拉走后怎样"这么一个老问题，挪威社会，至少学界的答案倾向于把那位丈夫赶出去，这比当年对女权的倡导无疑进了一步。至于走入本世纪后，更认为母亲还是父亲出走，应当由孩子来选择。他们不仅是未来的主人，当下就应当有权决定这些涉及家庭变故的重要问题。

迈平自己就有一些故事，让人体会到北欧对儿童权利的保护与尊重。

在挪威，你打儿子一个耳光就可能被起诉，至少是犯法的。对儿童权利的保障已经成为社会共识。这种共识的形成与整个社会创造力的勃发显然有关，具体的因果联系却还需要认真研究。

短短几天的旅行，我无法确认这是不是它富裕与宜居程度名列世界前列的重要原因，至少也是原因之一吧？如今挪威的人均国民收入是 103 050 美元。这个人口只有四百万的国家，各地港口停着一百万条游艇。与汽车不同，游艇并非生活必需，而是奢侈品，由此可见普遍的富裕程度。

挪威各地几乎到处都有 Cabin，俗称北欧度假小木屋，到峡湾那晚，我们就住在这种类似于家庭旅馆的处所，非常方便，也不算很贵，是网上预订的。第二天离开时，朋友动手把房间打扫得与进来时一样干净，并告诉我们，这是此地的约定俗成，每个人都这样做，然后把钥匙插在门上就可以离开了。据说在更偏僻的山林中间，这种小木屋甚至不收钱，旅人可以随意借宿，享用一切设备，然后走时收拾干净就行了。这我们没亲身体验，但开车经过之处，路边的厕所与澡堂都看不到有人管理，从厕纸到热水都一应俱全，随你免费使用。

社会面目之外，挪威的引人处，还有它的自然环境。

峡湾是其特有的景致，海水灌入近岸的高山之间，形成一种特殊的奇观，为别处所难见。一条又一条漫长又曲折的峡湾，几乎每一条都是极佳的旅游线路。

回斯德哥尔摩途中，我们驱车走 7 号公路，平生第一次看到称为苔原的风光，浓雾中露出迹近苔藓的植物铺满山顶，没有无拘高矮的树，甚至见不到草，那样一种像是史前的苍凉，颇具震撼力。

想到在发展的初始阶段，人类不得不依附自然，现在不少社会里，作为个体的人还是得依附其他人，女人依附男人，孩子依附成人，男人或女人都不得不依附另一些男人与女人，要改变这么一种状态，重要的是要有自己可以独立的经济及其他权利。

这在挪威，由于自易卜生以来一百多年的努力，已近于实现了。

（原载《黑龙江日报》2016 年 1 月 2 日）

邀溜与要留

远在 2016 年到来之前，作为一个过程，溜已然开始并渐成规模。这主要表现在资金与人员的出走。又各自可细分为几个方面。资金既有外出投资的，在正常经营范围内，除了显示国内投资环境不尽如人意外，也展示出比此前更宽阔的视野，未必就是坏事；但也有一部分资金，或和原罪有关，或与腐败相连，有出逃的性质。至于一般中产乃至稍有余钱者，也在动把人民币资产变成美金的脑筋。

人员出走原因更复杂些，有为自己选择更加适合生存环境，譬如考虑到国内生态恶化，雾霾不但一下解决不了，且有每下愈况之势；也有负着原罪的商人，为安全计，干脆一走了之，当然还有贪官出溜。

我用一个"溜"字来概括显然不准确。这是取其与年份的谐音，有文字游戏之嫌。但新的一年，确有这种趋势。

个人做此选择无可厚非。然而如果变成一种相互邀约共同来完成的行动，也就是说成为一部分人的共识，则不可不引起高度重视。这种重视乃至由此而来的相关规定，其实已经实施，譬如对人民币离岸的数量就有了新的限制；一般官员，现在个人护照都要交给组织代管，等等。

但溜是很难防范的，资金出溜有地下钱庄通道；在当下相对开放的环境中，出境也远较从前容易。

几十年前，心里想溜的人不少，但成功出逃者寥寥。除去傅聪等极少数幸运者及广东一带冒着生命危险浮游去港的，此外几无可能。

现在国门已然打开，经济全球化，制度环境不能不与此适应。光靠管控显然不行。要留住资金与人员，只有增加自身吸引力。

某种程度上，选择溜或留数目之多寡也是一种现状与人心的标尺。光有自信哪行呢，你得让别人相信，否则只是痴人说梦。

现在尚无法预料一年后，资金与人员外流会有几何，这三百多天里，"溜"真会成为一个关键词吗？

而不管发生什么，我仍会留下。这是我的祖国，无关爱或不爱，也不管雾霾浓淡，我就待在这儿，直到老死。

（原载《联谊报》2016 年 1 月 16 日）

行军蚁"死亡漩涡"的启示

阮　直

　　近日，有网友上传了一段视频，视频中一群行军蚁快速地顺时针跑圈，圆圈中间已是一堆蚂蚁的尸体了，可跑圈的行军蚁却没有一只想停下来。那些还没有死去的行军蚁拖着疲惫的身体，即便是苟延残喘了，还是继续按着顺时针方向爬行，这悲壮的坚持、永不放弃的信念让看见的人无不动容。

　　人类早在一千多年前就记载过这个所谓的"蚂蚁死亡漩涡"。但被当代人第一次观察到的行军蚁"死亡漩涡"则是 1936 年。当时蚂蚁生物学家 T. C. Schneirla 偶然遇到了几百只蚂蚁组成的死亡怪圈。这一现象持续了一整天，第二天大部分蚂蚁已经死亡，但仍然有一些蚂蚁在拼着最后的一口气，还在转着圈。他在一篇论文中细致描述行军蚁这一"死亡漩涡"现象。

　　这种类型的行军蚁主要生存在南美，目前生物界对行军蚁"死亡漩涡"解释还没有一致的观点。有专家猜测，是因为蚂蚁是靠身体留下的"费洛蒙"（身体气味）来指引同伴前进的，当巢穴到食物之间有许多路径可以选择时，蚂蚁将倾向于选择"费洛蒙"较强的路径。这种经由化学物质协调的复杂沟通系统，让蚁群集体行动，一旦某个蚂蚁携带的"费洛蒙"气味超强，而他又错误地选择了路线，那一定是害了一个巢穴的蚁群。

　　这种利用群体费洛蒙的最佳路径选择方式，在发生错误的指引的时候，也因为个体的单纯化，造成了它们只能坚守生物本能的原则，最后越陷越深，陷入自己群体建立的死亡陷阱里。

　　有理性的人类能脱离这样的"死亡漩涡"吗？也是一件艰难的事情。比如物质刺激的毒品、药物、酒精甚至某种游戏，也会刺激人的大脑多巴胺的分泌，并在特定脑区作用下进一步产生过瘾感觉，无论原始欲望满足或外在物质的使用，这些行为讯息会活化大脑的奖赏机制。奖赏机制久而久之就产生了心理依赖，这种欣快的感觉会根深蒂固地被记录至大脑主掌深层记忆的

"海马回"中，只要没有欣快感就会想尽一切办法，极度渴望想得到这种感觉。

这是从人的生物性上解读的"死亡漩涡"，那么，作为社会性的人，作为文化符号的人，有没有"死亡漩涡"呢？有！照样有，比如作为大众的群氓，从不愿自己去寻找方向，将自己托付给一个组织的头领。自我理性与自由对于平庸者、对于软弱者永远是负担。从众、追随就可逃避个人责任。就像当年的纳粹党员，他们一再力辩自己并没有犯下任何罪行，这不是虚伪，也不是逃避罪责，他们认为自己是受骗，是上当了，只不过是执行了上级的命令，何来罪责？他们参加纳粹运动，不就是为了得到免于责任的自由吗？一旦领头的失误了，他们就把责任推给人家，责怪人家不尽责，却忘了只有自己才应该对自己负责。

即便一些理性的清醒者也有"死亡漩涡"的命运，比如前苏联时代一些作家、艺术家对一些独权的摇尾乞怜，一再否定自己的聪明才智，否定自己的艺术成果，并不是他们患上了施虐癖，而是为了培养自己服从的美德。中国专制的皇权社会把忠君、服从作为最高美德，不就是臣民追随着君主的"费洛蒙"吗？

在专制与独裁者的心里，"不顺服是比谋杀、不贞、偷盗、不忠实更大的罪"（路德）。就像军国主义时代的日本人、纳粹时代的德国人最有纪律，最服从组织支配是一样的，等待他们必然是"死亡漩涡"。

人是社会进步的主体，人类应该有智慧、有能力走出社会发展的"周期律""怪圈论"的。

（原载《中国纪检监察报》2016 年 1 月 8 日）

"看守"大学的人去哪了

游宇明

　　读过《围城》的人都知道一个情节：方鸿渐用前准岳父（已逝女友的父亲）的钱出国留学，什么本领都没学到手，觉得不好交差，最后只好买个克莱登大学的博士文凭回国。克莱登大学是骗子虚构的，在现实中并不存在。这种克莱登大学不仅过去时代有，现在也不时偷偷露面。2016年高考前夕，民间机构"上大学网"公布了第五批"中国虚假大学警示榜"，曝光73所虚假大学。2013年以来，该机构已累计公布5批共400多所虚假大学。

　　俗话说："无利不起早"，市场永远是由需求决定的，没有需求，从事某种行当的人赚不到钱，他们一定会洗手不干。"克莱登大学"的泛滥，首先与一些人知假买假有关。明明晓得自己未进过高校，偏要冒充大学生去谋取不属于自己的利益，比如报考、升职、入户，等等，制造假大学的人不前赴后继才怪。假如我们所有的公民变得非常诚实，不在学历上动歪脑筋，假大学再有能耐，也生存不下去。

　　不过，有一点无可否认，"克莱登大学"的猖狂也与"看守"大学的人过于懒惰不无牵联。坚决打掉假大学，不让它作孽，应该是教育与公安部门的一个重要职责。前一部门负责"发现"，后一部门负责取缔和对当事人的惩罚。然而，实际情况如何呢？新华网记者调查的时候，北京一位教育界人士说：虚假大学网址服务器很多在境外，国内网监部门难以监管。一些地方教育部门表示，虚假大学的本质属于电信诈骗，教育部门难以管理；公安部门则表示，如果没有报案，难以查处。既然认为自己没有责任，它们当然也理所当然地不去作为了。"上大学网"负责人说：几年来网站公布了这么多批次虚假大学，没有相关监管部门和他们联系过。

　　"上大学网"是个民间机构，人手和精力都有限，人家4年来可以发现400多所虚假大学，我们的教育、公安部门，人手、经费不知多到哪里去了，为什么就没有发现呢？原因只有一个：我们少数公务员被"一杯茶一支烟，一张报纸看半天"的生活养懒了，他们只关注职务、地位、收入，忘记了为民众"守夜"的职责。正是这种敬业精神的缺失，使虚假大学如入无人之境，猖狂无忌地骗人。

每看报刊，总能发现"问责"一词。我觉得"问责"应该有两种，一种是上级对下级的追究，这个我们已经做了，并且取得了一定成效；一种是民众对官员的有效监督，这一点我们做得很不够。当然，民众是原子化的个人，不可能每个人都跑去政府机关问一通责，这就需要人大这样的代议机构、政协之类的监督平台切实负起责来，以民众的名义对懒政的官员进行质询，并向有关部门提出处理建议。将这两种问责的功课做到位了，即使"克莱登大学"不能完全绝迹，起码也不至于像现在这样猖獗，"看守"大学的人对自己的失职也不敢如此理直气壮。

无数事实证明：官员的勤政并不都是道德选择，更多的是制度倒逼的结果。

（原载《合肥晚报》2016 年 7 月 3 日）

朱贵推举林冲上梁山背后

彭伟栋

林冲因犯杀人罪走投无路，在柴进的介绍下来到在创业初期的梁山集团。当时梁山集团董事朱贵极力向董事长王伦推荐林冲，在王伦决定不聘用林冲的情况下还据理力争，希望他回心转意，接纳林冲一起创业。朱贵与林冲本来素不相识，只不过比王伦早一步认识而已，彼此萍水相逢，既然这么极力向自己的领导推荐林冲，看来非常仗义。其实，朱贵这么做不过是看"钱面"，根本不仗义。

朱贵的为人如何？可以从林冲刚认识他时的场景看出一二。

第一，朱贵视财如命。且看他对林冲的介绍：

"山寨里教小弟在此间开酒店为名，专一探听往来客商经过。但有财帛者，便去山寨里报知。但是孤单客人到此，无财帛的，放他过去；有财帛的，来到这里，轻则蒙汗药麻翻，重则登时结果，将精肉片为靶子，肥肉煎油点灯。却才见兄长只顾问梁山泊路头，因此不敢下手。次后见写出大名来，曾有东京来的人，传说兄长的豪杰，不期今日得会。"

由此可见，朱贵非常务实，他负责梁山集团的酒店生意，专门劫财。对没钱的顾客就放过去，对有钱的顾客用蒙汗药迷倒，剩下的尸体割肉作为羊肉和煎油用。作为梁山集团酒店负责人，如果有一点道德良知，本该对坏人才下手，但他没有这么区分。从他的言辞里，他一直都这么执行以王伦为首的梁山集团的方针政策，没有什么道德底线。可以说，在他眼里，来酒店消费的顾客只有穷富之分，有钱的就活该被宰，没钱的就命不该绝。当然，也还有一类人不在此列，朱贵之所以对林冲暂且住手的原因是"却才见兄长只顾问梁山泊路头，因此不敢下手"，那就是说对同道的"自己人"可能网开一面，不谋财害命。

第二，朱贵嗜杀如命。林冲为了加入梁山集团，答应王伦要纳投名状。

林冲认为投名状就是一纸书信，类似于签合同。这时朱贵马上做出反应：

朱贵笑道："教头你错了。但凡好汉们入伙，须要纳投名状，是教你下山去杀得一个人，将头献纳，他便无疑心，这个便谓之投名状。"

"朱贵笑道"的细节证明作为梁山人的朱贵以杀人为乐，要不然一提到投名状是不可能笑出来的，毕竟人命关天。接下来，他认真向林冲解释所谓的投名状的具体内容。由此可见，梁山集团要求来应聘的好汉纳的投名状是没有标准的，杀一个就行，管你好人还是坏人。看朱贵的表达，他是极为赞同王伦提的这个意见的。换句话说，朱贵同样是沾满血腥的杀人狂，没有一点仁慈。

既爱财又嗜血的朱贵肯定在人品道德上是有大问题的，这种人会单单为了义气就极力推荐林冲入伙？当然不会！那么，是不是看在柴进的面子上？

朱贵曾经多次表示是看柴进的面子推荐林冲加入梁山集团的。林冲在未见王伦前，朱贵对他说："既有柴大官人书缄相荐，亦是兄长名震寰海，王头领必当重用。"当王伦拒绝聘用林冲后，朱贵也在王伦面前直言："这位是柴大官人力举荐来的人，如何教他别处去？抑且柴大官人自来与山上有恩，日后得知不纳此人，须不好看"。其实，错了，他看的不是柴进的什么情面上，而是柴进的"钱面"上，换句话说，就是不管是小猫还是小狗，只要有钱，都可以推荐人过来，没钱免谈！

柴进确实是有身价的名流，且看林冲认识柴进之前听到饭馆服务员的一番话：

"（柴进）专一招接天下往来的好汉，三五十个养在家中，常常嘱咐我们酒店里：'如有流配来的犯人，可叫他投我庄上来，我自资助他。'"

柴进很爱接触犯罪的地痞流氓，当然也包括林冲这类被人冤枉的真好汉，对他们非常慷慨，出钱资助他们生活，可谓向当地各界的服刑人士提出了感人的口号——"有困难找柴大官人"！由此可见，柴进家财万贯，否则怎么敢这么慷慨呢？作为受过柴进好处的包括朱贵在内的梁山集团高层，一定明白其中利益。王伦是怕林冲威胁到自己的 CEO 位子，才拒绝聘用林冲，没有想到梁山集团如何生存的问题。而作为梁山集团部门经理的朱贵在基层打滚多年，比高高在上的王伦更明白梁山集团目前的形势：梁山集团要养几百个员工，不都需要钱么？除了吃饭外，还有接待费、出差费、人均工资等各种日常开销，平时单靠谋财害命的收入可能还无法维持日常开销，还要有大财团的支持才行。因此，朱贵明白梁山集团如果拒绝了林冲就等于得罪了柴进，失去了一条重要的财路。

周敦颐的《爱莲说》说：予独爱莲之出淤泥而不染，濯清涟而不妖，中通外直，不蔓不枝，香远益清，亭亭净植，可远观而不可亵玩焉。人在如江湖的梁山必然有很多无奈，要多方面考虑"自己家"的利益是可以理解的。但作为梁山高层的朱贵是可以做到对朋友多一点仗义、对好人多一点保护的，遗憾的是他没有"出淤泥而不染"。从这个角度说，他和王伦实在大同小异。

（原载《东岸》2016 年第 3 期）

灵魂"加减法"

张桂辉

　　人，是有灵魂——心灵与思想——的动物。但凡常人，都有灵魂。这一点，并无天壤之别。可是，在怎样管控灵魂问题上，不同个体有着截然不同的态度。比如，有的人喜欢给灵魂做"加法"，有的人乐意为灵魂做"减法"。

　　捷克当代作家米兰·昆德拉，曾在他的长篇小说《不朽》里，描写过人类两种灵魂。一种是做"加法"的灵魂。这种人喜欢表现自我、突出自我，希望与世界产生千丝万缕的联系，好让人们看到自己的存在、听到自己的声音。否则，就失去生存的意义一般。另一种灵魂做的是"减法"。这种人觉得自己跟这个世界没太大关系，希望过那种不被他人关心关注、安静安宁的日子。因而，他们试图削弱甚至消减与他人的联系，主动给自己的灵魂降噪，以期不被外界所发现、所记挂。

　　古人云，静以修身，俭以养德。可是，据我观察，现实生活中，真正能够平心静气、心无旁骛者，似乎为数不多。相反，惯于给灵魂做加法，喜欢抛头露面、彰显自我的人倒是不少。君不见，有的人只要有机会，不是东拉西扯、侃侃而谈，便是谈天说地、津津乐道。好比发表演说，如同单口相声，借此凸显自我。现如今，有了朋友圈，更是快捷方便、如鱼得水。不少人喜欢把逛街购物、唱歌喝酒，钓鱼打牌、游山玩水，头疼脑热、感冒鼻塞之类鸡毛蒜皮、毫无情趣的闲事琐事无聊事，不加过滤统统发到朋友圈里去。有的人，昨天与李四怎样怎样了，今天和张三干吗干吗了，都成为微信的"精彩"内容。如此执着地做"加法"，除了期盼得到点赞与喝彩、关怀或同情，更多是为了彰显自己、引人关注。

　　19 世纪英国教育家、达尔文进化论最杰出的代表托马斯·亨利·赫胥黎说过："越伟大、越有独创精神的人越喜欢孤独。"不怕寂寞，喜欢孤独，就是灵魂的"减法"。这种人，既开明，更明智。在我们身边，一旦光荣退休，就"不问事、不管事、不惹事"，不抛头露面，不指手画脚，不显山露水的人有，但为数并不太多。相反，退休之后不甘寂寞，或想方设法到某单位做顾问，或自告奋勇去某协会当会长者，倒是大有人在。也难怪，如此一来，便可以名正言顺地"退而不休"。今天东边小会开开，明天南边小车转转。美其名曰"发挥余热"，实则多多少少给基层增添了麻烦与负担。

汉高祖刘邦之孙刘安在《淮南子·主术训》中写道："是故非澹薄无以明德，非宁静无以致远，非宽大无以兼覆，非慈厚无以怀众，非平正无以制断。"300多年后，诸葛亮在总结毕生经历、汲取《主术训》精粹的基础上，将其充实、拓展。54岁那年在临终前，把"非淡泊无以明志，非宁静无以致远"写进《诫子书》。意思是告诫子孙，不能看淡眼前的名利得失，就不会有明确的志向；不能平静专注地修心学习，就难以实现远大的目标。

东晋诗人陶渊明，曾任江州祭酒、建威参军、镇军参军等职，最末一次出仕是江西彭泽县令。可是，只短短八十多天，他便弃职而去，从此归隐田园。"结庐在人境，而无车马喧""采菊东篱下，悠然见南山"等诗句，描写的正是陶渊明归隐田园后，心静如水，悠然自得的生活状态，最终成为中国第一位田园诗人。"举杯邀明月，对影成三人"，描述了一个孤单孤独的场面。或许正是这种如影随形的孤独感，成就了李白这位千古奇才。

人上一百，形形色色。钟情灵魂"加法"也好，选择灵魂"减法"也罢，既是个人的喜好，也是个人的自由。不能强求，大概也只有各人多"问问灵魂"尔。不过，自我审视一番，倒是不无必要。人贵有自知之明，就我本人而言，既缺少赫胥黎所说的那种独创精神，更缺少文学家的超然才气，八辈子也难望陶渊明、李白们之项背。但我并不怕孤独，更喜欢灵魂"减法"。

（原载《解放日报》2016年6月19日）

辑 四

曾国藩为什么不做皇帝

唐浩明

中国近代历史上有一个大公案，至今，爱好历史的人还在探讨争论。这个公案就是：曾国藩为什么不乘打下南京的机会挥师北上，直取北京，推翻清王朝，自己建立一个新的朝代，坐上龙廷做皇帝。

在许多人看来，曾国藩应该这样做。第一，他有这个实力。湘军集团号称有三十万人，战斗力强，是当时第一号强大的军队。第二，皇帝是满人，曾国藩反清，做的是光复汉室的大业，是义举，会得到大多数人的支持。第三，历史上这样的事很多，曹氏父子、司马氏父子、李渊父子、赵匡胤兄弟都这样做了，也无可厚非。

事实上，打下南京后，面对朝廷表面风光而实际上极不信任的险恶局面，以曾老九为后台的吉字营高层的确弥漫着强烈不满甚至反叛的情绪。野史记载，这些人有过一次集体劝进，但遭到曾氏态度明确的拒绝。不只是打下南京的那一段时期，自从有湘军的十余年间，便不断有人向曾氏献过蓄势、自立、取而代之等策略，而曾氏则一次次地表示他决不接受的坚定立场。

对曾氏的这种态度，在他去世一百多年里，以负面评价占主流。不少人为曾氏遗憾，更多人则持尖锐的批评，认为曾氏是要做清王朝的铁杆忠臣，这是忠于一家一姓的小忠，是自私的表现；因为这种小忠而延缓了腐败的满人王朝的灭亡，是以自私而害公利。有人据此而全盘否定曾国藩这个人。这种批评，看起来大义凛然，实则片面肤浅。

作为一个出身低微的世代农家子弟，曾氏不反清，固然有对朝廷感恩戴德的一层原因在内，但这不是最主要的原因。最主要的原因是曾氏乃孔孟之道、程朱之学的信奉者。他心中的榜样，他一生追求的目标是圣贤。他虽然最终也没有做成一个彻底的圣贤，但他从二十多岁开始，便一辈子行走在奔向圣贤的道路上，在努力做着圣贤事业。与圣贤事业对应的是豪杰事业。豪杰事业的顶点，便是做一个新朝代的开创者。如果曾氏要做新朝代的开创者，他必须得先做两件事：一是否定朝廷，二是重开内战。

几十年来，他对朝廷说过无数句好话，表过无数遍忠心。现在要否定朝廷，彻底背叛自己的过去，这是最大的不诚，最大的欺人欺世。如果要自立为帝，便得与朝廷摆开一个你死我活的战场，几十万血肉之躯将要在战场上厮杀丧生，几千万无辜百姓要蒙受战争带给他们的惨痛损失。十几年战事，已经使得国家元气丧尽、民不聊生，自古以来的粮仓江南居然公开出卖人肉，老百姓的苦难到了何等地步！曾氏多次对儿子说战争是造孽的事，要儿子千万不可涉猎兵间。如果为了自己做皇帝而重开战争，这是最大的不仁，最大的残生害命。诚与仁，是圣贤的最突出的标志。曾氏若要反清自立，则首先要在自己身上摧毁这两个字，那也就彻底摧毁了自己几十年的圣贤追求。

这种摧毁，在历代那些强权政客那里或许不值得丝毫惋惜，因为他们可以由此获得至高无上的地位与权力。但在一个真正的理学信仰者眼中，则是绝对不能容忍的，是宁可去死也不能接受的。正是因为此，曾氏不反清自立。他不想去做顶级的豪杰，他要以诚与仁来维护自己的圣贤信仰。

那么，究竟是做豪杰好呢，还是做圣贤好呢？回答是肯定的，无论是从曾氏个人利益而言，还是从人类文化价值而言，圣贤都要远远高于豪杰。

曾氏如果要做顶级豪杰的话，第一，他实力不够。湘军集团号称有三十万，但曾氏的嫡系只有吉字营和水师。打下南京后，吉字营从上到下全盘腐败，再无战斗力，而在北方打战，水师则是英雄无用武之地。第二，湘军内部有强大的反对力量。湘军内部山头重重，各个军营只听命于本营统领，并不完全服从曾氏的统一调配。湘军集团的组合是建立在保卫朝廷这个基础上，倘若这个基础失去了，就立刻会出现大分化大改组。湘军的力量也就大大削弱了。第三，朝廷已做好了严密布防。从湘军诞生那天起，朝廷对这支汉人军队就是又用又疑。打下南京的第二天，江宁将军富明阿便住进南京城。不远处镇江驻扎着绿营中最能打仗的冯子材部。蒙古铁骑僧格林沁马队已奉命南下。一旦南京城内有变，这三股力量便会很快集结起来，共同对付曾氏人马。其最后的结果，多半是以曾氏的失败告终。曾氏的下场将是杀头灭族，成为第二个吴三桂。

至于从文化价值的角度来看，努力做圣贤的曾氏对社会对历史的贡献则更大。

所谓圣贤事业，从本质上来说，就是铸造人类美好的内心世界、构建人类和谐的社会环境，让人类在一种理想的状态中生存、发展与繁衍。中国古代圣贤将它称之为"大道之行也天下为公"的大同社会。这实际上也是全世界人类的共同愿望。中国古人心目中的圣贤，其实就是健全美好人格的化身。人人都健全美好，社会自然和谐共生。无论多么轰轰烈烈的豪杰事功，无论多么惊天动地的好汉作为，在它的面前都是次要的。就拿这场战争来说吧。咸丰三年打下南京，是洪秀全、杨秀清的大事功。同治三年收复南京，是曾氏兄弟的大事功。站在历史的高度来看，南京的这种一失一得究竟有什么意义？倒是在这得失之间，死去的几十万生命，以及被毁灭的无数人类文明遗迹，成为永远不能弥补的损失！

曾氏以他的大诚大仁，践行了他自青年时代就立下的"笑谈都与圣贤邻"的诺言，一百多年来，他因此成为千千万万普通人的励志榜样，成为一切想有所作为的政治家的楷模。近年来的国学热中，曾氏更受到国人的普遍重视，他的智慧人生成了中华民族传统优秀文化中的一笔宝贵遗产。这是曾氏对文化的重大贡献。所以说，以功成身退来向世人昭示自己一贯的圣贤追求，远远地要比做顶级豪杰即皇帝为好。

（原载《羊城晚报》2016 年 8 月 31 日）

李鸿章在炫耀什么

安立志

炫耀是一种人性缺陷，总想把自以为个人独有、他人所无的长处和尤物，在公众面前展示，以获得一点心理上的虚荣、愉悦与满足。这种自慰式的心理与行径，在北方方言里，也叫"谝"或"显摆"。

社会上曾经出现或仍然存在的炫富、炫官、炫秘藏、炫关系，都属此类。个人有炫耀之癖，招人讨厌。如果高官在外国人面前，也热衷于炫耀，比如炫耀古老、炫耀博学、炫耀奢华，也同样招来白眼。退一万步，如果炫耀的这古老、博学、奢华，符合基本道义，而不是糜费国帑，穷兵黩武，或者无中生有，打肿脸充胖子，尚属正常的心理范畴；如果有的炫耀，把糟粕当精华，把丑陋当光彩，势必贻笑大方。一般人没有资格、没有条件曝出此等笑话，闹出此等弱智的往往是权重气粗的人物。

晚清重臣李鸿章，倘若国人认为其如何权倾朝野，如何威势熏天，不足为奇，甚至外国人也认为李中堂在中华非一般人可比，"入朝为宰相，在军为元帅，临民为总督，交邻为通商大臣"，甚至有些瞎了眼的外国人竟然将其誉为"东方俾斯麦"（《李鸿章历聘欧美记》，湖南人民出版社，1982年，第66页）。殊不知，正是这个李鸿章，由其一手打造、堪称亚洲第一的北洋水师，在甲午战争中全军覆没，他又代表腐朽没落的清政府，与日本签订了丧权辱国的《马关条约》，中国不仅赔款日本白银两万万两，还要割让台湾、澎湖及辽东半岛给日本。

消息传回国内，举国悲愤，千夫所指，李鸿章被清廷投闲置散。风雨飘摇的晚清王朝，似乎已经离不开这个"裱糊匠"。这个在马关谈判时遇刺受伤的满清能臣，竟然将带头干涉"还辽"的沙俄当作救命稻草。于是，他在慈禧太后的支持下，做出了"联俄抗日"的"顶层设计"，并借尼古拉二世加冕之机，与沙俄签订《中俄密约》，从而为沙俄独占我东北权益，并招致列强瓜分中国埋下隐患。

《李鸿章历聘欧美记》一书，在地名、人名的翻译上，与今有异，比如莫斯科作"木司寇"，尼古拉作"聂格尔"，总统作"民主"，但这并不影响其史料价值。1896年，李鸿章作为满清头等钦差大臣赴俄，并开始了中国官员有史以来第一次环球外交，在190天里，历经四大洲三大洋，水陆行程九万里，访问了俄、德、荷、比、法、英、美、加八个资本主义强国。如同当今从来不计出访效果的官员一样，除一般性的政治、经济、科技考察外，李鸿章此行，负有两大外交使命，一是签订《中俄密约》，二是"照榜加税"（即提高各国输华商品关税）。前者实则出卖国家权益，李鸿章超额完成了；后者旨在维护国家权益，李鸿章两手空空。不过，借此出访之机，李鸿章倒是向外国倾销了一些中国"国粹"。

尼古拉二世这个末世沙皇的加冕典礼，如同所有的专制君主一样，热衷排场的豪华，追求面子的风光，"俄皇加冕大典，为各国累年所罕遇，因欲显其荣光于一千五百兆人之上（指当时全球人口——作者注）。先期数月，函电四传，地不论何洲，人不论何族，凡有国名可指者，无不邀请赴会。……正不徒向通音问之友邦，闻声相思之异国，各简贤臣贵戚，同效凫趋燕贺已也！吁，其盛哉！"（同上书，第50页）当年5月26日（清光绪二十二年四月十四日）尼古拉二世加冕典礼之后，按照惯例举行大规模游乐活动，活动在莫斯科霍登广场举行。由于现场人员太多，"拥挤欢噪之顷，彩棚忽塌，俄民奔走逃生，遂致互相践踏，死者约两千人。乐极悲生，俄新皇何以为情哉！"（同上书，第49页）此即为"霍登惨案"。李鸿章通过翻译询问负责贵宾接待的俄国财政大臣谢尔盖·尤利耶维奇·维特，"是否发生了一件大惨祸，死伤约达两千人之多？"维特回答说："是的，的确发生了不幸事件。"李鸿章又问："是否准备把这一不幸事件的全部详情如实禀奏皇上？"维特回答，这没有问题，而且惨祸刚发生就已经禀奏了。久经宦海的李鸿章对此摇头道："唉，你们这些当大臣的没有经验。譬如我任直隶总督时，我们那里发生了鼠疫，死了数万人，然而我在向皇帝写奏章时，一直都称我们那里太平无事。"见维特没反应，李鸿章以过来人的身份指点迷津："您说，我干吗要告诉皇上说我们那里死了人，使他苦恼呢？要是我担任你们皇上的官员，当然我要把一切都瞒着他，何必使可怜的皇帝苦恼？"（《俄国末代沙皇尼古拉二世：维特伯爵的回忆》，新华出版社，1983年，第52页）

其实，李鸿章炫耀的官场秘籍，具有悠远的政治传统。春秋时吴王夫差高筑姑苏台，据说其目的是"听百姓之疾苦"，"察四方之兵革"。伍员（伍子胥）汇报的"王之民饥矣，王之兵疲矣，王之国危矣"，显然不合上意，而伯嚭报告的"四国畏王，百姓歌王，彼（伍）员者欺王"（《罗隐集》，中华书局，1983年，第203页），才是吴王需要的。于是文过饰非的伯嚭当上相国，直言相谏的伍员被逼自尽。后来的中国，有样学样者众，隋炀帝暴虐无道，致使民变蜂起。杨广问天下贼情，宇文述、裴蕴的回答都是"渐少""不能什一""天下何处有许多贼？"。而向皇上报告"比见奏贼皆不以实，遂使失于支计"的苏威，却在皇帝的默许下被裴蕴处死。（《资治通鉴》，中华书局，1956年，第5704页）

　　李鸿章对维特的炫耀，是谓官场经验的现身说法，用现在的语言来说，属于文化输出的范畴，这套说词无论属于"从政经验"还是"为官之道"，都可称为泱泱华夏的"软实力"。李鸿章签订《中俄密约》出卖了中国的硬实力，又向俄国官员输出了中国的"软实力"，可说是"堤内损失堤外补"。不过，李鸿章炫耀的这种"软实力"，并非华夏文明的国粹，亦非中国政治的精华，而是中国政治厚黑学的丢人现眼。李鸿章将中国的官场恶俗与政治弊端向俄国官员显摆，应了鲁迅先生一句话："即使无名肿毒，倘若生在中国人身上，也便'红肿之处，艳若桃花；溃烂之时，美如乳酪'。"（《鲁迅全集》第一卷，人民文学出版社，2005年，第334页）这种把腐朽当神奇，把糟粕当精华的行径，的确成了国际丑闻。这样的恶俗与弊端也正是近代中国踟蹰不前的基本原因之一。倒是维特的感慨，让清醒的国人唏嘘不已——"在这次谈话以后我想：我们毕竟走在中国前头了"。（《俄国末代沙皇尼古拉二世：维特伯爵的回忆录》，第52页）

（原载香港《文汇报》2016年9月6日）

《常识》的风光和潘恩的落泊

乐 朋

1776年1月，托马斯·潘恩撰写的《常识》在英属北美的费城公开出版。

薄薄50页的这本小册子，犹如一声划破夜空的炸雷，引得北美大地风云激荡。一时洛阳纸贵，人们争相传阅，不到三个月就发行12万册，总销量达50万册。要知道当时北美居民不过200万，成年男子几乎都读过或听人谈过《常识》一书。许多乡村茅屋里如果有一本藏书，那便是《圣经》，可若有第二本的话，则定为潘恩的《常识》。华盛顿麾下大陆军士兵的背囊中，常有一本读得皱巴巴的《常识》。华盛顿坦言，《常识》在"很多人心里，包括他自己在内，引起了一种巨大的变化"。起草美国《独立宣言》的杰弗逊，也把大段抄录《常识》"引以为荣"。

《常识》的风光，无与争锋。它的大红大紫，端在其革命思想点亮了渴望独立、解放的北美人民的心灵！它褪去英王室的神圣面纱，指斥乔治三世是"大不列颠皇家畜牲"、北美殖民统治的"首恶"；它力推北美独立、与英国"分手"，因为"英国属于欧洲，而北美属于它本身"；更重要的是，它指明了独立之后要实行共和体制，而不是沿袭英式君主贵族专制。潘恩呼唤，"让我们为宪章加冕，北美的法律就是国王"！将"一个与众不同的独立的政体留给后代，花任何代价来换取都是便宜的"。《常识》为美国构建民主宪政奠定了理论基础，其历史功绩和巨大影响足以彪炳千秋。

潘恩不只用笔来写作，同时他还是扛枪打仗的勇士。在英军长岛登陆、攻占纽约，大陆军节节败退、战局垂危的时候，潘恩毅然从军、加入格林将军的志愿部队，后又孤身一人投奔华盛顿的队伍，被汉密尔顿将军赞为"我从来没有见过他那么勇敢的人"。华盛顿又发挥潘恩所长，让他在军旅中继续挥笔著文、激励士气；华盛顿曾召集全军将士，由潘恩宣读他在行军鼓上写成的战斗檄文《美国危机》，以振奋斗志。1776 年的圣诞夜，受潘恩鼓动的大陆军渡河挺进，在特仑屯战役中一举打败英军、取得了独立战争的决定性胜利。他和华盛顿也成了亲密朋友。

一个人的思想理论能够推动、促成一场社会大变革，就可以名垂青史；流浪穿梭于英、美、法的潘恩，则以一己之力推进了人类史上具有划时代意义的北美和法兰西两次大革命。他真配得上"伟大"一词！他把北美独立、宪政的经验移植到法国，他所写的著名的《人权论》为法兰西第一共和国引领革命的方向，他又直接参与法国《人权宣言》的起草工作，并为1793 年的法国制宪提供了几十页用英文写成的材料。他受到巴黎市民的冒雨夹道欢迎，人们高呼"潘恩万岁"，见证了他在法国大革命中的崇高地位。然而，特立独行的潘恩由于反对处死法王路易十六，反对在革命派内部搞血腥清洗并为受诬的米兰达洗冤，终惹恼了当权的雅各宾派。执政的罗伯斯庇尔亲自要求通过一项对潘恩的"起诉法令"。他被逐出国民公会、投入死牢。潘恩原本指望好友华盛顿能伸出援手、证明自己的美国国籍，以摆脱牢狱之灾；可此时的华盛顿忙于和英国的谈判，不愿得罪英国，因而默不作声、袖手旁观。幸好美新任驻法大使门罗讲义气，从中斡旋营救，潘恩才得以死里逃生。但他永远不能原谅华盛顿，出狱不久潘恩就公开发表了一封批评信、指责华盛顿——

> 把最冷最硬的石头采出矿坑，
>
> 无须加工：它就是华盛顿。
>
> 你若雕琢，可留下粗陋的刀痕，
>
> 在他的心窝镌刻——忘义负恩。

然而，此时的华盛顿已是美国人心中不可冒犯的英雄和国父，加之潘恩续写的《理性时代》反对有组织的宗教、抨击《圣经》，与在美国崛起的宗教复兴发生冲突。1802 年重回美国的潘恩，一下子成了人神共弃的"魔鬼撒旦"，遭人唾骂、围攻、诬陷，还险些被枪击送命。像流浪汉一样活着的潘恩，头发长如鸟羽，在穷困潦倒中走完了最后的人生旅程。也许潘恩的落泊，给丘吉尔"不对人感恩戴德是一个伟大民族的特点"的名言，提供了实证；但我想，华盛顿和美国人如此薄待潘恩，有失厚道、有欠公道，不能不说是一个瑕疵。有人说潘恩是"世界公民"；其实他是颠覆旧秩序的革命思想家，而独立前卫的思想家犹如第一只站起来直立行走的猴子，总会招来同类的嘲笑、撕咬，不免孤单落寞的多舛命运。中外古今，大抵如是。

"六代风光无问处，九条烟水但凝愁。"（李咸用诗）在《常识》面世240年之际，我们不仅要铭记那个独领时代风骚的思想家托马斯·潘恩，还须真诚地践行他倡立的常识。

（原载《湘声报》2016 年 9 月 2 日）

《史记》《汉书》"富豪榜"透露的信息

黄　波

福布斯富豪榜今人耳熟能详，"富豪榜"这玩艺儿，古人有没有？

也有的。中国最早的富豪榜，当然是《史记》中的《货殖列传》。"货殖"一语，应该是取自《论语》，孔子评价弟子端木赐（即子贡）曰："赐不受命，而货殖焉，亿则屡中"，"亿"通"臆"，孔子称赞子贡做生意屡屡能够预测成功而大赚其钱也。《史记》中的《货殖列传》就是专为从事工商业的人们所作的一篇传记。司马迁说得好，"夫用贫求富，农不如工，工不如商，刺绣文不如倚市门"，要想发财赚钱，从事工商业自是最佳途径，因此这篇《货殖列传》中收录的都是从先秦至汉前期这一时段产生的顶级富豪。

司马迁所拟的富豪榜上都有哪些人物？范蠡，越国大臣，后从官场上激流勇退，弃官而从商，"遂至巨万"；白圭，战国之初的商人，司马迁说他"乐观时变，故人弃我取，人取我与"，就是在农业社会中准确判断气象和收成，趁农业丰收谷贱的时候大肆收购储存，然后于次年高价出售；猗顿、郭纵，分别以盐与铁起家，而秦始皇时期的乌氏倮与寡妇清则致力于畜牧业与矿产开发，均成为富豪。至于汉初，富豪就更多了，从事冶铁铸造行业的有卓氏、郑氏、孔氏，从事商业的有师史，从事农业畜牧贸易的有任氏和桥姚，从事金融行业的则有无盐氏，毫不夸张地说，几乎每个行业都涌现出了成功人士。

《史记》中有富豪榜，班固撰《汉书》亦步亦趋，同样拟了一份富豪榜，这就是《汉书》中的《货殖传》。

对这两份富豪榜进行一下比较是一个很有意思的事情。

司马迁的榜单人物始于先秦，所以第一位人物是范蠡，班固的榜单人物同样始于先秦，第一位人物也是范蠡。以下白圭、猗顿、乌氏倮、寡妇清、卓氏、郑氏、孔氏、师氏、任氏等人，两份榜单也完全相同。

当人们发现司马迁的榜单终于"任氏"，班固的榜单也终于"任氏"的时候，是否会想到一些有趣的问题？

众所周知，班固的《汉书》写的是汉初至新朝王莽时期的历史，司马迁的《史记》则断自汉武帝，而汉武帝至王莽，这中间还有近百年呢。

于是问题来了，同样是拟富豪榜，与司马迁相比，班固明明是针对一个更长的时段，为什么他拟的富豪榜却和司马迁完全相同？难道在汉武帝至王莽执政的这近百年之间，就没有任何值得一提的富豪产生？不可能是班固笔拙，也不是他对富豪缺乏基本的辨识能力。实在是因为没有更多的素材提供给班固，供其驱驰。

"在汉武帝至王莽执政的这近百年之间，就没有任何值得一提的富豪产生？"这似乎是个奇怪的问题，可面对这个问题，居然只能做肯定的回答。

那么富豪难产的原因何在？是工商业人才在某一时期突然出现了匮乏？当然不是，不管什么样的人才，哪朝哪代都会有的，导致富豪难产的关键在于，从汉武帝开始，官方的一些政策对工商业的发展极为不利。

读史者皆知，汉武帝是锐意开边的雄主，其对外征伐的是非这里不做讨论，但一个问题是清楚的：打仗就会烧钱。在汉武帝初即位的时候，尽管天下富足，国家粮库里的存粮太多以至于"腐败不可食"，但如此丰厚的积累也经不住连年征战，很快就出现了财政危机。汉武帝应付财政危机的主要办法有三个，一是卖爵位，二是扩大征税，三是将盐铁等重要产业转为政府掌控，不许私人染指。这些政策的剑锋所指，谁是最主要的受影响者不言而喻。

汉武帝的政策对工商业带来了巨大冲击，不喜欢富人的人们可能会拍手叫好。但除了皇室，谁还是真正的受益者呢？台湾学者侯家驹在《中国经济史》中说："武帝以前的富豪中，有很多是以鼓铸或冶铁起家，而冶铁属于重工业，若是任由民营，则在竞争之下，业者必会为提高效率，致力于生产技术的发展，改由公营后，变为独占，缺乏研究发展的诱因，科技难以大幅提升，再加以在管制社会中，科技被视为奇技淫巧，阻碍聪明才智之士从事科技研究工作，从而使技术停滞，让经济社会凝为静态。"读书至此，可发一叹。

（原载《证券时报》2016 年 4 月 18 日）

许绍"抗旨"随想

刘吉同

公元 620 年（唐武德三年），唐高祖李渊想吃掉占据荆州的萧铣政权，先派李靖率精骑长途跋涉前去"安抚"。将军一路且战且行艰难抵达硖州（治所夷陵，今湖北宜昌市），因萧铣控制长江险要，李靖"久不得进"。此时，"高祖怒其迟留，阴敕硖州都督许绍斩之"。许都督接令后想了想认为必须"抗旨"，因为李靖乃当世大才，迟滞硖州也实为敌情所迫，遂为之请命，李靖才逃过一劫（《旧唐书·李靖传》）。

由许绍我想到了丙吉。汉武帝晚年昏庸无能，一手酿成了置数万军民死于非命的"巫蛊之祸"，太子刘据被迫自杀，其三儿一女及诸妻妾满门抄斩。之后诏令廷尉丙吉审查此案，底线是参与"谋反"者诛杀全家。此时刘据唯一的孙子、出生才几个月的刘病已幸未暴露，混入众囚犯中也进了监狱。丙吉深知太子冤枉，便暗中保护婴儿，案件则一拖再拖。四年后，颟顸的汉武帝听方士说长安监狱中有一股天子之气，遂下令将狱中犯人不管罪重罪轻一律杀掉。其他监狱都"坚决执行"，唯独丙吉拒绝执行，他管理的郡邸监中的犯人因之全都保住了性命，其中就有刘病已（《资治通鉴》卷 24）。十七年后，刘病已做了皇帝，就是那位中兴大汉的一代贤君汉宣帝。

许绍和丙吉，一个救了一位名将，一个救了一代贤君，从功利的角度讲，这样的"抗旨"意义太大了。然而，"账"却不能这样算，达官贵人也好，贩夫走卒也罢，无论谁遭"阴敕"，"许绍"都应"抗旨"。这倒让我想到了一位既是平民、又救了平民的现代"许绍"。1942 年河南大旱，庄稼颗粒无收，中原饿殍遍野，政府不但不救灾，而且封锁灾情。美国记者白修德冲破层层阻力进入洛阳采访，但写好的稿件却发不出去。此时，洛阳商业无线电系统的一位译电员，在强烈的悲悯情怀驱使下，绕开重庆的检查，将白修德的稿件直接发到了美国《时代》周刊。刊发后震惊世界，令国民党政府颜面扫地。然而，国内外大批救济粮款却陆续抵达灾区，无数饥民得救了。但这位译电员却因"泄露机密"被杀害（湖北人民出版社、宋致新《1942河南大饥荒》第56页）。——多说一句，中原人有愧呀！这位译电员姓甚名谁、是他是她，至今都无人知晓。

与许绍、丙吉相比，这位译电员"抗旨"救的只是蒿莱，但意义同样伟大，乃至可歌可泣。为"饥民""抗旨"的意义在哪里呢？除保护"饥民"本身外，客观上是在为"上等人""抗旨"开辟通路。毫无地位的"饥民"尚有人保护，那么，拥有众多资源的达官贵人也就可想而知了。反过来讲，不把"饥民"当人，最终也会导致不把"上等人"当人。"饥民"的人权是全社会人权的基础，"基础不牢，地动山摇"，最终必然会导致所有人的人权崩溃，自然也包括"上等人"。数千年间"饥民"命如蝼蚁，但"帝王将相"又如何呢？一旦被打入"另册"，其下场悲惨之至，想做蚁民都不可能。无数次的宫廷血变斩杀的几乎都是王公贵族。因此，要保护"上等人"，必须先从保护老百姓开始。

话又说回来，作为体制内的都督许绍，"抗旨"是绝不允许的，成本与后果也非常可怕。但是，当"阴救"违背良知、道义时，"许绍"应该怎么办呢？这可是个天大的难题。但无论多么难，承受多大的风险，窃以为都应该向良知靠拢。通常的办法是：我无法"抗旨"，但我可在"自由"的尺度内发挥，尽量把"枪口抬高一寸"，让心灵深处的人性尽可能发出一点光辉。1974年6月，彭德怀身患癌症已到晚期，剧烈的疼痛使他一阵阵昏厥过去。醒来后"他想和护士握握手，护士把手背在身后不理他；他想和战士握握手，战士冷眼旁观不伸手"。"专案组"的一个师职干部，对元帅更是一贯凶狠（滕叙兖《风雨彭门》第380页）。我想，与这位"三反头子"接触那么长时间，对他的旷世奇冤和崇高人格，不可能不有所感悟，何况这是一位即将离世的老人。上面不让握手，总不能挡住我向老人投去一个同情的目光吧？可惜他们没有这样做，罪孽呀。

这些人为什么一点"许绍"的意识都没有呢？这就引出了一个话题，怎样才能成为"许绍"：我想必须具备"四要素"：思考、良知、智慧和勇气。思考能使人明辨是非，良知能让人弃恶从善，智慧能降低风险，而勇气则促人付诸实施。但最重要、最核心的则是良知。我估计护士们于这"四要素"中，有缺项或缺多项，故才对彭老总冷若冰霜，残酷无情。

毫无疑问，"许绍"是古往今来朝中最为稀缺的资源，要想打破这种"生态失衡"，目前仍很困难。或许有人会说，根子是要解决"李渊"及"阴救"的权力任性，这话说得好。不过，这需要高人来回答了，收笔。

（摘自《家风·国风纵横谈》现代出版社2016年1月版）

柳青的晚年

邢小群

作家柳青以长篇小说《创业史》名世。这部小说表现的是中国 20 世纪 50 年代的农业合作化运动，形象地表现了农业集体化、统购统销和社会主义工业化的逻辑关系。小说 1960 年问世，得到舆论极高评价，被称为史诗性作品，当代文学的典范。柳青曾经公开表示：要从互助组阶段起，把中国农村社会主义改造的全过程写成一部大型的长篇小说。全书共四部。第一部写互助阶段；第二部写农业生产合作社的巩固和发展；第三部写合作化运动高潮，第四部写全民整风和大跃进至农村人民公社的建立。柳青本人也具传奇色彩，他为参与合作化全过程，创作小说，放弃大城市生活，身为九级干部，挂职县委副书记，到陕西农村安家落户。第一部四易其稿，整整写了六年。第二部迟迟没有面世，直到 1965 年，第二部上卷初稿才在杂志上连载。后面几部直到去世也没有完成。柳青的创作计划为什么停摆？成了众说纷纭的谜团。

人们关注柳青，因为他的艺术表现水准高于同代作家。他在《创业史》之前已发表过长篇小说《种谷记》《铜墙铁壁》。在延安作家中，他是中西文化修养较高者，中学时已经能够用英语讲述莎士比亚戏剧中的段落，背诵杰斐逊的《独立宣言》，用英文阅读西方文学名著。他熟知中国与西方描写方法的不同，能够取其所长，为我所用。"文革"中，张春桥、姚文元控制的上海市委写作组要炮制《虹南作战史》，创作成员人手一册《创业史》，想以此为范本和赶超的目标。

柳青逝世两年后，中国农村开始包产到户，继而人民公社解散。中国农村的社会主义高潮，作为乌托邦的悲剧，被送进历史的博物馆。《创业史》和柳青在文学史上的地位，由此陷入尴尬。2016 年 1 月人民文学出版社出版了柳青的女儿刘可风撰写的《柳青传》，披露了父女之间不曾公开的若干对话，展示了柳青晚年复杂的内心世界。原来，柳青并不是农业合作化运动始终不渝的虔诚歌者，而是那个时代充满了内心挣扎的知识分子。

这部传记告诉我们，1960 年，柳青就对朋友说：第四部"大跃进、人民公社就不写了"。若要写，"主要内容是批判合作化运动怎样走上了错误的道路""中国农业合作化是做了一锅夹生饭"。他认定：新民主主义的农村革命要按照农民自愿的原则，经过发展互助合作的道路，在大约十五年内才能发展生产力，使国家有了商品粮，农民才能真正摆脱贫困，日益富裕起来。结果三年就合作化了，两三年人民公社也建了！"怎么能说是小脚女人呢？大脚女人能行吗？""条件不成熟就成立了高级社，造成诸多问题，引起城乡许多人不满，这导致了'反右'运动。高层想用经济上的奇迹回击反对者，出现了大跃进和人民公社。高级社就不成熟，人民公社就更不应该。公社化后问题更多，导致三年经济困难，党内不满情绪又引起'反右倾'"。"后来十几年的实践充分证明了它的恶果"。柳青长期生活在基层，面对人民公社的灾难现实，虽然在公开场合他一直声称要继续完成他的《创业史》，其实他的宏大创作计划已经执行不下去了。

1978 年，病重的柳青年最后一次住院，想到写回忆录。他说："我要从下层人物的角度写中国几十年的成败得失，也许提供这本资料比再写小说价值大。"为此，他希望医生能再给他一年的时间。

晚年柳青放弃了对《创业史》的集中精力写作，而是用更多的精力关注整个国际共运的成败得失，他力图在全球视野中思考社会主义国家农业合作化的经验教训。长安县委副书记安于密说："60 年代初，正是我们批判南斯拉夫的时候，柳青说，南斯拉夫的合作化是接受了苏联的教训的，它真正采取了经济手段，而不是行政命令的办法，柳青非常反感用行政手段、强迫命令方式搞合作化。"柳青说："南斯拉夫真正做到了入社自愿，出社自由，农村只有四分之一合作化了，在全国的农户中占的比例并不大，但在国民经济中占的比重很大，它是用农工联合企业集体形式和个体农民合作，引导、辅助个体农民，他们发展国家集体经济是缓慢的、逐渐的，不是疾风暴雨式的。农业改革以后，它的农业产值稳步增长。""世界上哪有一个国家，只有一种所有形式，经济发达起来的？有吗？都是多种所有形式共同存在。""所有形式不是一种制度！"还说到："南斯拉夫采取了社会自治的方式，成为党内理论的观点，必须在党的大会上通过，否则任何观点都仅仅代表个人。""南斯拉夫宪法里有这样一句话：不能用国家的利益破坏个人利益，什么意思，就是不能让一部分人得到另一部分人的劳动成果，国家的利益只能由国家宪法来保证，不能由某些个人保证。"他曾为此去见胡耀邦，说到中国的问题："我认为主要就是缺乏正常民主生活。"胡耀邦对他说："我的后半生就是要为建立党和国家的民主制度而奋斗。"

1978年6月，柳青在北京住院，让人给他找来斯大林女儿斯维特娜·阿利卢耶娃写的回忆录《仅仅一年》的英文版。一边看，眼泪大滴大滴顺着眼角的皱纹往下流。接着，向女儿痛斥斯大林和苏联的荒谬。20世纪70年代初，柳青就陆续读了一些有关东欧变化的书籍。他认为，东欧改革的浪潮一定会影响苏联，无论早晚，中国改革的一天也将到来。他读了《第三帝国的兴亡》，说："在希特勒统治的十二年间，所有德意志民族进步作家都出国流亡或在国内销声匿迹。这说明这个民族的文学界道义水平高。"

柳青只活到1978年。当时华国锋主政，恢复了中国和南斯拉夫两党两国关系。他在生命的最后一刻，扼住了时代的脉搏。

（原载《湘声报》2016年6月24日）

《雷雨》首演在日本

鲁建文

　　一部好的作品，恐怕往往都需要有眼力的人首先看上它，愿为它做"嫁衣裳"。著名剧作家曹禺的处女作《雷雨》就经过了这么一个过程。它当时能"一炮打红"，引起轰动，就搭帮有巴金、武田泰淳、李健吾等"伯乐"的赏识。

　　曹禺写出《雷雨》时只有 23 岁。据他自己回忆，他从小就是一位戏剧爱好者，中学时就开始演戏。创作《雷雨》之前，他已改译过好几个剧本，也编导、演出了好几年的话剧，接触了不少中外名剧。这些都对他后来进行话剧创作产生了重大的影响。他大约 19 岁在南开大学读书时就有了创作《雷雨》的想法，但从产生这个想法到作品完成却先后花了五年时间。他说："那时我像在比赛前运动员那样的兴奋，从清晨钻进图书馆，坐在杂志室一个固定的位置上，一直写到夜晚闭馆的时刻，才快快走出。""我写了许多种人物的小传，其数量远不止《雷雨》中的八个人。记不清修改了多少遍，这些残篇断简堆满了床下。到了 1932 年，我在清华大学三年级的时候，这部戏才成了一个比较成形的样子。"作品最后完成是在 1933 年。随后，他便把稿本交给了正在筹办《文学季刊》的好友靳以。

　　靳以收到曹禺的剧本后，也许出于与曹禺的特殊关系，不便马上把它拿出来发表，于是把它锁进了编辑部的抽屉里。一次偶然的机会，他向巴金提起了此事，有心的巴金便把剧本从抽屉里翻出来，刚一过目就被吸引住了。据巴金后来回忆说："我感动地一口气读完了它，而且为它掉了泪……但是流泪以后我却感到了一阵舒畅，同时我还觉得一种渴望、一种力量在我身内产生了。我想做一件事情，一件帮助人的事情，我想找个机会不自私地献出我微少的精力。"作为《文学季刊》编委的巴金，在他看来，剧本虽出自一个二十多岁的年轻人之手，但却是一部思想深邃、相当娴熟的作品。于是，他当即拍板，优先给予发表，并亲自对剧本文字做了细心修改和校订，把这个四幕话剧破格一次刊登在《文学季刊》上。当时，曹禺把这个剧本早已抛到脑后，正在忙着与毕业相关的事情，当得知它公开发表时，他几乎高兴得跳了起来。

戏剧与小说、诗歌、散文不同，不能仅满足于发表，如果不能搬上舞台，自然不能算圆满。《雷雨》发表数月后，一直没有化为舞台形象的消息。曹禺写《雷雨》时，当然没有想这么多，但演出无疑也是他所期盼的事。在剧本发表将近一年的时候，忽然从日本传来消息，说《雷雨》被武田泰淳、竹内好两位日本青年学者看中，将在东京组织上演。他们为《雷雨》所感动，曾带着《文学季刊》去与酷爱戏剧正在日本留学的杜萱商量，经过热烈而深入的讨论，一致以为"《雷雨》虽然受到欧洲古代命运悲剧和近代易卜生作品影响很大，但它还是中国的，是戏剧创作的重大收获"，主张尽快把它搬上舞台。

于是，杜萱邀吴天、刘汝醴一起担任导演，由邢振铎负责日文翻译，并分别由贾秉文、陈倩君、邢振铎、邢振乾、王威治、乔俊英、吴玉良、龙瑞茜担任剧中人物。1935 年 4 月，他们以中华话剧同好会的名义，在东京神田一桥讲堂举行首场公演。这次公演，虽说反响并不是很大，但无论从场次还是地点来看都是历史性的。当时流亡于日本的郭沫若看后评论说，这部戏表现了资产阶级家庭内部错综复杂的恋爱关系，用深夜猛烈的雷雨象征着这个阶级的崩溃，很是值得赞赏！

《雷雨》在日本公演之后，很快引起国内演艺界对它的关注。首先决定把《雷雨》搬上舞台的，是天津市立师范的孤松剧团。1935 年 8 月，他们在学校礼堂举行了《雷雨》在国内的首场公演，被评论界称为一次"不凡的演出"。接着，作为专业队伍的中国旅行剧团开始排演《雷雨》，在北京中国大剧院连日上演，创下了惊人的纪录。剧团团长唐槐秋曾这样对曹禺说："万先生，《雷雨》这个戏真叫座。我们演了不少新戏，再没有你的《雷雨》这样咬住观众的。老实说，有了这样的戏，才能把剧团维持下去。"但当他们到天津演出时，却遭遇了麻烦，当局警察以这个剧目"伤风败俗"为由进行捣乱。正好这时，李健吾写了一篇很有分量的评论发在《大公报》上，对《雷雨》大加赞赏，称"《雷雨》是一个内行人的制作，虽说是处女作，却立即抓住了一般人的注意。《雷雨》现在可以说是甚嚣尘上"。"它是一出动人的戏，一部具有伟大性质的长剧。"他赞扬曹禺，"作者卖了很大的气力，这种肯卖气力的精神，值得我们推崇。这里所卖的气力，也是值得我们敬重的。"让《雷雨》很快获得了舆论的支持，为《雷雨》的进一步扩大范围的演出创造了环境。

　　不久，《雷雨》的影响在上海迅速扩展。特别是，中国旅行剧团到上海的演出，可谓轰动了整个上海，茅盾先生就曾以"海上惊雷雨"称赞当年的盛况。可以说，至此全国各大城市都相继上演了《雷雨》，"从戏剧史上看，应该说进入了《雷雨》时代"。

　　看来韩愈说"世有伯乐，然后有千里马"还是颇有些道理的。

（原载《湘声报》2016 年 4 月 15 日）

私有的性（外一题）

冯　磊

1928 年 11 月 25 日，《京报》上刊登了一条消息：国民革命军第三集团军十五军第二师参谋曾贤岑对自己发妻开枪射击，导致其下身两个地方中弹，后不治身亡。报道称，公务人员前去验尸的时候，"突有兵弁数十人蜂拥而至，均各持手枪，驱逐在场警察，并以手枪迎面威吓书记官署长署员等，迫令离开尸场，声势极为凶暴。其时环观民众数百人均纷纷逃散，秩序大乱。……（在公务人员纷纷躲避的前提下）该兵弁等仍持手枪追随，迫令（书记官等人）同赴该师团部，至团部时该兵弁等犹声呼殴打，幸未下手。"

以上旧闻，结局究竟如何，我们不得而知。我看到这段文字，是在周作人的《永日集》里。当年的媒体报道称，曾的发妻后来被人抬出去草草埋了。至于那位曾参谋，则声称妻子"不安于室"，所以开枪射击。

我是农村人。三十年前，村里有女子嫁到邻村去，不受丈夫待见。后来丈夫有了外遇，公然带着小三（那时候还没有这个词，只唤作"相好的"）睡到家里的床上去。至于原配，只能在屋子里打地铺。最后，那姑娘不堪羞辱服毒自杀了，死在玉米地里。作为娘家人，村里也只是去了几十个人到对方家里去，将其家具打得稀烂而已。

曾参谋杀妻，理由是有的，据说他的妻子"不安于室"。这句话可以理解为其妻子有外遇，像旧时大户人家的主母与仆人通奸，或者与外人有牵扯不清的关系。面对这种情况，普通人家解决的办法一般是毒打一顿，然后一纸休书赶走了事。但是，这位曾家的主妇却很不幸，她的丈夫是一名军人。他用了最残暴的方式对待她，开枪击伤她的下身。她死了。

人命关天，当年官方也试图为法律维持最低限度的体面。结果如大家所知，曾参谋的手下持枪威吓公务人员，最终杀人者极可能就此逍遥法外。

客观地讲，曾参谋的妻子也未必有不忠于丈夫的举动。或许，是丈夫有了新欢也未可知。面对性情刚烈的原配，怒火中烧的男子杀心顿起也未必就不可能。只是，在那个时代，实在没有什么力量能够为她叫屈喊冤了。

"不安于室"是个让人极为厌恶的说辞。这个词出现于那个时代的媒体上，至少说明了一个问题：在参谋官生活的时代，女人是男人的私产，应该"安于室"，老老实实待在家里。

近日，有媒体报道称，镇江某男子约女友晚上去宾馆开房。同时，通知自己的两个朋友一起到场，称可以分享自己的女友。最终，女孩子遭遇了奇耻大辱。她的家人愤而报警，人渣男友锒铛入狱，获刑一年。参与"分享"他人女友的两名男子也因此被刑拘。

——女人是男人的私有物品，女人一旦将身体交给了男人，性交权随时可以转让、奉送、卖钱。在旧社会，有所谓"典妻"的悲剧。在网络时代，我们则见识了与人"分享"女朋友的渣男。

不过，昔日参谋官杀妻无人敢问，今天与他人"分享"女友的男子则锒铛入狱。也是时代演进的一抹亮色了。

（原载《湘声报》2015 年 11 月 20 日）

吃河豚

"蒌蒿满地芦芽短，正是河豚欲上时"。《明宫史》里说，"清明之前，收藏貂鼠、帽套、风领、狐狸等皮衣，食河豚、饮芦芽汤以解热"。这文字里写的，是皇家旧例。至于民间，一般人对于吃河豚极为谨慎。一方面，这道菜制作价值不菲；另一方面，吃河豚危险，弄不好是要丧命的。

河豚有毒。其肝脏、眼睛、卵巢等都有强烈的毒性。四百年前，日本军事天才丰臣秀吉准备讨伐高丽，驻军下关的时候，士兵们蜂拥而上争食河豚，引发大面积食物中毒，几乎溃不成军。因为这，日本人长期禁食河豚，直到近代另外一位权臣伊藤博文尝此美味后才得以解禁。

有作家到日本旅居多年，在伊豆半岛认识了一位大厨。有一天他突发奇想，央求好友做一顿河豚宴来吃。名厨慨然应允。在喝下几杯清酒壮胆之后，作家用筷子夹起一片薄薄的生鱼片放入口中。不久，他就感觉嘴唇和舌头发麻，脸上浮现出死亡的恐惧。还好，他只是虚惊了一场。原来，名厨有意开了个玩笑，用刀在剔下来的毒素上轻轻蹭了一下而已。

苏轼是个美食家，但仕途不顺。老先生谪居常州，有士大夫擅长烹制河豚，因久闻东坡大名，故殷勤相邀前来品尝河鲜。大诗人欣然前往。听说苏东坡嘴馋不要命,全城的人都蜂拥而至前来围观(都想看看名人之死与普通人有多少不同)。众目睽睽之下,苏轼埋头饱餐了一顿河豚肉,然后……然后面无表情地走出院子,仰头赞叹一声:"也值得一死!"

吃河豚犹如玩蹦极。既是一场生命的历险,更是一次行为艺术。今人玩蹦极,玩的是心跳。古人、今人吃河豚,则更是如此。有人曾经屡屡发问:"拼了命也要吃河豚。值吗?"

有尝过此等美味的人回答说:"只要没有死掉,就是值得的!"

对此,缺少见识的我半信半疑。

日本是个岛国,饕餮之徒众多。在下关,有许多以烹制河豚出名的老店。下关的河豚套餐中,极富特色的一道美味是河豚鱼鳍泡酒。具体做法是:老板娘先将鱼鳍用火烤过,烤出香味之后放入酒杯。据说,酒香与河豚的鲜香混合在一起,是寒冷时节的绝佳饮品。

下关人吃河豚,往往用生鱼片裹着细葱嚼食。鱼肉柔韧,细葱嚼起来咯咯吱吱,极有风味。这种吃法,很容易让人想起山东和东北人常吃的煎饼卷大葱来。很是过瘾、舒爽。

河豚有剧毒,中毒的人最快在十分钟内就会死亡。为此,有人四处寻找解药。汉代张仲景在《金匮要略》里说,用芦根煮汁,喝了可以解河豚毒;唐人段成式则认为,苦艾的叶子能够解其毒;元人陶宗仪在《辍耕录》中写道,"世传中其(河豚)毒者,以至宝丹或橄榄及龙脑浸水皆可解。复得一方,惟以槐花为妙,与干胭脂等分同捣粉,水调灌之,大妙"。这些方子的效果如何,我们不得而知。

民间流传的解毒方似乎不少,其中一个是饮大粪汤。其原理,则似乎在于催吐。据说,魏晋乃至明清时期的士大夫吃河豚,往往将餐桌安放在茅厕边。一旦有人中招,马上用大粪汤往嘴里猛灌。孙思邈说,"凡中其毒,以芦根汁和蓝靛饮之,陈粪清亦可"。这光辉的论断,至今无人能说清楚究竟是否符合科学道理。只是,这样一来,我们就看到了一种奇特的人文场景:一群群吃货在茅厕边上大啖河豚、扪虱而谈,谈笑风生中突然会集体抢着狂饮粪汁。

如此宏大的叙事,直让人瞬间顿悟:真实的人生,就在于永不停息地折腾折腾折腾!吃河豚,饮粪汁。吃河豚,饮粪汁。再吃河豚,还是要饮粪汁……

(原载《福州晚报》2016 年 5 月 3 日)

大树底下少乘凉

姚 宏

提起世界首富，国人的第一反应，非洋人比尔·盖茨莫属。这种想法，长洋人志气，灭国人威风。世界首富不是啥稀罕玩意，咱祖上也有。2001 年，美国《华尔街日报》统计了千年来的世界首富，6 名中国人榜上有名。尤其是大清那会儿，最为牛气，世界首富一出就是他俩：和珅和伍秉鉴。

和珅大人，大名鼎鼎，无需介绍。他敛财的秘诀，是公开的秘密，路人皆知，亦无需多言。至于和珅究竟多有钱，各种记载不一。有的说上十亿，有的说过百亿。但有一点，毫无异议，和大人富可敌国，绝对有资格位居世界首富的行列。

伍秉鉴又是何许人？他是个地道的商人，十三行的领头羊。那时候，大清有钱，国民生产总值，排世界第一，牛气冲天，不屑与洋人做生意。如果洋人死皮赖脸，非得贸易通商，那就指派一些身家殷实之人，"替国经商"，这些商家，被称作十三行。洋商买货，须向十三行买；洋商卖货，须向十三行卖，由此，十三行垄断了清朝的海上贸易。独门生意，独家行当，伍秉鉴想不赚钱都难。

那伍秉鉴又有多少钱呢？当时国人和洋人经常为此辩论。国人说，伍老板相当有钱，比你们洋人有钱；洋人则说，咱知道伍老板有钱，但我们洋人更有钱。1834 年，伍秉鉴对自己的田产、房屋、店铺、银号等，粗略估算了一下，大概 2600 万元。而同时期的美国，最富有的人，资产不过 700 万元。至此，洋人们才深信真信坚信，伍秉鉴是不择不扣的世界首富。

和珅是官场中人，发财之道，就两个字：弄权。伍秉鉴是商场中人，赚钱的门路很多，但关键诀窍不多，也是两个字：傍权。如果用一句话总结两位的成功之道，无非是——在大树底下乘凉。

和珅背后的大树，是大清国最高领袖乾隆爷。伍秉鉴背靠的大树，则是整个广州官场。当然，想在大树底下找块阴凉地，就得好好打理大树，不停施肥、浇水、培土。和珅的手段是，会来事。只要能逗乾隆爷开心，啥事都敢来。伍秉鉴的方法是，使钱。只要当官的喜欢，什么钱都敢送。广州大小官员，基本上都收过伍家的贿赂，吃过伍家的好处。伍秉鉴是官府的常客，官吏是他家中的上宾。有统计说，1801 年到 1843 年间，伍家的捐款贿赂等，高达 1630 多万两白银。

背靠大树乘凉，有一个先决条件，那就是大树不能倒。树倒不光猢狲散，还会祸及乘凉人。和珅的结局，地球人都知道。乾隆皇帝刚咽气，和珅就被逮起来，关进大牢，没几天被勒令上吊，财产统统充公。响当当的一个世界首富，说没就没了，顷刻间灰飞烟灭。

伍秉鉴的结局也好不到哪去。鸦片战争爆发前，朝廷派林则徐来广州禁烟，伍秉鉴乘凉的大树换了品种。林则徐认为，伍秉鉴与洋人打得火热，是卖国，包庇鸦片走私，是害国，多次对其进行训斥和惩戒。伍秉鉴则希望通过捐资救国，来解救危机。谁知林大人不像和大人，是个不爱钱的主。林则徐明确表态说，不要伍家的钱，要伍家人的脑袋。

钱解决不了问题，成了个大问题。鸦片战争爆发后，伍秉鉴一次次献出巨额财富，以求自保。《南京条约》签订后，清政府下令，行商偿还 300 万银元的外商债务，伍秉鉴一人就承担了 100 万银元。伍家几经折腾，家底空虚了。也就是在这一年，伍秉鉴病逝于广州，又一位世界首富没了。

有清一代，类似和珅的官员，有很多，类似伍秉鉴的商人，也不少。左宗棠辞世，胡雪岩垮掉了；李鸿章作古，盛宣怀没落了。他们风光一时，风光不了一世，原因很简单，他们背靠的大树，是权力的大树，不会千秋万载，万古长青。

在权力的大树底下乘凉，大富大贵和大危大险，只有一步之遥。树下有风险，乘凉须谨慎。

（原载《齐鲁晚报》2016 年 4 月 18 日）

白乌鸦与黑乌鸦

夏　昕

无论深究历史，还是翻看现实，我发现一个很有趣的现象：倘若建立一个坐标图，将每位官员的品德与政能分别设为横坐标和纵坐标，那么大伙儿盯着的总是官员品德这根坐标，对他的评价也多局限于道德上的瑕瑜。假如某位官员清正廉明，那绝对是一俊掩百丑。倘若这名官员恰巧又英年早逝，那当年的全国道德模范非他莫属了。

将官员的品德推崇备至并使之产生放大镜效应，这固然是数千年儒家文化教育与宣传的使然，同时，也是民众对官德稀缺的一种真心渴望与憧憬。但是，对官场的"清流"推崇与赞赏，这只是民众这些围观者的一厢情愿。事实上，身处官场的"清流"们日子还真不好过。

就拿大伙儿都熟悉的海瑞来说吧。海瑞清廉是没话说的，在浙江淳安当知县时，他穷得都是自己种菜吃，根本买不起肉。有一年为了给母亲过生日，海瑞才买了两斤牛肉。海瑞最后当上了吏部侍郎，仍穷得全身肋骨撞得叮当作响，去世后家人连丧费都凑不齐，最后别人凑钱为他下葬了。这样的清官，不仅日子过得艰难，仕途也很不顺坦。张居正在首辅大臣任上时，一些人曾力荐海瑞，但张居正却死命不用海瑞。最后被一个又一个报告逼急了，张居正才在报告上批了八个字："多用循吏，少用清流。"

何谓"循吏"？此词最早见于《史记·循吏列传》。指的是那些重农宣教、清正廉洁、所居民富、所去见思的官员，其标准已高于一般的"清官"与"好官"。张居正所说的循吏，实际上就是要求对方是思想好、政绩好、人际关系好的"三好学生"。张居正言下之意是说海瑞只是"一好学生"，独有清廉之名，却没有为政之能，所以不用。张居正这种人才观并无过错，而且在这点上也没有冤枉海瑞。嘉靖皇帝死后，海瑞被张居正的老师徐阶起用。海瑞到江南做了应天府巡抚，管理南京周边几个最富的州府，但搞了几年后，

GDP 不仅没有搞上去，当地的赋税反而减少了三分之二。境内的大户，因惧怕海瑞的清廉刚正，纷纷跑到外地去了。

但问题是，如果海瑞有做大 GDP 的能力，张居正这样万人之上一人之下的高官就会重用他？我看也不一定。清朝光绪年间有位"清流"名叫李用清，他的故事从侧面佐证了这点。

李用清是海瑞的铁杆粉丝，他有一个"天下俭"的绰号。他在云南当巡抚时，夫人仍要做针线活维持家计。夫人分娩，为了省钱他连接生婆都舍不得请，最后夫人刚生下儿子就死了。李用清买不起棺材，仆人可怜夫人，自掏腰包为夫人买了一副棺材。李用清却嫌贵了，硬要仆人换了一副薄的。过了不久，孩子也夭折了，仆人又掏钱买了一口小棺材，李用清说小孩没必要用棺材，逼着仆人退了。然后李用清将夫人的棺材打开，将小孩子放进棺材一同埋葬了。李用清对自己也很苛刻，李用清曾被贬，再被起用时，他从老家山西一步一步走到北京，三千多里的路程，竟没有雇一车一骑。

如果说海瑞是"一好学生"，那么李用清则是"二好学生"，他搞政绩比海瑞强多了。李用清掌管贵州财政时，一年内全省库银从六万银增加到了十六万两，接手陕西藩司后，全省财政收入一年内翻了倍。按理说，李用清这种德才兼备的好官，应会有好结局吧，但历史却总是让人失望，李用清的"清流"举动遭到了许多同事的嘲弄。他任陕西藩司时，顶头上司陕西巡抚看不惯如此"清流"，找了个理由将李用清参劾下去了。李用清只好回家教书，做了一个书院的院长，郁闷而终。

写到这里，各位看官肯定已醍醐灌顶了吧：不管你能力有多强，只要你是"清流"，最后你终将被官场的滔滔"浊流"所吞没。这话说得有些悲观，但历史已论证这个真理。张居正说海瑞没有做大政绩的能力，也许只是一种托词，主要原因是《明史》所说："居正惧瑞峭直"。你海瑞敢抬着棺材与皇帝老儿论理，我张居正怎敢用你？用了你这样一根四处刺人的硬骨头，说不定哪天我也会被你刺伤。同样的，你李用清能写能做，却不拿不要，不吃不喝，那我们这些索拿卡要、吃喝嫖赌的官员怎么办？

所以，这就是官场上很有趣的白乌鸦与黑乌鸦现象。都说天下乌鸦一般黑，一旦闯进了几只白乌鸦，那么鸦群就会大乱。你一定要做白乌鸦，可以，你就像陶渊明那样到南山下当白乌鸦去吧。要不你也当黑乌鸦，至少你也得假装成黑乌鸦。否则，我们这些黑乌鸦就都朝你们吐口水，不将你淹死，也要将你弄黑。

（原载《杂文月刊》2016 年 6 月上）

细节中的甲午战争

游宇明

甲午海战一百二十周年纪念的时候，媒体上有过许多讨论。的确，1894年7月发生的甲午战争对中华民族绝对是深创巨痛。战争本来是日本人发动的，应该付出惨重代价的是日本，结果由于清国战败，清政府被迫赔偿日本两亿两白银的所谓"军费"，此外还要割让辽东半岛和台湾及其附属岛屿。后来因为日本强占辽东半岛影响了俄国的殖民利益，在俄德法等国干涉下，日本被迫退还辽东半岛，却以"赎辽费"的名义，额外勒索了三千万两白银。

其实，甲午战争时清国的参战兵力达到了63万人，比日本的24万人多出一倍半还不止。之所以输掉这场战争，原因很多，内在的因素只有一个：清国内部已高度糜烂。

我们不妨从几个历史细节观察一下清国甲午海战前和战后的社会状貌。

战争爆发后，清政府调军队赴山海关前线，有一位家居北京的目击者说："调绿营兵日，余见其人黛黑而瘠，马瘦而小。未出南城，人马之汗如雨。有囊洋药具（指鸦片烟枪——游注）于鞍，累累然；有执鸟笼于手，嚼粒而饲，怡怡然；有如饥蹙额，戚戚然"。老百姓也很不看好这场战争，"有'爷娘妻子走相送，哭声直上干云霄'之惨"。

军队本来应该是一个社会纪律最严明、最有英雄豪气的地方，可现在这些绿营士兵有的吸鸦片，有的养鸟，有的无精打采，没有一点军队的样子。他们的家人也毫无国家、民族意识，只关心亲人是否顺利归来，不在乎国家能否将这场战争打赢。

一般士兵与普通老百姓是这个样子，官员的表现更令人失望。1891年6月，北洋海军建立不久，李鸿章奏请在胶州（今青岛）添筑炮台，获得了皇帝批准。这本来应该算是做了件明白事，没想到一贯与李鸿章有隙的翁同龢（李鸿章曾经因故参劾过翁同龢的哥哥翁同书，导致其流徙新疆，两人从此结怨），却以户部的名义奏准暂停南北洋购买外洋枪炮、船只、机器两年，让李鸿章的计划彻底落空。翁同龢是皇帝的老师，手眼通天，说话管用，当时权势赫赫的李鸿章也无可奈何，他在写给云贵总督王文韶的信中抱怨说："枢密方议增兵，三司已云节饷，军国大事岂真如此各行其是而不相谋！"台湾巡抚刘铭传也长叹一声说："人方慧我，我乃自决其藩，亡无日矣！"

某些官员在甲午战争发生前钩心斗角，坐视国家危机发生，战后却做缩头乌龟，生怕自己惹上一点麻烦，只希望让李鸿章一人背黑锅。还在李鸿章赴马关议和期间，英国公使欧格纳就指出：北京的"大臣们不准备承担给李鸿章指示的责任，而是坚持必须让李鸿章特使采取主动，而大臣们将批准他所做出的任何决定"。到了向日本割让台湾时，大臣们纷纷躲着不去，朝廷只好命令李鸿章的儿子李经方前去办理。李鸿章"对此非常生气和吃惊，这表明北京感兴趣的是把人们对条约的全部憎恨都加在他和他的亲属身上"（曾任美国国务卿的科士达语）。李鸿章对儿子说："我父子独为其难，无可推诿，汝宜妥筹办法"，接着，李鸿章又给总理衙门去电，称经方忧劳成病，牵发旧疾，症忡日剧，神志不清，断难胜此重任。然而，朝廷没有同意，诏命"李经方迅速前往，毋许畏难辞避。倘因迟延贻误，惟李经方是问，李鸿章也不能辞其咎"。

官、民心中无国，清国的命运自然可想而知。回顾1840年以后的各种对外战争，除了左宗棠收复新疆算是赢了一场之外，清军基本每战辄北。鸦片战争输给英国，甲午战争输给日本，庚子事变输给八国联军。到后来，连国内的老百姓也不听政府使唤了，在辛亥革命中，清政权彻底输给了孙中山领导的革命党。

糜烂亡国，这是历史告诉我们的一个真理。

（原载《北京日报》2016 年 1 月 25 日）

日本知识界对"文革"的反应

刘 柠

1967 年 2 月 28 日，由三岛由纪夫牵头，川端康成、石川淳、安部公房四位作家联名发表了一份《关于"文化大革命"的声明》：

> 去岁中国之"文化大革命"，其本质实为政治革命。自百家争鸣的时代迄今以来之变迁，学术艺术的自律性无时无刻不受到变态的政治权力的肆意侵犯，作为邻国之侍弄文笔者，吾等实不忍坐视。
>
> 对于这种政治革命的现象，吾等断不至如某些艺术家那样，持故意保留的态度。吾等当超越左右任何一种思想立场，在此抗议对学术艺术的自由之扼杀，而对中国的学问艺术为恢复其本来之自律性所做的一切努力，表示支持。
>
> 吾等将学术艺术的原理，看做是与任何形态、任何类型的政治权力不同范畴的事物，于此再次明确：一切"文学报国"的思想，及与此同质而异形的所谓"政治与文学"理论——亦即最终把学问艺术作为政治权力的道具，凡此种种，吾等一致反对之。

声明的文本由三岛由纪夫起草，一发表便掀起了轩然大波，激起了"革新派"阵营极大的反弹。艺术批评家针生一郎第一时间在报纸撰文回击：第一，中国"文化大革命"的主要问题，并不在艺术对权力的维度上；第二，四位作家如果认为中国没有艺术的自由，而日本有的话，这种"傲娇"也未免过甚；第三，发表《忧国》《英灵之声》等作品，日益滑向本雅明所定义的"法西斯主义的本质"——政治耽美主义的三岛，借政治奢谈"艺术的自由"，是"滑天下之大稽"。针生断言，该声明无疑是三岛的"反革命策划"。果然，"随着三岛和川端的政治耽美主义的进一步暴露，二人相继自杀"。

（針生一郎『文化大革命の方へ』、昭和 48 年 12 月 15 日第 1 刷、朝日新聞社、78 頁）

不惜以政敌的人肉消灭来证明自己政治观点的正确，彰显了时代的张力。彼时，拥护"文革"，绝对是一种政治正确。60 年代中后期，日本也正处于"政治与文化革命"的"叛乱季节"，空气中充满了"革命"的味道，连高中生都坐不住了：越战的刺激与"考试地狱"的受害者意识联动，生发了对邻国"文化大革命"的共鸣。1966 年 9 月 6 日的《朝日新闻》刊登了一封十六岁高中生的读者来信。信中写道：

> 与我们同世代的中国年轻人，甚至连中学生都在为社会主义国家的建设而竭尽努力，指出他们的社会中的不公正，并痛加批判。这与净是些完全不关心政治，只热衷于跳猴子舞（Monkey Dance，1965 年流行于日本，舞姿粗俗狂野——笔者注）和成天被考试逼得在功课之外，全无从容可言者的我国相比，年轻人的差距简直是太大了。虽说红卫兵的行动，也不无可疑之处，但在关心政治这一点上，我们理应多多向他们学习。

当时二十八岁的社会学者田见宗介，曾采访过不同类型的高中生，了解他们对"文革"和红卫兵的看法（后写成论文《日本高中生如何看待红卫兵》，发表于《中央公论》杂志 1966 年 11 月号上）。除了那些进入考学塾，一门心思准备应考的学生，多数高中生认为："更需要红卫兵的是日本"，"至少我所没有的，日本高中生所没有的东西他们有"；"我觉得他们很棒，但也令人感到恐惧"。这些学生对事态的发展大多抱有一种共鸣：中国的青年人正试图改造一个被大人们弄脏、变得腐朽了的社会。而正是这些调查对象——"文革"初期的高中生，1968 年至 1969 年进入大学，成为"全共斗"运动的主体。在东大赤门前的大规模抗议活动中，最刺目的风景，莫过于与毛泽东的大幅照片一起被高高举起的"造反有理"的标语。这个中国"文革"中的经典口号，在一片"斗争""决起""粉碎"的标语海洋中，竟全无违和感。他们深信，正在邻国土地上延烧的"文化大革命"，是"世界同时革命的一环"。

当然，这些高中生究竟在多大程度上了解"文革"的实态，是一个问题。事实上，"文革"的动静虽大，但日本方面捕捉的有效信息着实有限。当时，绝大多数海外媒体被大陆"清场"，而《朝日新闻》则是奉特许留在中国境内的极少数"亲中派"西方媒体之一。朝日深谙这一点，也试图把自身的存在感打到满格："文革"初期，广冈知男社长挂帅，亲访北京。回国后，发表了题为《访问中国之后》（原题为「中国訪問を終えて」，朝日新聞1970年4月22日）的长篇署名文章，并作者的头像刊登在报纸的头版（分六次连载）。可这篇弥足珍贵的现场报道不仅未能赢得读者的认可，反而"差评"如潮——它没能如实传达"文革"的惨状，充其量是一篇"廉价的礼赞"。

但在"一边倒"的赞美声中，也不是没有清醒者。1966年9月，由评论家大宅壮一带队，七位当红的作家、评论家、新闻记者组成的考察组自掏腰包，赴大陆考察。历时17天，"走访了广州、上海、无锡、南京、天津、北京、武汉等地，与广州大学、清华大学的学子们交谈，还访问工厂，与工人们进行交流，采访解放军，详细记录了红卫兵运动情况"。（《战后日本人的中国观——从日本战败到中日复交》上册，（日）马场公彦著，苑崇利、胡亮、杨清淞译，社科文献出版社，2015年1月第1版，261页）在回国后发表的《大宅考察组的中共报告》中，大宅壮一——这位出了名的"毒舌"评论家看破了红卫兵被利用的幕后，称红卫兵运动为"幼齿革命"。小说家司马辽太郎起初是"文革"的肯定派，但访问大陆时，看到红卫兵砸孔子像，深感忧虑，遂转身成"文革"否定派。

促成日本知识界对"文革"看法的根本性转变的契机，是郭沫若表态。1966年4月14日，郭老在全国人大常委会上做自我批评："我以前所写的东西，严格地说，应该全部烧掉。"郭有留日背景，在日本名头甚大，被目为继鲁迅之后，中国文化、学术界当然的领袖，且彼时位居中科院院长和文联主席等要职，是接见日本文化界访华团的最高领导人。"大儒"郭老竟然重弹"焚书"论，其压力可想而知。对此，最先感知并视为"问题"者，是资深中国问题专家竹内实。他在同年5月22日的《朝日新闻》上发表《郭沫若的自我批评与"文化革命"》一文，表达了深深的不安："虽然不知道郭氏的真正目的，但巨大的'文化大革命'浪潮已经表现出对文化人的批判，不知会在何处与传统思想划一条严密的界限，而这种动向将会阻碍创造。"（《战后日本人的中国观——从日本战败到中日复交》上册，（日）马场公彦著，苑崇利、胡亮、杨清淞译，社科文献出版社，2015年1月第1版，252页）

紧接着，传来了老舍自沉太平湖的消息。而就在半年前，老舍还曾接受NHK的采访，对日本读者谈老北京文化和中共建政前后，北京市民生活的变迁。日人到底还是爱文化，特别是对老北京，内心始终抱有敬畏感。40年代初，西画家梅原龙三郎的著名油画《北京秋天》，经过吉川幸次郎、仓石武四郎和奥野信太郎等汉学家的"增幅"，已然定格在东瀛文化人的心中。而老舍，则是老北京如假包换的名片。老舍的"自戕"，令一些持文化保守立场的日本文人产生某种幻灭感。幻灭之余，出离愤怒，于是便有了翌年三岛由纪夫等四作家的反"文革"声明。

对此，以针生一郎为代表的来自"知识左翼"的阴谋论批判，应放在日本六七十年代"保（守）革（新）"对立的意识形态斗争的框架中来评价。否则，三岛和恩师川端的自杀，就真成"罪有应得"了。

（原载《东方早报》2016 年 1 月 17 日）

马屁的尺度

　　明朝的倒数第二个皇帝天启、史称明熹宗朱由校，是一个始终长不大的孩子。在他二十几岁的生涯中，有两个特征特别明显，一是一辈子心理上都断不了奶，因此对奶妈客氏极其依恋，无论礼法如何规定，客氏始终不能走。第二就是喜欢玩，别的都无所谓，只要能玩，玩得精巧，玩出花样，天塌了，都没有关系。这样一个人做皇帝，也没有什么奇怪，因为做皇帝这种天大的事，有时选择面相当窄，可以说没得选择，赶上谁，就是谁，哪怕他是个傻子，疯子，天下人也得忍。朱由校的爹，明光宗朱常洛命薄，做了一个月的皇帝，就一命呜呼，而他的长子就是朱由校，当然，按皇朝继承的规矩，朱由校是当然的继承人。

　　既然朱由校做了皇帝，由于他依恋着奶妈客氏和客氏那对硕大的乳房，而客氏的相好，却是一个目不识丁的太监魏忠贤，那么魏忠贤的专权，也就顺理成章了。客氏不是宫女，哺乳完了，就该出宫的，但由于皇帝离不开，所以，只能在宫里待着。住在宫里，正当盛年的客氏，当然也得跟其他有身份的宫女一样，找个顺眼的太监做相好。这样的关系，叫它菜户也罢，对食也好，反正没法有男女之事，无"荤"，只能是菜，没有床上之事，也只好相伴吃饭了。但是，由于宫里生活过于单调无聊，有伴儿聊胜于无，据说这样关系，还相当铁，彼此感情很深。

　　当初，客氏原来的相好，是魏朝，魏忠贤的哥儿们。讲身材，说年龄，论地位，都比魏忠贤要优越（当初魏忠贤已经年过半百）。但大概魏朝是年幼入宫，而魏忠贤是结婚生子之后自阉入宫，对于男女之事有过体验，因此对女人更有办法。后来野史因此而传说，魏忠贤其实没割干净，所以还能人事，因此对客氏格外有吸引力，这当然是想象，没有证据的。有人感慨道，如果当初客氏没有喜新厌旧，抛弃魏朝选择魏忠贤，那么明朝也许就不会有魏忠贤这样一个危害极大的权宦。其实，如果客氏选择了魏朝，魏朝就是魏忠贤；本质上，不会有太大的区别。

明朝的宦官专权，是空前绝后的。历代都有宦官专权，宦官混到封王的有，甚至操纵换皇帝的也有，但像魏忠贤这样，做代理皇帝，圣旨就是他的旨意，他走到哪儿，奏章和内阁的票拟就跟到哪儿，人称九千岁，遍地给他建生祠的宦官，还真的就没有过。不过，魏忠贤并没有三头六臂，也没有韬略深机，甚至智商不过平平。能做到这个份上，除了那个顽童皇帝的无限信任，关键是有人捧臭脚。魏忠贤的党羽，人称"五虎""五彪""十狗""十孩儿""四十孙"，后来挨整的，差不多将近200人。这些甘愿给一个阉人做干儿干孙子的，绝大多数都是进士出身，几乎都是标准的读书人。

跟多数自幼被阉入宫的太监不同，魏忠贤虽然出身贫苦，但入宫之前，已经接受了乡间的小传统教育，所以，一旦大权在握，他其实是很想做戏里演的姜子牙诸葛亮一类人物的，只是不知道怎么做。做不到，就一门心思希望人们说他做到了。明朝的体制，没有宰相，皇帝自己做宰相，但需要内阁来帮忙。所以，公文的批阅，得内阁先出意见，夹在奏章里，呈给皇帝，叫做票拟。然后由皇帝看过，修改定夺，用朱笔抄出来，这叫作批朱。而后来的批朱，都是秉笔太监代劳，在魏忠贤时代，就是魏忠贤说了算。既然魏忠贤有喜欢人家夸他的爱好，内阁的阁老们，尽管在明代有宰相之誉，地位很高，但也不能不顺着这个爱好来表现。上有所好，下必甚焉，不只是宫里的美女，男人也一样。话又说回来，凡是不顺着魏忠贤的阁老，都在内阁待不住。所以，内阁的票拟，凡是涉及魏忠贤，都是一片的马屁之声，什么词儿好说什么，什么词儿大说什么。把过去拍皇帝马屁的那些话，都一股脑儿用在了这个目不识丁的太监头上。这样的话，等发下来，就等于是皇帝的话。从来没有一个朝代，皇帝会对伺候自己的一个阉人，几乎每天都这样恭维。这样的奇迹，只能在魏忠贤时代才有。在魏忠贤得势之时，各地为他建的生祠，一共92座，如果明熹宗再晚死几年，估计生祠得遍及全国。各地生祠建成，文武大员率众官员跪迎魏忠贤的偶像，五拜三叩首，仅仅次于拜皇帝。跪拜时，口中喃喃，称能够执掌某事，全凭九千岁扶植。

有的时候，拍马屁光用形容词已经不够了，还得动点高规格的。这对于文人，一点都不难，有人说他"伟略高伊吕，雄才压管商"，见识比古之贤相伊尹和吕尚，即比姜子牙还要高一头，比春秋战国的两个大能人管仲和商鞅还有才。这样夸人，在古代已经是顶天了，没有什么人能承受得起，诸葛亮也无非自比管乐而已。可这样肉麻的马屁，魏忠贤居然帖然接受。还有国子监的监生，上疏请以魏忠贤配祀孔子，因为说魏忠贤重光圣学，其功不在孟子之下。他听了之后，也非常高兴。如果假以时日，他掌权的时间再长一点，还真的有这个可能，那些马屁精会把各地孔庙里孟子换成魏忠贤的。孔夫子地下有知，情何以堪？

自打有了阉人，尤其是有了宦官专权这回事以来，士大夫对于这些缺少男人关键零件的人，一向充满了鄙夷。别人干坏事也就罢了，没了那话的阉人也干，尤其是凭借皇帝的信任，干得一样热火朝天，真让人受不了。所以，历朝历代，虽然宦官经常得势，但作为士大夫公然拍宦官的马屁，多少还是有心理障碍，别的不说，自己圈里的说长道短，就让人受不了。说起来，明代是个特别讲究气节的朝代，程朱理学，已经成为官方的意识形态。但偏是这个朝代，士大夫之无耻，也创了纪录。

其实，人之为人，什么都有尺度，马屁没有。什么都有底，无耻没有。但是，高级的马屁，非读书人办不来的，高级的无耻，也是读书人的专利。只要权力能福人祸人，围绕着权力者，就肯定会有马屁。如果权力者偏好这口，那马屁就会升级。有些人读的书，学到的文才，也就有了用武之地，尽管让人肉麻，浑身掉鸡皮疙瘩，但拍的人，脸不变色心不跳，功夫了得！显然，在无限的权力面前，不是所有的读书人都讲礼义廉耻的。如果拍马屁成了升官发财的必备前提，拍马屁，自然就成了官员的义务。好在明末的读书人中，有依附魏忠贤阉党，也有不买账的东林党人，东林党人固然有点矫情，有点唯道德主义，但毕竟在大是大非面前，骨气还有，庶几没让读书人把脸丢尽。如果一个时代，只有阉党而没有东林党，那才叫尴尬呢。

（原载《湘声报》2015 年 12 月 18 日）

胡适的一枚"止酒戒"

鲁建文

1930 年 12 月，按中国"男做上，女做满"的传统习惯，是胡适的 40 大寿。一些好酒的朋友带上好酒、写好贺辞，一心要让胡适好好喝上几杯。一直不愿丈夫多喝酒的江冬秀却早有预料，于是有备而去，带上她特制的戒指赴会。当朋友一味为胡适斟酒时，她忽然上前向丈夫胡适送寿礼，并请钱玄同作为"证人"。胡适接过小小的礼盒打开一看，是一枚刻有"止酒"二字的戒指。在一旁敬酒的朋友看到后，不得不就此罢休。

似乎文人大都是好喝几杯酒的，胡适也不例外。他酒量不大，却很喜欢酒。朋友相聚，兴致一来，便不乏有喝醉的时候。据江勇振在《舍我其谁：胡适》中记述，胡适年轻时，在上海也曾有过"荒唐"的日子，与朋友一起喝酒、赌博、看戏、逛青楼，不仅因喝酒喝醉了打了警察被关进了监狱，而且还有过喝酒喝得差一点醉死的记录。梁实秋在《胡适先生二三事》中也讲述了这样一件事：胡适的一位朋友结婚，请他做证婚人，他感到很高兴。礼毕入席，酒兴已来的他，便要与朋友痛痛快快喝上几杯，不料酒过一巡便听说没酒了。他随即大呼拿酒来，服务员却因新娘是一位"节酒会"的成员感到为难。胡适便掏出一元现洋摆在桌上说："不关新娘新郎的事，我们几个朋友今天高兴，赶快拿酒来！"他的这一举动，把主人弄得十分尴尬，服务员只好连忙送酒上桌。由此我们不难看出他当年对酒的喜好。后来，其好酒习性得以控制，是在美国留学期间，并一度做到了滴酒不沾。

胡适喝酒大都是在与朋友相聚的时候。石原皋在《闲话胡适》一书中，就曾是这样叙说胡适从美国学成归来后的喝酒情况："在北京时，他平常不喝酒，遇到请客稍喝数杯。"事实上，随着名声日隆，朋友骤增，常常是饭局连连，应接不暇，加上中国人大都有敬酒习惯，他也不时出现喝醉的现象。梁实秋就曾这样回忆说："胡先生交游广、应酬多，几乎天天有人邀饮，家里可以无须开伙。"那些年，北京有名的饭店他大都去过，有时一餐还要吃上五六处，轮番跑场，忙得不亦乐乎。史沫莱特 1930 年致信胡适，还曾这样嘲讽他说："我注意到你们这个时代的圣人成天吃喝。吃喝会影响体形，体形会影响脑袋。脑满肠肥的圣人对中国一点用处也没有。请注意！宴席不断的圣人请注意！我一点都不觉得你是一个圣人。我在此处用这个字眼是嘲讽的意思。你的圣气一点都感动不了我。我把你留在我这里的上衣穿起来，发现那颈圈是超大号的了（意思是说胡适得了肥胖大头症）。"她在信中这样说，也许包含了两人价值取向的异同，但也说明胡适当时的应酬是很多的。

但据江勇振的研究，胡适也并非完全只是"遇到请客稍喝数杯"，也有过独饮、闷饮的情况。1925 年徐志摩去欧洲时，托胡适照顾陆小曼。其间，恰是胡适与江冬秀为了他与曹诚英的恋情弄得关系最为紧张的时候，闹得很不愉快。在这段时间里，胡适不仅独喝闷酒，而且还与江冬秀赌气互相牛饮，有时醉得一塌糊涂。陆小曼曾专门致信胡适，劝他说："别太认真，人生苦短，及时行乐吧。最重要的，我求求你为了你自己，不要再喝了，就答应我这一件事，好吗？"江冬秀的大姐江润生在给胡适的信中就把此事说得更清楚，她说："今晚接到二十九日你给我的信，读悉之下，我都知道了。我已经也有一信与我妹妹，内容是说我们思念她，接她南来住些时……恐她又与你搀扰。这炎热天气你们俩生气喝上二十碗酒未免有害卫生，至于身体关系尤大，大凡夏令天气，人的肺叶是开着的，你喝这么多酒如何受得住。"从以上两信不难猜测，那段时光，胡适恐怕是经常在喝闷酒，而且量还相当大。

对于胡适的好酒习性，亲戚朋友们尤为担心。事实上，此时的胡适也已经患上了胃痛、痔疮等多种疾病，显然与长期的喝酒不无关系。特别是痔疮，每月要发两三次。为了他的健康，大家都纷纷劝他少喝酒。1930 年 11 月，丁文江就连续两次致信胡适，劝他戒酒。他的第二封信写得很有意思，全文不长，不妨抄录如下。"前天的信想不久可以收到了。今晚看《宛陵集》，其中有题云《樊推官劝予止酒》，特抄寄给你看看：'少年好饮酒，饮酒人少过。今既齿发衰，好饮饮不多。每饮辄呕泄，安得六府和。朝醒头不举，屋室如盘涡。取乐反得病，卫生理则那！予欲以此止，但畏有讥诃。樊子亦能劝，苦口无所阿。乃知止为是，不止将如何？'劝你不要'畏人讥诃'，毅然止酒。"这信一月后便是胡适的 40 寿，江冬秀送与丈夫"止酒戒"指，不知是看到此信后受到的启发，还是她的个人独创。总之，不能不说别出心裁。

不过，从之后一段时间来看，无论是丁文江抄给的"止酒诗"，还是江冬秀送的"止酒戒"，并没有真正使他止酒。尽管也有过像访问青岛大学时，曾以戒指为挡箭牌，一点酒也没喝的情况，但从总体上来说效果不很理想。由此我想，对于止酒这个问题并非这么容易，恐怕今天也仍然如此：一是与社会环境有关系，大的环境不改变，大多数人的止酒可能只是一句空话；二是与自身的毅力有关系，自身没下决心，别人的努力是没用的。

（原载《湘声报》2015 年 12 月 25 日）

夏衍与猫

裴毅然

听说夏衍爱猫，见过他坐在藤椅上抱着猫的照片，不想他与猫还真有故事。

1978 年冬，刚刚复出的新任广东省委书记习仲勋，邀请周扬夫妇、夏衍、张光年、林默涵、李季等出席广东省文联成立大会，顺便游玩广州附近的七峰、六湖、三洞等风景名胜。大家正十分尽兴，夏衍忽然对周扬秘书露菲说："我想回去，回北京去。"露菲很诧异："怎么刚来几天，就要回去？"夏衍不好意思地笑笑："我想我的猫。"露菲只得向周扬汇报夏衍想回北京。周扬一时不明白夏衍为什么急着回京，露菲回答："夏衍想他的猫。"不料，周扬竟激动起来，热泪盈眶，许久才平静下来。露菲回忆此事时说："这事为什么使周扬同志如此动容，至今我也不明白。"周扬亲劝夏衍多留几天，夏衍却情不过，终于未马上回京看猫。

真正的故事是：1975 年 7 月 12 日，夏衍拄着双拐走出秦城，此时距离被捕已八年七个月。当然很感慨，1927 年 4 月中旬—1937 年 12 月 5 日，夏衍在上海长年从事地下工作，那么危险的环境，都没被捕，没进国民党的牢，而此次坐牢这么长时间，且被打断右腿，锁骨也被打断，眼睛落下严重损伤。

回到南小街南竹竿胡同，家里面目全非，小四合院已搬入七户人家，自己的家已"浓缩"为原来的客厅与两间北屋，且四壁空空，只剩一张破旧长沙发，院里亲手培植的花草不见了。站在萧索的客厅，夏衍一时都不认识自己的家了。女儿沈宁嘤嘤哭泣起来。

一家人正说着话，谁都没注意到夏衍脚边来了那只老黄猫。它已老病不堪，气力衰弱，见主人没注意到它，费力叫了两声，声音很轻，夏衍听到了。女儿叫起来："是博博。你被抓走以后，它就到处流浪，不大回家。好多年没有看到它了。今天它怎么就晓得赶回来接你呢？真是怪事。"

次日，博博就死了。一家人很悲痛，夏衍更是唏嘘不已，嘱儿子将老黄猫埋到院里的葡萄架下，尊为"义猫"。博博死后，夏衍又养了两只小黄猫，长毛起名"松松"、短毛唤"老鼠"。日记中详记小猫成长过程："11 月 23 日晨 2 时 20 分，'鼠'捕第四只鼠。11 月 24 日，晨 4 时半，'鼠'捕第五只鼠。"家里人说他：不可一日无猫。夏衍对猫很人性化，给它们充分自由，不许阉割，让它们上屋"自由恋爱"。春天，猫儿在屋顶上闹春，他的猫通宵不归，他会急起来，要孩子们上屋顶寻找，猫回来了，全家才安定。有时，夏衍甚至会与猫说话："你们昨天晚上是开会了吗？开得那么晚。""你们是在屋顶上开舞会吧，这么大声。"

周扬大概知道夏衍与老黄猫的故事，加上自己也在秦城蹲了九年余，才会如此情不自禁。

很早就闻知老狗识主的感人故事，不意老猫也如此忠诚。晚饭时，转述拙妻，不想她也说了一桩猫的故事。复旦文学教授陈鸣树先生在世时，我携妻去看他，那年他患三叉神经痛，痛得直流泪，家里那只老猫"丽娜"会伏在枕边替他舔泪。"丽娜"老死后，陈先生十分哀痛，亲埋院内。

（原载《羊城晚报》2006 年 1 月 6 日）

拿破仑：小丑或者伟人

鄢烈山

　　以色列的经济之都特拉维夫有个名列世界文化遗产目录的"雅法"古城，它具有四千多年的历史，既是地中海边的港口，也曾是军事要塞。"雅法"是希伯来语"美丽"的谐音，风景如画。

　　这个地方令我着迷的：一是地中海水的"惊涛拍岸，卷起千堆雪"，一浪一浪煞为壮观，肯定比苏东坡的长江赤壁气势大得多；有蓝天碧海的大背景映衬，自然比浙江的钱塘潮更美丽。二是奥斯曼土耳其帝国时期建造的那些阿拉伯风格的城堡房子，现在多为画家或工艺展销室所租用，连街道和园艺的布置都弥散着难以言表的雅致和欣悦。

　　而教我觉得搞笑的是，石砌的古色古风的长方形广场两头进口处，所立的拿破仑一世塑像。两尊没有基座而站在地面上的塑像，应该与他的真实身高差不多，不到170厘米；用材和工艺粗糙不用说，那神情不仅没有半点英雄气概，连电影《布达佩斯大饭店》主角门童的机敏劲也没有，就是将军衣冠、小厮的干活。希伯来语和英语双语文字，胸前方牌写的是"历史上的现场"；衣袖写的是"入口"，而 entrance 当动词用时又有"使惊喜"的含义。真是搞笑，在雅法人心中，拿破仑就是个小丑。

　　被世人视为大英雄的拿破仑，在当地人心目中的形象为何如此不堪？1799 年，担任法兰西共和国阿拉伯、埃及、叙利亚、印度方面军（东方军）总司令的拿破仑率师远征，与大英帝国争夺东方控制权，而在此地惨败，未能占领叙利亚，更遑论印度！帝国争霸战的胜败与当地人其实关系不大，轮不到雅法人以胜利者自居。二百多年过去了，当地人还这么嘲弄拿破仑而引以为快，很可能法军当年在这里真有奸掳烧抢乃至残杀俘虏的恶行，而雅法人世世代代不肯原谅。

　　"小厮"拿破仑的塑像，让人不禁想起巴黎罗浮宫那幅浪漫主义的名画——

《拿破仑视察雅法鼠疫病院，1799 年 3 月 11 日》，二者的反差太大了！

宫廷画家安东尼·让·格罗的这幅作品，无疑有写实成分。拿破仑的军队在攻打叙利亚的军事要地雅法时，全军流行鼠疫，情况十分严重；为此拿破仑下令，所有骑兵在行军中一律徒步，以让出足够的马匹来运载病号与伤员，并将重病患者安排住院治疗，还亲临病院探视患病的官兵。画家用史诗般的艺术构图，生动逼真的细节刻画，来表现和突出拿破仑的光辉形象和将士们对统帅的崇敬。

1821 年 5 月 5 日，拿破仑死于被流放的大西洋圣赫勒拿岛。1840 年 12 月 15 日，法国国王路易·菲利浦派其儿子将拿破仑遗骸接回后，隆重安葬在塞纳河畔巴黎荣军院；九十万巴黎市民冒着严寒前去迎接他的灵柩。多年之后，拿破仑也赢得了英国对手的尊敬：1855 年维多利亚女王携王储（爱德华七世）来到巴黎荣军院，女王让王储"在伟大的拿破仑灵柩前下跪"。巴黎荣军院离拿破仑灵柩不远的那头，院门外有片小广场，现在是举行欢迎来访各国贵宾仪式的场所。

法国作家维克多·雨果评价拿破仑说："他当然有污点，有疏失，甚至有罪恶，就是说，他是一个人；但他在疏失中仍是庄严的，在污点中仍是卓越的，在罪恶中也还是有雄才大略的。"

拿破仑功过说来话长，我想，他的伟大主要表现在两点：

一是提议和主持制定了《拿破仑法典》。这部民法典，汲取了法国大革命的思想成果，原则上承认平等，将《人权宣言》中关于财产权、名誉权等基本人权的概念具体化为法律规范，不仅影响法国社会至今，乃至影响欧洲和世界上众多"大陆法系"国家。正如拿破仑在圣赫勒拿岛口述回忆录时所说："我真正的光荣，并非打了那四十多次胜仗，滑铁卢一战抹去了关于这一切的全部回忆。但有一样东西是不会被人们忘记的，它将永垂不朽——就是我的这部《法国民法典》。"

也就是说，他的武功不足称道，文治造福天下。

二是，滑铁卢会战之后，宁愿接受失败，不忍让法国军民为本人的权位火中取栗。当时，大臣们，还有许多士兵和民众，强烈要求拿破仑专政，推翻议会要求他退位的决定，但是拿破仑拒绝动员军民继续交战，宁肯丢掉皇冠而被流放。这表明他征服欧洲和世界的狂妄是有底线的，他并未权令智昏，为了保持皇位而拿人民的性命赌到底。而这对英俄等敌国军民来讲，使他们从此免于万骨枯的血战也是功德一桩。

（原载《南方周末》2016 年 3 月 19 日）

托尔斯泰：我不能沉默！

唐宝民

一直以来，托尔斯泰在公众心目中的定位，就是一位"伟大的文学家"，想起他来，人们总会想到《战争与和平》《安娜·卡列尼娜》《复活》等不朽的经典，赞叹他那辉煌的文学才华。其实，除了文学方面的才华之外，托尔斯泰还拥有另一种可贵的精神品质，即挺身而出的正义感！

1908 年 5 月 10 日，托尔斯泰从报上获悉 20 个农民因抢劫地主庄园被判绞刑的消息，立即写文章进行抗议。那 20 个农民，他一个也不认识、和他没有任何关系，而且，他的抗议对象，是拥有数十万军警宪特的强大的沙皇政权。向这样一个庞然大物发出抗议，显然是极其危险的，然而托尔斯泰却坚定地表示："我不能沉默！"

他在文章中替这 20 个农民进行辩护，说他们并没有犯罪，说他们只是一群"不幸的、被欺骗的人"；相反，他指责整个专制制度才是真正的罪犯！他对政府对民众进行屠杀的野蛮行径极为愤慨，毫不留情地揭露了政府的欺骗本质："你们别说你们做的那种事是为人民做的。这是谎言。你们所做的一切肮脏的事，你们都是为自己做的，是为了维护你们的既得利益，为了实现不可告人的私人目的，为了自己能在那种你们所生存并认为是一种幸福的腐化堕落之中再生活一些日子。"他断言说："你们现在所做的一切，连同你们的搜查、侦查、流放、监狱、苦役、绞架……所有这一切不仅不能把人民引诱到你们意想达到的状态，而是相反，会增添愤怒，消除任何安定的可能。"

他当然清楚这篇文章将给自己带来的巨大危险，但他毫不畏惧："我写下这篇东西，我将全力以赴把我写下的东西在国内外广泛散布，以便二者取其一：或者结束这些非人的事件，或毁掉我同这些事件的联系，以便达到或者把我关进监狱，或者最好是像对待那 20 个或 12 个农民似的，也给我穿上尸衣……"这篇文章见报后，在社会上引起了轩然大波，令政府十分尴尬，当局恼羞成怒，逮捕了刊载这篇文章的报纸发行人和一些读者，但由于托尔斯泰是拥有世界声誉的文学家，当局不敢对他动手，只能在心中对这个多管闲事的老头子恨之入骨。

从 19 世纪 90 年代中期开始，托尔斯泰的写作明显增强了对社会现实的批判态度，早在他写出《论饥荒》后，沙皇政府就想将他监禁或流放，但因他拥有的巨大声望而中止。他感受到了危险的存在，却并没有停止批判：因沙皇政府镇压学生运动，他写了《致沙皇及其助手们一文》；第二年又致函尼古拉二世要求给人民自由并废除土地私有制；1904 年，他撰文反对日俄战争；他同情革命者，在革命失败后，他反对沙皇政府残酷杀害革命者，写出了《我不能沉默》……"'知识分子'一词在西方是具有特殊含义的，并不是泛指一切有知识的人。根据西方学术界的一般理解，所谓'知识分子'，除了献身于专业工作以外，同时还必须深切地关怀着国家、社会以及世界上一切有关公共利害之事，而且这种关怀又必须是超越于个人（包括个人所属的小团体）的私利之上的。"克列孟梭起草的《知识分子宣言》修正了"知识分子"一词的含义，所以有人指出，"知识分子"事实上具有一种宗教承当的精神。

对于知识分子来说，他的创作行为是否伴随着崇高的责任感，决定了其作品的精神向度和普世价值。艺术家不应该只醉心于自己营造的小天地里，不应该只在象牙塔里自娱自乐，他的创作，应该关乎道义、良知，应该关乎公平、正义，应该以强烈的责任感来关注周围的世界，对弱势群体进行人文关怀，并为他们遭受的不公正对待发出尖锐的呐喊，诚如奥威尔所言："在一个语言堕落的时代，作家必须保持自己的独立性，在抵抗暴力和承担苦难的意义上做一个永远的抗议者。"从某种意义上讲，沉默就是对不公正行为的纵容。爱默生认为："人文知识分子不应该把对知识的追求当作获取报酬的职业。追求知识和真理是不可能为他带来任何世俗世界中的物质利益的。他只能依赖另一些职业生存，例如，充当灯塔的守望者。"

晚年的托尔斯泰，其实就充当了"灯塔守望者"的角色，面对不公正的社会现实，他没有把"沉默是金"当成处世的金科玉律，而是发出了锐利的呐喊：我不能沉默！他也因此成为良知和道义的捍卫者，在历史的星空留下了绚丽的光芒。

（原载《湘声报》2015 年 12 月 4 日）

戈培尔与希特勒之比较

马亚丽

　　臭名昭著的纳粹德国宣传部长戈培尔，永远地被钉在耻辱柱上，提起他，人们没有一个好词来说他。对戈培尔，笔者想不能只停留在厌恶、憎恨、愤怒的层面，而要进一步地探讨他何以至此的各种原因，才能避免这样的人继续产生，使这种助纣为虐之人在历史的长河里永世绝迹。

　　戈培尔和那些莽汉打手有着巨大的区别，他是个有文化的人。他曾先后在波恩大学、慕尼黑大学、海德堡大学就读，学过哲学、艺术史、文学等，获得过博士学位。无论是哲学还是艺术文学都是能让人升起高贵灵魂，欣赏世间美的东西，在美好的艺术中，他怎么变成一个纳粹杀人狂？为什么他被希特勒异常欣赏？这都需要去思考。

　　最开始希特勒并不是戈培尔的崇拜对象，纳粹党北德派领袖格里戈尔·施特拉塞是他欣赏的人，为此与他合作。当时戈培尔在自己创办并编辑的《纳粹通讯》上发表的言辞，主张纳粹党与共产党和社会民主党共同开展征用贵族财产运动，将大工业和大庄园收归国有。知道希特勒对此十分不满后，28 岁的戈培尔在 1925 年 11 月的纳粹党汉诺威会议上大声说："我要求把这个小资产阶级分子阿道夫·希特勒开除出纳粹党。"像一个勇敢无畏的共产党员一样的戈培尔，当年就是敢这样去对待希特勒。令人没有想到的是，没过几个月戈培尔就来了个 180 度的转弯，于 1926 年 2 月完全倒向了希特勒。到了 8 月，戈培尔通过《人民观察家报》发表声明与施特拉塞决裂。

　　两个对战争感兴趣的人。希特勒于 1889 年 4 月 20 日生于奥地利，戈培尔于 1897 年 10 月 29 日生于莱茵区，希特勒年长戈培尔 8 岁，是同年龄段的人。戈培尔儿时患小儿麻痹症而致左腿萎缩，这个对战争有热望的孩子，在第一次世界大战时期被拒绝参军。道路被堵死了，无奈的他才选择了另一条自己不喜欢的道路。1907 年和 1908 年希特勒两次报考维也纳艺术学院，均未被录取。1914 年 8 月，希特勒入第 16 巴伐利亚步兵团服役。后来参加过伊普莱斯战役和索姆河战役，因作战勇敢而获得一级铁十字勋章，晋升为下士。

纳粹德国的两个疯狂打手。都说戈培尔被希特勒的演讲魅力迷倒，从而跟随他，今天看来戈培尔彻底转向希特勒，这绝不是一个根本原因。在当时德国大背景条件下，戈培尔与希特勒他们骨子里的东西，如他们的信仰、追求有巨大的相似性，同时他们找到了契合点：建立属于自己愿望的独裁王国。区别只在于一个有文化，一个没文化，有文化的人给没文化的人提供强大的理论支持和舆论力量。这让人想起中国的历史，每一个专制皇帝的身边都有那么一两个文化儒人在那里跟着效命。如果说希特勒是个凭武装得天下的打手，那么戈培尔就是凭文化得天下的打手。如果说他们二人是纳粹德国的两只手，那么他们共同的理念、追求、目标就是纳粹德国那颗疯狂的脑袋。

两个有艺术才能的人。他们都进入过艺术的领域，并有不一般的鉴赏能力。这也是他们能走到一起的很重要的原因。1921 年 4 月，戈培尔在海德堡大学犹太文学史家弗里德里希·贡道尔夫教授的指导下获得哲学博士学位。曾受到犹太导师辅导的戈培尔，在后来举起屠刀惨绝人寰地向犹太人杀去，这个导师如果知道了一定后悔，居然从自己手里走出一个博士杀人魔鬼。当然，戈培尔的博士文凭是货真价实的，绝不是"野鸡文凭"。单论戈培尔对欧洲音乐大师卡拉扬的欣赏与预见，就令人知道他是个真货色。在艺术上，希特勒绝不是一个只知挥舞战刀杀人者，1907 年和 1908 年希特勒两次报考维也纳艺术学院，虽未被录取，但也有一定的实力。后来他因了自己的绘画才能还自己亲自设计党徽。

两个做过宣传工作的人。1919 年 9 月，希特勒奉陆军政治部之命调查慕尼黑的"德国工人党"。希特勒在该党集会上的发言引起其领导人的注意后，应邀入党，成为该党负责宣传工作的委员，这一年希特勒 30 岁。戈培尔起家也是靠宣传，从 1926 年到 1929 年，戈培尔只用了三年的时间就坐上了纳粹党宣传部长的位子。从 1929 年到 1933 年 3 月，戈培尔坐上纳粹德国国民教育与宣传部部长的位子，这一年他只有 36 岁。两个干过同样事情又都不是草包的人处在一个环境下，只有两种情况，一种就是彼此瞧不起，互相坑害诽谤，一种就是互相欣赏，互相佩服。这点很让人思考。如果两个人之中有一个更有文化的，必然要服从那个文化差点的人。你可以去看看历史人物身边的事情。

两个同一天死亡的家庭。在他们知道彻底失败的情况下，他们有没有事前做过联系，今天无从知道，但他们确实在同一天自杀。5 月 1 日，戈培尔夫妇先让人毒死他们的 6 个孩子，之后让党卫队员从背后向他们开枪。4 月 29

日，希特勒与爱娃·布劳恩临死举行婚礼，写下"政治遗嘱"，5月1日3时30分，希特勒进入卧室用手枪自杀，爱娃服毒身亡。希特勒没有子女，如有也会像戈培尔的孩子一样的结果。他们这样的选择，无形中告诉我们：他们知道自己罪恶滔天，他们知道自己罪孽深重。当时还是历史都不会放过他们的罪恶。

（原载《杂文月刊》2016 年第 2 期下）

蔡锷与袁世凯

李新宇

一

2015 年是袁世凯"帝制运动"100 周年，也是蔡锷"护国战争"100 周年。百年之后回头望，让我想起了袁世凯与蔡锷的关系。

民国时期的"二次革命"，源自宋教仁被杀案。1913 年 3 月 20 日晚 10 点，宋教仁要从上海乘火车赴北京，因为大总统已经几次催促，要他进京共商大事。按照当时人们的估计，这大事主要就是要由宋教仁出任内阁总理。时间到了，黄兴、廖仲恺、于右任等一帮国民党要人陪他走向检票处，这时却突然有人开枪，宋教仁中弹被送往医院，抢救无效，至 3 月 22 日凌晨去世。

关于宋教仁之死，从 1930 年代国民党人主导编撰的教科书开始，就一直认定是袁世凯主使的。其实，凶手究竟是谁，至今还是悬案。

宋教仁死后，"二次革命"爆发了。当时的蔡锷是反对的，熟悉这段历史的人都知道。

二

1913 年 10 月，蔡锷进京之后，袁世凯对其生活等方面做了很好的安排。蔡锷过生日，袁世凯送了一万元。工作上，袁世凯给了蔡锷一系列职务，薪水加起来每月可领 5000 多块大洋。袁世凯经常见蔡锷，有时甚至是天天见，大事小事与他磋商。袁世凯还让他的长子袁克定与蔡锷拜了结义兄弟。

各种材料证明，袁世凯把蔡锷调到北京，是准备重用的，当陆军总长，当总参谋长，重建国家军队，都在计划之中，只是付诸实践的条件尚未成熟。事情不难理解，即使像袁世凯这样的人物，有些事也不能随心所欲。然而，袁世凯对蔡锷的重视有目共睹，别的职务不说，让他进了陆海军大元帅统率办事处，就足以证明。这个办事处只有6人，其他5人是：陆军总长段祺瑞、海军总长刘冠雄，还有萨镇冰、王士珍、陈宦。这是中华民国的最高军事指挥部，可谓中央军委。而蔡锷自己说了算的单位是全国经界局。对袁世凯的赏识和重用，蔡锷心中有数，而且给予了积极的回报。

到了1915年，袁世凯与蔡锷的关系出现了问题。

三

袁世凯准备改变国体，当然想知道一些重量级人物的看法。但袁世凯没有明问，蔡锷也没有直说。之所以如此，因为他们两人虽然相互尊重，却没有真正走近，关系有点夹生。究其原因，主要原因在蔡锷身上。蔡锷进京之后，袁世凯一直努力亲近他，但蔡锷的态度却让袁世凯有点摸不着头脑。比如，袁世凯对他非常关心，不仅送钱送物，连生日都记着，而且给他许多兼职。任何人都明白，那是大总统的特别关爱，因为一个兼职一份薪水。然而，蔡锷却在五份薪水中选了一份较少的领取，其余都没领。这让袁世凯怎么想？

再比如，蔡锷进京后第一次觐见袁世凯，身为将军，自然是一身戎装，一丝不苟。袁世凯送给他一件做工考究的大氅，并且亲切地跟他说：以后见面不必拘礼，穿便装就行。第二次召见，袁世凯却穿起了大元帅服，而且通知许多将官参加，大家提前到达，只等蔡锷到来。蔡锷正点到达，并没有按总统的吩咐穿便装，而是依旧着装整齐，马靴、手套、勋章一样不少。袁世凯的这一招，曾经在浙江的朱瑞身上用过，朱瑞真的身着马褂去见大总统，结果是尴尬得汗流颊背，而袁世凯也从此不把朱瑞放在眼里。袁世凯所用的，是考察人的常用方法，可以一下子看到许多方面，知道一个人是否有自知之明，是否知礼节，是否宜于亲近。有些人不宜亲近，给个鼻子就上脸，居高位者是不喜欢的。袁世凯努力亲近蔡锷，蔡锷却清楚地知道自己的身份和位置，半点不敢僭越。知分守分，显示的是一个人的自尊与自重。蔡锷谦谨自重，使袁世凯对他敬重有加。

然而，与这种谦谨自重的人交往，自身也必需谦谨自重。所以，面对年龄上是晚辈、职务上是下属的蔡锷，袁世凯一方面极力表示亲近，一方面却谦恭地称他"先生"。这种关系，很难说是蔡锷的成功还是失败。用句俗话说：他们把关系搞生分了。

根据中国传统，用人就要先收服。要收服人，无非几种办法：一是投其所好，满足他；二是乘人之危，救助他。这些办法袁世凯大都用过，但蔡锷的情况却不同：他不爱钱，不好色，没什么可以投其所好；他谨言慎行，不惹事，不犯错，你想在他困难的时候帮助他、庇护他，他不给你这个机会。面对蔡锷这样的人，袁世凯这个有办法的人没了办法。蔡锷的表现，让袁世凯不敢轻视，却只能尊敬，而不能贸然视为亲信。

在帝制运动中，袁世凯弄不清蔡锷的内心，蔡锷也弄不清袁世凯的内心。如果是好朋友，蔡锷就应该对袁世凯有所劝诫。可是，蔡锷没有劝。因为他不知道袁世凯的真实想法，却知道做皇帝对一般人的吸引力。恢复帝制的列车加速，蔡锷做出了一个判断：复辟帝制势在必行。既然如此，需要的就不是一般的反对，而是行之有效的阻击。谁来承担这个重任？英雄之所以是英雄，就在于置身历史的关键时刻，对自己有准确的估计，而且有足够的自信。这时的蔡锷已经是责无旁贷。既然如此，他就需要有所准备，不能暴露自己，在袁世凯面前，就更不能说真话了。

8月14日，杨度等六人联名通电全国，发表筹组筹安会宣言。第二天蔡锷就到了天津，与梁启超讨论了一夜。他们议定，由梁启超写文章公开反对帝制，然后蔡锷离京回云南，袁世凯什么时候称帝，云南就什么时候独立。

面对这段历史，我总在想，如果蔡锷与袁世凯的交往更坦率一些，如果他在关键时刻能与袁世凯推心置腹，直言反对帝制，帝制运动的列车会开出那么远吗？遗憾的是，他们都不直言，而是隔着肚皮猜。

（原载《湘声报》2016年1月15日）

唐太宗的"彀"

周　彪

　　提到唐太宗李世民，了解一点历史的人首先想到的是"贞观之治"。作为一任皇帝在 20 多年的执政生涯中能留下这么一段治国理政的华章，而且得到后世的公认，确实是非常了不起。有兴趣的话，去翻翻《资治通鉴》"唐纪"有关李世民的章节，其居安思危的意识、兼容并包的作风、虚心纳谏的胸襟、反躬自省的精神、实事求是的态度等等，能感觉到一个有血有肉的人穿越时空矗立在你面前，甚至让你生出这么一种判断，将他放在中国历史上的任何一个时代都是一个高大伟岸的形象。

　　不过我对李世民最感兴趣的不是他创造的"贞观之治"。此类盛世华章，他之前有过"文景之治"，之后也有"开元盛世""康乾盛世"。无论前篇后篇，大抵离不了民富国强、天下太平之流，关键是这般盛世多是昙花一现，基本上属于"断章残篇"，让后人浩叹长嗟。

　　我认为李世民留给后世最大的遗产是他的"彀"论，即《唐摭言》所载的"天下英雄尽入吾彀中矣"之掌故。"彀"论虽未载于《资治通鉴》但其识见颇合一代雄主唐太宗的身份。揽天下英才为我所用，并非李世民的发明，从周秦到汉晋，历代统治者都通过"举""荐"之道来选人用人，到隋文帝、炀帝父子时，正式实施了开科取士，即通过考试选拔人才，但科举制度化、规范化应始自李世民，他的"彀论"即为佐证。将开科取士的政治目的、功利目标定位得这么清楚准确，李世民当是第一人，这也表明李世民的确是一个具有雄才大略、深谋远虑的政治家。对人才，之前的历代统治者偏重于"选而用"，为皇家补充干部，随意性大；李世民则偏重于"羁而用"，为皇家储备干部，目的性强。用考试的方式将天下的读书人收罗到李家麾下、纳入到皇家体制之中，李世民可谓一石数鸟。隋末烽烟四起、遍地英豪中原逐鹿，读书人的能量与作用李世民心中有数，如何将他们体面地网罗起来，科举考试不能不说是一个消除社会潜在不稳定因素的高超手段。此其一。其二是李世民凭借玄武门之变，以屠兄戮弟的血腥手段夺得至尊宝座，再怎么说也不是一件光彩的事。把那些潜在的司马迁笼络到身边，高官得做、骏马得骑，出有车、食有鱼，谁还会真心替死去的人说公道话？史书上他那惨死的一兄一弟多以狠琐面目呈现，不能不说李世民的"善后"功夫做到了家。当然喽，历史是由胜利者书写的。但如果李世民如隋炀帝一般10多年就把大好江山弄得千疮百孔、遍地狼烟，自己也不得善终，谁还会替他隐恶扬善？只会是身后恶名滚滚来。说到底，还是他的"彀"做得好，把那些能说的、会写的、有思想的读书人纳入他的"笼子"里了。

将李世民的"彀"进一步完善的是武则天，当上女皇后的第二年，她增加了武举考试，给那些擅长舞拳弄脚、有点功夫的人开辟了一条进入皇家体制的通道。毕竟是当过李世民的生活秘书，耳濡目染，识见不凡，深得老领导思想的精髓，太宗给有智有谋之人编了个大笼子，女皇则给有力有勇之人安上了一个大枷锁，端的实现了"天下英雄尽入吾彀中"的大唐梦想。如果太宗和女皇的后代能按"既定方针"办，李唐天下估计能传之万世了。遗憾的是人亡彀异，越往后走，"彀"中收罗的英才日见其少，乌龟王八则日见其多。真个是"鸾鸟凤凰，日以远兮；燕雀乌鹊，巢堂坛兮"。到"屡试不第"的士子黄巢一声呐喊，英才云集，李唐王朝四百年的大厦呼啦啦土崩瓦解，公卿巨室亦被"碾为齑粉"。

唐太宗和武则天精心打造的"彀"终究无法兜住天下英才，是皇家专制体制的必然结果。一姓天下量才选才取才的标准缺乏恒定性持续性，必然产生"劣币驱逐良币"的效应，真正的英才难逃淘汰的命运。其次是皇家能提供的"板凳"总是有限的，能进不能出、能上不能下的机制，必然堵塞底层英才上升的通道，川壅必溃，最终是皇家体制为自己准备了掘墓人。历史总是惊人地相似，大唐玩完大宋随之、大明大清亦步亦趋，除了"演员"有别，过程与结局高度雷同。

古今中外的历史演变反复昭示，无论怎么花样翻新的"彀"，都注定其行之不远、作用有限，只有开放式的公平公正的选人用人机制，才能信人服人，才能真正达致国家机器的良性运行和社会的长治久安。

（原载《湘声报》2016年6月17日）

晚明李贽的铁粉

鄢烈山

李贽是何许人？明代著名的思想家，泰州学派的一代宗师。众多读者，是从黄仁宇那本畅销的历史著作《万历十五年》知道李贽的。这本结构别致的断代史，通过七章五个人物来展示那个悲剧性的时代。这五个人物除了万历皇帝、首辅申时行、"古怪的模范官僚"海瑞、"孤独的将领"戚继光，就是"自相冲突的哲学家"李贽。由此可见，李贽在那个年代思想文化领域的代表性和影响力。

事实上，李贽以四品高官而退休的身份、七十六岁的高龄，被皇帝下旨从寓居通州马家庄的病榻上逮进诏狱受审，也正是他的影响力太大了！礼科都给事中（七品言官）张问达弹劾李贽的奏疏写得明白："（他）壮岁为官，晚年削发，近又刻《藏书》《焚书》《卓吾大德》等书，流行海内，惑乱人心……倘一入都门，招致蛊惑……"

他的思想为什么会"流行海内，惑乱人心"呢？

首先，当然是因为他追求思想自由，敢想敢说敢写，道出了前人和别人未曾想到或想到了也不敢形诸笔墨的观点。说我是"异端"，那我就做"异端"吧！其实，他不过是反对"咸（全）以孔子的是非为是非"，孔子要是活到当朝，很多看法也会变化，"与时俱进"嘛。"以卓文君（同司马相如私奔）为善择佳偶"，是张问达列举的李贽"狂诞悖戾"的罪状之一，今天看来不就是婚恋观超前了一点吗？尽管如此，破除陈陈相因的思想禁区，比同代人的思想超前那么一点点，也是很了不起，很有吸引力的。

其次，李贽的影响力之所以那么大，与晚明刻印行业的发达，有很大的关系。他著述丰富，品类繁杂，基本上是写毕即有印刷，风行于世。

还有很重要的一条，就是众多知识精英对他的推崇备至。

本文特别想说的是，我研读李贽过程中最深的一点感慨：李贽居然有那么多"学位"比他高、官阶比他高的"铁杆粉丝"！对，是"粉丝"，即仰慕者，而不是心理上完全处于平等地位的"朋友"。

明代很看重"学位"，科举制度在明代达到历史上最完善的程度。由于穷境贫困，急于求职养家，李贽中举取得做官的起码资格后，便放弃了进京会试，到河南辉县做了县学教谕。尽管他的"学位"只是举人，但崇敬他的人里却不乏进士与翰林。这些高"学位"的粉丝里，现在最知名的当然是"公安三袁"。万历二十一年夏天，三兄弟同他们的启蒙老师一起从家乡专程到麻城去拜会李贽时，老二袁宏道已"举万历二十年进士，归家下帷读书"，而这是他第二次到麻城访学于李贽；老大袁宗道，是"万历十四年会试第一，授庶吉士，进（翰林院）编修"。另一个"粉丝"陶望龄，万历十七年以会试第一、廷试第三的成绩，授职翰林院编修，曾任给皇帝上课的"侍讲"及国子监祭酒（校长）；平生以"自得于心"为宗旨做学问，著作等身。

最相契的是状元出身的焦竑。此公是晚明杰出的学者、著作家和藏书家，其"澹园"藏书楼一直传存到1994年，南京修建同仁大厦才被拆。他比李贽年轻十五岁，是耿定向的得意门生，"定向（官督学时）遴十四郡名士读书崇正书院，以竑为之长。及定向（回湖广黄安县）里居，复往从之"。就是在黄安县耿家大院，焦李相识。及至"万历十七年，（焦竑）始以殿试第一人，官翰林修撰"，此时李贽与焦的恩师耿定向已分道扬镳成为论敌，但这丝毫没有影响焦李二人的关系，真乃"吾爱吾师，吾尤爱真理"。今天我们到北京通州区的西海子公园，所看到的"李卓吾先生墓"题碑，就是焦竑的手迹。

就官位而言，李贽54岁辞官归隐时，最高职位是四品知府。而他的"铁粉"里至少有四个是总督，且都是进士出身，刘梅顾三人《明史》里有正传。

第一个刘东星。两人相识于武昌，李贽被论敌耿氏的门徒雇用的流氓围攻于黄鹤楼下，时任湖广左布政使的刘东星将他接到衙署保护。后来刘升任河道及漕运总督，驻节山东济宁时又请李贽去暂住。自从武昌相识，就请李贽辅导其子刘肖川读书；在他居留山西沁水老家时，请李贽到山西供养，切磋学问，二人可谓亦师亦友，情逾兄弟。

第二个是梅国桢，湖广麻城望族。有人诋毁李贽与他寡居学佛的女儿梅澹然有染，他不仅不迁怒，还邀请李贽到他的总督（宣府、大同及山西军务）府做客讲学。

第三个是汪可受。他去刘东星家乡拜访李贽时，还只是山西学政，他总督蓟辽时，李贽已去世。多年后他到通州凭吊李贽，与友人商议怎么纪念这位横死的钦犯，这种发自内心的真情非寻常人可比。

还有一个叫顾养谦，是李贽在云南做知府时的上司。李贽退休后在湖广处境不顺时，他曾邀请李到镇江焦山相聚，发倔的李贽不甘示弱于人，谢绝了邀请。

这几位总督都是有良好政绩政声、有著述传世的人物。冯梦龙的《智囊全集》载有梅国桢巧治宦官的故事；《聊斋志异》有汪可受三次转世的传说，今天我们到西安参观"关中书院"旧址（一间中学），仍可见汪可受题名的手迹。

这些"高知"和高官对李贽真心尊崇称誉，以及他们为李贽刻书的慷慨解囊，对李贽思想的传播和影响力的扩大，其作用之巨是不言而喻的。

纵观明朝，是中国皇权专制达到最极端的时代，朱元璋之后根本不设宰相，"刑不上大夫"变成了可以在午门打大臣的屁股。然而明代的另一面也是事实，士大夫重节操，直言敢谏之士前仆后继，不惧撄逆鳞的何止一个海瑞！士大夫不敬官位敬学问，所以才有煮盐工出身的王艮，初见巡抚王守仁而不肯下拜，最终成了阳明心学的首席大弟子；所以，才有李贽这样的"异端"思想家，如此被众多高知加高官推重。李贽与曾任巡抚的耿定向及其门徒论战时，他曾自豪地说，若官大学问大，则孔孟不得开口！

无论如何，一个社会不只看重官位，而更尊重有独特见解的思想者，这点总是可取的吧？

（原载《财·赋生活》杂志 2016 年第 2 期）

商鞅打开了潘多拉魔盒

黄　波

少年读书时代历史课本里的一个故事让我至今印象深刻，说的是战国时期，某位改革者想变法，但担心民众对新法令缺乏信任，于是在国都的南门立了一根木头，召募能将此木移置北门者，赏钱"十金"。这么简单的事情居然能得官府高达"十金"的赏钱，人们将那根木头围得水泄不通，面对着政府的布告议论纷纷，"民怪之，莫敢徙"。眼见人们在一种疑虑不安的氛围中不敢应命，政府干脆将赏格提高到了五十金，这时终于有一个农民抱着姑且一试的心态揭下了政府布告，完成了任务，结果当场就领到了政府的五十金赏钱，欢天喜地地走了，留下一群懊悔不迭的旁观者。

这个历史人物就是战国时期秦国的改革家商鞅。"立木取信"的故事出自《史记》，因为区区五十金，商鞅推出的新法令在民众中间获得了很高的权威，改革成果丰厚，使原本处于西鄙边陲之地的秦国成为强国。"民无信不立"，商鞅的故事让一个价值观正处于塑造之中的少年心潮澎湃自在情理之中了。

历史课本里当然也讲到了商鞅的结局：等到秦国新王登基，在锐意变法过程中得罪了较多权贵的商鞅被诬指谋反，车裂而死。一个讲求信义的改革家，功劳如此之大，而结局却又如此悲惨，这种强烈的反差使商鞅一度成为我最景仰而又最为之悲慨的历史人物。

作为教材，历史课本的单线条难以避免。真实的商鞅则远远不是这么简单了。

关于商鞅的史料主要只有两种，一是《史记》，二是《商君书》。《商君书》不是商鞅本人的著作，只是其治秦时的法令和言论，另外掺入了其他一些法家人物的文章，但思想实为一脉。

从这些史料中可以看出，商鞅似乎并不能算是一个讲求信义的人物。他原本是卫国公子，由于秦国求贤，试着到秦国求见秦孝公，先陈上一套"帝道"理论，秦孝公昏昏欲睡，第二次遂变为"王道"理论，孝公的反应稍好了一点，第三次，进以"霸道"理论，孝公大悦。显然，商鞅的理论原无定见，是可以根据人主之嗜而投其所好的。像这样一个人物，怎么可能把信义放在第一位呢？所谓"立木取信"，究其实，不过是一种诱使民众听从号令的手段罢了。

对历史人物不宜于细处苛求，商鞅真正让人可怕的地方还不在这里，而是他的经济思想。讲述中国经济思想史的学者都把商鞅的经济思想归结为三个字，即"农战论"，这自然是没错的，《商君书》里明确说过，"国待农战而安，主待农战而尊"，"国之所以兴者，农战也"。

"农战"，第一是"农"，第二是"战"，看来商鞅首先是一个重农的思想家，其次他重视战争，主张通过兼并战争使秦国富强。但这个印象很可能并不正确。商鞅的口号是"农战"，实质其眼里只有"战"一个目标，他之所以重农，完全是因为农业生产成果可以供给军需，而农民又是士兵的主要来源。易言之，"战"是目的，"农"不过是为"战"服务罢了。

不仅"农"应该服从于"战"，为"战"服务，经济社会生活的任何方面，都必须以"战"为唯一目的。商鞅强调以国家法令提高士兵地位，又推出一系列奖惩的法令，其标准只有一个，即是否能够充分保障兵源，可以更有效地驱使士兵效命疆场。因为眼里只有战争，商鞅还主张堵塞农战以外一切可以获得名利的手段，这样，追逐名利的人们就只好跟着商鞅的指挥棒，要么去打仗，要么为士兵提供充足军需而安心种地了。

以战争为唯一目的，其他一切都是手段，用现代观点看，这是一种典型的国民经济军事化理论。辞书上关于国民经济军事化这一概念的定义是这样说的，"指帝国主义国家为了维持国内统治和进行对外扩张，把大量人力、物力和财力用于军事目的，使国民经济沿着军事需要的方向发展"。商鞅生活于公元前 300 多年的战国时期，要不要争一下发明权自然是一句闲话了。但毫无疑问，如果商鞅争到了发明权，那他打开的应该是一个潘多拉魔盒。

（原载《证券时报》2016 年 7 月 1 日）

古代贪腐的层级

理　钊

　　中国的历史长，朝代更替多，积累下来的事情自然也就多，比如贪腐现象，几乎在古代中国的每一个朝代里都存在过，与贪腐相伴的反贪腐，自然也有过轰轰烈烈的动作，有些做法至今还为一些人津津乐道。比如明朝初年朱元璋的整吏治，清朝初期雍正帝的清官场，都做得动静很大。朱元璋甚至把惩赃官的手段推到了极致，对贪官赃吏剥皮揎草，制成人偶放置在官衙的大堂上，以警示后来的官吏。这种敲警钟的做法，可谓前无来者，后继绝人，官衙里放着这样一个"警钟"，后任者岂不整日毛骨悚然？

　　从明清二季的历史看，一个值得注意的问题是，为什么一个朝代初始，天下甫定，便出现了大面积的贪腐现象呢？另一个问题是，这样惊心动魄的反腐做法，为什么没有把贪腐从其权力系统中完全地清除出去，反而一而再再而三地出现呢？也许有人会说，正是由于朱元璋和雍正帝在朝代初定时便大规模地反贪腐，才使其政权运行了二三百年。这似乎也有道理，但更重要的是，明清时期，中国还是农耕为主的社会，生活的节奏慢，另外依照亚里士多德的说法，亚洲民族奴性强，"宁做太平犬，不做乱离人"。只要还能一息尚存，便不会去做推动改朝换代的事。明代嘉靖帝二十年不理政事，朝野岂不是也相安无事么？恐怕这才是明清两朝能在贪腐中维系数百年的根本原因。

　　有一个根本的问题是，不论中国古代的社会是一个怎样的"超稳定结构"，其中每一个朝代的倒掉，被后来者替代，其中的原因还是与其政权系统中弥漫并不断升级的贪腐有关。这个"贪腐"，随着一个权力系统的延续，沿着一定的层级，不断地向更深处发展，直至这个权力系统的终结。

　　总起来看，古代的贪腐，大致是沿着这样的三个层级向深处发展的。

　　最低的层级是贪污国帑，收受民财，总之是以弄钱为主的。读史便会发现，古代政府很少有大规模的工程建设，疏河道、修堤堰之类的大型工程，不是经常有的事情，各级官员大致有两项权力，一是收税赋，二是断官司。而弄钱的路径也就以此两条为主。收税赋方面的名目，无非是多收少缴，从中截流，比如明清时地方官吏常用的"脚踢淋尖""折色火耗""包荒升科"等。清初，雍正反腐时，将"折色火耗"提交省库，再平调发放给各级官员，名为"养廉银"，即"耗羡归公"，结果，旧的"耗羡"未除，又增新耗，倒是肥了各级官员。据一些史料载，如此以来，一些官员即便不贪不受，一任下来也有五万银子的进账，"十年清知府，十万雪花银"，并不全是夸张。弄钱的另一个大头，便是断官司，"衙门口，朝南开，有理无钱莫进来"。翻翻史料，此一项贪腐，恐怕是难以尽述。

读史，常看到"卖官鬻爵"之说，其实，官爵的最大卖主是朝廷。古时官员的任命，无论大小，凡有品级的，名义上的任命权均在皇上手中。宋明以后，官员的选拔以科举为主，辅以捐官，但收入均为朝廷所有。所以，所谓的"卖官"，不过是皇帝的宠臣近侍，收了钱财后，起一个向皇上举荐的作用，收一个"过手费"罢了。总之，贪腐在这一层级，无非是盘剥搜刮，目标是以银钱为主的。

贪腐久了，大约是银子收得多了，手头已有了足够的积蓄，爱钱的程度便会降低一些，开始着意于黄白之外的东西，比如美色。这里的"美色"并不只限于"美女"。古代的官场上，对于官员与美女的束缚，是很宽大的，几近于没有。比如明清时期，虽然国家把儒学中的理学一派定为"国教"，而理学又讲"存天理，灭人欲"，在女人中推行"饿死事小，失节事大"，但对于男人，包括讲理学的权贵，只要自己有财力，是不限女人的，除正妻之外，还可蓄妾纳妓，用的名目是多生子嗣，以行孝道。官员们出巡，下级以美女侍奉，也是常礼。所以，这里的贪"美色"，除了女人外，还指古玩字画、奇珍异宝之类。这些东西没有多大的实用价值，主要以平时把玩，愉悦精神为主。嘉庆扳倒和珅之后，看看查抄来的物品清单便可明白，据说有些东西，连皇宫里面也是没有的，有的也比宫里的美而大。这个时期，银子自然还是要收的，但美色也收得起劲。所以，贪腐到了这一层级时，官场上下，江湖内外，举凡有心贿赂，攀附结交的，便挖空心思，"吾将上下而求索"，总要弄来异常精美的奇物，才能收到很高的贿赂效益。这个时候，庙堂内外是何等模样，想想可知。

再向前进，贪腐便上升为"权权交易"了。古时的权柄名义上虽为君王所授，但这个权力系统运行得久了，系统内部便出现了权力与权力的相互交结，贵族豪门之间，同乡同门同年之间，总在用一些名目，比如结亲联姻，或者是你举荐我的儿子，我推举你的快婿，相互紧紧地联结在一起，互为联络，彼此依靠。就这样牵三扯四，慢慢织就一张权力之网，笼罩在平民百姓的生活之上。《红楼梦》中小沙弥送给贾雨村的"护官符"，便是这张网的写照。有了这一张网的照应，权力系统内的人差不多便可以为所欲为了。王熙凤只是为了显得体面，就接了尼姑的请托，借了贾琏的名义拟一封书信，派一个家仆星夜赶往西安，便平了一件官司。试想一下，当这张网内的人，在涉及自己的利益时，又会有什么样的威力呢？清末苏南有一件闹得风满全国的杨乃武与小白菜案，七审七覆，说到底就是余杭县知县被一张两湖同乡的关系网给包住了。也就是说，贪腐到了这一个层级，百姓的头上不再是青天，而是由这张网所结就的"天花板"，别说受了冤情去伸张，就是身板也不好挺直了。

随着权权交易的加重，这张网越结越紧，越结越密，看上去权力的网纲虽然仍攥在皇上手中，可他的诏诣，有时也未必能顺畅地传达至全部"网眼"的。唐玄宗时，李林甫执政，新丰县县丞便拜在其门下，很得其欢心。有一次玄宗见过此人后，不喜，说此人我用不着。皇上一言既出，这位县丞似乎该回家休息了，不料李林甫却将其调至万年县任县尉。万年乃京县，实际上不降反提了。读史，有时候对皇上办一些事情，比如调查一件案子，查明一宗事情，往往要依靠自己派去的钦差，甚至还要选身边的阉官充任而不解，现在想来，恐怕就是权力系统贪腐到最后的层级时，皇上办起事来也有些力不从心了。

古时的贪腐，如此一层层地下来，结果怎样呢？就是中国的历史书竟有了二十四史之多，此外还要加一个清朝的。

（原载《杂文月刊》2016 年第 7 期）

真相难寻

——《朱东润自传》读后

魏邦良

朱东润先生是我国著名文学史家。在《朱东润自传》这本书中，朱先生向我们揭示了一个触目惊心的现象：高校内部的派系纷争。

1929 年，朱东润应聘赴武汉大学任教。当时，武汉大学的校长为王世杰，教务长为王星拱。学校分设四个学院，文学院院长闻一多，法学院院长皮宗石，理学院院长王星拱，工学院院长石瑛。每院中又有实权派人物，如文学院的陈通伯，法学院的周鲠生、杨端六，工学院的赵师梅等。由于法学院是武汉大学的重心，而法学院的几位重要教授都是湖南人，所以他们成了武汉大学的重要一派：湘军。

闻一多虽为院长，但非湘军嫡系，难免不被排挤。他不得不辞职。

不久，王世杰出任教育部部长，教务长王星拱担任校长。王星拱出身安徽，他提拔了一批安徽人担任要职。这样一来，武大内淮军崛起，湘军的力量被削弱。由此，派系争斗趋于激烈，学校开始走下坡路。朱东润如此感慨："这一切虽没有表面化，内部的斗争已经把这所大学的发展前途搞垮了。一座新兴的大学由于内部斗争终于变得生气索然。"

朱东润在书中说，陈通伯推荐叶圣陶去武大做教授，淮军便将其目为眼中钉。中文系的刘主任特意安排自己的得意门生做叶的助教，其实是变相监督叶。这位助教也很"敬业"，把叶圣陶授课时的口误一一记录在案，再交给中文系刘主任，作为叶学问"不通"的证据。

叶圣陶的日子越来越难过了。刘主任想方设法对其排挤，一学期给他排了三个班的大一国文，另外两个教师却完全赋闲。叶圣陶气不过，就问刘主任："新来的黄先生、徐先生为什么不排大一国文课？"刘主任答："这哪能比啊？人家是专家啊！"

朱东润笔下的这位给叶圣陶小鞋穿的刘主任，就是当时中文系的台柱子——黄侃高足刘博平。而在当时朱东润同事苏雪林的眼中，这位刘先生，不仅学问渊博，脾气也温和："刘博平先生虽为我们的系主任，我和他接洽之事极少，见面机会也极少，对他的为人，实不深知。但我觉得所难得者，他虽为某名公的高足，只接受了某氏的学问，却没有传染某氏的习气。某氏的佯狂自放，玩世不恭，白眼对人，使酒谩骂诸事，流传于世，人皆以为美谭，我则厌恶已极。过去我也曾认识几个某氏门下氏，多少都有这种恶劣习惯。博平先生则完全不然，只是诚诚恳恳的做人，朴朴实实的治学，若说他是章太炎的学生还有点像。"

　　苏雪林眼中的温雅君子在朱东润笔下却成了小鸡肚肠、党同伐异者？孰是谁非，颇费思量。

　　吴鲁芹是当时的外语系学生，他在后来的文章中告诉我们，当时不仅刘博平，还有其他一些老先生，对叶圣陶都有"不敬之心"，主要不是因为他们分属不同派别，而是叶没有大学文凭，没有学术专著，遇到一些典故，还得求助于《辞源》《辞海》——在这些老先生看来，这些典故，并非僻典，国文老师早该熟悉。

　　其实，即使在当下的高校，没有博士文凭，没有学术专著的老师，恐怕也不得不接受备受冷落的边缘角色吧。何况当时的叶圣陶连本科文凭都没有，刘博平这样"血统正宗"的学者瞧不上他恐怕不能归因于派系之争吧？

　　在自传中，朱东润还讲了刘主任做的另一件不光彩的事。朱东润告诉我们，刘主任将叶圣陶排挤出局，开始放手重用自己的亲信。他请来的一位专家，一直无课可代，恰好当时的重庆教育部颁布新章，提倡在大学中文系开传记研究。刘主任是专门研究《说文解字》的，对"传记"似懂非懂，又耻于下问，竟想当然地认为传记在古文范围内，便让那位徐专家开设传记研究课，从韩愈、柳宗元讲起，自然是大闹笑话。

　　程千帆当时也在武汉大学任教。他在晚年口述的一篇文章中说，朱东润这番话完全是开玩笑，真实情况并非如此。

　　朱东润所说的这位专家，是章太炎的弟子徐哲东，原系中央大学的讲师，到武汉大学时已升为教授。关于开设传记研究课这件事，程千帆口述如下：

　　"朱东润先生当时在武汉大学，刘博平先生当系主任，朱先生教文学批评史，博平先生的学术思想比较守旧，认为文学批评可以不必修。徐哲东先生应聘到武大，人还没有来，要开学了，博平先生是系主任，就替徐先生开列了一些课，其中有一门课是传记文学研究，这是当时教育部选课的课程。徐先生到了以后，看到这个课表说，我以前没有教过这个课，是不是暂时开别的课代替。他同刘先生商量后，就决定开个韩柳文研究，因为他原先在中央大学教这个课，中央大学的《文艺丛刊》里面还有他的《韩集诠订》这样的专门著作发表。"

程千帆还说，当时朱东润出于"开玩笑"，将此事写了篇杂文，发表在重庆的《星期评论》上。"朱先生的杂文说，大学里面也很特殊，传记文学怎么开出韩柳文研究来了？是不是把讲《郭橐驼传》和《永州八记》变成了传记研究？"徐哲东看到此文，恼怒之下竟然准备诉诸武力。"徐先生看到后很生气，说：他的嘴巴很巧，我可不会讲，但是我会打。我要打他，我打的人不是我治还治不好。"结果是："东润先生就很狼狈"。在教师休息室里，徐哲东在里面，朱东润就不敢进去，后来在法律系教授刘经旺劝说下，徐哲东才放弃用拳头出气的念头。说完这段公案，程千帆来了一句颇有意味的画龙点睛的话，"这些轶事，朱先生自传中没有提及，知道的人现在不多了。"

胡适认为，传记文学写得好，必须能够没有忌讳，"忌讳太多，顾虑太多，就没有法子写可靠的生动的传记了"。

朱东润先生写这部自传，看来还是"忌讳太多，顾虑太多"，对于一些不利于自身形象的材料，要么偷工减料，要么一舍了之。所以，对他这部自传，我们不可不信，但也不可全信。

(原载《湘声报》2016 年 8 月 26 日)

与胡适研究相关的一些事

谢　泳

　　如同鲁迅研究一样，胡适研究在中国不是一个纯粹的学术问题，它和思想有关。"左"的时候要鲁迅，"右"的时候要胡适，直到今天，胡适也很难说是一个正面人物，但胡适在学界和一般读书人中的形象，早已还原到了纯正学人的地位。他是中国现代一位令人尊敬的学者和思想家，也是一位有自己独立人格的知识分子。

　　还原胡适在中国大陆形象的努力，主要不是来源于职业历史研究者，而是自由思想界一些对思想变革敏感的人。当然，这并不意味着对职业历史研究者学术工作的否定，他们在还原胡适真实历史形象中的学术工作同样令人尊敬，但因为历史意识的自然延续，他们在还原胡适思想和人格的过程中，总是要否定胡适思想的重要方面再肯定他的其他学术工作，完全自觉将胡适视为一位伟大历史人物的判断还没有建立起来，所以中国大陆早期为胡适研究做过重要学术贡献的学者，早年几乎都是批判胡适的。

　　客观地说，胡适形象的还原，起点还是建立在职业历史研究者的史料工作上，比如早期《胡适往来书信选》和稍后《胡适遗稿及秘藏书信》的出版等，至少我自己对胡适的认识，得益于这些史料的整体出版。

　　1989 年之前，我主要的学术兴趣是在中国当代的报告文学方面，比较关注戴晴、苏晓康、钱钢、胡平、张胜友等人的报告文学创作，但和一般文学评论不同，我选择了知识分子角度。那时关于严格意义的知识分子理论刚刚介绍进来。1989 年之后，我不再继续这一工作，把学术兴趣转移到了储安平和《观察》周刊以及稍后的西南联大研究上来，在这一过程中我比较多地接触到了关于胡适的史料。

　　上世纪 90 年代初，内地关于胡适的史料还很少，我只能求助于港台。当时太原山西省新华书店有一家内供部，可以提供一些经过审查的国外和港台来的图书，恰好我在这里有个熟人，所以先后买到了一套远流版多册的《胡适作品集》，后买到了一部胡颂平《胡适之先生年谱长编初稿》，我还介绍韩石山先生买了一套。这些书以当时的书价判断，可以说相当昂贵了，印象中《胡适作品集》要700多元，胡颂平这套近千元；当时还有《胡适的日记》手稿本，实在买不起，只要了一套《王世杰日记》的手稿本，大约是900多元。韩石山先生经济情况好，开始也没有要《胡适的日记》手稿本，我们当时用山西大学图书馆的藏书，可能后来感觉还是不方便，韩石山先生执意自己要购一套，而我自己则因为经济情况错过了这个机会，当有了这个经济能力，则再也遇不到此书了，曾让一位台湾朋友留意，但终于没有结果。所以胡适的书，包括那套胡适纪念馆印的线装手稿本，我大都有了，但胡适日记的手稿本则再也未见。

90年代初，网络还没有普及，想要得到一些胡适研究的史料并不是很容易。我记得当时河北有一家《旧书交流信息报》，可刊登求书广告，我为了有一套《胡适来往书信选》，曾多次在上面刊登信息，并由此结识了后来为胡适研究做了很多工作的荆州程巢父先生。

我本来想在胡适研究方面做一点工作，但读胡适一多，很快发现自己可能一生也没有这个能力，一是中国古代的文化知识，特别是佛教方面的知识有限，二是英文方面的知识。我虽然早年学过三年英文，但说实话，我的英文水平极差，而理想的胡适研究者，对这两方面的要求都很高，所以我后来只能努力做一点胡适生平方面的史料研究，而且越往后，越感觉要涉及大量的英文史料，所以最后连原来计划写一本胡适传记的想法也打消了。现在我决心做一个胡适研究的欣赏者，观察那些好的胡适研究成果，分享这些研究者的学术快乐。

我在胡适研究方面，只写过两三篇论文，其他多是些鸡零狗碎的小文章，略有可说处实在很少。

过去有一个流行的说法，可能来源于毛泽东，说鲁迅的骨头是最硬的，而胡适则是奴颜媚骨。人有惰性，对于流行的东西，很少细想。后来我写过一则短文《胡适的骨头也是硬的》，此文流传后，读者可能会慢慢往别处想，感觉我的判断还有道理，因为此文是顺着评价鲁迅的话说的。我在文章标题里还加了一个"也"字，现在看来，这个"也"字也多余了。

还有一则《胡适没有说过这样的话》。1954年批判胡适的时候，也有一个流行的话，认为胡适说过"历史是个任人打扮的小姑娘"，其实胡适根本没有说过这个话，他只是在讲哲学问题时用过一个类似的比喻，而且比喻中用的也不是"历史"而是哲学术语"实在"。胡适是很有历史感的人，一生行事极重证据，他如何会说那样的话。这则小文在报纸刊出后，一般人就不再认为那句话是胡适说的了。

大约是上世纪 90 年代中期稍晚，广州林贤治兄写了三大本《人间鲁迅》，在北京三联书店开讨论会。因为此前我在《黄河》杂志发过贤治兄几篇长文，他约我参加。参加讨论的多是贤治兄的老朋友，我记得有邵燕祥、钱理群、王富仁、王得后、张梦阳等先生。我在会上也讲了几句，算是提出问题。简单说就是鲁迅为什么会被利用？而胡适向被认为是补台的，为什么不利用胡适？因为参加讨论会的多是鲁迅研究专家，我的这个判断没有得到认同，后来我就此还写过一则短文，但这个问题其实也还没有彻底解决。

2003 年，贺雄飞约我编书，我答应编两本，一本是《胡适还是鲁迅》，一本是《胡风还是舒芜》，前一本顺利出版了，后一本则出版商就没有看中。"胡适还是鲁迅"？这个书名其实延续了我过去对胡适的评价，虽然是一个设问的句式，但读者看得出我的倾向在哪里。此书在当时有影响，因为胡适的形象还没有完全得到正面评价，所以读者可能感觉到有一点思想的冲击。

2004 年夏天，因为刘钝兄的关照，我到中科院自然科学史研究所做了一年访问学者。在北京这样的地方，我平时最喜欢的就是去旧书摊。当时清华南门附近有一家名为"合众书局"的旧书铺，我经常去闲逛。有一天看到了一套《胡适思想批判参考资料》共 11 册，可以说是 1954 年批判胡适时内部印刷的一套胡适文集，我得到后感觉此书很有史料价值，而国内一般不易见到，特别是胡适后来批评中国政府的一些讲话文章，有非常重要的研究价值。恰好当时台湾中研院谢国兴先生来北京访问，我和章诒和先生与他一起吃饭，还看过一场人艺的话剧，名字一时想不起来了，是国兴兄请客，我印象极深，票价 900 元。之前，闲谈中说起胡适研究，我也顺便提及这套史料，他说台湾近史所图书馆还没有，我当时就说，我送给你们。2008 年我到台湾访问，在近史所图书馆看到这套书的复制本，这也算我为胡适研究做过的一件小事吧。

胡适还没有真正回到中国大陆的日常生活里来，虽然关于他的生平事迹和学术思想已无禁忌，但往深处走，我们还有障碍，这个障碍不仅是心理上的，更是思想上的。胡适还只能是一个学术研究对象，他的思想和人格尚未得到主流的认同，这可能就是胡适在今天中国大陆真实的历史地位吧！

（原载《湘声报》2015 年 11 月 20 日）

拍案读史

李　乔

太监统兵

刘伯承将军打仗时曾训诫部下：摸摸你裤裆里还有没有卵子！责其懦弱，不像男人、好汉、大丈夫。此乃极而言之的激将法。哪有没卵子的男人打仗的？您甭说，还真有，而且还是统兵的军事长官呢！此即中国史上的太监统兵现象。

宋朝君主担心前代武人乱政之弊重演，遂用文人统兵、阉宦统兵（王曾瑜《古今一理·正确评价宋朝的历史地位》）。有记载说，有些阉宦还是挺能打仗的。但我想这应是少数或特例。我不信半男半女的太监打仗能好到哪儿去。他们自深宫走入军帐，军事素养从何而来，真猜不透。或许是从战争中学习战争吧。既然太监统兵，职业军人便只能听吆喝，任摆布，那宋朝国防还能不脆弱？史云，"宋代尚武精神沦落"。阉宦统兵即为沦落之一证。至北宋末，举国竟无折冲御侮之将矣。而挥师南下的，却是强悍的辽、金、西夏和蒙古的虎狼之师。宋朝焉能不亡？

阉宦统兵，真乃世界军事史上之奇闻，也是令人苦笑的政治笑话。外国宫廷也曾有过阉宦，但不曾统兵，只是坚守本职而已。吾国之封建制度，在世界史上极具特色，太监制度乃特色之一，太监统兵则又为特色之大端也。

朱元璋答山僧问

关于朱元璋，清代著名史学家赵翼曾谓："盖明祖一人，圣贤、豪杰、盗贼之性，实兼而有之者也。"这个评论我看没过时。圣贤、豪杰，换用今天的革命话语说，就是农民起义英雄。朱元璋"驱逐胡虏，恢复中华"，他还是汉族的民族英雄。但此君也有盗贼之性，言行中匪气颇重，也不该讳言。兹举朱元璋的几句话来看。

其一，崇尚血腥。朱元璋战胜疲乏时，路过山中大庙，山僧没有好好招待，朱发怒。山僧问姓名，朱题诗于壁上："杀尽江南百万兵，腰边宝剑血犹腥。山僧不识英雄面，何必哓哓问姓名。"（戴逸主编《翊运集》，北京出版社2002年版，第352页）朱以杀人多为自豪，乃豪杰之性亦盗贼之性。可知其心肠太狠，及对暴力不知节制使用之心态。

其二，任性杀人。谢缙上书朱元璋曰："天下皆谓陛下任喜怒为生杀。"（《"帝王观念与中国社会"论文集》）这是劝谏朱皇帝别太任性，不要随便杀人。有人说，朱也曾告诫部下"勿嗜杀"，但那实乃政治需要，任性杀人才是其本相。滥杀功臣便是他任性杀人之"杰作"。

其三，"打劫"观念。传闻朱元璋黄袍加身之后对辅臣刘基说："本是一路打劫，谁知弄假成真。"原不过是"流寇"思想，却终成"图王"大业。

其四，讥讽人语言刻薄。朱元璋曾奚落、嘲弄大臣危素说："真谓文天祥也，乃尔乎！"又讥斥大臣袁凯为"东海大鳗鲡"（老滑头之意）。

其五，杯酒加白刃。朱元璋作诗给敢于直谏的茹太素："金杯同汝饮，白刃不相饶。"（《书屋》2005年第7期，第77页）既敬酒，又"罚酒"，全然无赖相。

但从大处着眼，朱元璋应算是中国历代皇帝中成功的一个典范。毛泽东说"他有成功的一面，也有失败的一面"。其失败一面之因，恐与其盗贼之性难改有很大关系。

汤锅背后的痛史

张献忠屠蜀，人间至惨事。然有妄人曰，农民英雄岂可能搞屠杀，屠夫定是明军清军。俨然张献忠之红卫兵也。鲁迅认定张献忠曾屠蜀，说他杀杀杀，杀个没完。闻一多亦认为张曾屠蜀。何炳棣曾问闻一多川中名菜"原锅子汤"是否源自湖北，闻氏湖北籍，答曰很可能，"因为明末张献忠屠蜀后，江西人入湖北、湖南，两湖人实四川，把大锅汤菜传统带进四川"（何炳棣《读史阅世六十年》第183页）。闻氏时任西南联大教授，巴蜀掌故自当留心。虽一菜之细事，亦从大背景着眼，遂言及张献忠屠蜀事。考证汤锅（火锅）源流，张之屠蜀乃立论之重要根据。惟坚信此事为有，才会引为证据。

闻一多入川后必耳闻过张屠蜀传言，相关文献亦极可能过眼。闻氏素重考证，于传闻绝不会轻信，信则有据。在妄人看，鲁闻二人阶级立场皆可疑，便是毛泽东赞为"现代圣人""英雄气概"云云，亦不可靠。数年前，张献忠家乡欲为张献忠立雕像，吾于讨论会上力陈不宜，乡人虽不快，亦无从反驳。

民国工程师节之由来

读《顾颉刚自述》，知民国有工程师节。立意当与今之教师节同，表尊重与鼓励意也。然节期却为附会传讹而得。顾毓琇往访顾颉刚，闲谈大禹生日可否考得，答曰禹为神话人物，有无其人尚不能定，何从考出其生日？又云，不过川西羌人习惯以六月六日为禹之生日，祭赛甚热闹，方志记之。顾毓琇时为教育部政务次长。数天后报载，定六月六日为工程师节。陈立夫云，大禹治水为工程史上大事，顾教授已考出禹王生日为六月六日。至此，顾颉刚方知顾次长来意。顾颉刚答词本无误，却被善意扭曲利用。立节固为嘉事，然立节过程略嫌草率，根据亦苍白。"尧是土堆，舜是草，禹是虫"。顾颉刚《古史辨》引《说文》"禹，虫也"，疑禹者或为上古社会之图腾。此推测不无合理因素，然备受讥笑。盖人心不愿祖宗是一条虫也。立工程师节，又令世人更曲解顾氏——禹既为神话人物，岂可凿实其诞日，莫名其妙也。顾颉刚冤哉。顾毓琇，大教育家、科学家，江泽民、朱镕基的老师。无锡顾宅巍峨堂皇，已作为文物精心保护。

专案组逸闻

"文革"间有所谓专案组，专事整人，威势煊赫，诡异神秘，令人闻而生畏，实乃乱世一政治怪胎。但其内幕外泄不多，知者甚少，盖组内人员"文革"后羞于启齿，不愿与外人道也。知情人偶有零星记录，洵为珍闻。姑录二则。

其一、审案说戏词。统战部局长胡治安《统战秘辛·自状阿Q的百岁老人孙越崎》（天地图书有限公司2010年版）记，秦城监狱某专案组成员审案，一拍桌子，问："你认识我吗？"挨整者茫然摇头。遂自答曰："嘿！不认识？我是一颗红星头上戴，革命的红旗挂两边！"原来此公是一军人，借《智取威虎山》里杨子荣的戏词儿吓人，仿佛自己是在审小炉匠。严酷的审案现场，竟然冒出了戏词儿，你说荒唐可笑不。所谓阶级斗争，胡闹而已。

说"正事"冒出戏词儿，不止这位专案组成员，还有林立果的手下。林立果所建别动队"战斗小分队"有誓词云："风声紧，雨意浓，路线斗争的激流，就像开冻的冰河一样，互相撞击着。"（张聿温《林立果"小舰队"兴亡始末》，北京出版社 2014 年版）"风声紧，雨意浓"，就差说"天低云暗"了。这分明是阿庆嫂的戏词儿嘛。阿庆嫂莫非也加入别动队啦？

其二、选人标准"一红二傻"。曾任广州空军政治部副主任的刘某，"文革"中被委任为刘少奇专案组副组长，他披露，他任此职是严格按照预订框框选出的。第一，必须是军级干部；第二，必须是五代红；第三，文化程度必须是高小五年级以上，初中三年级以下（《刘少奇冤案证伪揭秘》，载《快乐老人报》2012 年 3 月 29 日）。

其中后两个条件，既荒谬严苛又匠心独具，全是为整倒刘少奇而设。血统论一般是查三代，这五代红可谓血统论之极致，几近纳粹之查犹太血统。按常理，学历高是好事，但进专案组却不然。选定初中三年级以下者，说白了，就是怕文化高有判断力不听话，可能对中央文革生二心。"知识越多越反动"嘛。这两条选人标准，其实就是两个字，一红，二傻。选人者觉得，只有红得够劲儿、傻得可以，才能绝对服从中央文革。

呜呼，此真可谓血统论和"知识越多越反动"邪说的绝佳标本。

曾有一本《康生语录》

语录可是了不得的东西。大师才有语录，有学问的和尚才有语录，经典作家才有语录，领袖才有语录。出谁的语录，就说明谁不得了。孔夫子有语录，即《论语》。马恩列斯有语录。毛主席有语录。林彪如日中天时，也有语录。"文革"中，鲁迅也有语录。近年，编了不少名家大师的语录。但人们不晓得，解放战争时期，曾有过一本《康生语录》。1947 年，晋绥解放区土改发生"左"倾风潮，康生是始作俑者，他所散播的那些"左"毒被作为"经验"在全国土地会议上推广，并且印发了《康生语录》（散木《旧日子，旧人物》，花城出版社 2007 年版，第 73 页）。此即《康生语录》的由来。康生之有语录并不可怪，一因他当时在党内地位颇煊赫，二因他那套"左"毒当时大有被视为经典之势。所幸他那一套后来被纠正了，《康生语录》也便湮没无闻。《康生语录》不能归入革命文献，只能算是"左"祸文献。但如能搜寻到，也是很宝贵的，可惜很难找见了。

心向小平

当年批邓，人心不服。酒店茶肆，亲朋聚会，时有"亲邓言论"。

邓小平当时住在北京东城宽街一座临街路北的老宅院里。我家也住东城，距邓宅三四站地，我上班的工厂，离邓宅也不远，所以经常从邓宅门前路过。我曾亲闻一位家居宽街附近的老工人言："常见邓小平早上站在门口，东瞧瞧，西望望，嘿，人家就是不服！"意思是小平同志对所谓"批邓反击右倾翻案风"根本不服。又听厂里工友议论："也真怪了，批了个溜够（北京土语，放开、足够、透底的意思），人家老邓就是不臭！"那个年代搞大批判，预期目标都是"批倒、批臭"，四人帮对小平同志也企图达此目的，但无论怎么批，小平同志依然在人们心里保持着应有的位置，特别是在有正义感、有头脑、有文化的人们心里，小平同志才是正宗的共产党人。

改革符合《资本论》

张贤亮划为右派后劳动教养，饱受饥寒煎熬，差点饿死。一次偶读《资本论》，张贤亮有一重大发现。他写道：

> 一翻开书便欲罢不能，首先是第一篇第一章分析商品，第一句话便是"资本主义生产方式支配着的社会的财富，表现为一个惊人庞大的商品堆集"。"惊人庞大的商品堆集"这句话，理所当然地引起我物欲的想象，因为当时商品奇缺，买任何商品包括火柴肥皂都必须凭票。两相对比，在直观上就使我产生了对当前社会是"社会主义"的怀疑。（张贤亮《雪夜孤灯读奇书》，见《文摘报》2013年8月22日）

这种怀疑，实际上就是发现了贫穷不是社会主义。马克思说了，资本主义的商品多得惊人，而社会主义是比资本主义好得多的制度，所以理应商品更多，多得更惊人，那才叫社会主义，而眼前，商品很少极少，这算是社会主义吗？不能算吧。这就是张贤亮的思想逻辑。这个思想逻辑合理，正确，符合马克思主义。

认识到贫穷不是社会主义，是改革开放的一个重要起点。小平同志的"贫穷不是社会主义"的话，符合《资本论》，让那些反对改革开放的人哑口无言。马克思都说了，资本主义商品多得惊人，难道我们社会主义还能穷得叮当响吗？思想一下子一致了，要搞穷社会主义的人没了。

小平的话，是在高位上振臂一呼，是总结性的话。实际上，有这个认识的大有人在，已形成了社会基础。小平一呼，群起响应。犹如"天安门事件"是社会基础，中央便很容易下决心抓四人帮。张贤亮们就是小平一呼的社会基础。

（原载《群言》2016年第9期）

辑五

六十年未读《金瓶梅》

靳树鹏

一

上学后理科挺好，我文科平平。高中二年级时变了，想当作家，严重偏科，常常不上晚自习，躲在宿舍里看中外小说，最大部头的是四大本《静静的顿河》。那时已知道中国有一部淫书《金瓶梅》，但从未想过找来读读。

大学二年级时在一位老师家书架上看到《金瓶梅词话》，每本薄薄的，已忘记共有多少本。借来第一册只读了头四回，没引起什么兴趣，第二天就还回去。毕业后分配到东北文史研究所（此所后来成为吉林省社科院主体，所长佟冬成为院长），后调到吉林省文联，研究所的图书馆和文联的图书室都有足本《金瓶梅》，也从未想过去借阅。

二十多年过去，中国已改革开放，却买回

一本《论金瓶梅》（文化艺术出版社，1984年版），是研究《金瓶梅》论著的选编。我既未读过《金瓶梅》，也不想研究它，何以买了这本书呢？因为认识选编者胡文彬先生，就顺手买回来，但从未读过。差不多同时，一位朋友送我一部海外版的《金瓶梅》（上中下），定价港币280元。那时港币和人民币的比价还不是现在的一比一，约合400来元人民币。得到这部书又读了前面四五回，还是觉得没什么意思，就放入一个两层书柜的第二层，是怕别人看到借去，三十年来再未动过此书。

二

郑振铎八十多年前说："《金瓶梅》是一部不名誉的小说，历来读者们公认它为'淫书'的代表……有一位在北京的著名学者，尝对人说，他有一部《金瓶梅》，但始终不曾翻过。"（《论金瓶梅》48页）我与郑文中提到的这位北京著名学者不一样，喜欢读写爱情又有点性描写的小说。曾从外文书店国际样本室买回一本劳伦斯的《查泰莱夫人的情人》（台北文武出版社），封面上印着"原文并未删节全中译本首度面世"，读得津津有味。

我不是学者，未系统研究过任何一门学问，只是从高中开始业余写作，断断续续到今天。起初写点文艺作品，最后这三十多年主要是写历史人物和思想文化随笔。鲁迅是作家，也是学者，他在北京大学讲授《中国小说史略》，对中国古代的小说，无论是喜欢的还是不喜欢的，都要读，都要做出评价。为了写作需要，我也读过一点不喜欢的书，但是买书、读书和写作主要是凭自己的兴趣。

《金瓶梅》引不起我的兴趣，不仅与我不止读了一遍的《红楼梦》和《水浒传》不能相比，与我仅读了一遍的《三国演义》和《儒林外史》也不能相比。二十岁时第一次接触《金瓶梅》，将近五十岁时有了此书，两次都只读了开头一点点，现已八十岁。

三

2013年以来多次住院，很少看书。去年5月初出院后，身体渐渐有所恢复，也提不起写作精神，歪在床上读读闲书。后见《读书》杂志上有朱也旷先生的文章《拥挤的，太拥挤的》，认为"《金瓶梅》的出现似乎是一个奇迹，犹如冲积平原上崛起的一座奇峰"，抱怨金圣叹"对《金瓶梅》这样更值得分析的对象视而不见"。朱文还写道："《金瓶梅》是中国历史上第一部由文人有意经营的长篇小说，在它横空出世之后，却没有另一个金圣叹将其上升到理论高度（张竹坡的才能无法堪当此任）。"这是对金圣叹有所不满，也是对《金瓶梅》的高度评价。

就是因为朱文中这几句话，才觉得此生应该把《金瓶梅》读一遍。读来读去，还是没兴趣，但总算把一百回读完了。通读全书后，更觉得朱先生对金圣叹的抱怨毫无道理。金圣叹把《离骚》《庄子》《史记》《杜诗》《水浒》《西厢》合称为六才子书，逐一评点，其思想水平、学术眼光和艺术鉴赏力，堪称前无古人。

《论金瓶梅》是三十年前关于《金瓶梅》论著的重要选编，第一次即印行十万册，收有鲁迅、郑振铎、吴晗等多位学者三十几篇文章，无论是考证时代、作者、版本的，还是论述思想艺术的，多是推崇《金瓶梅》。如说"它不愧为我国小说史上个人独创的现实主义的长篇杰作"，如说"《金瓶梅》的巨大成就，是具有划时代的意义"，如说这部小说里的人物是"创造性的前无古人后无来者的"等等。郑振铎说："如果除净了一切秽亵的章节，它仍不失为一部第一流小说，其伟大似更过于《水浒》，《西游》《三国》，更不足和它相提并论。"（《论金瓶梅》49 页）他认为《金瓶梅》是"一部最伟大的名著"。这本书中也有徐朔方和李希凡对《金瓶梅》有所批评的文章，批评文章还有张炯和张顺德等人的，此书未收，我亦未读过。

四

几天前在马路边一个书摊上买到古耜先生选编的《悟读金瓶梅》（京华出版社，2008 年版），也选收了三十几篇论著，有许多作家如孙犁、刘心武、李存葆等也都推崇《金瓶梅》。书中有与我有交往并已作古的牧惠一文《风俗画，话风俗》，是说这部小说中有些风俗画，更多的是牧惠自己说中国自古以来的风俗。这本书中茅盾的《中国文学内的性欲描写》和聂绀弩的《谈〈金瓶梅〉》，值得重视。茅盾说："全书一百回，描写性交者居十之六七——既多且极变化，实可称为集性交描写之大成。"还说："这些性交方法的描写，在文学上是没有一点价值的，它们本身就不是文学。"（《悟读金瓶梅》8 页和13 页）聂绀弩八十年前在《作家》上发表过一篇文章《关于世界文库翻印古书》，反对郑振铎把《金瓶梅》作为世界名著来翻印，受到鲁迅的批评（《悟读金瓶梅》72—73 页）。

这两本关于《金瓶梅》的论著选编，都把鲁迅《中国小说史略》中对这部小说的论述置于卷首，可知鲁迅是推崇《金瓶梅》诸人的台柱。鲁迅在

《中国小说史略》中，对其他长篇小说思想艺术论述的文字都不多，对《金瓶梅》却写下不少，还概括了全书的梗概，但我不太同意鲁迅先生的看法。

《金瓶梅》作者兰陵笑笑生，不知是何许人。猜想是生活在市井中的一位文人，有相当的学识，文笔也很好，很会旁征博引，可能是为说书人写本子的人。这部小说写了明代中叶以后日渐奢靡的社会生活，主要是塑造了一个坏透了腔的官商西门庆。这些年我们见过许多官商，西门庆是古代小说中最重要的一个官商形象。他结交东京的太师、太师的管家、巡按、御史、状元和太监，很舍得花大价钱，差人往东京给太师送的生辰担中，有黄金做的壶，白银做的人，玉做的盏等，少说也值万八千两银子。他摆一次宴席竟花了一千两银子，相当于从事微末工作的一千人一个月的总收入。在他家中的一次宴会竟请了一千多人，可见其家之大。他开了当铺、绸缎庄、绒线铺、生药行，他放官债、卖官盐，偷税漏税，集官商勾结之大成，称霸一方，荒淫无度。

《金瓶梅》主要是写市井间一些没有廉耻的小人物，与《三国》《水浒》写了那么多响当当的人物完全不同，也与《红楼梦》写了那么多令人念念不忘的人物完全不同，把这么多普通人写进小说是它的又一特点。小说中人物的语言多是民间语言，还有许多谚语，形象生动，也是一个特点，只是粗话、骂人的话太多。

五

我为什么不喜欢《金瓶梅》，读不出兴趣来呢？

小说可以陶冶人的情操，但是很少有人是为陶冶情操才去读小说的。小说同诗歌、散文、戏剧、影视一样，也同音乐、舞蹈、美术一样，是供人欣赏的，它们当然能陶冶人的情操，也需要能先让人欣赏。西门庆"自幼常在三街四巷养婆娘"，小说开始时先妻已死留一个女儿已出嫁，他又有了一妻三妾时，与武大的老婆潘金莲勾搭成奸，害死武大纳潘为妾。又与他的结义兄弟花子虚的老婆李瓶儿勾搭成奸，气死花子虚，纳李瓶儿为妾。他又搞上了家奴来旺的老婆惠莲，来旺被他迫害押解原籍，惠莲亦死。他包占了店伙计韩道国的妻子王六儿，韩道国很愿意让他包占，自己躲出去。西门庆与家中的婢女、奶娘不少人都搞上了，并在院中包占了几个妓女，他的小厮也被他鸡奸。这样的小说怎么能让人欣赏呢？全书写男女交合处很多，从来也没有出现爱情这个字眼，西门庆只对李瓶儿说过一次"厚爱"一次"情义"。齐鲁书社上个世纪末出版的张道深评本《金瓶梅》共删去一百多处，每删一处都注明删去多少字，共删去近两万字，多是房中术，有的很肮脏，与爱情没有一点关系。性解放不等于性放纵。用这样的小说陶冶人的情操，只能陶冶出一批一批淫夫荡妇。

有人赞赏小说中的白描手法、自然主义和客观主义，我也不能苟同。小说主要写的是市民阶层，这个阶层在宋代就有了，其中很重要的一部分人是手工业者。到了明代已有手工业作坊（或工厂手工业），而且有了各种行会组织，人数较多的是裁缝行、木工行、铁工行、砖瓦行、寿枋行、漆器行等等。《金瓶梅》只偶尔涉及手工业者，潘金莲的父亲就是裁缝，但并没有描写手工业者的生活状态和思想追求，更没有写到手工业者的行会组织。连市民阶层中很重要的一群人都没有写到，这能叫白描手法和自然主义吗？

这部小说写了许多官员，从京都的太师写到县令，几乎都是贪官污吏，只写了一位有正义感的清官，也没有得到好下场，明代中叶的官场肯定不会是这样。小说写了不少市井间的人物，多是不好的人，明代中叶市井间的人群也肯定不会如此。鲁迅以"描写世情，尽其情伪"来概括《金瓶梅》，是很到位的。人们的交往没有一点真情在，全都是虚伪的，这样的社会大概没有存在过，这样的描写也是不真实的。这都称不上是客观主义。

有人说这部小说的结构挺好，情节安排也井然有序，我也不赞成。书中写了许多宴席，都有谁参加，谁座主位，谁座客位，谁打横，大大小小的宴请有百八十次。书中也写了百八十次送礼，或是升官，或是生儿生女，或是生日，亲戚间，朋友间，官员间，西门庆送给妓女家，妓女家送给他家，西门庆送给他搞过的女人家，女人家送给他家，每次都写出是几样什么样的礼物。应伯爵见到妓女就调笑，妓女也用粗话埋汰他骂他，也写了许多次。除了这些太重复太絮叨之外，人物和事件也有不少虎头蛇尾之处，故事情节也不引人入胜。

我没有研究过《金瓶梅》，只是去年8月开始通读该书，关于该书的两本论著选编并没有通读，选读了其中的不少篇章，写出的这篇文字是一个老年读者的感悟。

《金瓶梅》是有一定影响的小说，有许多学者研究它，既正常又应该，但是我不赞成推崇这本书。

（原载《湘声报》2016年7月29日）

读一部"后现代"小说

陈四益

一

读小说的兴趣早已淡漠。少年时期,读的多是公案小说和侠义小说。飞檐走壁,惩恶扬善,清正廉明,锄奸惩贪的故事,伴随着我的童年。只要故事好看,全不理是什么主义,什么流派,甚至也不管作者姓甚名谁。

青年时期,初知作小说有不同的创作方法,师长谆谆教诲,要读"社会主义现实主义"的作品。中国则鲁迅、茅盾、赵树理;苏联则高尔基、法捷耶夫、波列伏依,以及稍后些的《远离莫斯科的地方》和《勇敢》一类。其实在我,还是看故事,"主义"之类,并不真的在乎。不但主义不在乎,就是小说的"本事"也不在乎。后来听人说,《远离莫斯科的地方》中总工程师别里捷的原型是"劳改犯";局长巴特曼诺夫,是前苏联内务部的官员,也就是"劳改犯"的监督管理人。《远离》写的就是一项在内务部监管下由"劳改犯"完成的工程。但那时我对这些小说也早失去了兴趣,听之犹如"天方夜谭",只觉得所谓"社会主义现实主义"原来也可以这样"任性"地"描述现实"。

到了大学,文学成了我的"专业",阅读范围大为扩展,随着中外文学史课程的讲解,较为系统地阅读了欧洲和中国的经典文学作品,当然,这"经典"也还都是被当时理论肯定的作品。

"文革"兴,这些曾经被称作现实主义或浪漫主义的经典著作,包括一些被称为社会主义现实主义的作品,几乎一概被扫入了"封资修"的"垃圾堆",于是,除了几出所谓"样板戏",几无作品可读,也无音乐可听。里弄里不知谁家放了一张"莫扎特"，便有人高喊："啥人家勒拉放外国音乐！"似乎这也是"阶级斗争新动向"。在去苏州的火车上，我读英国艾米丽·勃朗特的《呼啸山庄》，便有一位年轻军人上前夺过，并质问："你在看什么书？"幸亏译者在后记里说，此书反映了英国当时的阶级斗争云云，那位警惕的军人才勉强把书还给了我——没想到"阶级斗争"这四个字，因着那军人所知甚少，竟成了这本书的"护身符"。不过，有了这次煞风景的经历，读小说也兴味索然，免得"惹是生非"。

"文革"终于过去，文学作品又渐渐开禁。不但过去读过的现实主义、浪漫主义经典作品，连过去只看到批判文章、看不到被批判作品的种种新奇文学流派也都渐渐引进，风行一时。但对小说已失去热情的我，即便现代流派新奇，也已失去了兴趣。不知是人过中年对历史的兴趣压倒了对文学的兴趣，还是翻译的缺憾，未能传其神髓。总之，有时拿起一本，读未终卷便撂下了。所以什么现代派、意识流，于我都如匆匆过客，身形掠过，毫无印象。

萧乾、文洁若二位先生译了詹姆斯·乔伊斯洋洋三卷、名满天下的《尤利西斯》。他们夫妇费了很大气力，为了帮助读者理解，还做了许多注释。承他们盛情，赠我一部，我也认真拜读，但读未终卷，便如身在云里雾里，不知乔伊斯在说些什么。看惯了有头有尾的故事，已经读不懂这样没头没脑的文学叙述了。萧老住医院时我去探望。他问我：《尤利西斯》看了吗？我老老实实回答道：读了，还没读完，可不知道他在说些什么。萧老摇摇头，叹了口气，说："是难读。你若先看下卷，再回过头去看前面，或许会好些。"回去照办，依旧犯晕，未终卷而辍。习惯于有头有尾地叙述同一时空中发生的故事，很难接受这样任意穿梭的"天书"了。文学在发展，我却留在原地。自那以后，对于新奇文学流派的作品，我都敬而远之。

二

不料，这习惯竟被打破。不但现代主义，甚至后现代的作品也居然引起了我浓厚的兴趣，我一口气读完了俄国后现代主义代表作家索罗金的《特辖军的一天》。译者徐振亚是著名的俄罗斯文学翻译家。我同徐先生素未谋面，承蓝英年先生盛情，为我索要了一册，扉页上徐先生题道："陈四益先生留念"。蓝先生是好朋友，好朋友的好朋友自然也是好朋友。但一看到"后现代"又心生疑虑："现代"都无能接受，何况乎"后"！

带着试试看的心情，开始阅读。

弗拉基米尔·索罗金，在今日俄罗斯，大名鼎鼎，作品很多，获奖很多，还曾多次来中国访问。据说，他的一部《蓝色脂肪》竟然同《我的奋斗》《资本论》一道曾被列为对俄罗斯社会危害最大的书——希特勒、马克思和索罗金。尽管索罗金也曾被列为"地下小说家"，尽管他的小说很多在俄国曾被禁止发行，但这样的排列，仍令我觉得驴唇、马嘴，毫无逻辑。管他呢，无逻辑的排列，绝非定评，说不定是书商的推销术呢。还是看书吧。

第一节确实让我迷茫：手机、壁挂式电视、高档汽车；国王、大臣、特辖军；伏特加、克瓦斯、可卡因；饲养员、保姆、厨娘、理发匠，还有管家；几百年前挂在特辖军马上的狗头与扫帚，稍变行迹，挂到了此时特辖军汽车的保险杠和后车盖上。唉！什么时代的事儿都他娘的混搭在一起。最后叙述到这所庄园的来历，原主是财政部一个官员，大清洗时失宠，被关进铁笼，游街示众，挨了笞杖，拖进粪堆，嘴里塞满钞票，再把嘴缝上，肛门里点了蜡烛，最后吊死在庄园大门上。庄园没收，落入了特辖军头目安德烈·达尼洛维奇·柯米亚加（书中主角）手中。

是前现代？是现代？是后现代？云里雾里。或许，现代之中本来就有前现代，那么，后现代中有现代和前现代，也顺理成章。带过！接着看。

三

接下来的一章令人恐惧。国王的一道旨意，通过特辖军老大，传达给柯米亚加：世袭贵族伊凡·伊凡诺维奇·库尼岑的末日到了。上个星期刚干掉了世袭贵族普罗佐尔夫斯基，现在又要干掉库尼岑。这一伙特辖军一下子兴奋地欢呼起来："哈伊达！哈伊达！""说干就干！说干就干！"接下来便是库尼岑被吊死，老婆被轮奸，庄园被焚烧，夷为平地。

国王的妙语是："法律和秩序——这就是从灰色暴乱的灰烬中复兴的神圣俄罗斯现在和今后赖以生存的根基。"

"现在和今后""暴乱的灰烬中复兴""法律和秩序"——这就是前现代、现代和后现代一脉相承的治道。

绝妙的讽刺！

特辖军，是公元16世纪中叶，由俄国沙皇伊凡四世创建的。伊凡四世就是伊凡雷帝，以残暴著称，被称为"恐怖的伊凡"。他靠残暴的手段集中了权力，拓展了领土，剿灭并杀戮了大批不肯臣服的大贵族，连他儿子也未能幸免于他的毒手。俄国大画家列宾的油画《伊凡杀子》，那恐怖的画面，但凡看过，都感到诡秘惊悚，寒生于背。他创建的"特辖军"，由他直接指挥，着黑袍，骑黑马，马头挂着狗头和扫帚，象征着这支军队绝对服从沙皇的命令，像狗一样忠诚，要咬死所有沙皇的仇人，清扫天下。

索罗金的"后现代"小说，以"特辖军的一天"为书名，或许是一种隐喻：时间已经过了数百年甚至上千年，到了未来的"后现代"世界，人类依旧未能走出史前的丛林世界，仍旧通行着弱肉强食、强者为王的"丛林法则"。国王依旧存在，特辖军依旧存在，凡是国王要消灭的人——不论他是什么人，不论他是否有罪，只要是国王欲清除的人，特辖军就立即执行——无须法律，无须审讯，无须程序，也无须证据——抢劫，纵火，虐杀，轮奸，想怎么干就怎么干。

"十六年来，不止一颗脑袋滚落在宣谕台上，不止一列火车把仇敌及其家人送出乌拉尔，不止一次火神在黎明时分光顾世袭贵族的庄园，不止一位军政长官在保密部的刑具上屁滚尿流，不止一封告密信被偷偷地投入卢比扬卡特设的举报信箱，不止一个倒卖外币的家伙嘴里塞满了他们犯罪所得的赃款，不止一位助祭在滚烫的开水里洗澡，不止一位外国大使被三辆侮辱人的黄色'美林'车驱逐出莫斯科，不止一名记者被人往屁股里插了鸭翅膀从奥斯塔基诺电视塔上扔下来，不止一位造反的作家被淹死在莫斯科河里，不止一位失去知觉的贵族遗孀赤身裸体地包在羊皮袄里扔给她的父母……"

特辖军们洋洋得意："假如没有我们会怎样？国王一个人能对付吗？"

当然不行。从恐怖的伊凡开始，直到这"未来世"的"后现代"，似乎一切都变了，又似乎一切都没有变。这是索罗金要告诉读者的？或许他什么也不想告诉，只是在跟着他的感觉走。

四

特辖军的暴力，巩固了国王的社稷，而依仗暴力的统治，最终必然是怨声载道，众叛亲离。

乌罗索夫伯爵，是国王的女婿。特殊的地位，特殊的环境，养成了他特殊的嗜好。他在一次火灾中，奸污了一个在火中呼救的女子，从此养成了一种畸形的淫欲，他自己纵火，然后在火中求得这畸形淫欲的满足。此事一旦曝光，罪恶无法掩盖，国王不得不先勒逼女儿离婚，然后命令特辖军以私刑杀戮了这个混蛋。伊凡杀子，国王杀婿，动机或许不同，但都是那个畸形社会的畸形世态。前现代、现代、后现代，一脉相承。

从前现代的伊凡四世，到后现代的国王，技术迥然两异，但政体和统治手段，却依然故我。按照当代社会发展的理论，人类历史总是从低级向高级，从野蛮向文明抬升。但是在索罗金的后现代小说《特辖军的一天》中，即便到了所谓后现代，物质生态会有极大的进步，但政治生态、意识生态，却鲜有改进。

据说，现代主义的、后现代主义的小说，以时空断裂、破碎、随意性，荒诞的情节碎片，文字的不确定性，随意的色彩，叠加出混沌的叙事线索。但我觉得，最为混沌的倒未必是叙事的线索，而是它对时代、对社会的空前失望，乃至绝望。

索罗金在扉页上题道：献给格里高利·鲁基亚诺维奇·斯库拉托夫－别利斯基（绰号马留塔）。这个马留塔，是伊凡四世时代特辖军的头目，曾指挥血洗诺夫哥罗德。而这部《特辖军的一天》的主角则是安德烈·达尼洛维奇·柯米亚加，一个翻版的"马留塔"。

我依旧无法有序地叙述这部小说的"故事"，但我对小说描绘的世界，却有了较为清晰的轮廓。它不是企图给你讲述一个温情的或严肃的或悲怆的故事，而是企图给你一个他所感受到的世界的影像——尽管是不完整的甚至是变形的影像。

（原载《随笔》2016 年第 5 期）

取消死刑为什么是错的

胡文辉

之一

好了，就先挑明我的立场吧。我的立场就是这样。当然我也听说，废除死刑似已成了法学界的主流，而且还是"外国的先进经验"呢。

还要说明，我非法学中人，对死刑问题也未做专门探讨，只是偶有感想，原本记在私家笔记里；近日因废除死刑话题的刺激，续有触发，姑且在此申述一己之见，希望有助于此问题的研讨。

首先，先确立一个前提：犯罪者也有人权。这应当是常谈和共识了，我完全同意。但这意味着什么呢？

这意味着，罪恶固然是由罪恶的施行者承担刑罚，但法律所针对的要点，是犯罪者的行为而非犯罪者的人格，是人的犯罪而非犯罪的人。罪行是一件事，人格权是另一件事。几乎所有的犯罪者，都各有其成为犯罪者的不幸因由，他们甚至可以是好人，在人格上是可以同情的；但犯罪者的罪恶本身，依然无法宽恕，必当由法律来裁决。

对每一种罪行，施以相称的刑罚，法当其罪——我以为这应是法律的根本原理，是法意之所在。

那么，当世上应当承担死刑的罪恶仍然存在的时候——事实上，不仅应当承担死刑的罪恶仍然存在，远远超出应当承担死刑的罪恶也不鲜见——却要取消死刑，这算什么呢？为了保证犯罪者的生命权而不惩其当惩之罪，强行给刑罚"封顶"，使世有必死之罪而法无入罪之刑，这是违反了惩恶的"自然法"。同时，这也使得法律所针对的要点，由犯罪者的行为转移到犯罪者的人格，由人的犯罪转移到犯罪的人，以罪论罪异化成了以人论罪。如此，就扭曲了法律的宗旨，以伦理学取代了法学，标志着泛滥的人道主义已淹过了法律的堤坝。

据说废除死刑的理由之一，是尊重生命，任何生命都不应当人为地剥夺。这实在是一种自相矛盾的说辞。当我们尊重穷凶极恶者的生命时，岂不是漠视了无辜死难者的生命吗？我们是应当尊重施害者的生命，还是应当尊重受害者的生命？

是的，杀人总是不好，总是一种恶。死刑作为一种公然的杀人制度，似乎是法律的不洁、文明的背德，会污了极端人道主义者或"政治正确"者的眼。但完美社会是不存在的，法律本身就是不洁的，法律不相信乌托邦；我们所以需要法律，包括死刑在内，正是为了救济不完美的社会，是以必要的恶来克制绝对的恶。废除死刑，只是制作出一件法律的新衣，让大家都以为自己看见了文明的华丽，而看不见刑杀的血腥。仿佛没了死刑，世俗社会就不再发生应死之罪似的；仿佛没了死刑，统治机器就无法使用肮脏之手似的。这是何等的天真啊！

在一个混乱的世界里，当应执行死刑的制度不执行死刑，就必然会有不应执行死刑的组织或个体来执行死刑；当合法的正义临阵脱逃，非法的正义就会取而代之。日本系列电影《死亡笔记》虚构了这样的情节：夜神月（奇拿）偶然拥有了一个笔记本，只要在笔记本上写下某人的名字，就能不留痕迹地杀人于无形。开始时，他只是利用这个笔记本，悄然将那些逍遥法外的罪犯置于死地；但当他被法律系统追捕时，就转而用笔记本对付追捕者，以"替天行道"自命的人却堕落为纯粹的恐怖分子了……不用说，作为一种正义的神器，"死亡笔记"的威力过于强大，也过于危险了；但在一个没有死刑的世界，在一个罪该万死者可以不死的世界，必有很多人渴望能掌握"死亡笔记"，对万恶者执行法外的正义裁决。

现实也没有让我们感到意外。

当南非废除死刑后，不仅犯罪大量增加了，警察在执法过程中造成的死亡也大量增加了——这比正式死刑造成的冤屈一定要更多更严重吧。

当挪威杀手造成 77 名无辜者的死亡，法庭只能判其徒刑 21 年——这样的结果，直见得法律已丧失了尊严，文明已丧失了意志。

过去有句话，"宁可千日无战，不可一日无备"。这个逻辑，我认为很适宜用到死刑问题上：宁可无死囚，不可无死刑。就是说，死刑判决应当慎之又慎、少之又少（杀人未必非得偿命，得看具体情节），但死刑纵可不用，却不可废。我赞成有限制地执行死刑，反对无条件地废止死刑。

慎于死刑是应分的，因为这样能提升法律的精神；但取消死刑是不智的，因为这样会破坏法律的准则。死刑存在的理由，不是古典式的同态复仇，不是以杀抵杀、以血洗血、以命偿命，而是维护法律的根基，是以罪论罪、以刑入刑、以法尊法。

我向来觉得，法律的关键在于实践，在于将法理落到实处。不能落实权力制衡的话，有宪法也未见其好处；能落实慎杀精神的话，有死刑也未见其坏处。

美国宪法，大家都说好，是因为它制定得完美无瑕？无非是美国人与时俱进，修正得好、运用得好、落实得好而已。更别忘了，英国人压根就没有成文宪法！

主张中国也应废除死刑的人说，就因为有死刑，中国过去有太多的冤杀。拜托，那是有死刑而造成的吗？那是司法实践造成的，是党大于法造成的。没有渎法，就没有冤杀。

之二

原来所以不避外行，写出前文，是相信自己的立论有一个坚实的逻辑；这是我独立得来的，无论前人有多少论说，也未必没有一点价值。

随后略作检读，才知道，反对死刑的滥觞，是 18 世纪意大利法学家贝卡里亚，有关论述见其《论犯罪与刑罚》（黄风译，中国法制出版社，2005 年版）；而支持死刑最力者，则有康德——在死刑问题史上，他应当是最有分量的思想家了。其论述，可见《法的形而上学原理——权利的科学》一书（有沈叔平中译本，商务印书馆，1991 年版）。

贝卡里亚认为应以徒刑取代死刑，理由是："处死罪犯的场面尽管可怕，但只是暂时的，如果把罪犯变成劳役犯，让他用自己的劳苦来补偿他所侵犯的社会，那么，这种丧失自由的鉴戒则是长久的和痛苦的，这乃是制止犯罪的最强有力的手段。"也就是说，长期的徒刑比瞬间的死刑更痛苦，因而对制止犯罪更有效。这显然违反了常识。而且，即如其所言，他也是自相矛盾的——他追求人道的目标（取消死刑），但给出的理由却恰恰是反人道的（徒刑比死刑更残酷）！他还说："一种正确的刑罚，它的强度只要足以阻止人们犯罪就够了。……取代死刑的终身苦役的强度足以改变任何决意的心灵。"这又是何等的幼稚啊。世界上存在一种"足以阻止人们犯罪"的刑罚吗？

贝卡里亚指责施行死刑的法律制度："它阻止人民去做杀人犯，却安排一个公共的杀人犯。我认为这是一种荒谬的现象。"对此，我的回答是：阻止不了人民被杀，却要阻止杀人犯被杀，我认为这是一种更荒谬的现象。

贝卡里亚还有一个自相矛盾的地方。他在另一处认为："犯罪对公共利益的危害越大，促使人们犯罪的力量越强，制止人们犯罪的手段就应该越强有力。这就需要刑罚与犯罪相对称。"这与中国古代法主张"罚当其罪"完全一致，也即我在上文中强调的"对每一种罪行，施以相称的刑罚，法当其罪"。那么，既然如此，当存在应死之罪的情形下，却要取消死刑，难道他真以为世上没有任何应死之罪了吗？

再来看看康德。康德是从"正义的哲学原理"讨论法律（惩罚）问题的，其要点之一，是强调"罪犯与惩罚之间的平等"，这与贝卡里亚的"刑罚与犯罪相对称"完全一致；但对于贝卡里亚的死刑观，他却是严词批判的。

康德的态度十分明确："谋杀人者必须处死，在这种情况下，没有什么法律的替换品或代替物能够用它们的增或减来满足正义的原则。没有类似生命的东西，也不能在生命之间进行比较，不管如何痛苦，只有死。因此，在谋杀罪与谋杀的报复之间没有平等问题，只有依法对犯人执行死刑。"为了论证死刑的绝对必要性，康德甚至假设了一种极端情境："假定有一个公民社会，经过它所有成员的同意，决定解散这个社会……可是，如果监狱里还有最后一个谋杀犯，也应该处死他以后，才执行他们解散的决定。应该这样做的原因是让每一个人都可以认识到自己言行有应得的报应，也认识到不应该把有血债的人留给人民。如果不这样做，他们将被认为是参与了这次谋杀，是对正义的公开违犯。"这里的意思是：对于犯下杀人罪者，如不处以死刑，就违背了共同体的正义，而且意味着所有共同体成员也都成了杀人者的同谋。正义原则必须维持，而要维持正义原则，杀人者就必须死；康德无法容忍对正义的侵害，他坚定地肯定死刑，关键在此。

到如今，废除死刑的理念表面上似乎成了西方乃至中国法学界的主流，但我想，这不过是欧洲人"政治正确"的衍生物，也是欧洲思想强势辐射的结果，并非出于真正权威的逻辑论证。若说权威，还有什么思辨权威能比得上康德呢？

从纯粹法律的角度说，废除死刑的根本逻辑无非就是：不论当事人犯下了什么罪行，都不应当处以死刑。——但这算什么逻辑呢？这个无形的逻辑，既悖人情，亦违法意。

废除死刑的问题，除了表现于抽象逻辑，也表现于现实后果。

在网上看到刘仰的《查理惨案之后，还要废除死刑吗？》一文，指出巴黎恐怖袭击事件后，法国警方对付恐怖主义嫌犯的手段是当场击毙。因为法国跟挪威一样没有了死刑。"当场击毙或正当防卫成为唯一可以贯彻杀人偿命的正当手段，处于法律的模糊地带，这种手段很可能会被放大，并造成难以预料的后果。这一次法国警方在追捕围剿恐怖嫌疑犯的过程中动用了大量重型装备，在我看来，就是没想让恐怖嫌疑犯活命。各大媒体几乎都以'击毙恐怖嫌犯'为标题，但有多少人注意到还有多少人质伤亡？……我们可以做一个猜测：因为废除了死刑，警方心照不宣地暗自决定，必须击毙，不给恐怖分子一丝活命的机会。这样的心态是不是造成人质高比例伤亡的原因？"这个观察和认识是很有见地的。这也给了那些一味强调死刑之恶者一个有力的警示，他们缺乏远见，只看得到死刑的坏处，而看不到没有死刑的坏处。

实际上，废除死刑，非始于今日；废除死刑的恶果，非始于今日；对废除死刑的批判，也非始于今日。因为制度衍变的复杂原因，古罗马共和国在法律实践中曾没有了死刑判决，19 世纪英国法学史大家梅因在其最负盛名的《古代法》（此据沈景一译本，商务印书馆，1959 年版）中就指出："罗马人的性格是否会因此而变好，是个疑问，但可以肯定的是，'罗马宪法'竟变得更坏。正如每一个跟随着人类历史一直流传到今日的制度一样，死刑在文明过程的某一阶段中对社会是必需的。……如果没有了死刑，社会将感觉到它对罪人没有获得充分的报复，同时也将以为刑罚的赦免将不足以阻止别人的仿效。罗马法院不能判处死刑，显然地、直接地引入一个恐怖的革命时期，即称为'公敌宣言'的，在这期间内，一切法律都正式停止执行，只因为党派暴行不能为它所渴望的报复找到其他的出路。这种法律的间歇的中止，是使罗马人民政治能力衰败的最有力的原因；并且，一旦到达这样境地，我们可以毫不迟疑地说，罗马自由的毁灭仅仅是一个时间问题……"

美国政治哲学家迈克尔·沃尔译在其《正义与非正义战争：通过历史实例的道德论证》的中文版序里有言："我期盼一个没有战争的世界。但是我们还不是生活在这样的世界，装作我们已经生活在这样的世界里是错误的。"而我想说的是：我期盼一个不存在穷凶极恶、不需要死刑的世界。但是我们绝不是生活在这样的世界，装作我们已经生活在这样的世界里是错误的。

（原载腾讯·大家 2016 年 9 月 4 日）

顾准思想的局限

邵　建

　　2015 年是顾准诞辰 100 年，巧合的是，也是五四新文化运动诞辰 100 年。不妨可以把顾准视为"五四之子"。当然不仅在于共同的诞辰年份，还在于这位"炼狱中的先知"乃是啜吮五四乳汁成长，其一生思想无脱五四。7 月 1 日顾准诞辰那天，我收到一位年轻文学博士转发来的微信，那是顾准的一段话："科学与民主，是舶来品。中国的传统思想，没有产生出科学与民主。如果探索一下中国文化的渊源与根据，也可以断定，中国产生不出科学与民主来。不仅如此，直到现在，中国的传统思想还是中国人身上的历史重担……所以，批判中国传统思想，是发展科学与民主所十分必须的。"[①]

　　该坦白，这些年来我个人始终是五四新文化的批判者和传统文化的拥趸（一定程度上）。这位博士是不是好意用顾准的话提示我呢，不得而知。但，这倒促使我想要了解一下他（前此并没读过他的文字）。这位被誉为黑暗时代"拆下肋骨当火把"的思想者，其思想理路到底是什么呢。

　　感谢福建教育出版社的朋友邮来了《顾准文集》。以上那段文字出于《要确立科学与民主，必须批判中国的传统思想》。科学与民主，是五四新文化暨《新青年》推出的两面旗帜。除了"政治正确"上没问题，尤其相较带有"科学主义"倾向的科学，民主则隐匿着连其倡导者都未曾认知的隐患。但，至少与这两者同样严重的问题是，即使传统文化并未产生科学与民主；但它也未必反对民主与科学。你固然可以倡导连你自己都未必清楚的舶来品，为何偏要与自己的文化传统过不去：不但必须批判，而且彻底否弃。

　　彻底否弃的逻辑可见 1919 年陈独秀的《〈新青年〉罪案之答辩书》："要拥护那德先生，便不得不反对孔教、礼法、贞节、旧伦理、旧政治。要拥护

　　[①]　《顾准文集》，福建教育出版社 2010 年版，第 304 页。

赛先生，便不得不反对旧艺术、旧宗教。要拥护德先生又拥护赛先生，便不得不反对国粹和旧文学。"① 这是一种毫无逻辑的表述，只有态度和立场，没有知识与学理。无厘头地把包括伦理、政治、文学、艺术、宗教等在内的所有传统文化视为与科学民主的二元对立，又一元独断为它们之间不可两存。殃及一个世纪的文化破坏思维，被他们自己表述为"不破不立、不塞不流、不止不行"（恰恰这又是"文革"时破四旧的流行语）。然而，这样一种没逻辑的逻辑，正是顾准在这篇文章乃至在《从理想主义到经验主义》中的思想依傍。对传统文化"整体和彻底"的否定，从五四到顾准，已经成为 20 世纪知识界的思想主线，它几乎主导并锁定了五四至四九后大陆知识人的思想状况，包括曾经盛赞过顾准的李慎之、王元化等（例外者谁）。

为现代而断绝传统，视传统为现代仇雠，隐藏在这种文化态度后的体认，我想大概只能用鲁迅当年对苏俄革命的礼赞来索引："那就是将'宗教，家庭，财产，祖国，礼教……一切神圣不可侵犯'的东西，都像粪一般抛掉，而一个簇新，真正空前的社会制度从地狱底里涌现而出。"②

把传统像粪一样抛掉，这种价值取向来自何端？它所导致的历史后果是什么？托克维尔似乎可以为我们具出答案。在《旧制度与大革命》一书的前言中，托克维尔对法国大革命的批评似乎更像是针对后来遥远中国发生的五四新文化："可以说，从来没有哪个民族，像 1789 年的法国人那样，企图决绝地把自身的历史一刀两断，在过去与未来之间挖下一道鸿沟。为防止把过去的任何东西带进新社会，他们高度警惕；为迥异于先辈，他们给自己设立了种种限制；为了让自身面貌焕然一新，他们不遗余力。"③ 这段精彩的文字为我们揭示了世界范围内反传统潮流的源头。正如顾准《民主与"终极目的"》一文所言："17 世纪以来，有两股革命潮流：一是英国革命和美国革命……一是 1789 年和 1870 年的法国革命……"④ 这其实也是世界范围内现代性发生和发展的两条道路。英美现代性不存在反传统的问题，法兰西以及效法法兰西的后发现代化国家，几乎无不存在此一问题。典型的例子就是属于法国革命谱系的苏俄十月革命和 1920 年代发生的中国革命（五四新文化正是它的前奏）。翻阅《新青年》很容易发现，五四新文化推崇的其实正是法兰西式的民主与科学。该杂志创刊号不啻就是法兰西专号，一如《新青年》刊

① 《陈独秀文章选编》上，三联书店 1984 年版，第 317 页。

② 鲁迅《林克多〈苏联闻见录〉序》，《鲁迅全集》卷四，人民文学出版社 1982 年版，第 426 页。

③ 托克维尔《旧制度与大革命》（钟书峰译），中国长安出版社 2013 年版，前言第 1 页。

④ 《顾准文集》，福建教育出版社 2010 年版，第 324 页。

名的外语翻译，不是如今惯例的英语而是法语。当然这是有意识的选择。有意识踵继法兰西的五四新文化在反传统的力度上显然后来居上。

那么，法国大革命以及范属这一历史谱系的革命后果是什么呢，托克维尔认为："那比大革命所推翻的政府更为强悍更为专制的政府，是如何摄取并垄断所有政治权力的，是如何取消付出如此高昂代价换来的所有自由而代之以徒具其表的自由的；它是如何剥夺选民的知情权、集会权和决定权而又标榜人民主权的……，它是如何取消国民自治权以及思想、言论、出版自由——此乃 1789 年争取的最珍贵、最伟大的成果——的主要法律保障，而又盗用大革命之名的。"① 罗伯斯庇尔把路易十六送上了断头台，却为法兰西带来了前所未有的恐怖。较之激进的革命现实，传统包括它的政府形态往往可能更不坏。以暴力的方式终结，代之而起却是各种以新为名的最坏，或走向最坏（历史到此已成死结。打开这一死结，法兰西用了 80 年，俄国 - 苏联 - 俄国的轮转，也花了近 80 年，历史其无后乎……）这庶几是法国大革命开启的一个诡异于英伦的现代性模式。如同劫数，它在东方那些后发现代化民族的历史中频频中奖。

晚年顾准虽然对 20 世纪的历史深有反思，也颇有斩获；但其思想框架依然以五四意识形态为支撑；并以其是非为是非，进而臧否历史人物。梁启超是顾准晚年的一个批评对象，他所批判的是梁启超写于 1922 年的《先秦政治思想史》。当 1970 年代顾准声称"要确立科学与民主，必须批判中国的传统思想"，早在 1920 年代梁任公却表达了看似与顾准其实是与五四新文化不同的看法："新思想建设之大业——据吾所确信，万不能将他社会之思想全部移植，最少亦要从本社会遗传共业上为自然的浚发与合理的箴砭洗练。"（以下梁氏引文及顾准对梁氏批评俱出《顾准笔记》，不另注）② 以反传统的方式推进现代化，这是五四乃至顾准的价值理路。梁启超不然，在西方现代化面前，作为一个文化保守主义者，梁启超对传统的态度既有疏通与开发，也有合理的针砭与淘洗。要其言，梁启超对传统抱同情之理解，并试图对中西两种文化做交互阐释并调和。但，顾准在自己的笔记中抄录这段话之前，先行下了一个政治评语：这是"梁启超的政治反动的证据"。抄录之后意犹未尽，又一言以蔽之"这不过是'孔老二万岁'而已"！（前注书第 200 页）

落实到五四民主，为捍卫新文化传统，顾准引梁另一段话作靶："美林肯之言政治，标三介词以骤括之，曰 of the people，by the people，for the people……我

---

① 托克维尔《旧制度与大革命》（钟书峰译），中国长安出版社 2013 年版，前言第 5 页。
① 托克维尔《旧制度与大革命》（钟书峰译），中国长安出版社 2013 年版，前言第 5 页。
② 《顾准笔记》，中国青年出版社 2002 年版，第 200 页。

国学说，于 of、for 之义，盖详哉言之，独于 by 义则概乎未之有闻……［然而］实现 by the people 之方法，虽在欧美今日，犹不能作圆满之解答。况我国过去之国情——因地理及其他关系所产生之社会组织——多不适于此类方法之试验；既不能有可恃之方法，则不敢轻为理论的主张，亦固其所。"（前注书第199页）顾准的批评和以上同调："这完全是站在孔老二的立场上迎击五四的科学与民主之谈。"显然，不是梁启超而是顾准自己才是立场论而非思想论。另外，不止一次出现"孔老二"一词除了时代投影，也显示顾准自己对传统文化的态度。

《先秦政治思想史》是梁启超1922年的作品。是时梁对五四民主的确抱有相当的疑虑。《新青年》的民主是取消议会、不要代表、人人表决的"直接民主"。鼓吹者认为只有这种古希腊式的民主才能真正实现"人民主权"（比较喜剧的是，顾准对希腊式的直接民主多有反思，但他似乎未审《新青年》张扬的民主正是不要代表的直接民主）。这样的民主显然只有政治正确的意义，它对一个非城邦的大国根本不具备操作性，而且这样的理论主张作为舆论鼓吹危害更大。梁任公对五四民主的隐忧不为无由。正因为这是舶来品，缺乏传统的内因，又缺乏"可恃之方法"，因而"不敢轻为"。顾准批评道："这等于是说，吃饭不能一次吃饱，干脆不要吃饭，这是一种可怜的遁词。"但梁启超的意思是，吃饭不能一次吃饱，民主不能一蹴而就。"不敢轻为"并非不为，此乃渐进论而非取消论。正如他这样概括传统政治："要之我国有力之政治理想，乃欲在君主统治之下，行民本主义之精神"（前注书第199页）如果以此概括梁启超清末时的政治努力，不啻是在君主立宪的框架下，逐步推行议会代表制之民主而非后来《新青年》的直接民主。君主立宪不但是英伦政治革命的成功；同英伦一样，保持君主虚位，实乃借传统之壳生现代之蛋。这正是梁启超对传统政治的自然浚发和针砭淘洗。岂"干脆不要吃饭"之有。

"'在君主统治之下，行民本主义之精神'，这原是1894年的口号。1922年，梁启超继续为这个口号辩护，这算是忠实于自己的历史。然而他还要说'中华民国之成立并非无源之水'而不肯正视中国缺乏民主传统，站在'科学与民主'的大旗的对面，装成一个民主派的样子，实际上企图继续他的专制主义，这就是伪善了"（前注书第200页）顾准其实缺乏与梁启超的对话能力。1894年不是梁启超的历史，他的历史是20世纪清末十二年的虚君立宪。在政治价值的排序上，梁启超确实不是民主主义者，而是一个立宪主义者。宪政先于民主。限制乃至掏空君主权力，逐步扩展民众（政治）权利。这是清末梁启超的政治理路。与当时的孙中山不同，如果孙是以民权亦即民主反专制，梁启超乃以宪政反专制。梁氏当年以大量文字揭橥宪政反专制的政治机理，同时警告民主反专制反而可能被政治强势人物所利用从而导致新的专制。这样的论述包括潜在于这种论述之后的西方政治学传统（从亚里士多德到孟德斯鸠乃至《联邦党人文集》多有法治或宪政反专制的言述），顾准是陌生的。他的政治学视角被五四锁定，他的政治谱系显然也是民主一词独挑大梁。比民主更重要的宪政，顾准或有提及，但显然不是他的选项。以至宪政主义者梁启超这样一个比新文化运动资格更老的反专制主义者，因其不反传统，被顾准视为"企图继续他的专制主义"。

顾准晚年最重要的思考，亦即最为人们所称道的思考是"娜拉走后怎样"。这个"怎样"是对革命成功之后而言。如果它是一个问题，源头显然还是法国大革命。在《民主与"终极目的"》一文中，顾准认为："从1917—1967年，整整五十年。历史永远在提出新问题。"第一个问题是"革命取得胜利的途径找到了，胜利了，可是，'娜拉走后怎样"。但，1917不是源头，它还有更深远的背景。"1789年、1870年、1917年，这一股潮流，走了自己的路，可是还有另一股潮流，两股潮流在交叉吗？怎样交叉的？它们的成果可以比较吗？前景如何？"① 在顾准看来，属于五四新文化的1917显然脉络于1789—1917的法俄历史中。顾准的判断没错，五四新文化从反传统的文化激进过渡到直接民主的政治激进，由此开出被主流意识形态称之为新民主主义革命的历史进程。顾准则是这一历史的参与者。但，在其人生晚年，顾准发现，发源于1789年的法兰西式的革命是会反噬的，它甚至"势必要像蜻蜓一样把自己吃掉"。② 1917年苏俄革命即其证例（包括其后）。应该说，顾准的反思是认真、痛苦的，因为带有他自己的切身体验。但，遗憾的是，顾准的思考又是短板的，半截的，因而未得要领。

"娜拉走后怎样"，历史已经具出答案。这个答案是顾准不愿面对的，这不符合当年他投身的理想，以致要从理想主义走向经验主义。只是，以1917年俄国革命为例，它带来的显然是比沙皇制度更为严厉的专制——此即"娜拉走后怎样"的真实场景。顾准亦表示"要为反对这专制主义而奋斗到底"。③ 然而仅仅是态度并不解决问题。娜拉走后为什么这样，才是真正的历史反思。种什么树，结什么果。正如胡适有言：要怎么收获，先那么栽。把眼光投向娜拉出走之前吧，它与"娜拉走后怎样"直接因果。顾准并非念不

---

① 《顾准文集》，福建教育出版社2010年版，第325页。
② 《顾准文集》，福建教育出版社2010年版，第317页。
③ 《顾准文集》，福建教育出版社2010年版，第195页。

及此。当他从 1789 梳理到 1917 时，声称："可是这些发生在'娜拉出走之前'。娜拉出走了，1917 年革命胜利了。"① 于是，历史在这里被他打成两橛。没有之前，安有之后。痛感于后，岂能不反思于前。正是在这里，我们与其看到了反思，毋宁看到的是情怀，"我赞美革命风暴。问题还在于'娜拉走后怎样'"。② 这真是一种思维的吊诡，不知顾准思路的内在逻辑。

类似的表述逻辑再次出现，它有关十月革命："考茨基是和平过渡论者，他的和平过渡论，事实上给希特勒准备了第三帝国，他错了。列宁强调直接民主的无产阶级专政，夺取了政权，扫荡了沙皇政治的污泥浊水，他对了。他和考茨基的区别，是无畏的革命和胆怯的庸人之间的区别，这是无疑的。问题还在'娜拉走后怎样'。"③ 显然，"娜拉走后怎样"已经成了顾准的一个情意结。其实打开这个结并不难，答案就在他之前的表述。一段完整的历史，于前认同又于后痛惜，这是一种怎样的逻辑断裂。

1990 年代以来，顾准在中国知识界被视为一个思想家，但他其实更是一个革命家，当然是带有深刻反思意味的革命家。他是一位民主主义革命者，也是一位社会主义者，亦即同等意义上的马克思主义者（他说："私有财产终归是要消灭的，我们消灭了私有财产，这很好。"④）。历史人物可以尊敬，但不必抑扬，尤其是过分抑扬。我尊重顾准，尊重并认同顾准在那个思想贫瘠的时代非常难得的思考，比如价值规律、市场经济、终极目的，包括直接民主等。甚至有的思考极为深入，如"哲学上的多元主义"，这是顾准思考最精彩的地方。但，在 20 世纪最关键的问题上，也是顾准自己最看重的问题上，限于五四而无知其他，他显示出自己思想上的短缺。因此，针对 1990 年代以来知识界对顾准的高度评价，我认为，这是一个被高估了的思想家。

（原载"腾讯·大家"2015 年 12 月 4 日）

---

① 《顾准文集》，福建教育出版社 2010 年版，第 326 页。
② 《顾准文集》，福建教育出版社 2010 年版，第 317 页。
③ 《顾准文集》，福建教育出版社 2010 年版，第 315 页。
④ 《顾准文集》，福建教育出版社 2010 年版，第 323 页。

尊重与容忍他人才有自己

理　钊

　　冬去春来的北极，海冰渐渐消融，北极熊觅食已越来越困难了。饥饿的它，向躺在海滩上的海象群发起了进攻。可是，海象的皮太厚、牙太利，北极熊非但未能得手，反而为海象所伤。看到北极熊晃着笨拙的受伤的身躯，无奈地离开，在海滩上刨了一个浅坑，伏身躺下喘息，不免对其生出一种莫名的同情。看纪录频道的这一节目时，我忽然在想，我为何会同情北极熊呢？是因为北极熊有着与大熊猫一样的憨态，有着可爱的笨拙么？而海象，臃肿的身躯、丑陋的外表、可怕的獠牙，那近乎一吨重的肉，就该是北熊的最好的食物么？稍稍冷静下来，又在想，如果我站在海象的立场上呢，那海象就该被北极熊吃掉的么？海象为何就不能打败北极熊而生存下来？

　　生活中的一些事情，不认真地去想便大多似行云流水、过眼烟云。可如果要细想一下，又对自己何以会这样想而莫名所以，比如这熊与象的问题。现在想来，人可能不自知，或者无意识，但每个人却总是有一个识与行的立场的。比如我是拥北极熊的，但也一定会有拥海象者，倘使二者来一场辩论，一定是谁也说服不了谁，因为在这里并没有"谁就应该是谁的食物"这个标准，这个"永恒的真理"，这个"绝对的是与非"，有的只是事实。事实是，海象与北极熊之间的这场生存之争，只有体力、本能与运气的较量，结果只有或者海象保住了自己的生命，或者北极熊填饱了肚子。它们都在为自己生命的存续而活着。它们所遵循的唯一法则是自然法则。

　　人，作为这个星球上具有最高智能的动物，是这个世界的命名者与能动者。人在自己的生活中，总是要给自己所看到的事物一种判断，为自己的要做的行动做一个决策的。而这时，常常是你所站持的立场便决定了你怎样想，你怎样来做。所以，你的立场决定了你是谁，你何以是谁。

　　哈耶克是主张每一个人在具体的时间、地点，对具体的事情由自己来决策的（见《通向奴役之路》）。而人的一生，是由连续的"具体的时间、具体的地点和具体的事情"所构成的。所以，反过来，当你能够在具体的时间、具体的地点，对具体的事情都由自己来做决策时，你将会是一个完全的具自己决定自己命运的权力的人。

对于"让每一个人的识与行都由自己来做决定"这件事，有很多人是不以为然的。因为他们觉得如此一来，这个社会必定糟透了，这样的社会将变得充满倾轧与欺瞒，将难有公平与正义可言。对此，其他的地方如何我不敢议论，仅就中国而言似乎是过于悲观了，因为我们奉行了两千多年——现在正被一些学者不但在中国普及且努力地推向世界的儒家学说，是讲"人之初，性本善"的。一个人人"性本善"的社会里，让每一个人来依自己的立场决定自己的言语与行动，怎么会糟透了？相反应该是一个"人人都奉献出一点爱的世界"的呀！

其实，这种"糟透了"的悲观论仍然是一个立场问题——所持的只是一种单向的视角立场。倘以全面的眼光看，即使人性是恶的，当每一个人都在依自己的立场来决定自己的言行，所做出的决定即便全是自利的，那么他也会考虑这自利是否行得通，因为他身边的每一个人也都在为自己谋。当人人都在为自己谋时，一如刺猬们偎在一起取暖，理智的人便会找到一种规则，即契约精神——在彼此的试探与谈判中，寻求利益的平衡，并将这一精神约定为共守的法则。

去年夏天，与一位学者闲谈。我问他：当今各种议论横飞，难道就不能找到一个共识么？他说，人类不能有共识，也不会有共识。他解释说，一是人各为自利而存，原本就没有绝对的共识；二是如果人类相信这个世界上有一个共识，那么，就必定会有人宣称自己找到了它，掌握了它，就会用一种方式驱动着人们自愿或不自愿地去奔向它。到头来，这个共识就会成为不容任何人质疑的真理，而那个宣称发现它并"掌握"了它的人就会成为人的"上帝"。他说，人类已为此吃了很多的苦头了。

我明白，也认同他的意思。每个人虽然都有自己的立场，但你并不一定能像哈耶克所希望的那样，能够依据这个立场来决策自己。可我又在想，造就一个能让每一个人完全地依据自己的立场来决定自己的识与行的社会平台，岂不是也可以成为共识么？比如伏尔泰的"虽然我不同意你的观点，但我拼命捍卫你说话的权力"，再比如胡适晚年曾多次说过的：我现在才觉得，容忍比自由更重要。

所以，对于每一个人来说，当你能够使用你的立场时，你是否在想着用你的个人的立场来"统一"别人的立场呢？活跃的社会应当是，只有你尊重、容忍他人的立场的存在与使用，你才能拥有自己的立场。否则，社会将是寂寞的，失去活力的。这恐怕也是历史证明了的"共识"。

（原载《民主与科学》2016 年第 1 期）

曾国藩之臭与香（外一题）

乐　朋

　　"晚清第一名臣"曾国藩，在近七十年间经历了悲喜两重天。前五十年，他是恶名昭著的臭狗屎；而在后二十年，就几为人见人爱的香饽饽了。且以两本书为例，一看究竟。

　　一本是，完稿于 1945 年并在 1947 年出版的范文澜《中国近代史·上册》，内有作于 1944 年的"附录"，题为《汉奸刽子手曾国藩的一生》。全文约两万字，给曾国藩加上种种罪名，诸如"内战首魁""卖国能手""穷凶极恶罪该万死的民贼""反民主革命的反动典型""百年来一切出卖民族的汉奸与屠杀人民的刽子手的开山祖"，等等。总之，恶评如潮，曾国藩是十恶不赦的大坏蛋，他的一生就是罪孽滔天的一生。

　　另一本，是 2012 年出版的袖珍本《曾国藩传》。它说，曾国藩自幼好学，刻苦努力；以"做好官"为座右铭，廉洁奉公，效忠国家；处世正直谦逊，彬彬有礼；善交名流，纳贤才、聚人脉；书生治军，为剿灭太平军屡立奇功；即在家庭生活方面，也节俭朴素，作风正派，是个好丈夫、好父亲。书中虽提及他外号"曾剃头"，有滥杀之过，但总体上说，曾国藩确为近代中国旷世难觅的忠臣孝子。他以一己之力挽大清国于倾倒，是"晚清第一风云人物"、近乎完美的"圣贤"。他的一生，堪谓"英雄"诗史般的"辉煌一生"！

　　站在历史中的曾国藩，只有一个；可在两本写他的史书里，其形象、事迹和评价，竟然判若云泥，成了两个完全不同的曾国藩。一个欲将之打入十八层地狱，犹嫌不解其恨；另一个则抬之九霄云外，仍恐不足其美。我们该信哪个曾国藩呢？

　　我不想对两本书各打五十大板。倘要打板子的话，对前本打八十大板，对后本打二十大板，才较公允。因为，前本对曾国藩一生的描绘，过于妖魔化，与史书应持的客观、公正的价值判断，相去太远。后本纵有瑕疵，却不

辑五　　261

失全面、客观、公正的立场。范文澜先生是我国著名史学家，他岂能不知秉笔直书的史学传统，怎会把曾国藩说成臭狗屎一样的"汉奸刽子手"呢？

问题出在对历史人物的评判价值观之偏差。而其中最关键的，还在如何看待太平军起义和太平天国运动。由于以往的主流价值观奉太平军起义为"农民革命战争"，把从鸦片战争、太平天国运动到义和团运动、辛亥革命，称为"旧民主主义革命"，五四运动和共产党领导的革命斗争为"新民主主义革命"，且两者一脉相承；所以屠杀、镇压太平军的曾国藩，势必就是"刽子手""反革命"了。指曾国藩为"汉奸"更没道理。大清朝立国已二百余年，曾国藩与吴三桂不一样，他为朝廷效命并非卖主求荣，岂可以"汉奸"论之？倘若曾国藩是"汉奸"，那么先后参与镇压造反的左宗棠、林则徐等，又算什么？汉族官员替清朝卖力的，所在多多，他们也是"汉奸"么？倘说曾国藩为"刽子手"尚可成立，那么他的"汉奸"罪名就纯属莫须有的诬枉之词。

随着革命、阶级斗争渐渐淡出政治舞台，对太平军、太平天国的评价悄然发生变化。其对立面的曾国藩即咸鱼翻生，成了"英雄"。各种版本的文集、传记、家书，面世后都成"畅销书"。官员、学者，纷纷捧曾国藩为"楷模"。曾国藩的治学、为官、治军、做人、处世，乃至家教、家风，都为人们所津津乐道。然而，对曾国藩的"捕人要多，杀人要快"，以及湘军杀民冒功、屠城洗劫，对俘虏挖目凌迟等残暴行为，便加以隐讳或淡化了。这也是一种片面性，而非持平之论。

鲁迅认为，评说人物切忌只取一点，"譬如勇士，也战斗，也休息，也饮食，自然也性交，如果只取他末一点，画起像来，挂在妓院里面，尊为性交大师，那当然也不能说是毫无根据的，然而，岂不冤哉"（《且介亭杂文二集·"题未定"草之七》）！范文评曾国藩，便是"只取"其残酷杀人这"一点"，又加以渲染夸张，于是曾国藩只剩下"刽子手"的凶恶相。反之，隐去他杀戮的一面，"只取"其别的"一点"，曾国藩又化作了大英雄、好家长。书写、评判历史人物，必须尊重事实，顾及当时的社会环境，切勿隐善扬恶或隐恶扬善。否则即无真实可靠的信史。

曾国藩无疑是晚清时期了不起的人物。他留下的文化遗产颇丰，备受国共两党首脑蒋介石、毛泽东的推崇。可我以为，他所开创的近代军阀专制之先河，影响恶劣，遗害不浅。临终前，他特意找来得意门生李鸿章，"以大事相托"：他一面为自己攻克天京后撤裁湘军、自毁长城而深深懊悔，一面又劝诫李鸿章千万不可像自己那样，迫于压力而削弱淮军。要而言之，手里的军队绝不能放松；有了枪杆子，什么都好办。果然，李鸿章及其北洋派系，如袁世凯、段祺瑞等，都衣钵相传，信奉"有枪就有权"的一套，大搞军阀割据。乃至后继的以蒋介石为典型代表的国民党新军阀，也实行变相的军阀统治。他们手中的军队总以"安内攘外"为圭臬，专用来做剪除异己、镇压百姓的工具。此等军阀专制，与现代国家的进步理念，南辕北辙，背道而驰。

西哲有云，一切历史都是当代史。历史尘埃中的曾国藩，昨天唱白脸、今天唱红脸，忽而奇臭、忽而奇香，根源不在曾国藩本人，而须到现实生活的需要中去寻找。但我坚信鲁迅所说，知人论世，应"平意求索，与之批评，则所论始云不妄"（《坟·科学史教篇》）。写史、读史的最大难点，不就在"平意求索"四字吗？

（原载《湘声报》2016 年 4 月 29 日）

鱼龙混杂的维新派

甲午海战惨败和《马关条约》的签订，把老迈的中华帝国推向"亡国灭种"的边缘。维新图强的变革思潮如激流震荡，而形形色色人物的"咸与维新"又让维新派鱼龙混杂、良莠不一。围绕着君治与民治的不同目标，维新派大体分化为激进、中间和保守三大派系。

激进革命派以谭嗣同为代表。汉民族意识浓烈的谭嗣同，视清朝爱新觉罗氏为"贱种异类"，痛斥其"凭陵乎蛮野凶杀之性气，以窃中国"。因此必须打倒之。他虽受康有为、梁启超的影响，但政治主张相异，反对"君民同治"，力主民治、民主。"生民之初，本无所谓君臣，则皆民也。民不能相治，亦不暇治，于是共举一民为君"。"夫曰共举之，则且必可共废之。君也者，为民办事者也"。这种激进的民主革命思想，在当时可谓独领风骚。谭嗣同之同调的唐才常也说，"若夫地球全局，则非发明重民恶战平等平权之大义，断断不能挽此浩劫"。顺应时代潮流的激进革命派，不惜流血牺牲以救国家、民族危亡；作为维新派，他们是言行一致的民主主义者。

中间调和派人数最多，成分也最复杂。如严复、康有为、梁启超、麦孟华、容闳等人，均是"君民同治"、君主立宪的拥趸。严复痛恨君主专制，却避谈民权民治，只盼皇帝"结百姓之心"，做开明君主；康、梁的维新宗旨，则在"满汉不分，君民同治"。还提议"满汉合种"，通过"散籍贯、通婚姻、并官缺、广生计"之途径，为"圣皇"保持"宰治支那之光荣"。康氏大门生麦孟华甚至说，"中国非民权不立之为患，而君权不立之为患"。出路只有"尊君权抑民权"。这些半吊子维新派，后来沦为"保皇党"，成了辛亥革命的对头，是合乎其思想逻辑、不足为奇的。

以帝师翁同龢为首的保守派，包括孙家鼐、长龄、文廷式、志锐等在内，原本都是清朝大官僚。他们的维新变法，主要是为净脱慈禧太后对朝政的掌控，将最高权力归于光绪帝之手。御史安维峻的甲午奏本称，"太后既已归政于皇上，则一切政权不宜干预，免掣皇上之肘"。对康、梁的民权平等说，他们内心憎恶，但为削弱后党、不得不容忍于一时。他们追求的变法理想，仅仅在强化皇权"独断"，因而是维新派中的守旧派系。

尤当留意的是，在保守、调和的维新两派中还混入了一些假维新的投机者。严复的《论中国分党》说及这类人，"其一以谈新法为一极时髦之妆，随声附和，不出于心。其一见西人之船坚炮利，不若从而效之。其一则极守旧之人，及见西法，不欲有一事为彼所不知不能，乃毛举糠粃，附会经训，天下之人，翕然宗之。维新之种将为所绝。之斯三者，有维新之貌，而无维新之心者也"。与康有为一同发起成立保国会的李盛铎，因保国会遭翁同龢、文廷式反对，被朝廷查禁，李就连上三本反噬，在抽下自己名字后托请报馆登出保国会全体会员名单，以博取朝廷信任。又如投机革命的袁世凯，发觉情势不妙，立即见风扯篷，向慈禧告密、出卖光绪，致使"百日维新"流产。这类被鲁迅称为"假革命的反革命者"，以投机钻营、保官上位为终极目的，一遇风吹草动，其维新粉妆便剥落无遗。

两头小、中间大的维新派，也体现在专办维新政务的"军机四卿"中。俗称"小军机"的御前章京共有四位，即杨锐、刘光弟、林旭、谭嗣同，深得光绪帝器重，乃推行变法的得力干将。可四人中，杨为张之洞门徒，属假维新派；刘在刑部为官多年，属翁同龢派；林是曾任两江总督兼南洋通商大臣沈葆桢的孙女婿，与后党首领荣禄素有交情，充其量是个中间调和派；只有谭嗣同是真正的革新派，忠诚于维新事业。他早有献身变法的准备，"今中国未闻有因变法而流血者，此国所以不昌也。有之，请自嗣同始"。变法失败、搜捕维新党人时，谭嗣同拒绝逃亡日本，从容、慷慨赴死！办理新政的"军机四卿"，犹如此纷乱相歧，它能办出个什么好结果来呢？

以往的史书都把慈禧太后写作反对维新变法的顽固派，其实不确。在变法酝酿和实施之初，慈禧的态度是赞成的，至少是默许的。1898 年 6 月 11 日，光绪"明定国是诏"的颁布，就曾得慈禧首肯。只是后来的变法超出了慈禧预设的底线，以至危害其最高权力和人身安全，她才变脸发难，罢黜翁同龢，对维新派痛下杀手。维新派的鱼龙混杂、软弱苟且，注定在与慈禧后党的较量中不堪一击。"自改革"之难点，在上不在下。其最大的难点，就在要触动既得利益集团的利益并排除其干扰破坏。而且，由利益得失而派生的改革派内部的分化，也不可避免。昨天的改革促进派，今天可能变作促退派；今天的改革反对者，明天可能成了改革的拥护者。主导、引领改革事业的人，始终要做好不断壮大改革力量这篇大文章；而时刻警惕和识别投机的假改革派，尤为重要。

百年前鱼龙混杂的维新派，当为可资鉴今的一面明镜吧。

（原载《湘声报》2016 年 1 月 15 日）

重读《鲁迅全集》

王春南

　　《鲁迅全集》我先后读过两遍。第一次是在 1975 年，"文革"后期，用的是人民文学出版社 1958 年版（10 卷本，人民日报社资料室藏）。41 年后，二读《鲁迅全集》，这回用的是人民文学出版社 2014 年版（10 卷本）。我花几个月时间，坐在南京图书馆阅览室读完了此书。

一

　　"文革"中曾看到某大学编印的一本《鲁迅语录》，《后记》写道："共产主义战士鲁迅，他无限热爱毛主席，无限忠于毛主席的革命路线。他坚定正确的政治方向，英勇顽强的无产阶级革命造反精神和丰富的斗争经验，永远是我们学习的光辉榜样。"这段话，大体可以代表当时人们对鲁迅的崇敬。其时，报纸上引用频率最高的，首先是毛泽东的"最高最新指示"，其次是马恩列斯的话，第三是鲁迅的话。毛泽东的话，"一句顶一万句"；鲁迅的话，一句顶一千句。鲁迅在我心目中，是半个神。正是在这样的背景下，我第一次读了《鲁迅全集》。

　　这次阅读的重点是鲁迅的杂文。他的杂文，文笔老辣、犀利，笔下无情，嬉笑怒骂皆成文章，字字句句都是匕首和投枪，这是我当时特别佩服的。因为毛泽东说过，"鲁迅后期的杂文最深刻有力，并没有片面性"，所以我把鲁迅后期的杂文看作是至善至美的。不但如此，就是对他前期的杂文，也不敢去想有无片面性。读到我认为的警句，例如，鲁迅去世前一个多月写的"损着别人的牙眼，却反对报复，主张宽容的人，万勿和他接近"，以及"我的怨敌可谓多矣，倘有新式的人问起我来，怎么回答呢？我想了一想，决定的是：让他们怨恨去，我也一个都不宽恕"，等等，我都抄了下来，反复诵读。

二

二读《鲁迅全集》，已是垂暮之年。因为第一次读了《鲁迅全集》以后，对鲁迅的认识仍是肤浅的，甚至是片面的，所以我早就有"温习"《鲁迅全集》的心愿。到了 75 岁，终于下了决心，要趁自己精力、目力尚可，将《鲁迅全集》再读一遍。我想在《鲁迅全集》中看到完整的、有血有肉的鲁迅，不但看到鲁迅的"光辉形象"，而且看到他作为"凡人"，怎样看待生命问题，饭碗问题，银钱往来；怎样对待家人、仆人、同事、邻居、朋友；怎样回忆和评说他生活过的地方南京、北京、厦门、广州、香港、上海，以及日本；等等。我想看到阶级斗争年代媒体宣传中刻意不说的鲁迅的另一面。

为此，我不但继续关注鲁迅的杂文，还关注他的书信和日记。他的书信和日记写得坦诚、真率，从中可以读到他的很多心里话，可以了解他的真实思想，也可以了解他的社会活动、读书写作、家庭生活和情感世界。尤其是给许广平、曹靖华、杨霁云、萧军、萧红、王冶秋、章廷谦等人及日人山本初枝、增田涉的信，有很多不足为外人道的话。例如：鲁迅与许广平"同居"（这是鲁迅用的词）之前，《两地书》中就有关于鲁迅性格弱点的直截了当的记述。1926 年 11 月 15 日鲁迅致许广平信云："我愤激的话多，有时几乎说：'宁我负人，毋人负我。'然而自己也往往觉得太过，实行上或者且正与所说的相反。"次日，许广平在给鲁迅的信中说："看了《送南行的爱而君》……因此想起你的弊病，是对有些人过于深恶痛绝，简直不愿同在一地呼吸，而对于有些人又期望太殷，不惜赴汤蹈火，一旦觉得不副所望，你便悲哀起来了。这原因是由于你太敏感，太热情，其实世界上你所深恶的和期望的，走到十字街头，还不是一样么？而你硬要区别，或爱或憎，结果都是自己吃苦。……"读了相关的书信，再去读鲁迅的杂文，可能会有更深的理解。又如：鲁迅在一封信里称朱安"内子"，在给母亲的一封信里称朱安"太太"，在给已经怀孕的许广平的信里曾称朱安"某太太"，在一篇日记中曾称朱安"妇"，从这些称呼，可以约略窥见鲁迅与朱安的奥妙关系。

三

记得 1971 年"九一三"事件后，突然宣传起鲁迅"解剖自己"来。本人也写过这方面文章。但对鲁迅怎样解剖自己，鲁迅解剖自己跟批判林彪又有什么关系，并不了然。原来当时公布了毛泽东早在 1966 年 7 月 8 日就写好的给江青的一封长信。信中说："我跟鲁迅的心是相通的。我喜欢他那样坦率。他说，解剖自己，往往严于解剖别人。"鲁迅的原话是："我的确时时解剖别人，然而更多的是更无情面地解剖我自己……"以前我对鲁迅解剖自己严于解剖别人的说法是深信不疑的，第二次读了《鲁迅全集》，疑惑起来了。像鲁迅这样被推崇为"圣人"的人，要做到"自知之明"，也是很难的。鲁迅《致萧军》（1935年10月4日）写道："……我自己想，虽然许多人都说我多疑，冷酷，然而我的推测人，实在太倾向于好的方面了，他们自己表现出来时，还要坏得远。"既然"许多人"都这么说，不会无缘无故吧。

鲁迅有一个特点，就是喜欢利用别人生理上的缺点起绰号，挖苦人、奚落人，甚至攻击人。例如，有一位教授，江苏苏州人，鼻子有毛病，鲁迅便给他起了一个绰号"红鼻"（有时简称为"鼻"，有时画个鼻子代表），在几十篇文章中不厌其烦地攻击他，或稍带刺他一下，把这位教授说成是品行极其恶劣的人，却拿不出任何证据。尤其过分的是，骂他"一副小娘脾气""梅毒菌"，甚至骂他父亲。今天的读者读了，大概是不会有兴趣的。鲁迅对此事始终没有反省，不但如此，还有些得意。

四

《鲁迅全集》褒贬的人物难以计数，总的来说是贬的多，褒的少。他赞什么人，赞的根据是什么，骂什么人，骂的根据是什么，都是我所留心的。要说鲁迅骂人都骂对了，那倒未必。施蛰存向青年推荐《颜氏家训》、萧统《文选》和《庄子》，遭到鲁迅讥笑、指责。鲁迅还骂施蛰存"洋场恶少"。他认为从《文选》中找不到活的语汇，读《文选》无助于提高写作水平。其实毛泽东在学生时代就熟读《文选》中一些文章。1975年，他曾对邓小平说"木秀于林，风必摧之"。这句古语就出自《文选》所收三国魏李康《运命论》，全句为："夫忠直之迕于主，独立之负于俗，理势然也。故木秀于林，风必摧之；堆出于岸，流必湍之；行高于人，众必非之。"青年人读《文选》，怎么会没有益处呢？

鲁迅《关于太炎先生二三事》提到章太炎"和'××'的×××斗争"。据"文革"期间出版的一本《鲁迅杂文书信选》的注，括号中的"××"可能是"献策"二字，"×××"即吴稚晖。章太炎曾公开揭露吴稚晖"向清朝江苏候补道俞明震'献策'，出卖邹容和章太炎本人，致使他们两人同时被捕"。鲁迅是相信吴稚晖出卖了章太炎、邹容的，并说《章氏丛书》中不收录揭露吴稚晖的文章，"其实是吃亏，上当的"。这桩公案，据何倩女士《在历史中求史识——访唐振常先生》一文，唐振常先生经过研究，已否定了吴稚晖告密之说。

"文革"中学鲁迅，是把鲁迅著作当作阶级斗争锐利武器，学了之后，去斗"走资派"，并且要"痛打落水狗"。突出一例是，把鲁迅当年骂"四条汉子"周扬、田汉、夏衍、阳翰笙的话，当作批判他们的炮弹，不但如此，还据以定罪。

现今我们向鲁迅学什么？鲁迅揭露社会弊病，抨击专制主义，为低层民众呐喊，这是值得我们学习的。不过，鲁迅毕竟是凡人，他的一些说法和做法，也有可商榷之处。如鲁迅作为教育部官员（佥事），一边拿着300元大洋月薪，一边公开支持北京女师大学潮，并且亲自为学潮领袖起草致教育部函，这似乎不妥。

在鲁迅看来，遍地都是"坏种"，张口便是"狗"，而且分为"叭儿狗""癞皮狗""乏走狗""落水狗""谎狗"，等等，这也学不得。鲁迅把民国时期的国画说得一钱不值，蔑视刘海粟等知名画家；对中国古代诗人，只喜欢李贺一人，后来连李贺也不喜欢了；给汉字加了很大罪名，坚决主张废除它；劝导青年少看甚至不看中国书，只看外国书；等等。凡此种种，我觉得都有些偏激。

（原载《湘声报》）2016 年 7 月 15 日）

试论古人的"亡国"之叹

理　钊

　　陈平原先生的《从文人之文到学者之文》，讲到了几位明清交接之际的文人与学者，比如张岱、黄宗羲和顾炎武等。这几位文人学者，于其文章中总埋有一种很深的"怀国之情"。比如张宗子在他的《自为墓志铭》中写道："年至五十，国破家亡，避亦山居。"后来读到他的《陶庵梦忆》，那一种"悼亡"的味道，真的是飘在每一篇文字之中。黄宗羲此情也不输于张宗子。黄是明末著名的东林党人黄尊素之后，其父受魏忠贤陷害死于狱中，1628 年，黄宗羲入京替父诉讼，在公堂上以暗藏的铁锥猛刺魏忠贤的余党许显纯，震动京城。明亡后，他曾参加南明的抗清活动。黄在清朝生活了五十年，曾受征召，但始终不与新朝合作。顾炎武大抵也是如此，一生颠沛流离，但誓死不仕新朝。

　　中国有几千年的历史，其间朝代更迭几十次，汉晋隋唐，宋元明清，但就大的方面讲，无论期间如何改朝换代，也还总有一个不变的名称，即中国。据说，《没有共产党就没有新中国》一曲中，最早的歌词是"没有共产党就没有中国"，是没有"新"字的。有一次，毛泽东的女儿唱这首歌时，毛泽东听见了，便说：中国已有两千多年了，那时哪有共产党呀！于是，歌词才改成了"没有新中国"。

　　所谓改朝，倘用现代的话讲，无非是换了执政者而已。当然，朝代更替之迹，前朝的旧人，对于旧朝怀有一种不舍的情义，是可以理解的。然而，这种怀旧朝之情，却常常表达为亡国之情、怀国之情，"商女不知亡国恨，隔江犹唱后庭花"。黄宗羲与顾炎武乃一代学者，对于历史有着极深的研究，张宗子虽为文人，但也著有史书。如此说来，他们对于朝代的更替，似乎是该很明白的。

　　何以有如此强烈的"亡国"之叹呢？就以明清的更替来说罢，朱氏所建的明王朝由爱新觉罗氏的清朝代替，难道就因为爱新觉罗氏为满族么？如果以清朝谋国的"业绩"来论，清朝所创的基业其实倒比明朝的还要大一些。

而在清朝让出权力后，依旧是又有人来"怀念清朝"的，照样曾唱过"亡国"的老调，而这里面也并非只有满人，比如著名的辫子军大帅张勋，文化人中则有辜鸿铭。可见这所谓的"亡国"并非以族裔为限。

是怀恋自己的富贵荣华么？亦不尽然。那些怀着"亡国"的感叹的人中，是很有一些才华的人物。所以，倘若他们以他们的才华与名望，在新朝中谋一个职位，继续他们的富贵梦，也并非是一件难事。黄宗羲、顾炎武都曾被新朝征召过的。

所以，旧朝去后，之所以有那种"亡国"的感觉，唯一原因便是"君国一体""家天下"的观念使然。

在皇帝的一面讲，不论他们是用了什么样的法子得了权力，掌管了中国，也不论他们在文面上说了多少恤民养生的话，在内里则是把个天下视为一己之物的。《诗经·小雅》中的"溥天之下，莫非王土；率土之滨，莫非王臣"，基本就是他们内心的意识。刘邦未发达时，他的父亲便说他不如他二哥能谋家，待刘邦谋得皇位后，便问他父亲："某业所就，孰与仲多？"而明朝的第三任皇帝朱棣，说得尤为直接。吴思在《潜规则》一书中曾抄录过一则朱棣的诏书："那军家每年街市开张铺面，做买卖，官府要些物件，他怎么不肯买办？你部里行文书，着应天府知道：今后若有买办，但是开铺面之家，不分军民人家，一体着他买办。敢有违了的，拿来不饶。钦此。"这两位皇帝便是将内心话直说了出来，这也算是草莽出身的直率罢。

在皇帝的一面是"家国不分"，而自汉朝独尊儒术之后，历朝又把孝道抬升至国家意识形态的高度，着力推行，"求忠臣必于孝子之门"。推重孝道的终极目的，其实并非要人好生奉养自己的父母，而是因为"其为人也孝弟而犯上者，鲜矣；不好犯上而作乱者，未之有也"。孝，是忠君敬长的根本。

其实，在很早的时候，中国也曾有君权与民权相区分的想法。张岱曾撰《夜航船》一书，书中录有一则故事："尧时有老人，含哺鼓腹，击壤而歌：'日出而作，日入而息，凿井而饮，耕田而食，帝力何有于我哉？'"但这种想法终究未能得以发展与广大，相反在"皇家天下"与"忠君敬长"思想的一路灌输之下，最终形成了"君国一体""君民一体"的意识，君主以为国家乃君主之私物，臣民也视自身为君主之附属，一姓之君主一旦失去了皇位，其下的臣民的"亡国"之叹自然也就从中而生了。

古人已往无可追。但今人读史，读到这样的"亡国"之叹时，当不会真的以"亡国"待之，默然一笑可矣。

（原载《杂文月刊》2016 年第 3 期）

如何构建和守住道德底线

柳士同

　　"泛道德化"怕是中国传统文化的一大特色。数千年来，一代又一代，无不张扬"道德"的大旗，防范和谴责"不道德"的行为；开口闭口不离"道德"二字，且又总是喟叹"人心不古""世风日下"；待到今日更是痛心"道德滑坡"，失去了"道德的底线"，甚至有人惊呼"什么时候就变成这样了"！听到这些说法，不禁令人心生疑惑：以前的世风就那么好，道德水平就那么高吗？如果真是这样，那么若要提升社会的道德水准，让道德不再"滑坡"，至少不要滑到"底线"以下，岂不是只有回到古代，用孔子的话说"克己复礼"了？

　　问题是我们的道德什么时候好过？汉唐，还是康乾？尽管那都是为文人所歌颂的"盛世"，其道德风貌却未必如后人所想象。哪怕如孔子乃至后世所推崇的"三代"，就真有他们形容的那么美好？且不说三代只是个传说，即使真如传说所言，其中为后世津津乐道的"禅让"，也不能不让人起疑。尧把两个女儿嫁给了舜，这种传位于女婿的做法能叫"禅让"？据后世有关文字记载，尧也好，舜也好，王位都不是"让"出去的，而是被"夺"走的。失去王位的尧和舜，境况都被继承者逼迫得颇为凄凉。还是禹痛快，索性撕掉虚伪的面纱，把王位直接交到儿子启的手里，不再故作姿态，装模作样。就这样的三位帝王，我们能将其视为道德楷模么？因此，有学者在言及中国的道德状况时，坦言"不是'什么时候就变成这样了'，而是从来都是这样"，此话说得还是有些道理的。然而，历来的道学家对这些似乎都视而不见，一味想当然地认为，只要通过"诲人不倦"的说教，社会的道德风貌就会大为改观；全社会只要按照他们的训导去做，社会秩序就会安定和谐，君王也就可以心安理得地"王天下"了。

　　于是，问题又摆在我们面前了，孔孟之道教化国人已有两千多年，究竟取得了多大的成效呢？国人的道德水准究竟有多大的提升呢？怕是稍有历史常识的人，心里都清楚。而如今道德的每况愈下，以致几近全方位塌陷，越发证明了道德说教的苍白和无济于事。半个多世纪以来，我们对思想品德的教育，应该说是抓得不能再紧了。学校有一支极其庞大的从事"道德教育"的专业教师队伍，各种媒体乃至大街上随处可见的标语牌和电子屏幕，几乎无时无刻不在进行着宣传和教化；然而，社会的道德水准并不见提高，人们依旧在感叹道德的滑坡道德的沦丧。到过西方或者日本的国人，都发现在道德水准上，西方（包括日本）的年轻人并不亚于中国的年轻人，在很多西方国家（包括日本），人们的社会公德乃至整体素质明显地要比中国人高。面对这些亲身所历亲眼所见亲耳所闻的事实，我们难道不该静下心来认真反思一下，为什么我们整天讲道德，道德水准反而不如人家呢？人类都进入二十一世了，可我们还寄希望于所谓传统的道德教化，以为通过"读经"，通过圣人的片言只语就能守住社会的道德底线，就能提升国民的道德水平，是不是也太不现实了？有人说，孟子曰"人之所以异于禽兽者几希"，只要我们记住"人没有仁义之心，就跟禽兽一样"，就不会去做不道德的事情了。这岂不太天真太可笑了？简直就是痴人说梦！目前，除了那些"国学班"的主办者、宣讲者，得以通过"读经"拼命捞钱之外，实在看不出这类道德说教对社会的进步有何裨益，社会依旧走不出道德的困境。其实，在那些道德败坏的人当中，从来就不乏喋喋不休的说教者！

　　关键的问题还在于，我们说"道德滑坡"，究竟从哪儿滑到哪儿了？我们讲"道德底线"，底线又在哪儿呢？尤其是由谁来设定这个底线，又如何守住这个底线？这不都是些问题么？倘若连这些问题都没搞清，只顾闭着眼读经，能读出个什么子丑寅卯来？读得再好顶多也只能像鲁迅先生笔下"三味书屋"里的那位老先生，"微笑起来，而且将头仰起，摇着，向后拗过去，拗过去"罢了。说实话，想从传统的儒家学说中去寻找济世良方，来改善当下社会的道德状况，不仅无济于事，还会南辕北辙。因为儒家学说原本就是鼓吹恢复"礼制"的学说，其目的就是为了维护等级森严的宗法制度。在一个缺乏平等和公正的社会里，谁跟谁讲道德？权力一旦与道德结盟，统治者自然而然就占据了道德的制高点，权力也就越发肆无忌惮，谈不上任何监督与制约。在这种政治文化生态里，道德的言说只不过是获得强势话语地位的人，对他人实行思想掌控的意识形态托词而已。既然"三纲"已决定了社会制度的性质，那么，依附于制度的道德，"五常"当然得为"三纲"服务了。可良好的道德只能在良好的制度下才得以正常运行，否则，道德说教只能助长人们的伪善，"教化"出来的无非是伪君子或者奴才。现代社会是法治社会，我们怎么还用两千年前的"圣人"之言，用奴化了国人两千多年的"纲常"来规范我们"心中的道德律"（康德语）呢？为历代所津津乐道的诸葛亮的"忠"和梁山好汉的"义"，能整合我们今天的社会么？八十年前，也就是罗斯福新政时期，美国学者帕森斯在他的《社会行动的结构》一书中就精辟地指出，统治者不推行欺诈无以制服臣民、维持权力；于是，强力盛行加上欺诈成风，社会共同体就会败坏，最终上演失范。所以说，道德沦丧的病根在于宪法性的缺失，在于我们常说的"法制不健全"和"有法不依"，抑或让违宪的"恶法"驱逐了"良法"！没有法的制约，单靠自身的"修身养性"是根本靠不住的。也正如康德的道德哲学所揭示的：伦理道德的最高层次是理性存在者的自由意志以理性的名义对自己行为的无偏见的立法，并按照这种立法去行动。任何以自己的经济地位或任何其他特殊的处境为出发点的利益诉求，都是道德诉求的反面。由此可见，不是不要"讲道德"，而是只有在法治的前提下"讲道德"，良好的道德才有可能践行，否则，道德只能成为权力的工具。也只有当"政治系统中的权威受制于法律，尊重被统治者的权利，权力限于宪法规定的职司"（帕森斯语）时，我们才有可能构建起适合现代社会的道德底线，并将它牢牢地守住。

国人素来习惯于纵向比较，何不横向比较一下呢？早在公元前6—公元前5世纪，差不多与孔子同时的雅典立法者梭伦就主张"制定法律，无贵无贱，一视同仁"，亚里斯多德也主张"法治优于人治"，古罗马的西塞罗更是宣称"为获得自由，我们都是法律的仆人"。这大概就是西方先哲与中国圣人的区别所在吧？谁的观念更适合构建一个民主法治富足和谐的现代社会，该是不言而喻的了。

（原载《四川文学》2016年第1期）

科学家和政治家是不同的"家"

侯志川

　　在《杂文月刊》12 月上第 24 页看到一篇大作，议论三位科学家爱因斯坦、奥本海默和华罗庚的言行，表扬华罗庚与爱因斯坦"是同一量级的科学巨人"，鄙人觉得对华罗庚"过奖"了。爱因斯坦在现代物理学的崇高地位，凡是上过中学物理课的都清楚。大作的作者还认为，当 1945 年 5 月德国投降、日本尚在顽抗之时，爱因斯坦却坚决反对美国对日本使用原子弹，奥本海默也对美国对日本投下原子弹"深深自责"。大作的作者支持爱、奥两位谴责"美国使用原子弹"，我对此难以苟同，原因如下。

　　上述这个问题可以分成三个部分加以分析。第一，由于纳粹德国最先开始研制核武器，日本也以其著名物理学家仁科芳雄名字的第一个字为代号，制订并实施了研制核武器的"仁计划"（老人报 2013 年 8 月 21 日），因而在爱因斯坦的动议下，美国在 1941 年正式启动核武器研制，并于 1945 年 7 月率先研制成功。这是全人类的一大幸事，无可非议。想必大作的作者对此也不会有异议。第二，1945 年美国总统如果听信了爱因斯坦的"呼吁"，停止研制和使用原子弹，也即所谓的"不把这个恶魔从潘多拉盒子放出来"，是否其他国家也不会造出核武器，世界上就不会出现"核扩散"呢？窃以为这是不可能的。因为几乎在美国当年开始启动庞大的"曼哈顿计划"的同时，苏联间谍就把美国研制核武器的关键技术和最新进展不断偷送给了苏联，苏联也开始了核武器研制工作。在克格勃头子贝利亚的领导下，苏联的第一颗原子弹于 1949 年 8 月爆炸成功。从斯大林与"国际资本主义"不共戴天和处处都要"超过美国"的态度看来，即使美国在 1945 年突然"收手"，也决不可能使苏联放弃拥有核武器的打算。因而"核扩散"并不可能像爱因斯坦设想的那样，只要美国"停止"，其他国家也不会"染指"。爱因斯坦和奥本海默都是科学家，不是政治家，他们不了解苏联正在紧锣密鼓地研制原子弹的内幕。他们考虑问题更多的是从科学出发，而没有考虑到更广阔得多的政治。科学家和政治家的确是不同的"家"。

问题的第三部分是，美国为什么要向日本投下两颗原子弹，使用常规武器就不能使日本投降吗？事实证明，使用常规武器确实也能叫日本投降，但这必然要使双方的军队和平民都付出更加惨重的死伤，战争也必然推迟很多天结束。美国动用原子弹并不是值得赞美的行为，但两位科学家只了解原子弹的巨大破坏性，只想到了看到了原子弹对日本人民的伤害，但却不清楚"两害相权取其轻"这一著名的政治原则，不了解深受武士道精神毒害的日本军队的顽固，以及日本大多数国民深受军国主义影响，与日本天皇和军队几乎绑成了一个整体。即使 1945 年 7 月中、美、英三国发布了敦促日本投降的《波茨坦公告》，日本仍然予以拒绝，反而叫嚣"一亿玉碎"，布置了在日本本土展开"全面决战"。为了彻底打败日本，美国曾制订了以常规武器占领日本本土的登陆计划，预计将"造成美军 30 万人阵亡"（参考消息网 2015 年 4 月 3 日）。美国这样"计划"，是基于对日本政府、军队和人民的清醒了解，更是基于美军在太平洋岛屿与日军战斗的经验教训，尤其是基于 1945 年 4 月 1 日—6 月 21 日美军进行的冲绳战役。此役进攻的美军总共 58.4 万人，防守的日军总共 12 万人，美军兵力占绝对优势。美军的武器（飞机、军舰、坦克、大炮等等）更是日军望尘莫及。但想不到美军最后打下这个和中国香港面积差不多的小岛竟然花了三个多月的时间，自己伤亡 4.8 万人，其中阵亡的就达 1.2 万，是太平洋战争中美军阵亡人数最多的战役。12 万日军顽抗到底，6.6 万阵亡，1.7 万受伤，被俘的只有 7455 人，很多日军最后宁可集体跳海自杀也不投降。"在近乎孤立无援的情况下，坚持战斗三月有余，显示了日军抗登陆能力之高，战斗意志之顽强"（百度百科·冲绳岛登陆战）。冲绳只是一个小岛，总面积不过 1200 平方公里。日本本土总共 37 万平方公里，6000 多座大小岛屿，当时布置了近 300 万日军，"2800 万人的国民义勇战斗队"，还有几千万狂热而亢奋的国民。如果美军付出牺牲 30 万人的代价，按冲绳战役美、日双方阵亡 1 比 5 的比例，日军至少也要阵亡 150 万人。盲目自杀和被炮火打死的日本平民也不会少于 50 万，双方加起来将有 230 万人了。这是一个多么可怕的数字！

两颗原子弹在广岛和长崎造成的死亡人数，包括当时死亡的和以后陆续死亡的，大约共 22 万。这个数字相当于上述 230 万人的十分之一。被原子弹炸死当然也不幸，但加上苏联出兵和中国等国军民的坚强抵抗，日本在不到一个星期的时间就正式宣布投降，双方军民因此起码少死了大约 200 万，这既是不幸中的"幸"，对于投原子弹也确是"两害相权取其轻"吧。"害"确实都不是好事，但有时候毕竟还要区分"大害"和"小害"，区分"轻"和"重"。打个不怎么恰当的比喻，虽然监狱里关的都是罪犯，都不是"好人"，但判死刑的罪犯和判有期徒刑的罪犯，他们对于人民的危害总还是有很大的区别的。

　　况且，我们在讨论这个问题的时候，还必须注意到，美国当时是反法西斯盟国，立了大功劳，已经牺牲了29万多官兵。使用原子弹即使有不当之处，其出发点（"之一"）总还是为了早日结束战争、恢复和平、减少伤亡。我们对此也应当"宜粗不宜细"，要看人家的"大方向"对不对，不要老是纠缠这个问题。我一直有一个看法，也许正是有些人老是"念念不忘"美国在二战末期扔原子弹的"缺点"，才助长了某些日本人的选择性记忆，年年纪念"原爆"给自己造成的苦难，却从不谈论日本军队发动侵略战争和在战争中犯下的血腥罪行。美国在70年前扔原子弹是对是错，当然可以讨论，但更重要的是，在已经有多个国家拥有核武器的今天，怎样防止核战争的爆发。我很欣赏中国政府的多次声明：不首先使用核武器（新华网北京2014年12月25日电）。如果各个国家都认真这样做，核战争也就不会发生了。

（原载《杂文月刊》2016年2月上）

"清流党"有几成亡国之责

张林华

　　历史学家萧功秦先生，有感于当下社会在爱国的旗帜下，存在非理性的愤青思维的现实，主张"如果爱国，就应超越愤青思维"，为此举例佐证："甲午战争时期的清流党人挟持'谁不主战，天下共诛之'的话语霸权，使得清廷统治者在准备不足的不利条件下，迫于'爱国主义'的道德压力，进入一场力量悬殊的战争，结果（被迫签订）《马关条约》，让中国面临亡国危机。"（见 4 月 27 日《环球时报》）

　　研读萧文的这段话，是否可以理解为：正是这帮可恶的清流党人，直接导致了这场丧权辱国的甲午战争？从而摧毁了一个原本有着二百年历史的赫赫王朝？

　　这一观点乍看义正词严，然而却经不起推敲。因为将清王朝"亡国危机"归罪于清流党，是打偏了板子，难以站住脚：清流党人是否都主战？或者换个角度说，主战派是否构成了清流党人的主流民意？纵然清流党人皆主战，其作用是否真的大到了左右时局，甚至影响历史进程的地步？

　　清流派不过是晚清统治集团内部的一个政治派别。所谓"清流"，原特指那些标榜风节，不畏强御，遇事敢言，评议时政，指斥当道，不与权贵同流合污，深负清望的士大夫。清同光之际，由于内政不修，外侮日深，都察院内的一些御史言官和词苑讲官出而指陈时政，弹劾奸邪，力倡整饬纪纲，改革弊政。清流派是当时京师官场的一个松散团体，绝大多数出身翰林，主要人物有李鸿藻、潘祖荫、黄体芳，以及张佩纶、陈宝琛、张之洞等人。他们关心国事，针砭朝政，崇尚气节道义，憎恨贪官污吏；对外交涉主张强硬态度，反对妥协；文化上反对西方，独尊孔孟。

　　清流党人多势众，常以狂狷之气，大量弹劾有背纲常御律的大臣，一时声名鹊起，令许多行为不检点的权臣恨之入骨，闻之色变。清流党名士张佩纶，当时更是以弹劾大臣、整肃朝纲为己任，几起著名的弹劾事件，如弹劾侍郎贺寿慈、尚书青藜与董恂等，奠定了他的半世英名。从某种意义上说，如果没有一批不畏权势、勇于言事的清流，贪官污吏们的气焰会嚣张得多，晚清政治也会更加污浊。

所以，首先应该承认，真正的清流，其人品和气节仍然有可取的地方。清流派中，固然有所谓不切实际，高调主战，以满足人们急于宣泄屈辱感的未遂愿望、心理需要的清流政客，但也不乏洋务派的著名人物张之洞这样的保持清醒的清流党人。他在出任山西巡抚之职后，在实践中认识到清谈与办事、京官与地方官的完全不同，进而开始抛弃清流党嗜好空谈的陋习，迈出了成为一代中兴大臣的第一步。同时，张之洞得到恩师胡林翼的遗训，认识到中国的富强必须向西方学习，必须操办洋务，清流党的保守与盲目排外是不可取的，遂逐渐成为洋务派的代表人物之一。

其次，即使是盲目主战的清流党人，其动机极其复杂，对其实际影响力更要做客观分析甄别。就动机而言，清流党人常出惊世骇俗之语，或者出于无知，或者出于虚妄，要或出于借题发挥，打击别人的政治目的，或者出于危言耸听，制造混乱，借机发国难财的经济目的，不一而足。有着复杂家族背景的李鸿藻、宝廷等人，与学识渊博，却难免书生气的翁同龢、刘师培、张佩纶之间，是完全无法相提并论的，绝不能以"愤青"笼而统之，一概而论，均需细细加以辨识。

萧文中，专门引述了清代变法志士唐才常评述清流党人的话："无论曲直强弱，胜负存亡，但一步主战，天下共罪之……清议自许者，虚骄尤盛。"这段话里的"清议自许者"，是否就专指清流党人，尚可推敲。有趣的是，即使是这位强烈抨击主战言论的人士，也很快幡然醒悟，抛弃幻想，也走上武装起义之路，后遭清政府残酷杀害。吊诡的是，他评价清议者的话无疑是在甲午之后，距他被杀，仅仅不过短短几年时间。

第三，对于清流党人的影响力更需要做客观的分析甄别。名为清流，实则成分复杂流品不一。既有好名之徒，更有为了派系利益宁愿做违心之论的人，也不乏为了私利而诋毁他人者。而在曾氏看来，把这些名不副实的清流排除在外，清流之最上者，也不过能"自守"而已，难以想象他们有多少实际影响力的。在那个年代，坚执己见甚至敢批君主逆鳞，持论甚高却又未必均有裨于实际，这一特点遭到非议不被重视才符合逻辑。况且，清流固然常常不知变通，即使其迂执的议论却被采纳，最后发生恶劣作用，又怎能独怪于他们？如果不是由于执政者缺乏主见和定见，又因为对出现权臣的危险过度敏感，隐藏着利用言官谏官对大臣制衡的心理，清流的一些高调又怎能进入决策层，乃至对国事产生负面的影响？

忽喇喇一朝大厦倾倒，难道不是支撑这个王朝的根根支柱垂垂老矣、病入膏肓、无药可救吗？就王朝覆灭之责而言，难道清流党人之责，要甚于封闭腐败的体制？甚于在君主立宪道路上叶公好龙、功亏一篑的昏庸的统治者？恐怕难以这样来理解吧。

（原载《联谊报》2016 年 6 月 26 日）

坚定的爱老婆主义者（外二题）

汪　强

　　在这个国度，一个男人最优秀的品质，不是勇敢，不是诚实，不是勤奋，不是忠诚，而是爱老婆。

　　小男孩第一次说"爱"字，不是说爱祖国、爱人民、爱父母，而是说爱老婆。

　　对一个小男孩最好的夸奖，不是夸他聪明，不是夸他听话，不是夸他学习认真，而是夸他从小懂得爱老婆。

　　男子要领到结婚证，得先领到《爱老婆学》的合格证。而要领到这张合格证，就要苦读十本厚厚的书。全国约有91%的男子到了法定结婚年龄因领不到合格证而不能结婚。有一男子为这张合格证，进考场137次，最后一次刚填写好准考证号码，便晕倒在地，再也没有爬起来。事发后，全国各地未婚大龄男子纷纷走上街头，要求60岁以上未婚男子免试领取结婚证书。在游行队伍里，有一个60多岁的老妇人。她不只是跟在后边呼口号，还抓住机会发表演讲。她说，她与她的男友18岁相识，至今已经43年。"在这些年中，我曾三次身患重病，每次都是他陪伴在我身边，鼓励我告别了死神。"说着说着，她泪水直流。她说："他做的这一切让我坚信，他是优秀的爱老婆主义者，我愿意跟他生活在一起。可是，我没有成为他的老婆，他也一直没有老婆。一个优秀的爱老婆主义者，仅是因为记不住繁琐的条文，就被挡在婚姻的殿堂之外，这是多么荒谬？因此，我要大声疾呼：坚决废除《爱老婆学》的合格证制度，让所有具备爱老婆优良品质的人都有老婆可爱。"

　　聪明的有商业头脑的人一定会想到，《爱老婆学》的合格证考试会给很多人带来生财之道。确实如此。在这个国家，收入最高的职业是《爱老婆学》培训老师，其次是培训教材的编写人员，第三是培训教材的发行商。

　　同样，聪明的人一定会想到，在这个国家中，一定有不少人因《爱老婆学》合格证考试而犯罪。确实如此。在该国有一项罪名，叫作"《爱老婆学》合格证考试作弊罪"。犯这个罪的人数远超过偷窃、抢劫、诈骗、贪污、受贿等罪犯的总和。

既然爱老婆是男人最优秀的品质，那么，爱老婆就是男人当官的必要条件。如果一个男人有了爱老婆的典型事迹，或者发表了爱老婆的好文章，原来不是官的就很快能当上官，原来是官的很快能得到提拔。对一个官员最好的评价就是：该官员能忠诚于老婆，处处爱护老婆、服从老婆、愿意为老婆牺牲自己的一切。

若问，当官为什么要爱老婆？这是因为有学者考证过，一个爱老婆的男人一定是爱人民的人，一定是爱祖国的人，一定是有责任心的人，一定是谦虚谨慎的人，一定是有宽容之心的人。

由于有正确的导向，这个国家坚定的爱老婆主义者特别多。不信，请看看几个坚定的爱老婆主义者在爱老婆交流会上的发言：

甲：我们不是要一般地忠诚于老婆，而是要绝对地忠诚于老婆。我们不是要一般地爱护老婆，而是要无限地爱护老婆。我们不是要一般地服从老婆，而是要无条件服从老婆。

乙：一个人不爱老婆，就是一个没有良知的人，就是一个没有人性的人，就是一个没有责任感的人，就不能算一个真正意义上的人。

丙：一想到老婆的高贵品质，我对她的爱就像火山一样爆发，像江水一样奔腾，像夏天的太阳一样热烈，像岁月一样没有穷尽。

丁：每当听说有人不爱老婆，我就感到十分愤慨。我不明白，作为一个男人，怎么会不爱自己的老婆？我不明白，一个人不爱自己老婆还能爱什么。我希望媒体毫不留情地揭露不爱老婆的丑恶嘴脸，让这些人没有容身之地。

有一个无知而浅薄的记者提出质疑：

"听说甲先生经常在外边赌博，把家产输光了，弄得老婆连饭都吃不饱，能说甲先生是爱老婆的吗？听说乙先生经常殴打老婆，致使老婆常常见到他就恐惧万分，能说乙先生是爱老婆的吗？听说丙先生先后与105个女性有染，能说丙先生是爱老婆的吗？听说丁先生有钱买豪华的房子，却不肯花钱给老婆治病，能说丁先生是爱老婆的吗？"

爱老婆协会一名副会长说：

"甲先生赌博是事实，将家产输光了也是事实。但是，大家知道他为什么赌博吗？他赌博，不是为了寻找刺激，而是为了赢钱。为什么想赢钱？是为了让老婆过上豪华的生活。所以说，尽管赌博不好，但出发点是好的，是出于爱老婆。乙先生打老婆是事实，老婆常常生活在恐惧之中也是事实，但这不表明他不爱老婆。一次回到家中，见到有人要侮辱他的老婆，尽管那个人长得五大三粗，他还是毫不犹豫冲了上去，与那人搏斗。这说明了什么？说明在关键时刻，他毫不含糊，是一个坚定的爱老婆主义者。丙先生与105个女性有染，也是真的。不过，正是这些女性证明了他是坚定的爱老婆主义者。不妨说点隐私。在105个女性中，有98人希望他与老婆离婚，这些女人都比他的老婆强，但他一一拒绝了。这说明他的心中，还是老婆最重要。丁不肯给老婆治病，这话有点过分。他不是不肯给老婆治病，只是粗心了，没有及时给老婆看病。老婆死后，他跪在老婆遗体面前边哭边检讨，说得那么诚恳，哭得那么伤心，显然是一个真诚的爱老婆主义者。"

（原载《杂文月刊》2015年12月上）

我为什么不生气

台湾作家龙应台写过《中国人，你为什么不生气》，说了若干应该生气而不生气的情形。虽然题目中说的是中国人，其实举的都是台湾的例子。不过，不能因此说这个题目不合适，同为中国人的大陆人也有类似的情形。台湾人为什么不生气，我不清楚。大陆人为什么不生气，我略有了解。

有人在办公室里抽烟，让屋子里弥散着尼古丁，影响你的健康，你为什么不生气？办公室里除了我与他，还有小张与老马。小张是年轻的女同胞，父亲患肺气肿，据说与抽烟有关。因此，对烟草她深恶痛绝，找对象的要求之一就是不抽烟。老马有气喘病，一闻到烟味儿就要咳嗽。他在办公室里抽烟，他们都不生气，我为什么要生气？

化工厂建在你家门口，污染水，污染空气，让你失去好的居住环境，你为什么不生气？我原来是农民，一年只挣到4000多。后来到外边打工，一年也只能挣两万多，还让孩子成了留守儿童。化工厂建起来了，我进了厂，一个月能挣3千多，同时，还照顾到孩子，让孩子的成绩直线上升。你说说，我为什么要生气？

听说有人剽窃了你十年前发表在大学学报上的一篇论文，据说，他只是改了一下标题，调了一下顺序，换了一下例子，就将你的劳动成果变成他的了，你为什么不生气？我理解人家，人家剽窃我的论文，不是为了出名，不是为了赚稿费，只是为了评职称。况且，说句实话，我的论文其实不是我的论文，我也是抄的人家的，当然，也有我的劳动，那就是将两篇变成了一篇。你说说，我为什么要生气？

隔壁人家深更半夜大声喧哗，闹得你家的老人睡不着觉，闹得你家的孩子无法安心看书做作业，你为什么不生气？我也与他交涉过，他说："我喧哗了，可我没有在你家门口喧哗，没有在我家门外喧哗，我是在自己家中喧哗。在我自己家中我想唱就唱，想叫就叫，你管得着吗？"是呀，他没有在我家门前叫，没有在他家门外嚷，而是在他自己家中闹。在家里怎么闹，是他的自由，我有什么理由生气？

　　那天买火车票，你半夜就到了火车站，辛辛苦苦排了三个小时的队，忽然有人加塞加到你的前边，结果加塞的人买到了票，你却没有买到票，你为什么不生气？那加塞的人是我的班长，是我的老乡，平时对我挺照顾的，他加塞加到我前边，是我同意的，说得更坦率点吧，是我叫他加的。让他加，他买到了票，加了他，我买不到票了，真是太好了。好在哪里？好就好在这会让班长能记住我。你说说，我怎么会为他加塞生气？

　　你从来舍不得打你的孙女，也从来不允许儿子媳妇打她，而学校老师打了她，打在不该打的地方，她伤心得哭了半天，你为什么不生气？老师打她，是教育她，是为她好。到底为什么事？我也不清楚。虽然不清楚，但我知道老师肯定跟孩子无仇无怨，他打孩子，肯定是孩子有过错。孩子有过错，他打了孩子，让孩子改错，我为什么要生气？

　　村干部经常用土地补偿款吃喝，少说一点，一年吃掉你家几百元。你为什么不生气？依我看，你应该生气，几百元对你来说不是小数字。平时，你省吃俭用，一个月也只花一百多元。我不生气。与上一届村干部相比，这届村干部算好的了。虽然吃喝，但不吃山珍海味，只吃农家的家常菜。不喝梦之蓝，只喝海之蓝。这就比上一届村干部好。上一届村干部要吃山珍海味，要喝梦之蓝。这一届村干部比上一届的好，你说说，我为什么要生气？

　　在你居住的那个城市里，经常出现雾霾天气，让人感到窒息，你为什么不生气？如果生气能减少雾霾天气，我可能会生气。如果生气能增加能见度，我会生气。生气能避免交通事故，我会生气。可惜，生气没有任何用途，没有用途，我为什么要生气？再说，谁是雾霾天气的制造者？好像谁都是，又好像谁都不是，我向谁生气？我生谁的气？

（原载香港《大公报》2015 年 11 月 26 日）

假如版阿 Q 传

　　关于阿 Q 有好多假如，我也凑个热闹，再来一个假如：假如阿 Q 参加了革命，是革命组织中重要的一员，在革命胜利之后成为显赫一时的人物，阿Q的传记应该如何写？提出问题不难，解决问题不易。我想了几天，才想到以下几点。

一、关于姓名问题

按照鲁迅先生的说法，阿Q之所以叫阿Q，原因有二：一是无法知道他姓什么。有一回他说他姓赵，被赵太爷训了一顿，打了一个耳光，说他不配姓赵。他丝毫没有争辩，说他确实姓赵。赵太爷也没有说他不配姓赵而配姓什么。二是他虽有名字，却只是口头上叫叫而已，不知道究竟怎么写。

假如版阿Q传当然不可以这么写。说阿Q穷，阿Q能接受，说阿Q连自己姓什么叫什么都不知道，这是对他的侮辱。在假如版中，传主姓赵，名长贵，没有丝毫含糊之处。既然如此，为何要将赵长贵叫成阿Q呢？原来，在外边做工时，工友们亲热地称他为阿贵。一次，一个外国工友给他写信，忘记了"贵"字怎样写，就将"阿贵"写成了"阿Q"，后来，这个外国工友在革命中为掩护他牺牲了自己的生命。为了纪念朋友，他决定终身叫作"阿Q"。

二、关于阿Q的挨打及精神胜利

第二章是《阿Q正传》中最精彩的一章，也是给读者印象最深的一章。读者可以将其他情节都忘了，但不会忘记这样的情节：在挨打之后，阿Q心想，"我总算被儿子打了，现在的世界真不像样……"于是，他好像真的做了老子，感到了心满意足的得胜。后来，他又被逼承认自己不仅不是老子，连儿子也不是，不仅不如人，连畜生也不如。"打虫豸，好不好？我是虫豸——还不放么？"尽管如此，他想到自己是第一个自轻自贱的人，不算自轻自贱，余下的就是第一。于是，他又胜利了。

在假如版中，也有阿Q挨打之后承认自己是虫豸的细节。不过不是因为他胆子小。那伙人要他承认是人打畜生，他本想不承认。但想到张良为老人捡鞋子、韩信愿受胯下之辱，情绪就稳定了。回到家中，他想，张良、韩信甘受屈辱，最终都成了大事，依据今天的表现，我将来也该成就一番事业吧。

三、关于恋爱

阿Q长得像帅哥，很能干，说话又幽默有趣，连小尼姑见了他也动了心，想还俗跟阿Q过日子。阿Q不喜欢她，但也不愿意伤她的心，便劝解她，在佛门好，清净，少烦恼。小尼姑说："你这么说，你怎么不做和尚？你做和尚，我就收起这心。"阿 Q 便说："好，我明天就去当和尚。"小尼姑急忙用手遮住他的嘴，说："不许你混说。难道你想断子绝孙？"恰在这时，老尼姑来了。当晚，老尼姑将小尼姑送得远远的。

吴妈是赵家的女佣，有几分姿色，说话又文雅，赵太爷想娶她做小老婆。而吴妈一心想嫁给阿 Q。阿 Q 也喜欢吴妈，但又不想让她跟着自己过穷日子。可吴妈却料定他会做大事，有大富贵。一天，见别无他人，她跪了下来，说要跟他一起远走高飞。阿 Q 连忙伸出双手拉吴妈起身。也不知谁看见这情形，去报告了赵太爷。赵太爷赶了过来，一脚踢倒了吴妈，接着又伸手要打。阿 Q 挡住赵太爷的手，"不关她的事，是我找她的"。

四、关于革命

前文说过，阿 Q 曾经外出做工。在此期间，他不仅增长了见识，而且接受了革命的思想。不久，他就成了革命组织的一员。再后来，他奉命回家乡宣传革命思想，发展革命组织。赵太爷害怕当地也闹起革命，就暗中散布谣言，说阿 Q 外出做工是假的，其实在外边做贼。对阿 Q 的为人，大家是清楚的，谁能相信他会做贼？赵太爷一计不成又生一计，他让假洋鬼子也拉起一支反对革命的革命队伍。没过多久，这队伍就散了。

若有人问我："你的阿 Q 传与《阿 Q 正传》好多情节都不一样，到底哪个是真的？"我则回答："都是真的，也都是假的。假如阿 Q 没有参加革命，人生是失败的，鲁迅说的就是真的。如果他参加了革命，成功了，我说的就是真的。这样的道理，你应该明白。"

（原载香港《大公报》2016 年 8 月 5 日）